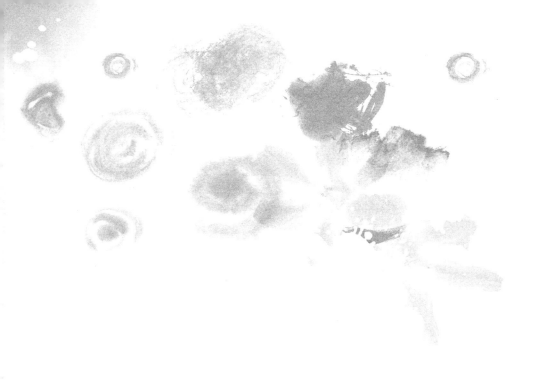

郑劲松/著

Youg Yuan De Ziluolan

永远的紫罗兰

光明日报出版社

图书在版编目（CIP）数据

永远的紫罗兰 / 郑劲松著 . -- 北京：光明日报出版社，2012. 12（2022. 9 重印）

ISBN 978 - 7 - 5112 - 3842 - 9

Ⅰ. ①永… Ⅱ. ①郑… Ⅲ. ①散文集—中国—当代②随笔—作品集—中国—当代③小说集—中国—当代 Ⅳ. ①I217. 2

中国版本图书馆 CIP 数据核字（2012）第 303624 号

永远的紫罗兰

YONGYUAN DE ZILUOLAN

著　者：郑劲松

责任编辑：刘伟哲　　　　　　　　责任校对：张明明
封面设计：吴庆渝　　　　　　　　责任印制：曹　净

出版发行：光明日报出版社
地　　址：北京市西城区永安路 106 号，100050
电　　话：010 - 63169890（咨询），010 - 63131930（邮购）
传　　真：010 - 63131930
网　　址：http：//book. gmw. cn
E - mail：gmrbcbs@ gmw. cn
法律顾问：北京市兰台律师事务所龚柳方律师

印　　刷：三河市华东印刷有限公司
装　　订：三河市华东印刷有限公司
本书如有破损、缺页、装订错误，请与本社联系调换

开　　本：710×1000 毫米　1/16
字　　数：333 千字　　　　　　　印　　张：18.5
版　　次：2012 年 12 月第 1 版　　印　　次：2022 年 9 月第 2 次印刷
书　　号：ISBN 978 - 7 - 5112 - 3842 - 9
定　　价：68.00 元

序

情为物所动　文因情而生

曹廷华

情为物动，文因情生，其实是千古不易的写作之道。即便应景之作，那也只能是物动情生者，方可咀嚼有味乃至沁人心脾而感人至深。王羲之《兰亭序》如是，苏东坡那首"中秋词"《水调歌头》未尝不如是。读我国历代之优秀散文，无不感到情韵幽深，意在言外，读之有兴，掩卷有思。由之而想到："文以载道"或许并非中国之所谓"文统"，而"文以达情"才真正是中国之文脉。载道之言多拿腔而显浮华，达情之语多真切而逞个性，这应该是历史沉淀给我们的为文真谛。当代散文写作，大约也不能舍此真谛，否则，不是言之无物，就是矫情虚饰。可惜的是，言之无物或矫情虚饰之文，于今却几乎俯拾即是。

也许正是这样的感受，读到劲松小友的散文，油然而生欣喜之情。字里行间，透出散文文脉之余香余韵。真诚的叙事，真爱的写人，真切的写景，真实的写情，"真"成为这本文集的生命和灵魂，"情"成为这本文集审美的焦点和根本。几乎在每一篇文章里，你都会不同程度地嗅到生活的五味杂陈，不同侧面地触及到生动的多彩人性，都会见出作者对草根的那份眷恋，对乡土的那份深情。在作者的视野中，平常事，普通人，世间情，成为他捕捉和写作的重心。在这些平常事、普通人、世间情中，他发现了真，张扬了善，传达了美。时政散文是这样，叙事散文是这样，抒情散文也是这样，归入大分类散文的小说，还是这样。这一切，奠定了这本文集的基调：贴近民生，贴近人心。

劲松文集的时政散文并不多，散见于除小说以外的各编之中，有读书感怀，有时弊针砭，有借古说今的委婉叙说，也有直面人生的痛切陈词。在他看来，时政永远在每个人身边，永远是一种现实场景，睁眼就能看到，切身就能体察。就说那篇"惹了祸"的《惊心一跪》吧，那就是一个不止一处出现过的时政场景。这场景，看得人心悸，看得人心疼，看得人心碎。新中国这么多年了，改革开放也这么多年了，经济总量都大大上升了，而那个"衣衫褴褛的老农民"居然还因上访向他这个挂职锻炼的小小公务员"扑通一跪"。在人民"当家作主"的新中国，"主人"向"仆人"下跪，这一跪，跪得他惊心动魄，跪得他无地自容。因为这一跪，跪得时光倒流，跪得乾坤颠倒，作者汗颜地说"这一跪真的触动了我已封存如冬天的关于良知、道义、责任和人民的神经。"作者被"跪醒了"，作者以外的那么多大大小小的公仆是否也"跪醒了"呢？是否也"触动了"他们"封存如冬天的关于良知、道义、责任和人民的神经"呢？这问题尖锐而犀利，但又不能回避。回避就不是共产党人，那怕他挂着共产党员的名号，甚至带着高高低低的官帽。这篇散文其后的几个场景，也都是时政场景。读着这篇散文，我们不仅看到了"惊心一跪"，也还仿佛听到迎接大人物的如潮掌声中被关在百米外下岗工人撕心裂肺的哭喊。我想，作者的用意主要还不在针砭，而在呼吁和期盼：呼吁公仆本色回归，期盼善政以民为本。

在劲松的叙事散文中，让人兴味盎然的不在少数。但有两篇关于老人的散文不仅见其散文功力，更见其潜在的人生追求。《并不张扬的人生》写一个隐居乡下的黄埔二期老人，写得一手好字，长年靠年节或婚丧嫁娶为人撰写对联谋生，但在家乡最缺英语教学的时候，他却主动让快要高考的几位贫家子弟在他真正的陋室中强化补习英语，最终使他们英语上线，成为该地第一批大学生。这老人，淡泊人生，返璞归真，文中记载了他的一首诗曰："不愿穷来不愿有，但愿长江变成酒，酒醉倒在沙滩上，风吹一浪喝一口。"从曾经的风光岁月悄然退隐，不失品格，不失热心，不失潇洒，不失性情，这或许就是君子气度，绅士风范。劲松写这个人，除了感念当日受益于他的英语指点教导外，是否也意味着自己的某种人生追求呢？因为他毕竟也是个知识分子。而那篇《老人与鸟》，写的是一个简直是离群索居的"怪老头"，他与世人包括家人都淡漠相处，唯独对几只鸽子和鹦鹉始终"蜜月共度"，并且伺奉有加。按作者的感受，觉得这老人"一副四大皆空的样子"。"老人只对鸟儿流露出关切的眼神，仍然自己买菜，自己做饭，不看电视，不听音乐，不与人语。"这似乎不近人情的老头，难道真是心冷如霜么？不，他见鸟而喜，伺鸟为乐，让鸟自由进出，自由飞翔，仿佛鸟儿载着他人生之梦，自己一切处之泰然。你说这样的文章有什么社会意义么？真的是找不出来。但是，人各有性情，各有趣味，各有处事之道。不与人相争，而只与鸟相乐，这不就是在嚣嚣红尘而对宁静自然的回归么？人们常引用智者诸葛亮"宁静致远，淡泊明志"之语以自励自勉，这老人与鸟的故事，也许算得上是一种诠释和验证吧。我不知道这老人是什么身份，但我觉得他的超脱，他的志趣，他的性情，也是有那么一点高情雅意、一点绅士意味的。窃以为，知识分子之一生，无论从教，为官，抑或经商，大致有"三化"：绅士化，平民化，流氓化。就"从善如登，从恶如崩"的古训看，为善难而作恶易，能保持平民本色已难能可贵。读这两篇散文，我要说：善哉者，双翁雅士。

劲松的散文写爱情，写亲情，写乡情，写友情，都写得有内涵，有张力，总觉得情从心底出，字从胸中来，没有虚华浮艳，没有夸夸其谈。题为书名的《永远的紫罗兰》，叙说了他初恋揪心的相思，难堪的窘困。美好爱情中参杂的功利悲情、失落悲情、命运悲情，让人读来忧喜无尽，心潮难平。26岁花开正茂的突然凋谢，让作者有永远的伤痛，永远的空洞，永远的记忆犹新。他把书名题作《永远的紫罗兰》，或许并非这题目富有诗意，而是对此生献出过的一片痴情，他想有一个交代，一个了结，开创新的生活，拾回人生真情。我应该祝愿他用《永远的紫罗兰》的情怀，拥抱爱人，珍爱家庭。《吉子河记》写乡情也写亲情，传奇色彩和朴实细节交相融汇，把一个偏僻乡土的人情世故，写得清晰而明朗。它不是田园诗般的颂歌，而是水墨画似的写意。桥的传说，船的特别，母亲的身影，苦读的情景，都鲜明地呈现在素朴而委婉的叙述中。作者的不忘故土，不忘根本，不忘养育他的亲人和乡邻，不忘培养他成长的简陋学校的一桌一凳，使他能渐渐读懂人生而正道直行。

从总体上说，劲松的这部文集，无论叙事，抒情，议论，写景，都言之有物，达之有情。但都缘事而发，在娓娓道来中以事寄情，以物寓情，以景托情，以论扬情。我认为，比之小说篇什，散文部分更有底蕴，更见价值。

我与劲松，有师生缘分。读书时，就发现他刻苦勤奋、追求执着，善于思考，颇具才华。毕业后留校工作，经历过好几个部门，但与文字之缘不断，练笔甚勤。未曾想到如今已集成这样一部分量不菲的作品。这作品里好篇章不少，可读而耐读。我想，他有这样一部自具性情的作品，在一时"草盛豆苗稀"的文苑，至少也算得上青葱绿芹。种出这样的青葱绿芹，不仅仅因为他的勤奋，也不仅仅因为他的才华，或许更主要的是他还有一丝不绝如缕的传统文脉，一腔拥抱真理的心愿，一片不忘根本的情愫。于是而有诗曰：

智者乐水仁乐山，力行有余弄墨翰。
为文不能关痛痒，书尽字库也枉然！
是为序。

曹廷华

西南大学学府小区云斋

2012 年秋月

【曹廷华：西南大学教授，中国作家协会会员，重庆作家协会副主席。】

目 录
CONTENTS

1

01

第一篇

青涩年代（散文选）

初　吻

——怀念我的知青姐姐

引起我写这个题目的是两篇同名小说：一篇是屠格涅夫的，一篇是张贤亮的。两篇小说叙述的主人公都是一个天真纯情的小男孩，他们倾诉的对象都是比他们大十来岁的少女，而初吻就是她们给予的。我之所以以他们为例，实则源自同样的情愫的纪念与回忆。我的初吻是二十多年前，一个插队落户到我家的知青姐姐给予的。而今，她已经成了沪上一个著名的轻音乐演奏员，我叫她华姐。

我家在新中国成立前留下来的一个地主大院里，几户人分住。房子窄，华姐来了，就住在我家新用木板铺成的木楼上。我常被她抱上楼去，在不到一米就有青青翠竹的窗口玩。她用我似懂非懂的好听的普通话教我背诗和讲故事。每次从县城回来，她会把小袋糖果塞给我。那时，乡下孩子能够得到一整袋而不是几块糖，简直是天大的幸福。我家的红橘熟了，五岁的我常常爬上树去用挂钩钩那最大最红的给她。她被酸得笑了起来，一扬头，长发飘在风中，手捧着我的脸，直捧出我脸上灿烂的泪花。那一刻，我觉得她很美。我对她有着说不出的依恋，甚至每天醒来，都要抱着枕头喊"华姐"的名字，心里时常幻想她是我妈妈该多好啊！这确实证明，弗洛伊德的理论有很强的实证性。

她给我的吻，真正意义上的吻，是她有了男朋友的第二年夏天。男朋友据说是某个高干的孙子，反正可以返城了。她已经住进农场，但依然经常来我家看我。这天我刚准备上一年级了。

她说："你该读书了！"我居然问，"那个人是谁？"真难相信，6岁半的我看见她和他在一起竟然会醋劲大发。"他是好人！"她又说。我失落了好半天，常常对着窗户发呆。她走的那天中午，男朋友正在往车上装行李，我在知青农场场部的草场里放牛，她奔跑过来，红着脸、蹲下身，掏出手帕擦擦我沾了些泥草的脸庞。然后坐在半人深的草丛里吻了我。她甚至把舌头伸进了我的口中，我的脸涨得通红，有些怕，有些甜，数年前吮吸母亲奶水的感觉又回来了。我泪流满面。

当我明白什么叫吻的年龄，我才知道，那就是吻。一种梦幻与血液交融的、冰清玉洁的情愫燃烧的火焰。这几乎定义了我多血质的性格和忧郁的青春岁月。

我一直把这吻当做我的初吻，她是我生命的甜香的底色，使我永远保持一种童心与灵性，这是可以告人的秘密，我认为。

———（1998 年 7 月 4 日《重庆商报》副刊）

名字的故事

——纪念我的名字和几个人的一个时代

父亲是个仅有小学文化的农民，但在 1968 年的夏天仍然因为一句话被"关"进了公社学习班。这句话，就是"大干部打小干部，小干部打社员，社员只好打泥巴！"。其实也不是我父亲的原创，那是那时的现象写照，也就是一句真话。那时，说真话，是有罪的。

给他们上思想教育课的是吴晗先生在川大时的学生王某，大概也因为说了真话，被弄到了距成都三四百公里的我们乡上，给右派分子学习班上课。王某偏好毛主席诗词，那时也似乎只能有这等偏好。母亲生我的第二天，老乡去学习班告诉父亲。王某正讲到毛泽东那首著名的写庐山风光的诗中"暮色苍茫看劲松"一句。先生是学者，心地善良，听了喜报，当然准假，又问是男孩女孩，有没有取名。我爸说，乡下孩子取什么名呀，先大娃二娃地叫着，读书时在按辈分请教书先生取。先生说，毛主席这句诗好呀，你们家又在山上，就取名劲松吧。这样，在我们那个家族弟兄姊妹中，我是唯一一个没按辈分取名的一个，但，天下劲松却远远不只我一个，因为"文革"，"劲松"辈出；反之，观劲松之名，也大多生于"文革"时期。

而我亲自遇到的完全同名同姓的就有三个之多，不知是巧合还是历史的宿命！

在我读高中的某天，家乡富顺县报上突然刊出一则标题新闻，称"郑劲松被少年科技大学破格录取"。亲友们奔走相告，竞相来我家祝贺，家人愕然，始知那其实是一个同名同姓者。

同名同姓者，我所知道的还有四川师大中文系同年级的一个女生。1989年，那个特殊的季节，我接到一封陌生来信，某叫我下午到青羊宫等他，言辞极尽温情脉脉。我说，怪了，这是谁？青羊宫在成都，彼时成渝高速公路未通，几小时哪里去得了？我下意识地又翻信封。原来信封上是川师大中文系 87 级一班，而非西南师大，邮政误投，小子误拆也。此事一传，二班的曹某跑来说，那个郑劲松，是他乐山高中同学，长得很漂亮，是他们的校花，我心中好不美哉。快写封情书过去！曹某怂恿我。这成何体统，我说，自己给自己谈恋爱？但信还是封好转了过去。

毕业前，又和另一个同名异姓女生分到一个小组，前往重庆巴县师范实习。她有神经病，高我一个年级留下来的。典型的症状是：经常用一双泪汪汪的眼睛看你，直勾勾的但有些呆滞，人也很漂亮，漂亮得可怕。安排她实习，纯粹是为了弄出一个成绩来，使得联系好的单位不好推脱（那时全是国家计划分配，我们中文系学生还比较走俏），所以，她几乎不上什么课。实习结束前，我在那个学校办了一场文学讲座，没让带队的赵老师知道。海报出来后，戴深度眼镜的赵老师大惊失色：“哎呀，这个神经病又犯了，乱讲怎么得了！”连忙去女生楼找她。（那是 1991 年春天，人们照列比较谨慎）同时看到海报的还有后来曾一度成为女朋友的某个同学。他们都认为是那个神经病女孩在办讲座。后来她讲，我还以为你就是那个神经病呢！我以为那个神经病照样很有才华呢，你们中文系的。

“文革”中，给我取名的王先生因为在看一个工人写标语时说错一句话而成“现行反革命”。情形是：工人写“坚持马列主义毛泽东思想”，在“列”字下面加了“四点水”，成了“烈”。正要重写，王先生说，也可以不重写，因为马列主义是翻译的，这个“烈”字是译音，没错，不仅可以是四点水，还可以加一个火字。迅速有高度革命觉悟的人告密，说王先生要火烧水淹马列主义，用心极其险恶。在他的恩师、著名明史专家、北京市副市长吴晗被迫害致死后不久，“现行反革命”王先生跳进富顺沱江自杀。我去那儿为他写过一首悼亡诗。

少年科技大那个“我”，像前些年某记者披露的“中国天才现象”一样，并不那么天才，读完科大才 18 岁的他，家人强烈要求工作，被分回富顺县一个化肥厂当财会，而今下海从商，挣得很苦。

川师那个漂亮女生，做了妈妈，家园温馨；“神经病”已经正常了，在川北某市电影公司搞宣传，的确显示出非凡的才华。

我呢？只在内心深处感谢老人家的那首好诗，而且庆幸，我们大家都还用同一个名字认真地活着。

——原载《重庆晨报》1998 年 6 月 2 日副刊

"吃大口"的记忆

——一个人的改革开放三十年

以1978年召开的党的十一届三中全会为标志，今年是中国改革开放30年。30年，只是历史长河中的一瞬，却留下了中国一代人一生难以磨灭的集体或个人记忆。

我生于1968年，比改革开放整整"大十岁"。这一代人按今天的流行代际划分，应该是"60后"、"70前"——出生于10年浩劫，却成长于改革开放新时期。10岁前，我主要生活在川南的一个乡下山区，少不更事，关于"文革"的记忆已有一些模糊，或者说，那里的"文革"色彩并不浓郁。突出的记忆是什么？就像著名作家张贤亮在长篇小说《我的菩提树》里描写的一样，那个时候，突出的感觉就是饥饿。当然，他所说的还不仅仅是没饭吃的饥饿，还包括情感与精神的饥荒。我就只是物质的，每天都感觉没吃饱。

我大约五六岁时，奶奶过生日，全家人吃红苕稀饭，奶奶当时的一句话永远留在我的记忆里："红苕稀饭让我吃饱了，死了都闭眼睛呀！"那时，是人民公社，生产队集体劳动，集体分粮。小孩子满七岁时，就可以按成人分粮了，我们乡下的话就是"吃大口"。1975年农历7月23日，我满七岁了，已经可以"吃大口"了。"吃大口"，我的理解就是大口大口地吃饭。那天，家里蒸的红苕饭，就是在甑子下面放红苕，上面蒸一层干饭。我们家是大家庭，爷爷、奶奶加上父辈三兄弟的妻子儿女老小一共十八口人，就这一甑子红苕饭，哪里能容我大口大口吃饭呀。等我大口大口快速扫光第一碗饭时，已经没有什么米饭，只有红苕了。一家人全笑了，就因为我这样的"吃大口"理论。公社一个姓刘的驻村干部，正好在我们院子里，大笑，也到处传播我的"吃大口"故事，直到三中全会以后"土地下放"，这一直是我们村的一个经典笑话。这笑话里其实含着泪水，只是那时我不太懂，每次听到大人说我的这个笑话，也就跟着傻笑。

真正的"吃大口"是改革开放以后，农民们最深的记忆，就是他们说的"田土下放"。我们山上地广人稀，每人分到1亩多地，整个山区沸腾了，到处都是开荒种地的情形，那年我十岁，哥哥十四岁，妹妹四岁，大家庭也分成了四家，我们小家五口人全都兴致勃勃地在山上土里田里忙活。放学回家，

我和哥哥也会去跟大人一起干农活。一年下来，光稻谷就收割了三四千斤，和以前"公社时期"一年分几次粮才千来斤完全不可同日而语。

照样是那样的田地，为什么会增产那么多？记得，才小学三年级的我已经开始追问这个问题，没多少文化的爸爸，可能是鼓励我说，就是我们大家都勤快呀。当时的村支部书记——我的大伯父说，要感谢邓小平啊。后来，我长大了，读了大学，才知道，那就是改革开放，那就是解放了生产力。正是解放了生产力，农民爆发出了前所未有的激情和动力，于是，同样的土地上出现了奇迹。粮食丰收了，白干饭有了，我开始真正大口大口地吃饭了。

一晃三十年过去了，今年的农历七月二十三日，我似乎为了纪念这样的"吃大口"，又回到了老家那匹山上过四十岁生日。母亲准备杀鸡宰鸭地给我过生，我拒绝了，要母亲给我蒸了一甑子红苕饭。时隔三十年的红苕饭啊，还是那么的香甜。我又一次大口大口地吃起来，五岁的女儿大笑起来，说，爸爸就像奶奶养的那头猪一样，好贪吃哟。我也笑着说，没有改革开放三十年，猪能吃上这个？当然，女儿也不懂，就像当年我不懂一样。

——2008 年 9 月 25 日中午作，原载《西南大学报》

"百草园"祭

春节刚过，就接到乡下的父亲来信，说我家把牛圈拆了，重新平地改建，却在地下挖出一块石碑，上面写有"百草园"三字，字边还刻着一整圈"S"花纹。只有高小文化的老父亲，写字都错字连篇，但他却是那种泥墙里塞着《增广贤文》、对文字持崇尚态度的农民，是那种始终认为"万般皆下品，唯有读书高"的农民。他说，小石碑已经洗干净了，晾干了，在我那张竹木书桌上放着，问我是否请假回去看看是不是文物，有没有研究价值。信没读完，我就哑然失笑了。

父亲啊父亲，你咋就忘了这块石碑是儿子 20 年前的杰作呢？

20 年前，我 10 岁，快小学毕业了。因为偏爱语文，早把初中除文言文外的文章读完，其中又特别喜欢鲁迅那篇《从百草园到三味书屋》，对百草园的童年倍感亲切而且能够想入非非。自童年起，我就很孤僻，常常封闭在个人世界里，一个人玩，自得其乐，孤芳自赏。那时，我家刚建了新房，屋后推出一块林中空地，没用，却被我看中了，便在那儿建造自己的"百草园"。

我们山上野草多的是，虽然有的叫不出名字，但何止百草，千草也找得出。我只是找了些栀子花、杨雀花、斑鸠草、映山红……满园子插了。山上的知青刚好开始返城，一个知青姐姐把她养的两盆紫罗兰和美人蕉送给了我。它们在我的野花野草中格外抢眼，却远比我的野花野草娇气，我又不知怎样护理，未满双月，全都夭折了。我的园子里却盛开了迷人的野花。再到山中找了块两尺长短的上等青石，借把钎子，刻上了稚嫩而朴拙的"百草园"三字，为了美观，再沿着字边打上"S"花纹。小石碑立在园中，我的"百草园"建成了。不久，就是夏天，听得见虫叫和蛙鸣，有蚂蚁在地上排起长蛇阵，有蝴蝶在草上翻飞，有蜻蜓停在水井边。井里，养了几尾从田里抓来的鲫鱼。下午放学，我就去侍弄我的园子。最惬意的是偎着碑身躺着望天。林中空地的阳光温柔亲切，把蓝天白云拉得很近，直感到生命与天地同在，与古今相通。要说"道"，那便是"童年之道"啊！

"百草园"在我那贫瘠的山中养育着贫瘠的诗意童心，也滋长着海阔天空的羽毛，更重要的是栽培了一种自然、恬淡而又独立自由的品性与灵魂。

读初中了，住校。只有周末或假期才能与之厮守。哪知第二年的一个月末回家，天，完了！我的百草园整个儿消逝了。父亲已在上面立起了一间牛圈。那口水井，成了牛圈中的粪坑。我时常放养的那头老牛，正式分给我家，而且又准备下崽了。我爱牛儿，童年的许多时光都在牛背上度过的。而当时，牛自然是老父亲的宝贝——咱家最大的家产了。牛儿践踏着我的"百草园"，我也不觉得伤心。20年倏然而过。转眼间，百草园主人已是一岁半孩子的爹了。儿子的童年开始了。

父亲之所以急切地告诉我那块碑，肯定与另外一件事情有关。家乡有个盗墓贼讲，他在山中某坟里挖出一本书，书匣子里还有几块银元，他不识字，加之天冷，就把书烧了烤火。父亲当时大急，说咋不给劲松留着，说不定是文物，宝贵呀！然而，爹没有想到，儿子童年的玩物，历经20年沧桑，重现人世，也被他认成文物了。他怎么就忘了儿子的童年呢？

是的，那是块文物，是儿子关于童年的文物。它应当见证着人类童年的一些自由和天性，虽然这种天性正在被淡漠和遗忘。

这样想着，便写信告诉爹：把碑放在我的书桌上吧。那儿堆着我用过的全部小学教材，还有我寄回的家信，都落上些灰尘了。反正，我的孩子是不可能拥有那块"百草园"的了。我的"百草园"只能够摆在乡下的书桌上，摆在那样平平淡淡的家信中。

于是，此文为祭。

——原载 1999 年 7 月 24 日《重庆晚报》副刊

三束阳光

久不通信的儿时伙伴因一宗经济案进了监狱，出狱后，给我来了一封长信。他也曾是充满梦想的文学青年，信中对所犯罪案只字不提，却大写特写铁窗外射进去的一束阳光。多年前深藏于他内心的文学梦想连同着纯真的人性被这束阳光唤醒了。"那束阳光，像自由的手臂伸了进来，抚摩我，温暖我，让我做梦……真的，我曾不想活了，是这束光亮，给了我一丝希望和光芒。我悔过，我自新。万物生长靠太阳，我不是还有这束阳光吗？"

我惊呆了。应该说，对一束阳光还会产生这样感悟的人，骨子里还有着善良美好的品性。我不用知道他究竟怎么犯的法，只知道透过这束阳光，他已经觉悟了。阳光，打通了生命中黑暗的隧道，由此，一个人获得了新生。

另一束阳光，永远照在遥远的山中，老家那个泥墙大院。

突然间，娘白发苍苍，老了。家，还是山中那座泥墙大院。她坐在堂屋里，腿正犯病，走动艰难，我两岁的侄子、她的孙儿盘腿坐在她的膝下玩。院坝上，春天的阳光明亮而柔和。娘盯着阳光发呆。"奶奶，你想啥呢？"侄儿问。"想晒太阳，可是又走不动。"娘捶着腿说。侄儿盯着手中的瓷碗想想，突然站起来，翻过高高的木门槛，到了院子里。他摇摇碗，然后双手捂着，又小心地翻进门来，叫："奶奶，我给你舀了一碗太阳来！"

那天，我正好回家，看到这惊人心魄的一幕，立即大步跨进门去，一把抱起侄儿，喊了一声，却是泪光莹莹的"娘！"。侄儿移开手，碗里黑幽幽的，哪有一丝光亮。我从包里拿出一只小镜子，牵着侄儿来到阳光中，找一块石头立好镜片，调了方向，一束细细的亮亮的阳光，便射进屋去，北面的墙上印着一块圆圆的花斑。

娘笑了，像一朵上了年岁的花。

侄儿也呆了，望望那束光，明亮的眸子中闪动着小小的太阳。

我在心里惊呼——天！我对阳光已多么陌生！

有一束阳光，却是母性的，温暖着我一生的记忆。朋友狱中的那束阳光，其实也在我的童年出现过。

那是小学二年级吧，一个星期三下午，当时的乡下，周三只上半天课。吃了午饭，我就上床睡了。娘却忙着农活，忘了我还在家，锁上门上山砍柴了。（农村的木门是从外面锁的。）一梦醒来，我才知道被锁在屋里了。我多想出去玩呀，可怎么也推不开门。我大声喊娘，喊累了，就坐在门槛下看书。傍晚，落日从院墙缺口透过门缝射到我的书上。那时，我远远没有读到"阳光，谁也不能垄断"那句诗，阳光却那样柔和而温暖，立即驱散了我的委屈、孤独与恐惧，也暂时排解了我对娘的等待。它甚至成了一束玩具，我翻手去揉，用耳朵去听，用舌头去尝……

钥匙在锁孔里转动，娘，回来了，推开门，阳光也没有了。娘头上夹着碎草，脸上挂着汗迹。

"幺儿！""娘！"母子俩抱在一起。从娘被汗水湿透的肩上，我看见了落日——正红红地托在山梁上，像一个人在天上微笑。

没有谁拍下这落日的瞬间，但，底片却久久地烙在了我的心底。二三十年了，只要一回忆，活生生的泪水、阳光、泥墙和脸庞便会映出来。

只要这世界上还剩下一束阳光，就会有最后的希望。因为有爱的阳光，世界必将生生不息。

——原载 1997 年 9 月 5 日《重庆晚报》副刊。

没有作业的数学课

每每谈到素质教育，我就会想起高中时的数学老师和数学课。那是八十年代中期，真正的千军万马过"高考"独木桥时代。不管文科、理科，真正挣分或失分的都在数学科上。一道题做不出来，往往就差别人十几二十分。我在川南一所山区中学读书，那是当年全县唯一的还在执行两年制的戴帽高中，从两年初中到两年高中，但实际上学了六年的内容，还包括高中才从字母学起的英语课八本书，学习压力之大是可想而知的。但高考下来，我们班36 人，居然考上了 32 人。虽然大部分是一般大学、师专甚至中专，但对几乎清一色的农家子弟的学校来讲，的确创造了一个奇迹。这奇迹中，最突出的便是有三名同学数学考了 98 分，其中包括笔者。现在想来，正是数学课，让我们得到了真正的思维训练。放大了说，就是素质教育。

教学老师姓陈，五十多了，由于声带有问题，每堂只能讲十几分钟，而且是坐着讲，也很少板书。他常说，要向四十五分钟要质量。他的数学课不布置作业，晚自习辅导也给最吃紧的英语，且看他如何教法：在所有科目中，数学是最讲究逻辑推理的；而就中学教材而言，也较少有人说三道四。陈老师完全只讲教材，一般而言数学课程都有这样的规律：先是定理或公理，再是例题，再是练习，一章就会有总复习。这就够了，他用几分钟时间讲定理的含义，尤其是很风趣地讲定理的来历和作用。然后叫大家看例题。几分钟后，就抽一个同学起来背着讲例题，讲到中途讲塞了，他就讲，更多的时候，是继续让另一个同学讲，也可以由讲不走的同学推荐哪个讲，或者某同学自荐上去讲，课堂气氛很轻松。人人都在学当老师，也锻炼了胆量，训练了口才甚至规范了板书。接下来，他略作评价，就让大家拿出草稿纸做课后的作业。中学数学一般只看答案，只要答案对了，一般都得全分，他从来不改作业，师生都省事。如果有五道习题，他就在黑板上划五道竖线，先抽 5 名学生上来做。做不起的可以推荐，下面的人可以自荐。做完了，让大家判断对错。紧接着他的指导讲解开始了。他会分析：第 1 题是定理的直接运用，第 2 题是例题中条件变了结果，结果变了条件，第 3 题又是怎么回事，就这样把前前后后的知识全都串了起来。不少的时候，他还鼓励大家用另一种方法求解或求证。这样一来，每个人都得到了举一反三的思维训练，还用得着做更多的题吗？45 分钟，即轻松又紧张，但更愉快。胜者不骄，败者不脸红，学生、教师交融在一种思维的快乐中。

正是数学课节约了我们的时间，我们才有可能去背历史、地理、政治，才有可能硬生生将外语八本书学完。现在想来，数学课更重要的是锻炼了我的思维，我们学会了思考，也学会了做题。应试技巧，不用讳言，也应该是一种素质教育。

如果我们的老师都能这样探索一下，不仅中学生的书包将成倍地变轻，连父母的神经也会轻松些吧！当然那些出版课外读物的书商们要紧张了。

吉子河记

——为我和我的中学作传

（1）

叫吉子桥的地方，其实没有桥，只有一条悠长清澈的小河，舒缓地淌在川南的永年、板桥、大坪、观音四镇之间。人们把它喊做"橘子河"。说它小，完全因为更富于诗意的习惯，其实河面已近三十米，又是沱江的一条支流，勉强可以叫做江了。但查阅县志上的地图，竟然没有它的存在，这实是是编者的一个疏忽。

我至今仍不知道该把它写作"吉子河"还是"橘子河"。因为每年深秋，香气四溢的兜山红橘成熟了，一批批小木船载着金色的果子，顺江而下，到了富顺城外，再转上大船或汽车，从沱江到长江，到泸州、宜宾，到重庆、成都，向四面八方香甜而去。有人说，前苏联老大哥也吃过兜山红橘。中苏关系紧张那年，我们的橘子刚好运到中苏边境，赫鲁晓夫下令，结果满车皮的红橘全部被倾倒在黑龙江里。这些红红的果子，就这样从遥远的吉子河畔起程，而伤心地沉落在北国寒冷的河床上。

该叫"橘子河"吧？但吉子桥附近十里，却根本没有人种着橘子树，而多出水稻、蚕桑与刺竹，绿茵茵的一片又一片；倒映着竹丛绿荫的河里，多出鲫鱼、马虾和鲢鱼，河面上飞着蓝色的水鸟。

（2）

吉子河上，本来是有一座桥的。老人们说，至少一、两百年前，那儿有一道石头奠基、古木横铺的平桥。窄窄的，只能并排走下两个人，走在上面叽嚓直响。那时，河的北面五里处已挖出一口盐井，北面的山脊上铺成的石板路至今还留有磨得光滑但凹凸不均的小坑，"盐巴担子"就从盐井经过木桥翻过石板坡，挑到远方去卖。桥边有一个小商店，开店的是个小寡妇，男人刚死不久。他们新婚时，双方亲人都没了。但小伙子很有经济头脑，看见每天这儿成线的"盐巴担子"过去，又看他们流着汗，挑着换回的布匹和米面，心中就想，这里开一片小店，经营些吃喝，放上几缸茶水定是不坏的打算。果然小店一立，生意兴隆。"盐巴担子"过往，都喜释担小憩，顺便吃点也喝点儿什么。然而不久后的一个雨夜，男人去收晒在桥头上的衣服，竟一跤掉入河中，平时会水的他就再没浮出水面。女人沿着河床往下游找了三天，哭了三天。但因为有了男人的生命延续，为了肚中的儿子，女人依然一个人支撑着小店子活了下来。

过往的人们照样歇歇脚，喝喝茶，只是常常同情似的多留几串小钱。其中有个"盐担子"老奈，来坐过几回店子，有一天坐到店子就不走了，成了女人的第二个丈夫。第二年春天，女人生下了第一个丈夫的儿子奈春，不久又怀上了第二个丈夫给她的女儿。第二年春天，他们又有了自己的女儿奈香。吹着河风，奈春奈香长大了。兄妹俩常常并排着手牵手走过桥头，到北面的山坡上看集镇那头。一晃几年，小马路上只要出现一串晃动的人影，两兄妹就喊："妈，盐巴担子回来了！"小店里的夫妇立马就会动手炒菜、泡茶、备酒、收拾桌椅。"盐担子"来了，就能吃到一桌热腾腾的按老规矩点下的酒菜。这时的吉子桥，常常洒着落日的余晖，或者毛毛细雨，河水在收获者的欢声笑语里，疲惫者的轻声叹息里一动不动地流淌。整个境界，充满了天伦之乐和人情友善，充满了田园诗的宁静，充满了乡村社会绘画似的水墨清香。

然而命运也会像河面上不可捉摸的阴风冷雨，骤然飘临，将人间的美好吹打成阴森和凄凉。一个晴朗的有月亮的傍晚，吉子桥地区突然刮起了暴风雨，在山间望风的奈春和奈香拔腿回跑，在桥的中央，一个大雷把兄妹俩惊落河中，闻声而来的老奈纵身跳了下去……第二天的河岸上摆着奈春、奈香和老奈。吉子桥四周一片死寂。下午，人们从四面八方赶来看望和安抚这个家庭。然而看到的却是一片火海，小店也燃起来了，女人不知去向，有人说，她气疯了，死了还是活着，谁也不清楚！有人说，火是她放的，她把满腔的悲哀发泄到这座桥上。桥是一个"阴阳怪物"，也是一条死亡之路。不久，吉子桥地区涨了一次罕见的大洪水，桥下的石墩子也冲走了。吉子桥的桥彻底没有了，小店和小店的故事结束了，消逝了。故事太离奇而又太完整，太富于戏剧感和煽情性。中学时候从这儿经过，我就表示了怀疑。如果是真的，那么我应该把这地名定成"祭子桥"了，女人并没有这般文化，而且至今这村里还没出过大专以上的文人，故事是怎样创造出来的呢？我听过，哥听过，爸听过，爷爷小时就听过，那时的村里绝不会有台港言情片的影响吧！我又百思不得其解，那就写成"吉子河"吧，从一种良好的愿望出发。

(3)

两百年间叫做吉子河的地方再也没有了桥，没有桥的河岸，有了一只木船连接一只大大的过河船。撑船的是个老人，一直是个老人。这乡间的自然物象就这么奇异：我们祖孙四代见到的船公都是老人，当然不是一个老人，但都有着同样的动作，同样的神情，他静静地等你上船，等到十来个了，又静静地摇着桨，船划到河中央，调过船头，再划十来桨，船就到了对岸。对岸没人，他就会坐下来等，而背后的人也一直等他接到人过来。如果这边没有一个人，身后的急得跳水，他都会一动不动，老人就这么守着铁样的秩序和规则。而且几代老人都能神情抑郁地讲述两百年前那个女人的故事。故事像酒，感染着过往的行人，又将这苦难命运的联想和感悟传向远方，像船下的清澈流水，温情地打湿着天上悠悠的白云。

我的家就在河的南面五十里深处，崇山峻岭间红红的兜山果林中。爷爷过河去，是挑着盐巴担子，河边没了小店，一路往来，空着肚子，饿得慌了，就去田边土角扯侧耳根，洗净了搓上一点盐，就可以充饥。直到今天，我还喜欢生吃凉拌侧耳根，不知是不是沿袭了祖辈的这种艰辛而富于自然野趣的乡村情感。爸爸过河时，挑着红红的橘子，那时，兜山的红橘刚好成林，还没闻名于远近。他们到县城、省城里，沿街叫卖，叫了几年，兜山红橘名声远播，于是吉子河里，每年这样的季节，红红的小船沿江而下就成了喷香的动人的风景。哥过河时，和后来的我有着同样的目的，到区中学读高中。其实，这时我们村到区里的公路已经通车，每天两班，要六角钱的车费。山区清贫，父母供我们读书已是不易，我们就每周一次背了米和咸菜去学校住读，一路的疲惫，往往会在十分钟的吉子河渡船里消逝干净。那清澈得可看见鱼儿的水，两岸绿油油的竹丛，倒在水里的白云与飞鸟，渡船老人沉静慈祥的面容，用力摇橹的大手，微微颠簸的船，都使辛苦的童心感到了诗意。真是一方水土养一方人，课堂上老师关于理想的设计，乡亲们盼着我考上大学的殷殷希望，也会在这十分钟过程里悄然凝聚为一种动人的力量。

爷爷在饥肠辘辘时听到过老人讲起那个故事，爸爸在汗水淋漓中听着那个故事，哥和我是背着沉沉的书包和家人的期盼听到那个故事。然而，爷爷曾把故事传给爸，爸曾传给哥，哥又传给了我，这样，每个人都至少两次以上听过那个故事，我没法不相信它的真实性。于是，我又突然对自己的怀疑感到莫名的惭愧，更何况，吉子桥的确发生过与我生命深刻关联的感人肺腑的故事呢？

(4)

我们的高中还是两年制但全县其他各处都改成三年制了。三年的课就压在两年内完成，而且，初中没上过英语，两年就得学完高、初中的八本书，教我们英语的就是我们学校毕业的高中生，我们学习的刻苦就可想而知了。毕业这年，几乎两三月才回家一次，爸或哥就背了米，拿几块零花钱，送到学校来。农历七月二十三日，我的生日，一个星期六的下午，我写了一封短信交同乡带回家去告诉爸妈我不回去。寝室就我一个人，学校又停了电，我就点了一支蜡烛，在门边的箱子上读外语。天快黑了，我也全然不觉，直到母亲来到门前，煽动的一丝微风摇动了烛光。"虹娃！"她叫我的小名时，我已经本能地感觉到是母亲来到了我的身边。我们母子俩先天就有这种怪异的感觉，闭着眼也能嗅到对方的气息。上小学开始，早晨，妈起来做饭，我就起来读书。晚上我做功课，妈就洗碗，宰第二天的猪草，她经常在猪草里给我煮上一个鸡蛋。那时的猪草，全是地道的野菜，有的是今天广告上的天然药物，那蛋自然清香无比。母亲带来的，除了米，还有这种浸满野菜香味的鸡蛋。当我再点一根蜡烛看清母亲的裤管时，泪水一下子夺眶而出，那里湿漉漉的，溅满了泥浆。妈说，她走小路从吉子桥过来的。吉子桥离学校有5公里，学校围墙外有一片水田。天暗了，她不熟路，脚就踩在水里，她说："幸好！米还没打倒。热天没得关系，湿裤脚，一会儿就干了。虹娃！快吃蛋，吃了就看书，我不打扰你了。"那夜，妈睡在里头一个老乡的床上，我睡在靠门的一张。我激动得看不进书，却照样盯着书，盯到夜里十二点过！

　　故事的最后还是沉落在吉子河上。那条渡船，在清早的白雾中，只等到我和母亲两个过客。老头说，还没开渡呢。妈说，我要回去赶场，虹娃要回去复习书。老头就摇动橹送我们过去。本来，妈不要我送，我却坚决非送过吉子河不可。她那是已五十多岁了，身体不太好，我实在放心不下。船快到对岸时，妈突然说："这个月要考试了，你就不回来了，还要好多钱，明天叫肖三给你带来！"我算了算，说："三十。"那时的三十元确实可以让一个十六、七岁的高中生吃上一个月。但是，那三十元钱，又是多少只鸡蛋、多少捆干柴、多少斤白米凑起来的呢？我至今也不忍心去推算。只记得当时我说了一句最普通但又令人心悸的话："妈，我一定要考上大学！"真的到了大学，一天下午，不经意间读到刘震云的小说《塔铺》，读到写他高考前类似的家境和亲情，我更是感慨万千，逢人就说这是那年最好的小说。那天的日记里，我记下了写作这篇散文的构想。

　　妈翻过石板坡后，我一个人被老头推过河来，心里有些沉重。从那天起，每次回家看见母亲，就想起那天的情形：妈的粗布库管上溅花的泥浆，吉子桥清凉的河水，白茫茫的晨雾。想的过程往往就是攒集泪水的过程。母亲也会想起同样的事物，于是儿子也就化成了她殷切的眼底一串幸福而又辛酸的泪珠！新婚的妻子根本不相信我有着这样动人的亲情，"妈会一见你就哭？"于是，第一次她跟我从千里之外的省城回到乡下，妈见我们回来了，丢开刀，站起来，喊一声"幺儿嘞！"沾着猪草渣的手掌就去擦着眼泪了。妻子也流了泪，于是确信天底下母与子的感情会真到那个份上，并对这种感情肃然起敬。

（5）

　　最后一次过吉子河而只与那个老船公发生关联，是我已经考上大学拿到通知书后。我到区政府办粮食关系，粮食股的人告诉我，还要向地方补交50公斤稻谷上公粮。我只好回家去拿。为了尽量节约钱好到省城上学，我还是从吉子河走小路回去。在船里，我告诉老人说我考上了。老人说早上听人讲了。我说我还要回去背谷子。他一听说不用了，我去帮你找，靠了岸，老人带了我，到河边的一户农家借了谷子，那家人也姓奈，老人叫一个小伙子："奈三，帮这娃儿把谷子背到粮站上了！"两、三周后，我爸把谷子还去，直拱手道谢。老人说："难得难得！我这船儿送出个大学生！"但是从此我再没去过吉子河。每次回家都坐火车到自贡再转汽车到家。想去看看吉子河和那个老人的愿望一直没能实现。但惟其如此，吉子河却愈加迫切而厚重地压在我的心胸，一次次激荡起精神情感的涟漪。我开始写作了，吉子河梦魇一般成为我不写就不能解开的情结。

　　一条河，一条船，两百年前的女人与桥，两百年后的母亲、船公，都历史性静静地叠印在淡淡的江水里。抚摸稿纸，凉凉湿湿有些水意，往事如烟，随风飘散，风却让你在怅然回望之时，在心中刻下了不朽的花纹。你只感到往事就播种在你的体内，绵绵长长地纠缠你的一生……

　　我已经不下五次读过了沈从文的《边城》与《长河》，史铁生的《我的遥远的清平湾》。吉子河，太像一个与他们的心灵深处流通的精神故乡了。我庆幸，我的故乡就在河的彼岸。这样想着，吉子桥这名儿就牵强地想通了。那河是可以叫做桥的。虽然那儿没有桥，但那儿有山有水，有人有物，更何况有那只船呢。船，不就是一座流动的桥吗？

——原载《企业文学》1996年4期，后载《山花》1997年2期

写在菜票背后的日期

因为整理书架，我又翻到那张菜票，八角面值，发黄缺角的菜票，被我用透明胶布贴在已有十二岁的大学毕业纪念册封底上，每一次看见它，都好像闻到了学校时代回锅肉的喷香。这枚菜票的背面注着一行小字"90.3.18"即1990年3月18日的意思。不是为了纪念什么，而是我的学生时代也就是计划经济时代贫困生的一个证据。那时候，上大学几乎不缴什么费，饭、菜票计划发放。我们寝室几个贫困生，为了避免青黄不接的难堪局面，终于发明了菜票背后写上日期的可笑办法。每天按计划撕票，基本上能抵达下一个发票的日子。我们学校好像是每月25日发票。这张"3.18"票是怎么留下来的呢？

其实我已想不起来了，但令人心惊的是，学校校庆，室友张某回来，大家又吹到当年的穷，吹得哈哈大笑。我索性从书架上取下纪念册，找出这张发黄的证据，张某大惊："你小子真的忘了，你看当年的3.18是农历什么日子。"我心里"咯"地一下，想起来了，那是当年几乎开始恋爱的第一任女友的生日，后来由于她那身为某地区专员父亲的坚决反对，而后劳燕分飞……那天是在外边吃的饭，我请客她掏钱，还有几个川北老乡，所以这张菜票节约下来了。原来真的是"3.18"惨案"为了忘却的纪念"啊！穷人时代，有那么丰富的情感，这张菜票远远不值那八角钱了吧。一个年代久远的伤口又隐隐作痛，那是计划经济向市场经济过渡的时代，连爱情也是有计划按比例分配的。我那时被称为校园四大才子之一，恃才傲物，但囊中羞涩，直感叹乡下老父亲墙缝里那本《增广》上的名言"人不风流只为贫"。我真的忘了吗？肯定没有。但不是张某的提醒，我确实想不起了。其实，这样的珍藏法，已是一种潜意识的象征。

奇怪的是写这篇文章的时候，老把菜票打成彩票。这不是有意识的，而是暗示着一个变异了的时代心理。那么深刻的痛楚，老误打成这轻飘飘的游戏或赌博，当年哪里有这点赌性呢？不过，话说回来，那时也在赌，赌的是一口气：恋爱面前人人平等，穷人也是可以谈恋爱的。这样一想，我的回忆变得苍苍茫茫起来，那串日子也冒出丝丝白气，绕成一条安宁的小船，野渡无人舟自横的境界……

"为了忘却的纪念"，换成了"为了纪念的忘却"。我真怕这张已经有十二年历史的菜票有一天会不翼而飞，或者从我的人间蒸发，化成吃到口里只知道香而再没有丝毫回忆的一份回锅肉！

——《重庆晚报》1997 年 12 月 24 日

黄生借钱说

黄生，川南同乡，家境清贫，老母重病，属特困生之列。来校报到时只带了夏日衣被，冬季来临时，遂来我家借钱买了一毯一被，第一个冬天就这样温暖而过。

黄生胃口极好，所发饭菜票很快短缺，周末几乎都是来我家造访，我无不以丰盛晚餐殷情以待。其间多次向我借钱，我每每解囊以助。然而不到两年，黄生除了借钱，一切都变了：成绩直线下降，学了一年电脑，到我办公室上机，一行汉字，竟用了十几分钟。与之闲谈，则不知今日之政治经济，对社会人生认识之肤浅，简直令人怀疑他的大学生身份。打开电视，尽寻些无聊的港片、武打片，对十分低劣的打斗连声叫好。我的茶几上堆放着《读书》、《读者》、《作家文摘》、《期刊文萃》等，却从未见他翻过半页。言谈举止，即俗又钝。而我暗访又知：其实，他的一个广州表兄，每月寄给他三百元钱，但不知如何用法，依然常来借钱，况且无事也来打扰，一看电视就是半天。我正看书，或者写点什么，也随着他的到来宣告泡汤，还得陪他枯坐。

黄染上烟瘾，抽的档次至少五元一包"红梅"以上。不久，手里挽了个"女朋友"，堂而皇之双双来访，我不得不热情招待，算是维护他的虚荣与体面。黄生借钱频率更高了。一天，女友看穿了他借钱花销的"风流"和骨子里的"赤贫"，挥手"拜拜"。黄生从此一蹶不振，旷课，看录像，泡茶馆，搓麻将，表哥寄的钱往往一夜输光，于是又东挪西借，疲于奔命。

学校放假了，黄生突然敲开我的门，形容憔悴，说："没钱了！"其实，前一天夜里，我接了老家电话，说黄母病逝，暂不通知黄生。黄生花光了最后一块钱，无法回家了。我的眼中含着泪水，他却若无其事侃侃而谈，我本想拍案而起，但瞬间就没了这份心绪。想起袁枚的《黄生借书说》，感从中来，当即拟此"黄生借钱说"，以期警醒于他。

我是时常读袁枚《黄生借书说》和宋濂《送东阳马生序》的，而且多次佐以热泪。我也生之于川南某穷山沟，读书之难如宋濂，借书而读似袁枚少时。家贫之状仅举二例：其一，每月发饭菜票，必其背面注明日期，限时供应，避免"青黄不接"；其二，我善于讲单口相声，民歌也唱得较好，但第一次上台公演竟无一双皮鞋可穿，同学借我，方得解困，嘴里说着唱着，心底却在淌泪。后于1990年参加市"银屏杯"影评征文得二等奖，奖金买得一双皮鞋，略有节余。我极爱买书，又爱到街巷听"都市物语"，到乡下采风，借钱也是常事。师大常有短文见于成渝报刊的老彭先生①器重于我，多次得其接济。王泉根，董小玉②等老师也曾慷慨解囊。我利用寒暑假，走遍川南近百个村庄，采集民歌和故事，论文③相继参加校级，市级，全国级学术年会，连续两篇发表在学科级刊物上。

我借钱确实为了读书。袁枚叹"书非借不能读也"。黄生则不然，多用于游玩，交友，风流倜傥于"舞池""长城"之间，而终至迷失本性，大学数年而自身素质无丝毫长进，岂不叫人痛心哉！我借钱时，行神谦恭，进恩师门，必先谈读书作文，半晌，才红着脸颤着声含着泪蠕动嘴细声说出借钱二字，并言明归还之日，假期回家给中学生补课挣钱就还。今之黄生，理直气壮，理所当然，随意道来，倒觉得像是欠他的了。我一青年教师杯水之薪，外靠半夜爬格，周末加班挤出的余额，其实浸透了心血泪汗。然而念其家贫无助，也就往往慷而慨之。

黄生告辞时，说下期再见。我心想，见了，就读读这篇文章吧。

——原载 1997 年《重庆晚报》8 月 31 日

注：

①：老彭先生，即西南大学文学院已故教授彭维金，笔者恩师，民间文学专家。

②：王泉根，北师大中文系教授，著名儿童文学专家，当年曾在西南师大中文系任教。

董小玉，西南大学新闻传媒学院院长，当年笔者的写作学老师。

③：指笔者论文《人仙妖之恋——中国四大民间故事的共性结构与文化内涵》和《大自然的灵性——中国山川风物传说的文化内涵与结构形态》。

包裹亲情

终于笨手笨脚地缝完了两个包裹，直起身子，脚已发麻，眼一黑，似乎有点晕眩，我朝前倾倒。我知道自己有点低血糖。在这邮局大厅全神贯注地蹲了近二十分钟，突然站起来，准会犯病。然而一双手敏捷地扶住了我。一定神，眼前居然是一个拿着相机的女孩，学生模样。看得出，我们都有点不好意思了。

女孩说：" 老师，我是 XX 报的兼职记者，刚才见您缝包裹的神情很动人，我给您拍了照，我们报社要做一期年关话题……"她肯定看清了包裹上的名字和地址，所以知道我是这个区唯一的 S 大学的老师，而她正是这所大学的学生。

女孩说："老师，好多人现在都不寄包裹了，寄钱多省事啦！"

我说："钱和物，不一样啊。省事了，简单了，现代人的情感形式简单了，情感内容也简单了哇！"做惯老师了，总是好为人师。

女孩等我办完手续，请我坐在旁边的长椅上，说要深度采访。我说，没必要了，一张图片配上一两句话，就是很好的文章了。图片背后的议论，还是留给内心的体验吧。"聊聊，还可以。"我对那个学生记者说。

我刚刚读过一篇外国老太太 80 岁生日写的英语散文。她女儿在类似我们市妇联的单位工作，说好回不来了。她希望能收到女儿的一封信，或者一个小包裹，里面是一张手绢也好，一件背心也好。然而，那天下午，老太太等了很久，黄昏时分，邮差来了，女儿寄来的却是一张印刷体的生日贺卡，里面夹着一张现金支票！老太太沉重地把支票撕得粉碎……

我的两个包裹都是寄给远在山区的父母的。一包是几件便宜衣服，一包是银耳、枸杞什么的，反正值不了多少钱。我们兄妹三人接二连三出来读书，现在好歹都有了一份工作，父母没包袱了，但山里的生活依然清贫，依然缺钱啊！然而，每次我们寄的钱，他们都舍不得花，叫他们去买点营养品，买点新衣服，他们总不干。我便索性直接寄成物品了。物与钱就是不一样啊，尤其是娘，穿了我寄去的毛衣、背心，就去邻里乡亲间传播："我松儿不忘本，你看这是寄来的。"也喜欢提了营养品去送给她的亲戚和长辈，一边念着："这是松儿从重庆寄过来的！"物品凝聚着亲情，也扩大了亲情，升华了亲情。我相信娘是带着几分骄傲的。而接到汇款，她一点感觉都没有，尽管她也需要钱。但，没文化的娘也知道钱是抽象的，而物品才是具体可感的，那东西寄托着儿子的感情。

缝包裹的时候，脑子里总想起孟郊那首诗"慈母手中线，游子身上衣，临行密密缝，意恐迟迟归。"那么，这反过来，也可以写给我的母亲了。因为没完成的一个课题，加之女儿尚幼，不敢长途车马，春节没能回家。包裹当然该寄。一边缝一边想，也在一边聚攒着情感，脸发红，泪水挤在眼角，难怪那学生记者被感动了。

最后，我发觉那女孩听我说了这么多，都几乎没往笔记本上记，倒是眼睛湿润，若有所思了。

——原载《重庆法制报》1999 年 3 月 25 日副刊，《西南师大报》3 月 25 日，又载《重庆商报》同年 3 月 29 日

白发亲娘

大雾散开时，我们的车到了一条不知名的小镇狭长的街道上。小镇逢场，街中流淌着熙熙攘攘的人群，车开得很慢。这曾是我儿时在乡下熟悉的场景：冬天的阳光来得迟，却来得欢，水花般撒在流动的人头上……司机和其他乘客极不耐烦地骂到："这鬼地方！"我却用满含乡情的目光打量这个土里土气的乡场。十多年前，我不就拉着娘的手窜在这闹哄哄绿花花的人流中吗？

突然，一道屋檐下走出一位上了年岁的女人，她望了两眼车子，慢慢地掉头走进一条小巷。女人头发花白，穿着紫灰色防寒棉袄，步态已有些迟钝。"娘！"心中惊呼"这不是我的娘吗？"

娘，六十多岁了，从来没出过县城，这次却远远地被接到这座在她眼里"尽是房子"的大都市，她太不习惯了。娘，没有丁点儿文化，不识字，也就识不了路；不会用电器，不会做"城市里的饭"；听不懂我们这个城市的语言，看不懂电视、录像，偶尔听到五十年代的老歌，才像听到乡村的鸡叫一样兴奋。到郊外散步几次，走的同一条路，却怎么也分不清往返，只有见到郊外那块小小的麦地，才自信的评说："这块麦子长得好啊！"。娘没法做我的家务，我上班去了，她又不敢出去逛街，只好在屋里开了电视盯着看，又不

会用遥控板，半天，也就只看了一个台。亲自见过解放战争的娘，看到打仗，就喊"好看！"一边又说"打得好惨啰！"。遇到激情戏时，她就说："好脏"，遇到外国人则一律说"怪头怪脑的！"……在遥远的小山村，聪慧、敏捷、勤劳的母亲，到了儿子所在的这座大城市，一下子过着"囚徒"般的城市生活显得多么笨拙啊！

在我想娘的时候，车已经缓缓地蠕动了，我知道，泪水挂上了我的脸庞。她太像我的母亲了。万一她就是我的母亲呢？万一她清早醒来不见了她的儿子，而且又因昨晚一个怪梦的预兆，他会不会刻不容缓地搭乘最快的车，赶到我的前头呢？如果真是我娘，她定会这样做的。读中学时，有一次晚归，她不是举了火把到山口来找我吗？

"停车！"我神经质地，不！别人看见我神经质地下了车，走进了那条小巷，老女人出现了，她坐在小巷的尽头，一块青石块上，抱着一个小男孩逗笑。

她不是我的娘，是别人的娘！只是太像我的娘了！

娘啊！白发亲娘！贫寒、辛苦一辈子的娘啊！

我搭乘一辆返城"的士"回到家中。正午已过，娘正在安详的午眠。

——《南湖晚报》1997 年 2 月 12 日

写作《红鼠》的一个晚上

子夜来到人间，生辰属鼠，遗传的信仰把我神秘地和一个阴气低贱的怪物连在了一起。从遥远的那个天边村落的如梦童年，到而今这山上城市的苦读寒窗，我时刻关注着黑暗中摸索的小生命，时刻悬想着与生俱来的天人合一，进而在理念上接受了老鼠的一切灵性和名分。

生活是窘困的。写作"红鼠"的晚上，我被迫挤在一个阴暗的角落，耐心地用笔打捞人间的光明。此刻，寝室内外或远或近，鼠行沙沙。

出生不足双月，在妈妈怀里看见一场大火烧掉了地主阶级留给我家的木楼大院。后来，妈讲，做饭时她看到一只红鼠从烟囱窜上屋顶，太阳落山，屋就烧了起来。她就抱着我远远地坐在池边哭。我看见好多人提了水冲进火去。浓烟中爬上屋脊天做背景的男人是我爹……我依然没有责备红鼠，从我懂事起，我就开始寻找那只红鼠。我想让它烧掉一些古怪的东西，烧出一点壮丽与辉煌。

有一日在沱江吉子河畔观音崖下，听一老汉讲了文革亲身经历。彼时，他在村里保管粮食，仓中打上灰印防盗。可粮食一天天平面下降，盗粮之嫌落他名下。无奈，老汉只得作侦察兵，昼伏夜出，一双老眼盯着黄灿灿的稻谷。月明星稀，流水般的月光泻进仓来。轻盈盈，白亮亮，一只两只，一群白色大鼠排队而入，从墙角钻进谷里然后鱼贯而退。老头惊而未呼，似见神灵，呆了。猛地想起"革命警惕"，便轻轻"跟踪追击"。下了坎，越过草丛，到了一弯古代坟场。老鼠们在一块巨碑下忽然沉没。白天，老人领来民兵连，扛着红旗，举着红本，喊着口号，挖开古坟，坟下大空，胜似圆顶舞池。数百只老鼠正翩翩庆功。最后的结局：鼠们走投无路，闷死坟中。第二天下午，村中农民人均鼠肉二两……

读大学时，穷得像老鼠一样。夜里，搞罢家教回家，静静地啃书，爬上格子，穿过一些灵魂的幽幽黑洞，寻一些十元、八元的稿费。梦见老鼠，也有着基本的价值主题："为稻粱谋"。

于是，白鼠、红鼠，走进我的文字之中，两天十余个小时，我写出了近两万字的《火》。写一只老鼠幻化的红孩儿满村子询问"远方在飘雪吗"。写窒息在宗法、迷信、贫困中的一对男女的叛逆逃亡。最后，一只红鼠怀孕了，思念起丈夫，而村子在红鼠走过檐楼时，起了大火，烧得只剩下一本古旧的经书。

那天夜里写完小说，我红烫着脸睡着了。很久很久，看见同学蔡某，正生吞一只老鼠，津津有味。梦里我怎么也抵不住恶心，觉得要吐，惊醒翻身而起，突然看见一只白白的老鼠双脚并立，脸做笑态，站在我的床前。

"妈呀！"我双掌推出，"啪！嚓！"一物碎倒地上，同室皆醒，灯亮，原来昨夜熄灯后秉烛偷光看了原稿，蜡台仍放在床前——

碎碎的，红红的，却是一地零星的鼠之梦！

——原载 1999 年 8 月 13 日《重庆法制报》副刊

面对水域

第一次在水中看见月亮，那时我还不知道什么是美。竹丛筛下清凉而斑驳的月光，我的倒影柔柔地披上一层波浪，将一方水域牢牢地深情地交给了我的缘分，从此，我爱上了水。

捧起一把清水来，居然看到一双双纯洁的眼睛满手流淌。我把水砸向湖中，好端端的月亮被破碎了。看看天，却以为受了骗，不知道水为什么会捉弄我。一会儿，水里又有了一轮脆香脆香的月亮，我失落的凄惶马上转化为奇异的满足。是水，给我第一次完完整整的参禅。

接下来，是和一个妙龄女子坐在岸边，我依然很小，会唱会跳，她削苹果给我吃，我坐在她的怀里望着水。她的微笑就像一只红苹果荡漾在水中，以至多年以来我的梦境总有一层苹果红染着甜香的底色。

她很美，十七八岁，远离上海，插队落户到川南乡下，住在我家。一年之后，被迫害的父母双双去世。她像一颗飘摇的小草，和我——一个三四岁的乡下男孩几乎相依为命。她教我跳舞，教我唱歌，给我讲安徒生童话，讲她的家，讲大上海的传奇故事。我呢，常引她到山垴上，教她认识杨雀花，牛牛草，蕨菜和三月莓。雨雪风霜，寒来暑往，知青姐姐的蹉跎岁月，却给我的童年带来了无限的春光。

后来她返城了，考上了一所大学的音乐系，后来到了上海轻音乐团。而今，她已是沪上一位著名演员，我却感叹我们相遇的历史，只剩下那段生活的粉红底色了。她是否知道水边的小弟弟，已长出了可爱的胡须。

在水中，我两次差点被淹死，但却依然恋着水。

那次去沱江游泳，由浅水区不小心滑入了深水区，有气无力的几番挣扎，我便进入了一片混沌黑暗之中。前边的大哥回过头来，只看见一带静静的江水泛起轻柔的碧波。他慌了，几个燕子掠水式钻到我的水域。我被救上岸来。在昏迷中，我看见滚来滚去的月亮，像一个邪恶淫荡的少妇……后来，妈妈和奶奶在油灯下为我求神拜佛："虹娃与水有恶缘，你以后不要下水了。"

另一次是夕阳下山时刻，我在红枫湖漂一叶小舟，往深谷里追逐那粼粼的波光。天色暗淡下来，只在转瞬之间，天空似乎悬起了一把猩红的血剑。我感到天地之间某种神秘的压力，感到了无边宁静里自我灵魂的渐渐消失，我掉进了湖里……捕虾的苗民告诉我，"你怎么站在船头了，还往水里走？走在水里动都不动？"原来几秒钟匆匆，我已经去了忘川一次，是他把我从死神手里硬扯回来的。

我坐在篝火边，他帮我烤衣服。短衫短裤，蜡黄胡子脸，永远留在我的脑海中。帐篷不远的湖水，在马灯下缓缓地流动。多么美好啊！生死界上的一段风景。

——原载 1998 年 5 月 4 日《重庆商报》

为啥没听到你的歌声

每年总要回一次那个山村的老家。这次暑假回去后，邻里叔婶大嫂们到我家玩，几句寒暄之后，他们问我："回家两天了，为啥没听到你的歌声？以前你回来，总在晚上高声唱歌，村里好远人家都听得到，好听，我们就知道你回来了。"他们都有些茫然不解。娘也坐在他们中间，一刹那似乎收敛了笑容忧郁地说："按理，工作几年了，啥条件都有了，回家乐乐的，咋就不唱了呢？"我的心里"咚咚"一下惊悸了好久。真没想到他们会这样问我。快三十了，应该告别活蹦乱跳的山野少年了。他们说的"以前"也不过几年之前。我回家不再那样唱歌，这一细微的变化，真的会给母亲和乡邻那么大的感伤吗？

是的，我曾经是乡里的百灵鸟，天生嗓子洪亮清爽，中气十足。三四岁时，一个上海女知青插队落户到我家。她十六七岁，是知青中的文艺分子，歌舞极好，教我唱唱跳跳成了她在乡下最大的寄托，一教就是三年，草场，牛背，柴山，哪儿有我们，哪儿就有飘扬的歌声。她走后，我继续在这山村唱歌，砍柴，放牛，割草。上了小学就唱到小学；初中学堂在山下八里处的坝上，清晨一路唱着下山，下午回到山梁上也唱上一阵。再后来，去县城读高中，到省城读大学，一旦回家，吃罢晚饭，只要天气稍好，我也要到坝子里扯开嗓子嘹亮一番。那是很自然的事儿。

工作后，难得回家；回家，这只百灵鸟也哑了。开初，我只觉得不好意思，再后来，也就觉得自然。其实，我的家乡是适宜歌唱的，山高林深，沟峦开阔。风顺着沟吹，月亮时常亮着，星星也多，田野寂静，空气绝对清爽。

只有偶尔夜归者的火把引燃这山追到那山的狗叫。这是一个天然的乡村歌手的舞台。

我为啥就不唱了呢？我并没有往深处想过，今天娘他们的终于发问，一下子将我推到了自己的对立面，我必须做一次在城市里从来没有过的反思。

城市和农村正在无限的趋近，文明的绳索正把这对胞兄胞弟拉回同样的模型之中。但很难说是幸或不幸。我总以为在很长的一段时间，城里人回乡，总会隐隐感到一种误解或者冲突。我的母亲们朴素的忧郁与怀疑不会没有道理，对她们而言，吃穿不愁，还有啥不放心的呢？作为城里人，或者更明白地说作为文化人，我自知进入了一个什么样的序列：职称，住房，家庭，经济这些不得不考虑；而另一方面，社会政治，功名利禄，精神文化乃至自由生命，这些形而上的缠绕又不得不去拨弄。更何况我是偏重于后者的苦旅一派。而这恰是我父母辈那样近于文盲的村人根本无法理解更无法认同的。我自以为基于精神文化上的成熟，在她们眼里便是老化，便是与他们生活的距离与疏淡。当他们从父亲口中听到"作家"这个名词时，高兴得奔走相告"劲松在重庆坐家（安家）了！"娘听了一脸幸福，她们一脸羡慕。

反过来，我是极不能调整内心真实和面部表情的。看到家乡因交通不便，离城市较远，思想不开化，教育落后等等原因而依然比较贫困时，自然感到十分忧郁，而关键在于他们大多还停留在饭能吃饱就行的自然状态，我还有什么颂歌的姿态行于言表呢？相对于我，他们太容易满足了。他们自足于那样的山中世界，我无法融入，但也由于接受的原因，更无法去批判与改革，这才是现代文人与乡村社会深层次的二律背反。

自古而来的山水诗与田园牧歌，只是那些作为过客身份的士人阶层所为，至多是一种理想模式。实质上，这是一种痛苦的理想模式。民歌进入了卡拉OK带、CD盘上，是舞台上漂亮演员表演出来的。

在这里，我倒比较自信，没读音乐系，而选了中文，没成歌手，却作了教师，但就歌声而言，其实还封存在哪个遥远的山村少年状态。我唱得极好的便是民歌，唱得最好的却是地道的采自民间没有经过任何修改的山野小调，也就老土吧，但在若干表演场合，我这"老土"一出倒是掌声雷动。原因何在，城里人更"喜新厌旧"，城里人才是文明的过客，城里人不居住在大地上，而是挤在钢筋水泥中。村夫野老才真的脚踏实地。谁更需要民歌，需要自然的歌声呢？从生理心理上说，当然是前者；而从生命从心灵上讲，当是后者。这是两种不同性质的需要和安慰。再贫瘠的地方也需要歌声啊。艺术与生活到底谁更真实，永远是个难题。

山村乡亲们无疑需要的是生活。唱歌不是艺术，而只是生活。采风者把山歌看成艺术，作曲家歌手更把它看成艺术，学者更加倍地认为那东西艺术得很哩。但村民却不懂，这跟吃饭睡觉一档子事儿有啥分别……他们希望山中的百灵鸟不要哑了，希望我回到他们中间。我所谓的家，在他们看来永远只在那座山上，不是回老家，而就是回家。只有歌声能带着我回家，只有歌声才能打开那道故乡的门。

我有理由不唱歌了吗？

想通了，也真没想到，这次回家会发现并思考难度这么大的问题。这可是哪本哲学上都没讲过的呀，我爽朗而笑："娘，我唱。"

我摆好架势，在乡亲们的掌声中，唱了一首《父老乡亲》，不是彭丽媛那样，而是在西柏坡"心连心"演出时赵本山那样的唱法，土土地，粗犷地，声情并茂……

夜静得出奇，我的歌声悠扬地传了出去。我看见那边门窗推开了，亮出灯光来，几只狗在叫，而星星稀了，月亮挑在树梢……

——原载 1998 年《企业文学》第 2 期

送君远去

无论怎样，送你一程总是可以的，而且愈送愈远。

在路上，内心掀起一场无声的战争。所有的过去一下子模糊起来，每朝前一步，似乎就会遗忘一分。我们终于到了再也不能送的地方，那坦然的微笑，哪里是永别的表情？只是归途太长，脚也变重，似乎踢着心走，每走一步，都会渗出一丝血来。

这时候，泪比血更加浓郁，一棵木棉树让我依在道边，被陌生的过客认定是个流泪的病男孩。可是，在木棉深深的心脏里，我听见你远去列车的轰响，看见你伏在窗边凝视青山绿水，看见你脸上无论如何也掩盖不住的迷雾和阴云。

我曾设想让自己过得恬淡自然，但你义无反顾的远去，使我一次次失败于自己的信心之下。只有唱起我为你谱曲填词的歌，才觉得净化与升华，灵魂在游踪不定的悬想世界里找到一种叫做艺术的依托。那时候，我会觉得我是在歌唱人生，歌唱所有此情此景下——男人与女人的心之曲。

转身的背影，谁都美丽，低头沉思，谁不凄然？可贵的是对自己的良心负责。因爱成恨的故事遍布现实生活的每个角落，爱而不得的心境时时邀约每个真挚的灵魂。谁也摆不脱自责、自卑或忏悔的阴影，但谁也不要因此而沉沦自弃。人性的光辉，就放射在战胜自我的意识瞬间，谁也不能真正地享受无忧无虑。真诚地回过头来吧，请看重自己，你会发现，你也是上帝的宠儿，不幸之中为你安排了一个万幸。

你的远去，会为远方开放一束美丽的风景；你的远去，会让我储存一段记忆在远方的春天。时间，这万能的心药，会使一切淡忘，也会使一切得到明证。这之间的距离靠心灵来丈量。当我们老时，它会变得越来越短，直到重逢，缝合那些不愿叫痛的伤口。

因此，送君远去，是我最聪明的抉择。这犹如定期储蓄，岁月越久，我们最终的幸福就会越大。送君远去，你更在我的心底争到一方永恒而安全的领地。

记不起送你的整个细节，只有冷冷的风，飘落的黄沙，一晃而过的列车扯破的青山绿水，倒挂的天空碎片……

真诚地送君远去，我知道，你也在送我，送我回到原来的自己。可是我也知道，这绝不是原来的境界，我变了，我多么真实，多么懦弱，而又多么深沉。

——原载《重庆商报》1998 年 6 月 13 日

永远的紫罗兰

深冬的黄昏，一盆散发着幽香的紫罗兰，被我装进藤编篮子吊在阳台上。它是极普通的品种，既不婀娜多姿，也不亭亭玉立。但它就那么神圣地，被我高高地供着，映下一地花花的夕阳。

于我而言，它的幽香是历史性的，像一部多愁善感的琼瑶片。

数年前，我刚毕业留校。那天去送专科班的同学——几个平日里奢谈过文学的女生。本无所谓留恋，写个地址就可以完结一切形式。然而她们中有一个她——小 D 却久久没有出现，我的心便一下子空落了，顿生悲哀，一脸眷恋。于是从校门送到汽车站，从汽车站又送到火车站。显然，她们成了小 D 的替代与寄托。

一切源于我作为学生代表的一次学术报告，再有一次便是在校外某厂的演讲，不久便收到一纸长信，女主人公相约黄昏后。她确实很美，偶尔几个同学见我们在一起，都私下美美地给我一拳"好小子，守稳了！"学校旁边有一座顺着嘉陵江走向的大桥，我们称之为"滑铁卢"，取美国电影《魂断蓝桥》之意。走在桥上，我没看她几眼，却有不少过往行人把她当风景看了……

在整个大学时代，因为个性，更深层次的原因却是乡下的父亲经常念到的一句《增广》名言"人不风流只为贫"，贫困如我者不太容易进行爱情试验，至少很难成功。贫困生大多上升到一种精神层次的柏拉图之恋。如此，我们的浪漫曲里也只吹奏些空洞的哲学与虚伪的文学。谁都知道，口若悬河的背景里暗藏着什么真实的目的。她是某地区长官千金，委培定向生，分回老家已成定局，这定局规定了浪漫曲的悲剧走向。所以在集体离校前，她被父亲的专车悄悄接走了，是不是含恨而去，我不得而知……

女生楼的管理员赵姨是我留校单位一个同事的妈，已经认识我了，我说想到小 D 的寝室去看看，她便带我进了女生楼。那个窗口曾经是我梦中月色星光的所在，此刻，却在深秋的风里流淌着灰暗与阴郁。就在窗台上，我发现了一盆紫罗兰。新鲜的泥土疏松地盖着它的根部，似乎刚浇过水。赵姨看出我的心思，说"你把花盆搬回去吧！"就这样，这盆花成了我工作后空荡荡的宿舍中唯一闪亮的东西。一年过去了，紫罗兰在我的精心培养下，照样幽香扑鼻。第二年，我被学校派到贵州一个山区支教，当了一年中学教师。我把紫罗兰搬到办公室我的窗口，嘱托同事间天浇一次水。

一年后，我从贵州返校，首先把紫罗兰接回了家。她还活着，照样娇艳鲜嫩，但泥土却死成了一堆铁似的，我急忙松土。奇迹发生了。一个牛皮信封翻了出来，信纸已经粉碎，只有封面的字迹依稀可辨！无疑这是小 D 留给我的一颗跳动不已的心啊！这颗心被埋葬了整整两年！她的一个同学偶然回母校办事告诉我，信里的意思，是让我等她，等她依靠父亲的关系解决了工作，独立起来，就会来找我……

去年十月，小 D 出差去云南，遭逢一场车祸，当场罹难。时年，二十有五，已经独立，还是单身贵族。同学说，她在她家看到过写给我的信，都留了底子，但父亲把它全都烧掉了。

此刻，寒风吹过，紫罗兰微微地颤抖，我没觉得冷，只看见小 D 的微笑在风中燃烧！

——原载《重庆晚报》1998 年 6 月 14 日副刊

两个人的车站

夕阳已然西下，菜园坝火车站还是热浪袭人，看着告示牌，我要接的那趟火车晚点两个小时，心里格外烦躁，便暗骂一句"他娘的！"然后走进天外天地下商场，居然发现了一个大大的书店，旁边一挡是茶座，5 元一座。我买了一本书，悠然入座。一杯茶一本书一根烟，真是惬意。奈何那晚点的火车折磨着我，烟和茶不停地换着，书却难以翻动几页。

"就坐在这儿吧！"一个年轻女人，不，一个年轻母亲已坐到我的对面，手里牵着一个两三岁的男孩。她的面前放了一杯热气腾腾的绿茶，小男孩正抓着一罐冰茶喝。我赶紧把烟灭了。女人清爽秀美的脸庞如浴后浮出水面，新鲜动人。动人的面容里有种惊人的熟悉与陌生。

"是你！"几乎是同时，我们脱口而出，但对方的名字却被这惊喜省略了。随后"儿子都这么大了！"我只好这样说。"叫叔叔好！"她也只好这么说。茶气氤氲中，迅速浸过一支恍如隔世的爱情悲歌。我们都确认了对方就是八年前大学校园里千篇一律又自以为轰轰烈烈的故事的主人公。

"你在晚报上写过文章来纪念我吧！"她问，"你怎么把我写'死'了？"

"……我听人说的，当时我很痛苦。"我感觉自己脸都红了。

"还改不了老习惯，自作多情。"她狡黠地斜我一眼说。

原来，我那篇文章说她在云南出差车祸罹难。文章发表的那天下午，她恰好从云南回来，在菜园坝转车，买了份晚报，结果发现我在上面意味深长地纪念她。"你呀——"她一手摸着儿子，一手弹着茶杯。"呀"字拖得老长，脸上却布满轻松的笑意和善意的调侃。我不得不品位这"呀"字深含的喟叹：我还像过去一样，比较理想化。这种人骨子里有许多悲剧因素，有意无意把自己定位在不合时宜的坐标上。我们没有过多地谈论自己的现在，因为都可以从对方的状态里得出家庭安宁的感觉，谁也没权利也没必要去破坏这种安宁。八年后的突然相遇，当然惊喜万分，但也不能去说什么"前生约定"之类的疯话。因为最初的分手便是非主观的"有缘无分"，诸如门第、分配之类。缘，有时就是世俗的代名词。

两个小时很快就过去了。晚点的火车要到了，她北上的那趟车已开始检票。电梯上，孩子懂事地牵了我的手，她却一下子脸红了。

到了检票口，我还要送她。她说："不！不！不必了。"眼眶里已含着几颗泪水。我知道再送下去会有危险的。"后会有期！"我说。她在栏栅外回过头来："作家先生，又要惹你写那篇文章了吧！"

"名字我都给你取好了，《两个人的车站》。"

"两个人的车站"！——她走远了，我却久久地怔在那里。

——原载《重庆晚报》1998 年 11 月 20 日副刊，文中所指的"那篇文章"就是该报 6 月 14 日的《永远的紫罗兰》

梦见美国和我的同学

而今，"出国热"显然已经悄悄降温了，但"到美国去"恐怕还是一些人的"美梦"。我向来无此"野心"，也觉得没有那种势力和必要，却不幸于前日做了一场"美国梦"，真真切切的梦。梦见了美国，和阔别十载的我的同学。

梦中的我准备到美国留学读书。我背着两袋书，一大口袋米（中学时代寄居舅父家，当是此情形，可笑！），什么手续也没有办就出发了。来到一座长满青苔的石拱桥前（绝类儿时故乡小桥），遇到大学同学，某女生（人们唤作安琪儿的）美丽地问我哪儿去，我说去美国留学，她说这桥上有青苔，小心滑倒。说完就不见了。我也怕，一道烟似的跑过去，说是就到了美国。

天地一遍茫然，意识里是美国，景色全是故乡的水墨渔村。我饿了，一会儿又到了一间黄泥小屋，顿时感到无依无靠，孤苦伶仃。慈祥的渔翁出现了，冲我就是一段《三国演义》："白发渔樵江渚上，看惯秋月春风。"原来他是一个中国人，正一手托着水淋淋的渔网。他乡遇故人哪，我激动地跪倒："我，离家万里来美国求学，举目无亲，我认你做干爹，收我作义子吧！"言语间泪水滂沱。老人抚须道"虹娃（我的小名）不怕，你就在我这里搭伙，我去打鱼缴你的学费。"说罢，收了我的米口袋（初中走读，曾到一农家搭伙）。

顷刻，黄泥小屋仍在，老人不见了，进来一男一女两个美国佬。"Were from you?"他们用英语问我。"I don't know！"我说。（这段有明显语病的对话，几乎成了我们年级的经典笑料。）我急忙解释，我在大学学的俄语，安排在星期三晚上，而每星期三，学校又放好看的电影，我就常常逃学，没学好。老外直摇头，笑着消失了。

不一会儿，坐在屋里抽烟的是同学王、刘、姚。他们也都来了美国。王是公费，刘是偷渡，姚是自费。他们又说教室在1208（大学一教室名），明天上《荒原》研究课。说着说着，我们的级长、系花李某某进来了，居然梦里也会回忆，说起先前即出国前桥边遇到的安琪儿与我的一段经历。

这不是梦里新生的情节，是毕业前的一次亲身经历。那天我们聚餐北碚文星湾，人人痛饮，安琪儿恰与男友闹矛盾，喝得大醉，席间突然去"砂之船"咖啡屋找人。（"砂之船"：北碚较早的文化茶座，其屋其人曾载《读友文摘》）。其他同学洒力甚微，已有些飘浮，便推我为护花使者送她去。那地方没找到男友，有人曾见他携另一女孩早已走了。安琪儿情绪大坏，狂呼乱叫着要死。在后校门外山谷口大吐，至昏迷状，我只好扶近于搂着好，绯红着脸走回桃园。（此事我未告诉任何人，不想在梦里竟和盘托出，又记：安琪儿，曾当选某年省城小姐）。

梦中的黄泥小屋，烟雾缭绕，平静下来，一个可怕的意象落入眼前：李某某，化作一缸烟灰。夫子气的王君在我的梦里高声诵读："谈笑间，樯橹灰飞烟灭"。现实故事是：安琪儿直到两年前才嫁了一个老外坐飞机直飞美国旧金山，李某某分到一省级机关，后又下海，成了香港某房地产公司总经理助理。梦中的王某、刘某、姚某都在两年前与前妻分手，并且到了行政机关，混得不错。只有我，毕业后留校，无任何变化，是个业余作家。

梦里醒来，正是半夜，窗外月光如水，倒令我思念起梦中的同学来了。

男人种树　女人乘凉

女孩"傍款"，尤其是在"傍"的先天条件的亮丽女子那里，几乎已成为时尚，至少已成为她们向往或者乐意接受的典型心态，这样的情形多发生在"出产"暴发户的南方。但如此"爱情经济学"很快传播到经济发达的沿海大中城市，并纵深到经济仍然落后的内陆和后方。这场看得见的"人身革命"，普遍传染着女生摇曳生姿的心态，同时又强烈冲击和震荡着男人的存在感：灵魂与肉体的。虽然在"大后方"，亮丽女子倒不都在"傍"着"款爷"，而且一时半会还在以传统的姿势靠着"当家的"男人，但因为有了"南方情结"的传染，内陆男人已经切肤地感到那种非要你去包打天下的艰辛、疲惫与不适应了。

女人们"傍"着自己并不富态的身躯，眼光是南方的，心态是南方的，思维是南方的：拿内地工资穿沿海服饰，度南方周末，拌南方的俏，休南方的闲，挂随身听、写签字笔，插 BP 机，要大排档、快餐、微波炉、鸡尾酒、西饼……即使男人是一颗弱小的草，她也要把你当做参天大树。你必须想方设法挣钱、挣钱，越多越好。你不得不靠翻两本书就匆匆成了股民，心里叨念着"发发发"。属于内陆男人的那种厚重、诚实、勤劳和富于理想主义的品性很快被浮躁、狡猾、颓废、虚伪、势力的实用主义所代替。在内地，女人正改造着男人，男人才真正处在市场经济的转型期。

为此，几个喘过气来的"爷们儿"一凑合，干脆改了一句俗谚来形容自己的境遇，谓之"男人种树，女人乘凉。"也就是说，男人如果是儿女的爹，那你还得是老婆的爹；如果是爹的儿子，那你还得是老婆的儿子。否则，孔雀东南飞，岂不是轻而易举的事？哪会跟你"十里一徘徊！"现在独守空房的女子不多了，倒是留守家园的独夫在无奈的阳台上吐着经久不息的烟圈，常常成为我们的城市随处可见的一种景观。

友人肖某娶了娇妻梅某，都在本市某中学任教，恩爱无比地过了两年。今春，南方某市一家电讯公司老板到这个中学梅某的姐姐家中来了两天，其间只上了一次图书室，遇到了仙女般的梅，梅就"傍"了过去。一周后梅与肖离婚了，再一周，梅已到了南方那座岛屿城市，成了一个盛大婚宴上的、走在圣乐中的娇滴滴的新娘。

肖痛苦万状地来找我，但痛定之后也就明白了：那男人四十多岁了，要钱有钱，要权有权，官有半品，事业有成，钱垫着大肚的气度也算不凡，自己也就小巫见大巫了，这世道反正是"男人种树，女人乘凉"，由她去吧。自己接下来的事情是努力地种树，所谓筑巢引凤，到四十岁，也会"经理"啥的。另一朵梅不也就招之即来？肖释然。我说，你去种树吧，你是那块料子？种下来，你也就一块老柴疙瘩了。肖说，我还得去拼的，为了一口气呀！原来，男人种树，只是一桩不得已而为之的痛苦事业。曾经见晚报上一作者写过"妻子，别这样逼我"，倾诉过类似的苦衷。

滋生这种念头，首先表明男人们对某种社会现象不解的心理失衡，或者"酸葡萄"反应，但更多的折射出内地男人转型期对生活和自我的无法认同与把握。一方面，从古而今的男权思想，男人当家做主的"封建主义"拉扯着今天的男人故作坚强地"死要面子活受罪"；另一方面，女权主义的盲目泛滥，引导着女性自由地片面追求和负面走向，理想、价值与责任感不再成为两性家庭角色的契约，而把家的结构推向了现实的、功利的甚至商业化的市场之中，其核心的失语在于：家，毕竟主要还是精神与灵魂的财富。

这样想来，其实男人也并非都要拼命去种这棵并不开花结果的树，女人也并非都要去乘这种施舍的荫凉，自尊、自重、自我实现，才能达到真正的自由。"傍"在大款肩上的鸟儿，不可能比自己衔泥做窝的鸟儿更能拥有自己的天空。"傍"是一个无形的圈套，系着一根金钱的锁链，久了就会生锈，一旦落到地上，哪怕不到两米，这只鸟儿也很难再次飞起。女人"傍款"的误区正在这里，而内陆男人这种种树的咏叹倒可以休矣，不妨悠着点，腾出一只手来，牵着女人一起干，建筑两人都付出过劳动的幸福。气赌了一半，另一半留着呵护没有飞走的青鸟。

——原载《文明与时尚》2001 年 10 月

回到老家

已经两年没回家了。论理，也该把自己组建的留在这座城市边缘的"家"叫做家了。但，意念上老是倾向于出生地的那个老家。像我这种从偏远农村经"十年寒窗"打进城市的人，总难割舍这样的意念。每当父母兄弟接你进屋，亲切地说："回家了！"或者邻里乡亲在山坳里见着你老远招呼"二娃子，回家了哇！"你该多么感动，久别重逢的乡情马上像汩汩的山泉浸满全身。

这样想着，我已经走进了家乡的一道青翠山谷，川南某个山区的丘陵地带。山地的夕阳出得早，落得高，给山间一挡，谷里便一阵阴凉，积淀心中的火炉重庆的燥热已洗去一半。

十里山路很快就上去了。转过几道弯，竹林围着的泥墙小院便映入眼帘。

多么熟悉的老家呀！我闭着眼睛也不会走错路了。这在城市里简直不敢想象，你闭上眼走路，说不定瞬间就会遭遇生命危险，至少招来一声怒骂"你想死了吗？瞎眼了你？"在乡下，闭着眼走会儿路是一种享受；耳边有鸡鸣狗叫，有学童嬉闹，有其他只属于乡间清越的杂响，你甚至会做一个短暂而美好的梦。然后一脚踏进家门，落叶便飘进了自己的根。很奇怪，院子静悄悄的。夕阳在墙上洒落乱花花的光斑，认识我的小黄狗也不见了。

因为是顺便回家，没写信也没发报，他们都上山劳作去了。我只好掏出钥匙打开门进家。这情景其实十分动人，十几年了，我的口袋里还放着一把老家的钥匙。这钥匙把所有老家的情绪锁着，它沉重而又轻松，浸润着泪与汗，只要捏在手里，立即会充盈一种温暖的潮湿感。

我靠在门上，千里奔波的疲劳一扫而光。突然想起一支阎维文的军旅歌曲："想家的时候／多想回家做点事！……"我知道现在该是什么农事的季节，便找了一把柴刀，锁了门，到老家的松林里去。手起刀落，"哗啦啦"，松枝在一阵阵脆响里欢快地落到地上。不一会儿，两捆柴砍好了。我找了一根茶杯口粗的松枝，做成重庆随时可见的"棒棒"，插在两捆柴中，便担了起来。望一眼几乎落下山去的夕阳，一挺身子，英姿勃发地跨下山来。"幺儿勒！"一声清脆又带哭腔的呼唤，穿过村子边的山路，路的当中站着我的白发母亲和我的两个小侄子。"二叔！"两声更脆的呼喊，把我定格在一棵松树下。大家的泪水夺眶而出，一家三代在黄昏的乡间，组成一幅动人的回家图。

用不着再说什么，母亲和侄子的惊喜只是看见我回来了，而不是在乎我回家做了这点事。对一个回到老家的山民儿子来讲，一切该是多么的自然，好像我每天都生活在这座山上，这个泥墙大院里一样。

——原载《重庆晚报》1998 年 8 月 22 日

并不张扬的人生

清明时节，老家那座山上一个老人去世了，葬礼隆重而简朴。黑压压的上百号农民肃立在松林坡上，几个穿着明显城市化的青年跪在墓碑前。清明的山风夹着几丝细雨，山间拂过轻轻的松涛。这像一场电影，但又分明出现在那座依然可以叫做贫困山区的林中山坡上，这情景分明是一出文化味极浓的仪式。因为跪在前面的、从那个山区一步步"考"出来的青年，还有他们身后知道是谁培育了这种希望的父老乡亲们——此时此刻的心里话绝对是很文化的：你是我们的先生。

那个老人，如果照某些"笔者"看来，肯定是值得大写特写让自己赚够稿酬的人物：一个黄埔二期学员，国民党员，刘湘帐下某部团职文员，新中国成立前夕，从国军中消失，归隐川南这块穷乡僻壤，改名换姓，在街头写对联糊口，直到1990年才主动"暴露"黄埔身份……这样的简史应该是语焉不详的，但我能知道的就只是这些。

他写得一手好字，虽然这些字只在年关生辰、婚丧嫁娶之际挂在农民的廊前檐下。但如果整齐地排列在一个展板上，那种苍劲、朴拙而潇洒的书法家气势，就会迎面袭来。我的那些半文盲的但又十分顽固地坚守古典礼仪的乡亲们不会这般理性地审美，但会质朴地评说："这字，立得起，过得了'黄道'。"

而且那些词，即使对文盲乡亲来说，也是极浅显易懂的，你几乎找不到酸秀才们那种"大陆对长空"、"雷隐隐"与"雨蒙蒙"的套路。我家留着他的一副对联和一首七言诗。联曰："家住农村多自由，身居茅屋少忧愁。"诗曰："不愿穷来不愿意有，但愿意长江变成酒，酒醉倒在沙滩上，风吹一浪喝一口。"当时觉得挺幽默，现在一想，这不正是他的心灵世界和他那并不张扬的人生写照吗？

然而不，他又是最彻底地体悟到我们那座贫困山村之所以贫困的人。他有着火焰一般的希望于外面的世界，这希望于自己没有必要，也没有意义，这希望的种子该是我们这些在山坡上摸爬滚打的农家子弟。

山上没有老三届，"文革"中诞生的、1987年该参加高考的学生就有5个。对我们来说，最困难的是英语。读的两年制高中（全县当年就只有我们班是两年制了），两年得学完初、高中6本英语，而且从字母学起。教我们英语的就是没考上大学的高中留校生，其难度可想而知。就在那滴满汗水的一个夏夜，写字的老先生，走进我家院子对当村支书的二伯说："叫娃们晚上过来吧，我给他们补英语！"在此之前，谁也不知道他竟能说一口流利的"洋话"。乡亲们是最现实主义的，便把我们5个娃送到他家去。而对他能说"洋话"的历史，照样不去深究。

第二年夏天，我们山上走出了有史以来本村第一代5个大学生。我们的外语虽然考得不好，但硬是全都及格了。城里的记者来了，写了一篇《山沟里飞出一群金凤凰》。当然，他只采访了我们和我们的老师，老先生早早地就上街卖字去了。临走前，他给支书二伯打了招呼，别对记者提他的事。

先生照样过着月朗星稀云淡风轻的日子，只是每年假期，那群高飞的大雁总会聚在他的院子里，幸福地说说笑笑。我们在成长，先生却老了……

悲凉的山风似乎在说着什么。我在想，一个人最基本的品性究竟来自哪里？这群山上出来的青年毕业近 10 年了，相对而言，工作都不差了，但骨子里都保持着一种善良而刚健的平民意识，这自然和老先生有关。老先生就在山中在这座平凡的坟茔里，但这块青石墓碑却并不平凡。一眼望去，便能觉出碑文的大家之气，那是先生生前写好的五个大字——陈仲池之墓。

——原载《重庆晚报》1999 年 6 月 25 日

老刘读书

老刘不来我家已经七八年了，却在深秋的一天里突然敲开我的门。

读大学时，老刘是我们班同学刘某的老乡，他所在的单位就在学校旁边的天生桥街上。老刘，是个热心肠的人，经常在周末把我们叫过去，在旁边酒馆里叫几样菜，就和我们吹牛。他读书少，但社会阅历丰富，常常给我讲些社会上的事。老刘也不喜欢看书，但却十分鼓励我们用心看，用他的南充方言说"横"（狠）起心读书。每每在我们获得一点进步，比如发表了一篇小散文，老刘会非常高兴地多喝几盅，说，你们一定要有出息。

"我是来请你帮我打官司的！"老刘的眼睛湿润了，打断我的回忆说。

"我……"我茫然。虽可说"饱读诗书"，但我对具体法律知道得并不比一个普通老百姓多。毕业后，我的工资远远高于他了，但老说工作忙，很少去看他，渐渐地觉得他不是我们这个圈子的人。后来，厂垮了，老刘先后到了贵州、云南、新疆去打工，我们再也没有见面。去年他回公司总部来，为单位接了一宗修理业务，却不慎被汽车头砸伤了腰，几乎瘫痪，在老家住了一年。今年秋天刚站起身来，却突然接到单位通知，要他下岗，而且没有一点正常下岗补助，更无法解决他的伤残抚恤。他状告单位，但不知咋的，法院判他输了。

老刘说，其实也不想来麻烦我了，他找了两个律师，律师说，可以告单位并可索赔数十万云云。那时，我有一个姓帅的朋友，俗称"帅哥"，法学博士，也是一个少见的热心肠，刚从学校调到了我们区法制办，我就此咨询他。"帅哥"说，这世道，律师也靠不住了，完全乱扯，索赔越多，其实是想要更多的律师费，不如这官司我们帮忙免费给他打了。我们的分工是：老刘去找证据，我撰稿，帅哥到时出庭代理。

我的书生意气大发，但，也只好进行书生方式的帮忙。我去图书馆为他借了十几本法律方面的书。他认真地读了起来，从不读书的老刘，在我的客厅里读了两天两夜的书，作了数千字笔迹。当我上课回来，看见他蜷伏着读书的身影，我心中一阵悲凉。老刘的读书，是不正常的，充满悲剧意味，至多是小百姓式的抗争而已。

我们的法律审判是"谁主张谁举证"，两天下来，老刘依然未找到强有力的法律依据。我又带他到新华书店去，终于看到了1984年以来地方性法规的书籍，长长的一大排。老刘就在那儿站着一本本地翻，一年度一年度地翻。又是两天过去了，终于在厚厚的一本精装地方性法规大全中找到他所需要的条目，他想抄下来，但书店太挤，根本无法蹲下，而且那样也有些难为情，他去跟卖书的管理员说，借出去复印行不？遭到白眼拒绝。他只好悻悻地死记硬背，又用两个下午熟记了全文。我说，你还是应该复印出全文，方便举证。他说那书三百多块呢。

感人的一幕和又一个"热心肠"在书店出现了。一个年纪稍长的店员终于问了他为什么天天来翻这本书又不买，老刘如实告之。他说明天你早点赶在没开门时就来。第二天，老刘提前半小时赶到书店，那店员已经用一份报纸把书包了，说"快拿去复印吧！一会回来，还是包好，别说话。"。复印好那几页"证据"，老刘买了一盒"红塔山"，回到书店湿润着眼睛把书还了。

第二次开庭，"帅哥"作他的代理，我给写的状词，老刘找到了强有力的法律依据，加之我带了一个班的法律专业学生去给他"扎"起，老刘赢了官司，法庭裁决原单位一次性给他一笔可观的补偿。

离开我时，我发现，其实，老刘已经真的老了。

——原载《重庆晨报》2000年12月22日副刊

一日三勇

五月初①，自贵州返渝。清早从平坝赶往贵阳，和我同座的是一个苗家少女，肤色略黑，也说得上清秀，挑了一担西瓜，绿花花的，格外喜人。她说，这是沙地里的第一批瓜，赶上这闷热天，好卖。路经某厂外，上来三个一眼看去象"杂皮"②的青年。有位子不坐，斜眉吊眼，口嘘小调，瞅这瞅那，想"做生意"③，乘客少，不便下手，就靠到我身边来。"喂，瓜好嘞，给哥们儿尝一个！"姑娘显然怕了，把担子拉拉。杂皮们见她孤身一人，其中一个弯腰抓起一只瓜来说："啥子货色嘛！恁金贵？"我生平最见不得无赖与流氓，"噌"地站起一声断喝："老子买了的，别乱动！"全车皆惊，司机和售票员也回过头来，盯住那厮。其时，我穿一花格上衣，架一墨镜，使人一望不知深浅。杂皮松手，但愠怒地望我，我则直勾勾地逼着他们不放。几分钟后，他们像泄气的皮球滚下车去了，苗家女红着脸哭出声来，问她，她说是吓哭了，好在不是感动得哭了，否则，英雄救美，目的可恶，何敢言勇也！

在贵阳站购票，一布衣老者持票来问，是不是到海口的。众笑，哪有火车去海口？④他拿过票来一看，原来是到湛江。他说，儿子在海口当兵，他去找他，先递钱进窗口，没听清售票员说什么，就给了他这张票。我说，大爷，先到湛江，还要做汽车到海安，再做船到海口。老人道谢，刚转身，凑过一个来说，老人家到湛江，同路。来，我看看票，哎呀，还是一节车厢。说完又把票退给了老人。老人就要走，我心中一闪，抢步过去"别走"，拉住那人，并叫大爷拿票给我。果然，座票变成了无票座，还可能是假的。"你换了老人家的票"我高声说，想让值班民警听见，果然，见这边抓扯上了，两个警察提了警棍过来。那人做贼心虚，挣脱跑了。我向民警说了情况。他们讲，既如此，又是军属，我们送上车就是。其中一个到窗口"喂"了一声。有客问，老头是你谁？爷爷？你是民警的啥人？我只能一声轻叹。

正午一点，车到綦江段临时停车，我埋头读书。忽有人拍我，兄弟，做生意的来了。抬头看去，果然见两个扒手正顺着过道扒睡着的乘客，而其他人大多眼望别处，神色泰然。岂有此理，我正要大呼，但见二人牛高马大，宜智取之。便迅速起身，到一节车厢之隔的广播室去。广播员一人正伏案午睡。掏证件，说情况，如此如此。她感动了，开了麦克风。于是爽朗的女中音响了起来："乘警同志，请到 X 车厢来，有人找！"那边车匪一听慌了手脚，仓皇翻窗逃遁。乘警真的来了！先到广播室，我忙说情况，掏证件。乘警一笑，望望秀丽的广播员："你违纪了！"顿了顿，又说，"列车长到软卧去了，否则你肯定挨批！"如此良策，也得挨批。我想不通。

一日三勇，心存虚劲，额渗虚汗，但道义盈胸，勇气顿生。何故？我想，我们到底不是弱者，我们的身后往往同时站着正义、真理、法律和人民！

——原载《重庆晚报》1997 年 9 月 8 日

注释：

①：指 1993 年 5 月，本人完成支教回重庆。

②：重庆方言，小混混。

③：黑话，想行窃

④：那时，还没有直接去海口的火车，需要先到湛江，再转汽车。

挂在门上的指南针

老彭先生没迁居前，住在一、三教学楼间的黄色木屋上。没配套的两间一厨并不宽敞，但满足于屋外高大茂密的樟木掩映，先生命之以"缙云别暑"（"别暑"非"别墅"之误，乃谐语也——编者）。"别暑"仅二楼高，然楼道自中门而开，直线而上数米再右转直上，到先生门前，梯口之窄已仅容一足，拜访先生须小心谨慎而行。"缙云别暑"最大的特点是门上挂着一个纸块制成的"罗盘式指南针"。圆盘上画成若干小格，分格用流利的行楷写着"浴室"、"图书馆"、"出差"、"上课"、"午休"等字样。圆心上钉了一根"纸针"。针尖必指定某个格子，圆心下书一行小楷："如不遇，跟踪追击可也！"严谨得如此诙谐，往往令人忍俊不禁。

大二的那个夏天，我在这块指南针的指示下，"跟踪追击"，多次求教于先生，删改数次，写成近两万字的论文处女作，并发表在上海的《中国民间文化》集刊上，紧接着参加了市里的学术年会，这几乎成了系里的美谈，而我始终觉得启悟于那块小小的指南针。简单明了的图案，标示了一个学者的有板有眼崇尚简洁的生活规律，更暗示着学者治学为人的从容风骨与亲切胸怀。门上指南针的无声告白，与"别暑"内的严谨教导形神相应。先生常说

"民间文学是冷门学科，但矿藏丰富。"又说"师父引进门，修行在个人。"通向先生居室的楼道与门廊映衬着这两句温存的教育。

针对某个课题，先生从不命定一个主题或方向，至多提供一列书目或论文索隐，你得首先查遍该课题的资料，看有人做过没有，做到哪个水平上了，学问贵在突破、创新与深入。另一方面，先生极重实践，到民间采风是"田间作业"，到集市上走动也是"听市声"，论文中应充实着自己采来的第一手材料。此后两年的假期里，先生曾几次助我以金钱、磁带，我几乎走遍了川南的沱江、金沙江流域。除了大包的采风资料，那游历普通百姓的生活体验已远远超越采风行为本身价值。每次疲而兴奋地敲开挂着指南针的门，看见先生激赏的笑容时，我不禁对自己的苦旅也肃然起敬。

先生常备一笔记，凡借书、磁带、书目索引者，都需签字其上，归还即销。这样，先生钟爱的书籍也可以"跟踪追击"了。而我则没有此项指南，辛苦买来的书，常因东挪西借，遗忘或被遗忘而不知所终。此刻便深深地感到：先生看似小心、吝啬、迂腐的举动，实在是学术人生的大谨慎，大节俭，大智慧啊。

毕业后调贵州支教一年而返，先生已退休并迁居。木楼下已开起一片小店，时有男女众生相依进餐，酒菜香味顺着录音机里的抒情音乐，在小楼间轻盈地游荡。那页门扉上已没了指南针，先生的新居也没有挂，先生讲，这几年喜欢民间文学的学生不多了……

门上的指南针在校园消失了，但它却活生生地留在我的脑海，我的人生与学术的门廊上。

——原载《重庆晚报》1997 年 8 月 21 日

老彭先生二三事

清明前夕，我在通选课《散文创作与欣赏》课堂上列举多年前写我的老师彭维金教授的散文《挂在门上的指南针》，教导同学们怎样去捕捉人物的个性特征，把人物写得生动传神。我还说，这篇文章只是写了当年彭老师怎么指导我写论文的事，其实老师还有很多事情可以写，我以后肯定会写的。我还说，好几年没去看他了，准备过了清明就去看看他。刚一下课，一个文学院同学径直走到我跟前，低声说，彭维金教授去世了。我愣了。刚刚那句"以后肯定会写的"，其实"潜伏"着一句很没良心的话——先生"百年"之后，我肯定会写的。顺着这句潜台词，我的泪水夺眶而出，顺着泪水，彭老师的依稀往事一下子从脑海深处浮现开来。

彭维金教授，笔名老彭，曾任原西南师大中文系的系主任，还担任过学校学术委员会文科副主任委员、教学指导委员会文科组组长、教授评审委员会委员、《语文》杂志主编以及中国民间文艺家协会理事、四川省文联委员、四川及重庆民间文艺家协会副主席、重庆市文联常委等职。

他教我们的是《中国民间文学》，主要以他的《民间文学漫话》为教材。我来自山区乡下，从小喜欢听牛鬼蛇神鬼狐仙妖的故事，大一开始，我就有意识地搜集和研究一些民间文学问题了，因此就常往彭老师家里跑，一是聆听教诲，二是借阅资料。那时，先生住在宓园——此前是一幢二楼一底小楼房。他住二楼，楼在巨大的樟树掩映下，因此，他给书房取名"缙云别暑"，不是写了错别字，而是可以"别开暑热也"。其门上画着一个时钟一样的圆圈，分割成好多格子，分别写着"外出开会""在家午休""去澡堂""去教室上课"等，圆心有一个纸片指针，指在哪个格子，就表明他在哪里，下面还写着一句话"如不遇，跟踪追击可也。"这就是我那篇散文曾经讲过的"挂在门上的指南针"。就在这样的"指南针"指引下，大二时我写出了直到今天还以为自豪但又觉得隐然心痛的两万字论文《人仙妖之恋——中国民间四大爱情故事的共性结构及文化内涵》。自豪的是论文后来发表在《中国民间文化》栏目头条，进入了当年的《中国文学年鉴》，隐然心痛的是毕业后主要从事机关工作，没再研究下去。而当年在先生家里，我还列出了一系列宏大的研究计划，诸如神圣仙妖鬼狐精怪魔背后的文化问题，地名传说、地方风物传说背后的民间人与自然的关系，民间传说中的历史、历史人物与老百姓的历史文化观等等。就做学问而言，彭先生常说"你一段时间只关注一个问题或一类问题，搜集这方面的材料，很快就成为这方面的专家。"虽然没再专门做民间文学，但这种方法用在我的工作上却依然有效，用这方法教导学生，也依然很有效。

"指南针"所标志的是先生那严谨的为人为学风范。毕业前，我只是把那篇长论文稍微修改就当毕业论文了，哪知先生一下子打回来，说，"发表过的，就作废了，你得重新写。"弄得自以为是的我在同学面前很没面子。后来，我在先生指导下，写出了一篇《神仙之别》交了。先生给我评了"优"，但又提了大堆意见，叫我修改后推荐发表。随即我就毕业了（1991年），一拖就近二十年，再也没修改。

先生的严谨不仅仅是教育方法，为人更是如此，有时候简直近乎迂。那年，我们去大足开重庆民间文艺家协会年会，没有高速路，有近5个小时车程，北碚只有早上六点的班车。老彭脚扭伤了，我们就叫他在大校门等，我们去车站先上。他坚决不干，怕麻烦人家司机，说，你们五点半去，我五点就走，笨鸟先飞嘛。他确实有些"笨"，会议期间，一个人谈起吴宓"二级教授"，突然问他"你是几级？"他说，"我没级，还是个副的呢。"那时他还没评正教授。他老教育我"做人最重要的就是要真实"。会议结束了，大足县委想派一辆轿车送我们回来，先生悄悄跟我说"快去把明天早上的车票买了。"那时我还没坐过轿车呢。先生就这么"笨"。更"笨"的是，某杂志负责人问我毕业后可不可以去编辑部工作，我说很想去，在场的老彭却说"我们是师范学校，主要还是面向基础教育的。"

其实，老彭并不"笨"，他主编的《民间文学研究资料目录索引》《民间文学书目汇要》《中国风俗词典》至今是研究民间文学、民俗学的必备参考书。那时他就提倡研究性学习，还带着学生编出了《民间文学小丛书》三种；他主编的民间情歌集《贝壳·珍珠·金子》曾获四川省社科研究成果一等奖，参加过法兰克福、莫斯科世界图书博览会。他还写了很多杂文，是当年的《重庆日报》《重庆晚报》的"常客"，被人称为"烂笔头"（比喻很会写文章的人），还发表过被他称为"思想细胞"的微型诗500多首。彭先生的"笨"在于他的正直认真、淡定和从容。

读大学时，我算比较穷的学生，经常向老师们借钱。有一次，在他家磨蹭半天终于说出借钱的事，他说，上次30元还没还呢。我一时脸红得想找个地缝钻进去。他说，我主要是教育你，要明明白白地做事做人。工作后，第一个月领了工资，我就去还钱。彭先生说，不用还了，刚工作，总要买点锅碗瓢盆，算我赞助你吧。我又一次脸红了，同时红的还有我的眼圈。2001年，我外出扶贫挂职后，买了点水果去看他。他已退休几年，不住在"缙云别署"了。他坚决不要，师母也说，"你拿回去自己吃吧，老彭从来不收人东西。"我说，这是我的一点心意呀。彭老师说，只要心意到了就行了。

这句话，在先生去世后，我又听到一次。

那天学生说了消息，我便打电话询问文学院的老师们，好多都不知道，原来先生有遗愿：不发布讣告，不搞吊唁活动，也不通知谁……我连送送他的机会都没有。后来师母找我，却是联系解决她家闭路电视的问题，她在整理老彭遗物时，看到了先生整理的我发表过的一些文章……老师心中一直惦记着学生。学生呢？我对师母说，我真对不起彭先生呀。师母说，只要心意到了就行了。

不只是师母，还有另一个声音在说。

清明时节雨纷纷，老彭先生，学生心意到了，您收到了吗？

——原载《西南大学报》2009 年 4 月 10 日

剩闲居记

身为读书人而拥有一处书斋，当是十分惬意的事。而命书斋以名号，更是别具文化气息，给自己的著书立说找一个依托，也就给了自己的生命精神一个具象的存在感："斯是陋室，唯吾德馨。"不管时代怎样急剧地把现实活生生地推到读书人的面前，"书斋"依然独立地圈起了一方宁静与淡泊、一方虚妄而充实的逃避。书斋开辟了另一个世界，照样有山水楼台、红男绿女、车水马龙，甚至风声鹤唳。纷扰的人生完全被主人安置在了一桌一椅一排书架之间，书架成了情感画框，把生活定格成了艺术的最为自由的内心审视，无论主人怎样的穷愁潦倒、悲患风流，书斋总是他的生命情调、文化人格的诗意象征。

然而现在，即使文人，也少有真正意义上的书斋了，更不用说赋之以精妙的标志本性的名号。我们没有了书斋，也失掉了那种坚韧的、美好的、清洁的人文关怀。然而，清贫如我者，却十分渴望有一间自己的"书屋"而斋之，这是久行沙漠之人对绿洲水草般的渴望。

我的书屋，是先有了难得的书名，才坚强地建设起来的。前年夏天①，我孤身长旅到三峡考察，一日，住奉节县一家小旅舍内，突如其来地获得了一个斋名，从而迫使我在十分拮据的经济状况下，租下了一个单间，建成了我的"书斋"。

它就是"剩闲居"，被人娟秀地写在已经破旧的窗户上。我完全以为这是神来之笔，一次五百年峰回路转的缘分啊！我近乎痴狂地对它一见钟情，毫不考虑它的主人或专利，欣喜地窃为己有。我本来极爱专业，却分到一机关打杂，时常忙得脚跟踢到后脑勺，读书写作完全是"剩闲之为"，"剩闲居"正好给我以形神兼备的呼应。那天晚上，我彻夜未眠，一只苍蝇飞了进来，精灵般唱着轻柔的仲夏夜之梦。

租下的书屋，在学校五十年代建起的一幢旧楼里，竹片泥墙，十分简陋，离我的住处约一千米之遥。把书架和书、书桌与椅子搬到那里，请一个书法硕士，我的老同学②题了斋名，往书桌上方的墙上一贴，"剩闲居"就正式开业了。从此"往"、"读"分离，吃饭穿衣的物质生活与剩闲而读的精神生活分开了。书斋的建立，给我的读书生活带来了前所未有的快乐。"剩闲居"卖出的文章稿酬绰绰有余地抵去了"剩闲居"的租金。清贫的感觉，拥挤的感觉，关于分房的种种吵闹，远我而去了。

——《南湖晚报》1996 年 11 月 27 日

注释：

①：指 1993 年我去长江三峡的一次函授学习考察。

②：指我的大学同学，现西南大学文学院书法学博士生导师曹建教授。

双桂堂记

川东第一寺庙双桂堂，坐落于梁平县金带乡，因中庭两棵高大的百年桂树而驰名。堂，佛家道场的一种特别称号。一般曰××寺，××院，称堂称院，已标明一定的法境。桂，既开佛花，又是仙道意象，如仙话"吴刚伐桂"。落入红尘时，则成俗品，比如"折桂"、"八月桂花"等表中举、友谊之类。

一

明末清初，一位川籍弟子受法于宁波天童寺。回川之际，密云大师于中庭掘起两棵桂树相送。"你一路晓行夜宿，桂树在哪里落根，你就在哪里安身吧！"弟子受言，则成佛于心，漫无目的而又不由自主地寻觅他的法相所在。

一日月夜，盘坐梁平山中石头上，心中流过万水千山的漂泊之旅，不经意的梦中，顿见佛在眼前，拈花微笑。醒来时，树苗已经落地生根，随风婉转，袅娜多姿。"就在这里吧！"他双手合十，也许有些悲戚。他已忘了出生之地，而这里他又将新生。他已知默然的人生从此中断；西天佛地，已从这里出发。自己的另一种生命形态，另一种生存时空开始了。如新生婴儿，必然中的偶然，新生的痛楚化为天地间的惊呼，心中的雷电。

"阿弥陀佛！"他的汗珠晶莹而下。他就是开山祖师，法名破山和尚。"踏破铁鞋无觅处，得来全不费工夫。"一种缘分，将人的信仰与自然天地，与师道尊严的文化传承连在了一起，难怪四川方言春官唱到"不说茶来由子可，说起茶来有根生……"这并非说茶树有根而生，而是讲述茶从西域经唐三藏带回东土的历史。"根生"即相当于"由来"。

二

而今的双桂堂，依旧壮丽非凡，古柏参天，清溪环绕，白鸽如云，共计三百二十八间房舍，四十二个四合天井，全由数十根巨大石柱支撑，厅堂相连，结构缜密。据说，即使暴雨倾盆，沿着廊檐走遍全寺，不带雨具，也会滴水不沾。

东殿挂满书画藏品。破山大师的一幅独叶荷花，佛花闪闪，若开若闭，花下无水，而叶作浮荷之状，无落款，也无签章，据说有一旅美台胞出八万美金，欲购此画，住持高僧当即婉言拒绝道："先生是真喜欢荷花，还是荷花之画？"

侧壁有赵朴初先生、楚图南先生手迹，也有蒋中正题刻等，还有母校相识而已仙去的苏保桢的葡萄画、徐无闻先生的墨竹及行草长卷等，共计一百余幅名家字画。

其余各处菩萨罗汉，则栩栩如生，一应完好，保持着原始形态，依旧古风绵绵，向行色匆匆的芸芸众生，抛着永恒的微笑。回想我所到过的大足、荣县、乐山等地寺庙，总有些菩萨罗汉无头无脑，缺胳膊少腿，在"红雨随心翻作浪"的时代，形神俱伤。这是为什么呢？我在诵经堂叩问住持和尚。

原来，文革前期，解放军某部核类研究基地迁隐于此，双桂堂得以保持着本身的清静。佛法虽然无边，却也忍受着核元素的放射性光辉。终有一天，数百名除"四旧"的红卫兵，突破了解放军的警戒线攻入庙内，声称要砸烂泥菩萨鬼头，方丈住持及十余名弟子卑恭出列，将他们迎入大雄宝殿。只见罗汉菩萨全都披红挂彩，写着长长短短的革命口号、毛主席语录，在阴凉的风尘中轻轻翻动。

红卫兵不敢砸了，最后悻悻地撤走，方丈带领众徒小心送出山门，齐声诵曰："阿弥陀佛，毛主席万岁！"

三

平平安安就到了1991年，长江三峡成为旅游热点，双桂堂于是声名鹊起，迎来了无数信佛不信佛的游客，也迎来了第一场数百年未遇的大劫难……

庙内原藏海内孤本贝叶经一夜之间不翼而飞，住持和尚被杀，方丈气病，不久，双桂之一在一场秋风后便落叶萧萧，委顿憔悴，竟至枯干而亡。据传，峨眉电影制片厂闻风而至，准备拍一部武功片《双桂堂》，成为"《神秘的大佛》第二"；又传，公安部及国家安全局，各海关港口，配合国际刑警，铺开了代号"贝叶行动"的天罗地网。一时间，川东山水，被搅得沸沸扬扬，满城风雨，双桂堂再难清静。

事发后一年，我来到双桂堂，贝叶经事件虽无结果，但已渐渐淡化，不再成为人们议论的热点，因而对这些奇谈怪论也就见怪不怪，无多少兴趣了。我欣赏着宗教建筑的崇高与美，思考着繁复精微深刻的教义，在静静的回廊上，忘却了此地发生过的血腥凶案。

诵经堂，一群和尚盘腿念经。壁上两幅短联：

风动心摇树，云飞性起尘。

无欲作罗汉，有为成仙人。

前者，显然是地道的禅宗箴言，世界万物全由人的心性赋予，风、尘、云、树之动，均因自己心之不静而起，强调的是静的修行；而后者，则渗透了道家乃至儒家的杂念。罗汉、仙人分属佛道之名下，有层次地位的区别，似乎仙人更高一筹，看得出作者是主张进取的，有所作为，被视为更高的禅境，与儒家积极的人生观相合。

田也空，地也空，人生杳杳在其中，

悲也空，喜也空，来来往往有何功。

不时在墙上见到些四大皆空的偈语，只好淡淡地笑笑。我虽然有些颓废，但对空字无论怎样也难得体验，难得"佛途"。入佛唤作"遁"入"空门"，"空门"反而需"遁"（逃避为遁），必在现实苦难之后的，正如弗洛姆所言"逃避什么而自由"；我更欣赏前面那句"有为成仙人"——至善至美的境地，就是弗洛姆自由方式的另一面"实现什么而自由"。问题在于：佛，究竟自由吗？

四

走到一座火灶前，它以前曾用来火化和尚法体，而今已长满青草，散落着瓦砾。我正做痛苦状的遐想，住持和尚已下课，口诵法号而来，他主动引我到了中庭。两棵嫩幽幽的小树，在香烟和微风中轻轻摇动，他双手合十，默默无语，眼睛从树根向上望到树干，从树干一直望向飞檐峭壁，再从瓦檐望向沉沉的苍天，从苍天云河中望见那个遥远的月夜——山中石头上，一代宗师的冥思苦想……

我也如法炮制地跟着仰望上苍，在这庄严而机械的过程中，眼角竟望出几颗泪来，老法师没有，只是嘴上的胡须微微颤动了几下。

来自天宇的启示？还是遥远的或时空之外的回声？

该离开了，我和大师拱手告别。出了山门，蓦然回首，双桂堂又笼罩在长江飘来的丝丝白气之中，宛若仙境。

我感到了向往高空的超升，也感到了返回内心的沉落。最后的体验，却是无边无际的惆怅。追求清静淡漠的禅境，反而坠入更加矛盾的世界。我们再难取得与古典文化的同构心理了。我终于理解了法师匆匆拉我离开火灶到中庭赏桂的用意。

我毕竟只是一介红尘书生，历史文化的一览过客啊！

——原载《三峡文学》1995 年 5 期，入选中国三峡出版社《三峡散文精粹》

老人与鸟

楼下新来的邻居中有一个老头，八十多了，身体硬朗，头发蓬松，胡子拉碴，穿着极不讲究，刚到春天便拖着凉鞋。他时常坐到门前那棵树下，神情木然。偶尔与他的眼神相对，也感觉不到那里面有什么鲜活的光芒，一幅四大皆空的样子。他决然不和任何人打招呼。反正，你的存在与他没有任何关系。即使已来了三个月，还是如此，我们都觉得他有点怪。

跟他一起的还有一个八十岁的老伴。三十年前，她死了丈夫，他才走进这个家的。几年前，一次偶然的冲突，他一下子变了，变得异常孤僻。两人分床分灶，自己买菜，自己做饭。他不会用天然气，一直烧煤炉，不看电视，不听收音机，不与人拉家常。他第一次开口说话，是问菜市场怎么走。其余的时间，纯粹一个人坐在树影里，坦然地消磨着时光。

一天中午，刺耳的汽车声把我从午睡中惊醒，我听到了老头儿的大声呼喊："你来了哇！你来了哇！"推窗下望，两个年轻人走下车来，提着两只大鸟笼，里面的鸟儿叽叽咕咕叫得正欢。后来，我知道了，那鸟本来就是老头养的，老人平生最喜欢的就是弄鸟。原先住在江北，因市政建设，住房拆迁，便被安排到离女儿不远的天生桥上这座部队营院里租住。搬家时，鸟儿托人喂养着，因孙子们太忙，一托就是三个月。老人等鸟也等了三个月。

我原以为，这鸟既然如此寄托着他的生命，那它们的到来肯定会激起老人无限的生机。但老人只将鸟笼挂在那棵树上，依然默默地守望。要么，就放下来给它们喂食、顺毛、饮水。三只鸽子，五只鹦鹉，除了叽叽咕咕外，不会唱什么美丽的歌。老人只对鸟儿流露出关切的眼神，仍然自己买菜，自己做饭，不看电视，不听音乐，不与人语。好像我们都是异类，他和鸟儿才是真人。老人与鸟，最简单地表达着一种存在主义。

鸟儿熟悉这里的环境后，叫声也有了动听的节奏。太阳下山时，老人将鸟打开，三只鸽子，五只鹦鹉便走出笼子，在树下的青石板上整齐地溜达着。我，邻居，邻居的孩子，军营警卫班的战士，都围过来欣赏这美妙的晚操。无意间，我与老人对视，他笑了，胡子拉碴，头发蓬松的他笑了。那样慈祥，真实而甜美，然而又那么的陌生。

有一天回家，听人说，老头的鹦鹉飞走了两只，而且半天都没回来。第二天早上，我忍不住问树下的老人。他不置可否地看看我，算是回答，但神情并不沮丧。三天后的下午，他又给鸟儿们放操，树上飘落一片黄叶，随即飞下三只鸟来，有两只正是飞走的，另一只是被带回的。院子里的人都惊呆了，认为这简直是童话。老头反而很平静，照常给那只鸟儿喂食饮水洗毛，一幅来去自由的样子。

天热了，旁边大学的女儿，一个刚退休的教师决定接他们去家里住，并让儿子把鸟笼也搬过去了。我们的楼下一时间就少了那道人鸟天伦的景致。哪知三天后的一个中午，汽车声又响彻这座小院，老人、老伴和鸟笼一道，又被送了回来。女教师悄悄上来跟我说，老头昨天哭了，大哭。因为她家在七楼，安了空调，装饰了房间，阳台封了，卫生间又小。老人没法给鸟儿洗澡、喂食，更无法放晚操。便一步步提下楼到公共厕所去，到小草坪上去。第一次上来，老人就哭了，说太不方便了。所以还是把他送回来算了。女教师叮嘱我"年轻人，天热了，老人可能容易犯病，有事，麻烦你给我挂个电话来！"我当然答应，心中却莫名一惊，"天啦！八十多岁的老人为一群鸟儿哭，那是什么样的感觉呢！"这样想着，便走进阳台，往楼下看去——

初夏的黄昏，暮色明朗，老人坐在树下，三只鸽子，六只鹦鹉正在他慈祥的目光里自由地散步。

——原载《重庆晨报》1997 年 7 月 14 日

受伤的鸟

楼下的陈爷爷养了四只画眉鸟。一色的"竹叶青"羽毛，"蛋黄斑"颈脖，很逗人爱。

老人八十岁了，性格十分孤僻，看谁，那苍老的目光都是淡淡的，无欲无求，无情无爱。然而每天清晨，提了鸟笼到了院坝边的青石板上，却突然变了一个人似的，他灵活地蹲下身子，给鸟儿们欢快地跳着唱着。这样的时刻，我会抱着年幼的孩子走下楼来，老人会望望我的孩子，望望鸟儿，随即微笑着，令人吃惊的慈祥。

一天中午，老人打开鸟笼，让它们出来散步时，有一只鸟儿突然飞走了，头也不回，冲向蓝天飞走了。老人在那块青石板上坐了整整一下午。眼眶深陷，黑得可怕。

一个星期后的周六下午，我们都在石板上乘凉。老人就把鸟笼提到窗台上去。一会儿，一只粉红色的画眉鸟轻盈地落到窗台上，十分友好地向笼中鸟儿欢叫。老人望着它，似乎想起飞走的那只，一脸的怅惘和眷恋。我抱着孩子轻轻地走过去。近了，更近了，鸟儿一点也不害怕，我伸出一只手去，罩在它的背上，它轻轻一跳，刚好被我抓在手中，孩子笑了，老人也笑了。老人的笼子里又有了四只鸟。

当天深夜，楼下的鸟笼不时传来几声惊叫，有点惨烈的惊叫。清晨下楼，没看见陈爷爷。走到他家去，原来老人偶感风寒，病倒了，家人刚出去抓药。他指指鸟笼。我把鸟笼提到窗台上，三只鸟儿在梁上站着，粉红色的那只却躺在笼底，周围是粉乱的羽毛，染着鲜红的血迹。"那只鸟被它们打惨了！"老人吃力地说，"他们不是一家的，挨打惨了！"说话间，家人已经另外找了一个鸟笼回来，我把受伤的鸟儿放在那只新笼子里。老人说，怕得风寒，要给笼子围一层布。家人就围了一张纱布。受伤的鸟儿开始在那里养病。老人又说，以前四只鸟儿在一起，也没打过架，怎么它一来，就要打了？

几天后，鸟儿伤好了，老人也硬朗起来。他打开那只鸟笼放出那只鸟。那只鸟在石板上走了几步又停下来，你走吧，老人抓起它抛向空中。它在树尖上空盘旋一会儿又飞了下来，停在自己的笼子上。

我刚好看到这一幕"老人与鸟"。我为一种戏剧化的人鸟情激动不已。对鸟而言，我们理解的自由的天空，根本就是一种误解。没有爱，哪有自由。只有爱，也没有自由。我去看老人的眼神，照样那样冷淡，似乎无欲无求，无爱无恨。

——原载《重庆晚报》1999 年 2 月 5 日

山城望月

中学课本上的《荷塘月色》，因为浸透着一种淡淡的哀愁，一直被认为是散文中不可多得的精品。那"淡淡的哀愁"，如果没有深刻的人生境遇作背景，或者没有一种高度诗化意绪的处理，而是放在消费性人生前提下，那么至多只是小女人或小男人的做作而已。可以说，当前的人生既"淡"不下来，又"深"不进去，整个儿浮躁。惟其如此，读"荷塘月色"不啻是一次人性的治疗，情感的抚摸，一次恋旧的回访。出于天然的模仿，我也作了一次"荷塘月色"式的夜游。

四月，突如其来的高温之后的一个夜晚，诓睡孩子走出楼来。在山城望月，做一夜散散淡淡的真人。

缙云山麓的一个大院，照样也有一条煤屑路。路向山间蜿蜒而去，直上七百余米，是山间别墅闪烁的灯光。灯光之上更加白亮的便是可爱的星星了。天与人是这样的接近这样的和谐。再往上，一勾弯月挂在山中，像别在古代美女云鬓上的银环。这样的境界只能寄托十分古典的情思。脑中不断联想起关于月亮的古诗古曲。我摇摇头，硬想去弯弯的新月上发现它所象征的现代意义，只觉得《增广》上有一句"古人不见今时月，今月曾经照古人"，也许表达出了我所需要的淡淡的哀愁。这种哀愁绝不是具体的柴米油盐酱醋茶，它飘拂不定，而你又分明感受到了它的存在。这说明，我这种人已经被古典文化浸润很久了。

那片很具体的月光洒在宁静的大院。读书的学生，卖烧烤的邻居，孤独的只养着三只鸟儿的那个看门老人，还有众多的芸芸众生，都睡熟了。我在他们的梦乡之外。月光被我带到嘉陵江边，真的是"波心荡，冷月无声"。江水轻轻拍打着心形月亮，像拍着枕边的儿子或情人的脸庞。我想，只要我们充满着美好的目的，眼中处处会有这样的爱意组合。可惜在大白天，在大城市，我们的眼睛绿花花的，无情无爱，又欲火横飞。一江春水，一泓明月，就在人间流淌着，给人们奏着爱的和弦，但人们听不见。因为，他们睡了。

月光被我带到一片紫竹林中一条青石板路上。前面的景象已哗啦啦地被推土机扯得稀烂。这儿将有一条被城市注册的防洪大堤，而且一条笔直的高速公路也将横穿竹林而去。充满母性的爱意和善良的紫竹林将不复存在。几个悠闲的老居民，我的"忘年交"已搬到了江北。

山上有城，城中有山。在重庆说月光，似乎不太确切。因为月亮照在身上，很难拖出一段影子来，实际上只能叫月色。乳白色而又浑浊的月色。我知道，本来宁静的所在，已成了经济建设的热土。这座城市不需要我这样的活在月色水声中的文人。

然而，这座城市需要月光。需要月朗星稀与那独具魅力的万家灯火连成一片。从文化生态学角度想，我们的城市最终还需要一种精神品格。在高高的阳台上，能够望见清新爽朗的月亮，这座城市才能说得上健康。

这样想着，我已经回到家中。家人睡得很香。关上门，那枚月亮离梦很近。

——原载《重庆晚报》1998 年 4 月 19 日

山城阳光

重庆的月色朦胧，星光暧昧，阳光却来得早，来得直，来得烈，来得爽，更时髦一点说：也来得酷。

我的住房坐东向西[①]，阳台开在背面，一到夏天，从早到晚都处在阳光灿烂的包围之中。清晨 6 点该不算晚吧，但那一束束红红的阳光硬是透过玻璃或门缝"嘶嘶"地射了进来，不刺你的眼睛，便烫着脊背，好梦也给晒醒了。正午，太阳仿佛架在屋梁上，人被煎着"二面黄"翻来覆去，或坐或卧，总是一身油汗。只有从这间屋走到那间屋，两袖生风，反倒好受些。我的朋友，一个油画家便因此画了一副《重庆阳光或两室一厅》：我成了一副裸体，汗衫裤头全扯上了屋顶，太阳一边燃着火苗一边滴着汗珠。后来，该画在广州卖了个好价钱，朋友因此有了台1.5P的空调。我说，你的凉快完全建立在我的痛苦之上。朋友说，这就是艺术吧。重庆夏天的下午，应该说是下班直到太阳落山的这一漫长的时段。西方的太阳仍然与你的墙壁垂直，东边完全"阴"了，阳台在金色的阳光对面显得灰暗，感觉上凉快多了。那是我们"抗日"的后方。阳台上有些绿色植物，虽然在那里照样汗流浃背，但少了芒刺在身的痛苦。太阳走在岸上，而我像淹在水里，心凉了一点，但跳得厉害，静不下来。这便是我所感知的重庆阳光的早、的直、的烈或酷了。

今年的夏天已被重庆人宣布提前来到了，然而，"五四"后的几场大雨，又稍稍把我们的感觉推回了春深似海、初夏如梦的温和境界。五月九日下午，天空被洗得说不出的干净，说不出的蓝，白云又俊又俏，像柔柔的雕塑，又像重庆的女孩子，水灵灵的，小乖小乖的，稀松地站成一个版面，像远在梦中的岛屿。天空那轮红日并不发出刺眼的光芒，天地间只流淌着无色无味的水或空气。飞过蓝天的飞机，就像银色的鸟儿，翅膀都被看得真真切切。我的心淹没在美感之中。近的楼宇崭新瞠亮，街上的树叶瞠亮，稍近的山青得厚重，绿成了墨或黛。而远点的山尖却绿得清浅，再远得山峁，有些淡黄，明显正被阳光洗刷着，清亮得逼真。越远的山离我们的视觉更近，"爽"得令人心跳，除却两条流动的江水有些雨后浓浓的浑浊外，整个一座重庆城，成了一幅立体的山水画，呈现着油画般的透视效果和层次之美。

电视里正在直播一场球赛，邻居球迷赵某站起来抽烟时猛然见到这样难得的天空和阳光，惊呆了，扭头喊屋里复习功课的女儿："快出来看，天好蓝啦!"父女俩扶在阳台上，看蓝天白云，看阳光在远山近水间变化着的颜色。喜欢文学的父亲煞有介事地给女儿讲自然美，讲山水美学。

楼下的几个老人结着伴，直接走到阳光中去。林荫道漏下的光斑"透亮"，像舞厅中旋转的彩灯，老人的步伐也轻快起来。

少妇欢天喜地抱了儿子穿过树林，到院子中央去"日光浴"，那婴儿见了路上花花绿绿的阳光，立即像小鸟一般尖叫，挥动小手到处乱抓。

我爱这样的阳光。阳光中的重庆，山与城互为表里，深刻地表达着特定地域中人与自然、文化与环境的依存关系。人在城里，也在山中。山给城赋予一种自然品位，城给山一种人间关怀。这样的阳光，令人纯洁而高尚。

——原载《重庆晚报》1998年5月30日

注释：

①：指当时，我租住在北碚五一所（解放军某部大院）时期。那时，房间里没安装空调。

阳台上的湖泊

那是一块湖泊，一块波光粼粼的湖泊，在夕阳染红黄昏的时刻，从山间，从两千米高的层峦叠嶂的山间展现开来。湖泊上面是渐次幽黑的山峰，峰谷上绕着几绺猩红的云朵，云朵之上却仍然是让人心醉的蓝天。而湖泊下面，脆脆的灌木丛已在夜幕中连成一片，一串灯光穿行而过，进入山下这座华灯闪烁的城市。湖水涨起来了，漫过丛林与灯光，漫过蓝天白云，漫过城市的繁华与喧嚣，携着一阵温凉的山风，像牵开衣裙的舞女，直扑我的阳台，我敞开的怀抱，我平静的家园……

这是我在阳台上遥望山间的时刻。这样的时刻，幸福、安详、自由。

而湖泊是我生病在家，头昏脑涨四肢乏力无所事事间抬头发现的。这一发现，立即给我带来了无限的生机与活力，医生的药物与家人的照料都显得那么的多余。我感到一种陌生的感情在浇灌，一种失去的思维在复苏，一种温暖的关怀在烛照，精神的故乡在回归。我在阳台上，拥有了谁也没有的湖泊。

病愈后的一个清晨，我约地理系的研究生小丁，穿过这座城市边缘40公里的山区地带，向阳台正对的好像近在咫尺的湖泊进发。

凭着美好的目的性加上小丁专业性的方向感，这次异想天开的旅行颇为顺利，五个小时，我们便如约而至，来到了令我魂牵梦萦的湖泊前，它是真实的，那样清澈平坦，那样秀美幽静。然而，很快，一圈不高的围墙硬生生地长出湖面，挡住了我的亲近。这里是这座城市最著名的风景区，已开发出了一大片别墅群。我绕到它的正面入口处，一对衣着西化的服务生很礼貌地拦住我。我当然不是来住宿的，我只想看看这湖泊。笑话！不行！我知道，但是……一种尴尬变成近似自卑的愤怒，然而充盈着波光粼粼的心胸到底还能平平静静。

我的目的已经达到了，证明了我梦幻中的那个所在并非幻觉。只不过，当我真正地走近它时，它并不能真正属于我，接受我。这有点类似爱情的味道，爱情规则原来可以翻拍成这样的山山水水，可以串讲成阳台上的"湖泊情结"。水边，停着一辆豪华的橡皮艇，沙地上撑开的太阳伞下，很贵族的一对男女斜躺着，用脚拍打着我那温柔的湖水，我的湖水，我的湖水用一层层碧波轻轻地捶打着他们的脚踝……我感到了那贵族的墨镜里对美的亵渎和轻慢，对我的嘲笑与蔑视。

重新坐在阳台上，半天的奔波已成旧梦。夕阳西下，起风了。肯定是从那个湖泊吹来的，带着一丝野气，一丝凉湿，一丝酸楚，一丝沉醉。我呆呆地看着她，她又成了一个美丽的少女，半躺在幽蓝的天底下，躺在布满阴影的山中，像唱着什么，或者说着什么。

—— 原载 1998 年 7 月 19 日《重庆商报》

面对一座深山

面对一座深山，山的深度与高度往往就是心的深度和高度。所有的生命哲学、人生大道的种种玄想，会在你真正孤独的超凡脱俗的凝视中涤荡胸襟。你突然变得渺小，也突然变得广袤而伟大，与宇宙世界静静遭遇，物我两忘，水乳交融。

面对一座灵秀的幽冥的湛蓝的山谷，充满诱惑、也充满拒绝的深山，如同面对等你千年而终于邂逅的情人。这种相遇是超越时空的，也是超越了理性与情感的对话。它必须是深沉的默默的注视，必须彼此交流着思想、情感、热血和梦幻。

当我经历了一段为普遍人生都可能经过但又鲜为人知的故事后，在一个还有残霞的下午，我走进小城火车站背面的一座山沟，以一块卵石当做蒲团，双手托腮，目光打量对面一座 700 多米高、纵深不知其数的山峦，进入了美丽的深山。

我在想，静坐的方式，实质上也就是将自己固定在一个版面上，开始清晰地排列平淡的杂乱的甚至无聊的人生。琐碎的人生状态，也因为这一次静坐而拥有了被理性处理的可能，人，如果不用理性的触角感知自己，意义与价值自然而然就会被红尘世俗轻易地消解。所以，面对一座深山，深山也就成了自己的象征，那迷茫的光环里，正上演着自己坎坷的生活和美好的梦境。

跨过山去，住着一个农民老人。他是到学校来捡字纸时，无意中认识我的。跟着他佝偻的背影，我探访过深山10里处那个清贫的家庭。老人家中只有一个孙子，儿媳已不知去向。老人面带难色，估计有很大的隐情，我没多问，我在另一篇小说中做了推测。而当时我只问小孩子叫什么名字？小波！老人回答我。小波已辍学两年了，每天穿梭在小城几条小街上，选择着能换钱的破铜烂铁。后来，我从微薄的薪水里抽出一部分，资助小波返回校园。他读完了初中，又读完了高中。

山下的火车站又一次招工时，为了早些找个饭碗，爷爷磨破了嘴皮，让小波挤进了那条长龙，南上北下，成了火车上的勤杂工。从此，小波的品性变了。他在火车上贩卖假酒假烟，甚至兜售淫秽书刊，黄色影带。在去年年底的"扫黄打非"中，他被拘留了一次，工作也就被辞了，然后一个人南下广州，我们再也没有见过面。老人又开始到学校来捡废纸了，并告诉了我这一切。

这无疑又是我的一次失败了的人生试验，一次自我价值试图向社会转化的失败，一次个人命运向神圣使命接近的失败。此刻，我面对深山，望着那个清贫的离乱的家庭，更多的不再是玄想了，而是追问。追问的最后是失落与彷徨。我的深山，正沉入无边无际的茫茫夜色。

但我又想：小波还年轻，他也许正在这样的夜里，或偏或正，或醒或醉地走着自己的路吧！人，只要涉及个体的人，绝对真理是没有的，绝对错误也是没有的。我只好寄希望于明天早上，明天早上新鲜的太阳照彻了万物，也许会惊醒于他，他的良知也许会触觉到我和爷爷南望的目光的。

只要有人家，不管多偏多远的深山，在这样漆黑的夜晚总会升起一颗星星般闪闪的檐灯，这温馨的灯光可以代表着呼唤，更代表着最普通的人间伦常。那么，孤寂的山野，马上就会弥漫起鲜亮的生命气息，传递出慈祥的人类关怀。

我明白了，面对深山，就是进入了深山。进山，不仅仅是徒步旅行，更重要的是用心去面对，用清洁的精神和灵魂去面对，并攀援那些幽幽明明的羊肠小道。

不知山月何时君临我的头上，发现它时，我立刻有了物换星移恍如隔世之感。于是，黑格尔那句名言，可以给今夜的我一个深刻的注脚："智慧的猫头鹰，总在黄昏时飞起。"同时，今夜的我正好印证了海德格尔关于"人总是诗意地栖居在地球上"的那种"存在的诗意"。

——原载《中国艺术报》1996 年 9 月 13 日

莞尔一笑

在金庸古龙的笔下，"莞尔一笑"总有点儿刁钻古怪的意味，但因为笑主多为天真聪颖的美貌少女，我们也就觉得反而十分可爱。她们濒临危急之际或尴尬之间，往往一笑便化解了矛盾。笑，也是一种武功，"莞尔一笑"更是其中最轻盈、最隐蔽、最温柔的一种。它轻而易举地打动你时，你已经轻而易举地被击败。

我所欣赏的是这种"莞尔一笑"之间包含的另一层人格境界：自我把握的清高和把握对象的从容。如果引申到现代社会，当你看不惯某种俗气，而"俗气"又以某种强权意志施加于你；当某种不清洁的意识氤氲你的周围，你在这个圈子中感到屈辱而又有所察觉，愿意自尊，愿意有所区别有所抵抗之时，便可莞尔一笑。

莞尔一笑，是一种自笑笑人的主动的笑，一种封锁在人情迷网中的轻松反应。它的高妙之处在于：以优美的形式一笑了之。"了之"，便是一种消解。虽然它的背景里往往倒映着屈辱、孤独和自嘲，但毕竟让人看见了得胜似的感觉。

比如，在单位里，因为我是唯一来自偏远山区穷山沟的农民的儿子，而所邻皆是某长或某教授之类的子女中不能奋斗出去而留在窝边的，他们既有着趾高气扬的八面威风，又有着文化层次不高精神空虚，以及有钱有势为主要特征的世俗倾向。我初来乍到，地皮还没踩熟，他们就会因我满身的农民气息和书生品性而窃笑、失笑、取笑、嘲笑于我。我颇为有力的回敬也仅仅是"莞尔一笑"。本人形象还算乖巧，笑起来天真甜美，绝不亚于清晨朗然之日出，我以为。

一同留校的通过人们通常说的那种本领分到了本不该分的住房。主管分房的处长曾是我的老师，家人边哭边骂加上"鞭子"追赶，我才走向他家那个方向，手里捏着"红包"。我却先到电话亭里给处长先生挂了个电话。处长就是处长，哪里还像大哥哥似的辅导员，刚提到房子，"不着急嘛！慢慢来嘛！研究研究嘛！"我生平最讨厌的就是"官腔官调"，不由在心头骂了一句"他妈的"。但随即莞尔一笑，遂打"摩的"直接去了邮局，将"红包"的一半寄给了乡下的父亲，另一半寄给了某座山中我结对救助的一个失学少年，我有点儿升华的感觉了：我在忍气吞声的同时，蔑视了世俗，蔑视了一种活法，一种说话的腔调。一个月后，这学生路过我们这座城市，到我家中，家人知道了我没分到房子的原因竟然如此崇高，也就哭也似的笑了，和我的莞尔一笑有异曲同工之妙。

——原载《重庆晚报》1997 年 9 月 8 日

家有菜园

初中时学《菜园小记》，土地刚下放农民手中。老师讲当年全国正闹灾，大家都在饿肚子，吴伯箫是想借延安生活的回忆，给现在的人一点希望，给昏暗的生活一点亮色而已。老师还说，文章之妙全在于营造了一种朴素之美，读着读着，便滋生了亲切的诗意。那阵家里还穷，我放学便去山上扯猪草，也去菜园浇水、看虫，算是帮大人一点忙，所以，都知道朴素是咋回事儿，但与美连在一起，又觉得似懂非懂。现在想来，我的中学老师能把散文讲到这种程度，已是相当不错了。

读完大学并留在这座城市已经六年了，我再也无缘去亲近菜园。虽然每天都在买菜、洗菜、烧菜、吃菜，但那种"朴素美"的感觉找不到了。好多人都说，这年头的蔬菜，没那股泥土味儿，不香了。

今年春天，我住进一所军队大院，在撒满落叶和阳光的空地上开出了几块菜地，阔别数年的菜园时代那种朴素之美、生活之美又一次君临我的世界。我买了一大一小两把锄头、铲子、弯刀，旧水桶改成了粪桶、旧茶盅斜绑一节斑竹，便成了粪勺，再到十几里外的农村配好锄把、刀把、筐子，我的"菜篮子工程"就开始了。种菜的经验全在记忆里，用不着再学。邻居见我这样轻车熟路就说，难怪你这么土气，原来全在一身农民味儿。我说，这正是咱的革命本色。

第一批全是夏季系列：茄子、南瓜、苦瓜、丝瓜、辣椒、西红柿。几场雨后，它们次第绿开。于是牵着手臂长，每天都去量那刚开始"走路的小手"，看它走了多远。我主动地绕些铁丝，给它们牵线搭桥，直到迎上阳台和窗棂，结成一张绿色的网。初夏的热风中，它们开花结籽，一簇簇、一家家像天堂的移民，来到我的家。这就是朴素而美了。朴素而美也是一种理想啊！

为此，我们倍感幸福。

菜园沿着小楼欢唱芬芳之际，邻居间的友谊也绿色般地美好起来。你送我一把豇豆，我扯给你两个茄子。那边没有蔬菜却有一架子葡萄的老头捧来几串葡萄，我们便给他几对大大的红辣椒。

我们重新作为某种贵族，生活朴素自然，简单而美好。

——《重庆晚报》1997 年 10 月 4 日

路上人生

当我们的目光落到脚下，想到路，就会想到人生。两千年前汨罗江畔楚大夫沉沉的呼号，也会穿透苍茫心境越过千山万水逶迤而来。"路漫漫其修远兮，吾将上下而求索！"久已习惯于平淡甚至平庸的生活，听一声荡气回肠的警示，我们的血液会一下子奔腾起力量。力量，不仅仅是外部的动态，往往是内心的静默与沉思，佛语说："默如雷！"。罗丹那"思想者"的头颅，比大卫掷铁饼的手更有力量，因为他的眼睛正盯着路，大地有多重，路就有多重。没有谁能把路拿起来，也没有任何一种衡器可以称量。大地是我们的母亲，路是大地的胳膊，我们是爬在母亲手臂上的蚂蚁，我们崇敬它，畏惧它，追逐它，逃避它……

"前无古人，后无来者，念念天地之悠悠，独怆然泣下！"其实，路上的孤独最不孤独，陈子昂的感悟里有一种文化英雄的孤芳自赏。路的意义在路的本身。行者永远是路的定义，路永远是行者的答案。拨开拥挤的人群，拨开高楼大厦，甚至拨开现代文明所造就的各种附加的路，我们看见阡陌纵横的乡野，路的美便展露无遗了。美学家说"曲线最美"。那么，路该是天底下最美的景观了。

路，在我的心中，在人生这部大书上，已经成为不可替代的最丰富最深沉的语言。

走在路上，前方不见目的，后面已离开了温馨的家，但，有种向往会胜过你对足迹的迷恋。出发时，请记住崔健的一句歌词："真理总在远方，姑娘总在身旁。"而走在路上，遇到的可能都是陌生人。一块儿走的，走着走着，也会有自然而然甚至愤然地走到另一条道路。于是，走在一条路上，你必须抛弃另一条路上的人群。但，你也不必扼腕叹息。翻翻张承志的《在路上》、《绿风土》、《荒芜英雄路》吧，你照样会觉着冥冥中的某种心心相印。所以，只要走在路上，来自另一条路的呼唤、思念、祝福总还是有的。走路的人，心底都有着同样的祝愿和安慰。

没有一条路是直线，因而路的相交便成为可能。人们都会在这些点上相逢。也许，陌生的已经熟悉，熟悉的又成陌生。走了那么远的路，历经那么多的雨雪风霜……心，说不出的辛酸疲惫，说不出的苍凉悲壮。当然，苦难会教给我们足够的韧性，从容地承受陌生得可怕的喜悦。重逢或者"他乡遇故人"，哪怕痛哭一场，不也幸福无比吗？

走在路上，往往有这样的体验：好多美丽的风景，总在转身的瞬间发现却又失之交臂。"此情可待成追忆，只是当时已惘然。"李商隐一声长长的叹息，浓缩了美感令人伤心的本质。看看前方那盏拂晓的明灯吧，多么温暖而慈祥，黑暗与空虚的袭击算得了什么呢？我们必须告别西窗雨夜闪闪的红烛，我们的心需要前所未有的轻松的滑翔。活在希望里比活在回忆中自由得多。

世界上的路太多了，但两只脚的运动只能踏在一条路上。迈向两方，几乎寸步难行，至少姿势不优雅。一时一地，你只能有一种选择，因而更显得十分的艰难。犹豫的片刻，美好的命运已然一去不返。有的人呼天抢地"我真后悔啊！要是……"有的人默默闷坐"我错了，我错了……"

其实，错误是一种总结，而不是开始；是一次起点，而不是终点。走错路时，或问路，或伐竹取道，另辟蹊径。不要像阮籍那样信马由缰至无路处大哭而返。我相信，生存的执着，会使我们的脚变成一对开山斧，向前，向前，把自己的命运延伸到不可知的远方，到梦的边缘。

并非走在路上都会达到预期的终点。带着一半遗恨而干涸的心愿倒下的，是夸父。太阳永远挂在天上，路却永远长在地上。追求者大多如此，知其不可为而为之。牺牲的躯体，献给苍天；长寿的灵魂，召唤着后人。他的手杖化作了桃林，美丽的桃园，不是留给人间的一个美好意象么？陶潜留下的迷津，不正暗示着人类那种普遍美好的向往和眷恋吗？

是的，一个人走在路上太寂寞了，你要习惯寂寞，你可以和天空、和自然、和道路对话，但应少与他人言语，古人说，这是"慎独之境"。真正的追求者，谁会夸谈目标，或者观赏身后的足迹？虚荣是过眼云烟，告慰心灵的欺骗。更不要采些肤浅的鲜花装扮自己，不要轻易为自己辩护。历史是最好的裁判，而天底下最浪费生命的举动莫过于无聊的辩护了。嘲笑和讽刺，打击与误解，不失为一种伤害，但那只是外伤，痛在心里会反弹出一股无穷的力量。"走自己的路，让别人说去！"聪明的走路人，总在别人驻足议论时，悄悄地绕道而过，超车也不必鸣号。

当然，最完美的旅行，应该有一个路上的伴侣。最完美的伴侣，首先是你的爱情。爱的本身，就是一次长旅，伴侣的意义，也只在路上存在。有人说，一个伟大的男人背后往往有一个伟大的女性，她往往是你的母亲或者情人。母亲送你出门接你回家，情人伴你上路随你天涯。但，这样的境界多难寻觅呀。有一个好母亲，并不意味着你有一个好妻子。而，即使她爱你，甚至死去活来，却不一定和你一起走；与你同行的，却不一定会爱你；即使又爱你又与你走在同一条路上，却不一定走向永恒……

路上的叉口太多，分歧在所难免。但你更应该对岁月负责而珍惜岁月。时光如水，无情而情深意长，大可不必为同道者的离经叛道而愤愤不平，更不必潸然泪下。"三十年河西，三十年河东。"须知，人生体验是一笔难得的财富，随时开启，都有一坛好酒，里面酿着麻辣酸甜苦五色真味。不是说，最后微笑的人，笑得最甜蜜，最完美，最潇洒吗？

地球上留下的人工痕迹中，最多的便是路，最难消失的也是路。这是人类衍生图腾的伟大考据，也是人类必定前行最初预言。你不对路肃然起敬么？比如，再读了鲁迅那段名言之后。

走在路上，道路不会拒绝你，除非你拒绝了道路。

——原载广东教育出版社《新空间》杂志 1997 年 2 期

选择与命运

本来，人的选择应当充满理性意识，有着十分自由的主动权。但选择一旦付诸行动，就会有特定的人生结果。选择好了，命好，选择得不好，命贱。那么，人的选择其实充满了盲动，并不理性。但选择之初，毕竟抱着美好目的，这是肯定的。

先举我为例，自己的选择实际上就是父母的选择。早日跳出农门，是一个山区农村孩子在八十年代初期朴素而美好的的愿望。初中毕业前，自贡市某剧团招收小演员，有点此方面天赋的我报名应考。从乡试、区试、县试一路考上去，过关斩将，进入最后复试时，一个主考官问了问户口，然后歉意地说："不招农村户口。"那天，天下着雨，农民父亲戴着斗笠和我走在自贡街头，雨打湿了我的衣袖，泪水打湿了我的衣襟。小小年纪，命运之感就袭满全身。但几年之后某剧团便宣布解散了，那泪水又该值得庆幸了。初中毕业后我考上县师范，并接到了体检、面试通知，写、说、读、唱、跳，凭着那处处考官对我赞许的目光，面试成功几乎是百分之百。但此时，命运之神又作祟了：与县教育局官员很熟的我阿姨，为了增强我的竞争力，主动帮我到县里查卷。不查则罢，一查少了 8 分，落录取线之下。我因此被迫选择高中，仍未跳出农门（那时，中专先录取）。但高中的结果又考上了大学，最后当上了大学教师；而当年考上中师的同学，至今仍是一名小学教师，前不久来我这所大学函授学习，反倒成了我的一名学生。命运之感，又被我们真真切切地感到了。选择与命运，就这样生生不息地交错着。

　　命运感悟最多的便是后悔意识，但选择却不能后悔。有一首歌叫"选择坚强"，倒是高扬了人的自主意识。那就是，命运其实是可以改变的，只要坚定选择，或者调整选择。我考大学的时候，富顺一中有对家境很好的姐妹却独报清华，连连两年落榜，第三年却双双如愿以偿，成为小县城经久不衰的美谈。另一个同乡北师大毕业，因为特殊问题被分到一个乡区中学，条件十分艰苦，而又不被重用。他及时调整了生活策略，静心学习，三年后，又考研回到北师大，毕业后到了某企业。1995 年该企经营不善濒临破产，大量员工下岗。他作为高级人才，被告留厂待用。微薄的薪水，无所事事的无聊，迫使他再次重新选择。他狠下心来，转向研究经济法律及大众传播。一年后又成了南方某著名大学热门专业的博士。他一考上，有好多单位就来提前挂钩。最近，又被派到美国某大企业考察（学习）半年，对方则开出比较丰厚的工资水平。该同学名利双收，命运自然随之改观。

　　眼下，中考、高考的学子，正在选择志愿，大学毕业生正在选择就业，轮岗交流的正在选择何去何从，下岗的在选择重新上岗。当然，与以前任何一个时代比，现在的选择无疑更加艰难，充满了痛苦甚至风险，但社会提供的舞台又比以往任何一个时代更大，人生的机遇又比任何一个时代更多，命运的公正性程度也相对高了许多。命运不可知，但可以改造，改造就可以改变，命运的主人始终是人类自己。那么，面对命运，我们何妨轻松一些。

男人是酒，女人是水

我不明白，贾宝玉那句"女儿是水做的骨肉，男人是泥做的骨肉"，怎么就成了名言。其实，这话恰好表明了一种病态，审美的病态。宝二哥出落在现在的大都市，肯定该做变性手术。突然有一天，我悟到，相似的评判如果用酒和水来比附，恐怕更加贴切，那就是"男人是酒，女人是水"。

酒代表一种英气，水代表一种柔情。水是酒的血肉，酒是水的灵魂，水是形式，酒是内容。难怪当年读张贤亮《男人的一半是女人》，总觉得有点儿像酿酒的过程，小说的最后，因为政治失意而丧失了性功能的男人，又因为女人而重新成了男人。

酒，是人类祖先崇拜的产物，代表着某种祭奠仪式的最初供奉，代表着血性与神圣；刚强、报复、快意、恩仇。酒神与女人确实不太相容。女人天生就被男性话语中心排斥在外，故而容易失落为男人的充满了低级需要的那一半，上则宫娥嫔妃，下则姜小娼妓。女人附在男人身上，如同劣质酒里水的附着，达成了其实本不相容的相容，或者说，寄生与寄托。

因此，酒文化其实有很大的负面价值，酒里也充满了罪恶与耻辱。酒徒、酒鬼往往与赌徒、色鬼相粘连，这便是男人文化的负面形象。虽然诗仙与酒仙可以合二为一，但如果留有当时"卡厅"——歌榭楼台的历史档案，李白先生定有许多钱两或小诗留给了"三陪小姐"。人是生物，不是意念，而酒是一包药，一包致幻的药。酒、色、财、气，往往产生共振效应，破碎了多少好端端的英雄梦幻。曾在本市某报上读到杜青钢博士的文章《想当酒徒》，的确令人忍俊不禁。

水，同样也涌动着恶意与诱惑的波光。当然这是男权文化视野中的水。"祸水"、"水性杨花"，是典型的词汇，而且已经构成了一种否定性情感。连民间"水鬼"形象都以女性为主。李白醉酒投江，白居易江舟遭遇琵琶女而成千古绝唱，似乎是一种深层次的隐喻。酒需要水，但又败于水。酒，更多的是包容在水中的气体，容易挥发，也就容易上升；水是看得见的液体，是流动的液化了的气，总走向平地与低洼。伤感的根源在于男人追求形而上，女人追求形而下，男人追求精神，女人追求物质，男人理想，女人现实。但而今，酒在掺假，水在变质，男人女人一股脑随波逐流，所以，这个时代的两性角色，总是不三不四与不男不女。于是，这个时代，女人们更加追慕男子汉，而男人又返回寻找清纯女孩。

当然，酒，是陈年的美，水是新鲜的净。百年老窖是好酒。而水，则走向了"纯净水"、"磁化水"、"蒸馏水"、"太空水"……男人越老越成熟，越有钱和地位，也就越有魅力和内涵；而女人最好永远是个孩子，女人是越娇越美，越嫩越靓。应当提醒的是，百年老酒的浓香里，也沉淀了不少杂质！男人的胡须下面，肯定积满了灰尘、阴谋和罪恶。

——原载于 1999 年 8 月 17 日《重庆商报》

千年阳光

一个年轻的母亲，确切地说，还是孕妇，挺着大肚子，轻轻地推开窗户，推开清晨的弥天大雾。她笑了。那样亲切自然，温情脉脉。2000 年，说到就到了。遥远的山峰，已露出了幻觉中的万道霞光。自己孕育的生命，说到，却还没有到。

我有幸在临窗写作的时刻，捕捉到这一幅生活图景，这应该是人类 2000 年情结的最好注释吧！

本来，时间是世上最客观，甚至最单调、最无情的东西，然而作为人的一个观念，它又那么富有人性光芒、生命情形态和文化哲理。时间，可以是人类花枝招展的外衣。2000 年，就是人类一件花枝招展的外衣，一次美丽的借口，一切都因为三个零而变得丰富、乖俏、自圆其说。人类文明几乎普遍失语的今天，又有了一个美好的千年说法。过了这个元旦，我们的生命会陡然觉得悠长了许多。

0，真是个最哲学的数字：可以是有，可以是无；可以是空，可以是满；可以是诞生，可以是结束。据说，二十一世纪究竟从哪年算起都还存有争议。但，新世纪的狂欢已经开始了。社会习俗、文化时尚不由自主地转了向，流行话语也全变了调：全是阳光明媚的声音。每个人都做出跨越新世纪的姿态。连我身边的两个烟民同事也朗声宣布"2000 年元旦起，戒烟！"那将是一个多么健康，清洁的世界啊！

刚刚过去的一百年，是人类历史上最有重量的一百年：卷入上千万人的世界大战就爆发过两次，人类有了飞机飞船，有了火箭、电脑，有了花色品种齐全的核武器……人，实质上已经成了超人，我们拥有的不仅仅是战胜大自然的智慧，而是毁灭自然的能力，甚至轻而易举毁灭自己的能力。这一百年，就像人类最初的神话时代，上帝死了，自己成了神，也成了魔鬼。有人说，和平与发展，乃是这一百年政治伦理的使命。这一使命，肯定还会沉沉地压在二十一世纪灿烂的肩上。

轻松些，再轻松些。

我真希望，下个世纪只有临窗孕妇那样的风景：善良、温馨、动人和责任感。似乎，世纪初情绪就该是这样。于是，又想起去年在美术楼看到的一句很新颖的新年祝辞："在新的一年里，让我们尽量做一个好人。"尽量，只能是尽量。

推开窗子，听见溪水的声音，好像年轻的母亲幸福的呻吟。世纪婴儿就要诞生了。她告诉过我，预产期就在元旦这天。这真是市场经济时代唯一的"计划生育"。

孩子，如果你真在 2000 年第一束阳光中诞生，我希望你不要千篇一律地哭。而应该笑，笑出声来，像那束阳光一样！

——原载《西南师大报》1999 年 12 月 25 日

大宁河畔的小妹妹

7 年前，我 22 岁留校任教。夏秋之交，我奉命去巫溪县教师进修校给中文专业函授生上课。从巫山下了轮船，沿一条小河——就是愈来愈有名气的大宁河。它是迄今为止我所见到的最清澈最透明的一条河流，像一条翡翠玉带拴在巫山云水之间，涓涓而出。小三峡宛如三颗明珠层次分明地点缀其上。

船在沾衣即湿的雾中到达了目的地。真不敢相信，我这个刚出门的学子竟受到地方教委及主管县长、书记一行人的热烈欢迎。那时，这座小县城还很落后，但很安静，一式的青砖碧瓦旧式院落。

当晚住进教师进修校。学校刚恢复办学，自然破破烂烂。长满杂草的操场边，一间黄泥小屋，一床一桌一椅，点一盏黄油灯，算是我的临时寝室。刚收好衣服和书，校长敲门进来，后面一个小姑娘低着头，怯怯地站在门外，手中提着两瓶开水。校长让她叫"郑老师"，她头也没抬小声说："郑老师？"声音很清脆。我忙着和校长谈教学安排，她已经轻轻地走了。后来校长说："她姓张，排行在二，人们都叫她张二妹。她爹以前在进修校煮饭，死了几年了。妈有腿病，只能在家守屋，田土都请人种。我们叫她来学校做临时工。你来了，我请她过来干半个月，就每天早晚烧两瓶水，另外，铲一下坝子里的杂草。饭呢，你个人到校门外那家食店和学员们一起吃……"

"她读过书吗？"我问。

"她爹在时读过。"

"几年级？"

"初一，也就是爹死那年！"

"今年多大？"

"十七岁。"

校长走时，天黑了。泥窗外居然有几颗星星，闪动着，像忧郁的眼睛。虽然一路旅行相当疲惫，但我还是失眠了。我在预设她的形象，幻觉自己的奇遇，甚至有些心猿意马。是的，那是容易冲动的年龄，容易纯洁容易同情、容易把阳光洒满大地，把情感投向每一棵小草的年龄。

我给比我年长许多的学员上课，他们并不因此而有一丝不屑，都认真地听着记着。我讲得也很投入。第一讲便是托尔斯泰的《安娜·卡列尼娜》。讲着讲着，我发现竹木花格的窗户外有个人在盯黑板，是她，张二妹。太阳出来了，雾已散开，把那张贴在窗上的小脸映得通红。我这一打住，同学们都一齐盯住我，然后顺着我的目光，看见了那个窗外的女孩。她红了脸，还看得见补丁的灯草绒单衣。班长站起来冲她吼到："张二妹，不要在这儿干扰，我们在上课呢！"

我已经走近了，看见她的身后不远处是一筐铲好的杂草，半青半黄的操场在她身后组成一个倾斜的画面。她的眼中含着泪珠。

我说："你可以进来听。"

"不！"她摇摇头红着脸走了。

下午，我又看见她在窗外听课。

我继续讲着安娜的命运故事。她和张二妹当然是不同命运不同国籍不同肤色的，然而，在串讲无形的文字时，我逐渐抛掉了小说插图给我的印象，张二妹却跃然纸上。我对她寄予了一腔同情与热爱。似乎，张二妹也会经历那样困顿、复杂、深刻、自强的人生。

晚上送开水时，她说她想听文学课，一听小说就上了瘾。为了听课，她早晨铲好一块草，晚饭后又铲，上午、下午都能听了。

第二天，我起得很早，到操场上用手扒开那些铲好的枯草。"郑老师，您怎么也来做。"她来了，惊讶地站着不肯过来。"早晨起来锻炼！来，我帮你铲。"她过来了，神情比前两天轻松得多。

"你会吗？"

"我会，我也是农村考上的。"

"真不简单！"她笑着说。

从此，早晨和傍晚我帮她除草。她依旧抓住窗棂听课。两个星期转眼就到，我面授的课已经上完了。

临走的早上，漫天大雾。我起得很早，刚开门便冲进一丝潮湿和寒意。约莫一丈之外，一个人向我走来，是她，张二妹。"郑老师，你要走了，我来送你！"真没想到，她会突然这样大胆、热烈、响亮地说话。夏天的白雾中，她穿着一件红花布短褂，长长的一对辫子甩在胸前。"走吧，郑老师！"她进了屋拎起我的两个包。我无语，一脸通红，跟着她走向白茫茫的只见水声的江边。

江边，县长和校长已经站在那里。我简直激动不已，不知所措。一阵客套之后，我上了船，张二妹再也没有说话，只把包递上船来，就退到校长和县长身后。船开了，雾散了，太阳君临峡谷之巅。我们挥手告别，张二妹被他们挡住了，但在我的眼中，只有她一个人在送我。那本来简单的、尊重和崇拜式的美丽眼神，被我幻化了，变得柔情万种，缠绵悱恻。那一刻，我觉得大宁河真的好美。也许是误读，但我的心中已存下了无限的眷恋。

有人说，回忆是可以回去的地方。七年过去了，一切历历在目。为了完成一个课题，我又要去巫溪县了。大宁河，张二妹，你们还在吗？

——原载《重庆商报》1999 年 4 月 5 日副刊

文化沙龙与生命的茅屋

诗人 Q 兄已下海两年，不再写诗了。几日前突然寄来一张漂亮的请柬，称自己独资的老 Q 茶房开业，敬请光临云云。Q 比我长三级，算是我的文学导游。当年钟情缪斯，几近痴狂。九四年后却一改初衷，纵身下海，经营广告，CI设计，有偿新闻等等，不经意间就腰缠万贯，归入大款一族。

不出我的所料，茶房颇有些沙龙格调，所坐皆小圈子内略有名气的文化人，只是我与他们多年未遇，已相当陌生。席间精美的食物与高雅的音乐往来传送，俊俏婉约的服务小姐，还有更显得高雅的文人们的各种话题在酒气、烟气、咖啡气中交错穿插，环绕成浓郁的文化氛围。主人赠我两本自费出版的新书，一本诗集，一本影论。一边说"有钱了，出书容易了。"于是，我在这种太具商业气息和贵族气质的沙龙里，信手翻开曾经美丽的诗篇。然而，恕我直言，我再没了几年前的那种激动了，有出版可能性的写作，与生命自发的创作简直是两种感觉。浮华、矫情、造作、玄虚，几乎集中了我所厌恶的流行诗风。而当年，我们的文化勇士，那种孤高与自由，清丽与热血到哪儿去了呢？

非主流的城市文明景观中，沙龙文化正在归纳着一群失去了主流感应、步入辉煌边缘的文人，并因此蔚然成风。沈阳、上海、南京、杭州、广州等城市都先后有了沙龙式的什么"边缘人俱乐部"、"孤独者俱乐部"、"自由人部落"等等。最近到川南某市出差，又见一个"单面人"茶馆，显然也不过打着文化旗帜而实为泡沫风流而已。据某友人讲，多产茶馆的成都已出现了欧洲十七、十八世纪那种贵妇人主办的家庭沙龙。大款女主人难耐寂寞，以自家别墅为点，组建画廊、书社、音乐会云云，延请文人入住，明为昌达文化，实则颠倒过来，给贵族的豪华装饰诗意，给豪华的寂寞陪衬点文明。文化也就沦为"三陪小姐"，陪得主人兴起，随手一划，也许你的书就可以出版了，你的画廊和音乐会就可以"彩排"了。可算做"小费自理"。

所以，当Q要我为他的书写评论时，我一口回绝了，并在他们挽着那群小鸟似的女孩翩翩起舞时，我淡然告退。我想起数年来自己的孤身长旅，像张承志在大西北茫茫黄土中只身苦旅一样，我的精神倾向始终是清贫而又清爽的民间。而其中一间茅屋，成了我每念及此便会潸然泪下的一个意象。我把它与文化沙龙相比，唤做生命的茅屋。

茅屋在四川宜宾，长江金沙江段的一个小村庄里。屋中住着一个中年男人，戴着一顶新疆风味的羊皮毡帽，我就叫他毡帽朋友。我曾在好几篇文字里提到过他。他是一个石匠，有着发达的肌肉与坚强的表情，而他的表象背后又隐忍着一段妻子儿女被洪灾吞噬的痛苦经历。现在他的茅屋中有着三个年龄不等的残疾儿童，是他收养的。其中两个是在黔北采药时捡来的。因为三个孩子，他生活得很艰苦，但苦中有乐，小学文化的他，也喜欢随手记下一些民歌民谣，这不能不说是我们一见如故的深刻原因。一次彻夜畅谈以后，他竟把在贵州搜集的四百多段五千多行民歌抄本送给了我，说是给我研究所用，而他将继续以自己的方式生活下去。一连几天，我和毡帽朋友，三个残疾儿童，在茅屋中讲着故事，唱着歌谣，品着粗茶淡饭，忘情地分享着田园时代富于人情与诗意、更富于自由与野性的生活。这也是一种文化，它与都市的消费的豪华的——平庸、无奈、灰色、颓废的沙龙文化自然不该相提并论。简直就可以用一个最时髦的词来形容，怎一个"爽"字了得！而当我发现茅屋的壁上题着一诗一联时，我立即感到城市文人的所谓贵族气质简直一下子便没了底蕴。诗曰"不愿穷来不愿有，但愿长江变成酒。酒醉倒在沙滩上，风吹一浪喝一口。"对联是"家住农村多自由，身居茅屋少忧愁。"这岂是一千年前杜老先生可比的旷达与悠远？想想老杜"茅屋为秋风所破歌"的狼狈相，再看看毡帽朋友的潇洒劲儿，自可以掂出真生命的境界与轻重来。

文化沙龙治不了城市文人的寂寞病。《易》说"见龙在田"，我以为可译作真隐者即在民间。

——原载于《重庆晚报》1998 年 9 月 6 日

三都水寨

三都不是都，只是一个小县城，坐落在贵州南部起伏的丘陵地带。水寨并不建在水上，而是因住着水族而得名。水族是个名字听来很美的少数民族，有着自己的语言，自己的习俗，自己的文化。水寨，就是他们的家园，一种别具特色的黔南民居。

水族民居，主要有三种建筑形式：叉叉房、平房、干栏。

平房多为草木结构，竹篾或芦苇编成大排，四方柱头相连，糊上灰泥，上盖稻秆或山草。平房一般不专门开窗，只在顶上亮开一口，安上一小片玻璃，叫做"亮瓦"，光线就从上面透射下来。

叉叉房，是当地已不多见的落后民居，结构非常简单，成"井"字形制作，只要将木料砍破，两端凿出槽口，再立上两根柱子，或者选两根活树，拼成方形，房子就完工了。房顶一般盖杉木皮或茅草。

平房可能是受到汉族居民影响的结果，而叉叉房，显而易见是原始民俗的遗留。既有悠久的历史，又有普遍的现代继承，并富于民族创见的，当首推"干栏"，这是三都水寨的典型代表。

"干栏"是古越先人创建的传统家居。水族正是古越人的后裔骆越一支发展而来的。现今浙江余姚河姆渡，江苏丹阳香草河等地就发现过干栏建筑的遗迹。"干"水语"楼"的谐音，"栏"水语"家"的谐音，"干"、"栏"合称即为"水家的楼房"。

《唐书·南蛮传》中载："散在山洞间，依树而居。"这种"巢居"就是水寨最遥远的原始形态。我们可以透过千年的历史望见那年那月；水族衣着简单，上身裸露，下身树叶遮羞。他们击石取火，采集天然树脂点灯，以蜗牛、蝙蝠、鱼鸟为食。为了对付高温多雨潮湿天气，还有丛林间的虫蛇猛兽，他们不得不离地建房，当然，树上房屋，很快就随着水族的普遍社会化而转移到地下，宋人周去非的《岭外代答》中描述："民编竹苫为两重，上以自处，下居鸡豚，谓之麻栏。""麻栏"就是"干栏"。到了清代，干栏式建筑被应用到了阴宅的建筑上，可见，这种民居形态对水族民俗结构的深远影响。

现在的三都水寨，建筑物一般二层、三层，多的可达四层。里面隔有五或者七个小间，水族忌双数。下层相应立着几排砥柱，上端扣着粗大厚柏做的横梁担任垫木，水语称之为"楼枕"。楼上铺设宽厚的木板，形成平整楼面。砥柱、横梁与上层的排架一一对应，水语叫"顶"。梁头，水语叫做"瓜"。这种构架方式，水语叫做"水布"。水布造型一般有人字、金字、八字三种，不外乎都成塔形，除了佛教信仰之外，主要是为了防雨、防风、防热辐射。有的屋外再挑上"瓜"，盖上重檐，称作"三滴水"。重檐之下是走廊和栏杆，"瓜"上凿出眼子，穿上几根晒杆，水语称之为"梅朗"，收获季节，总是挂满了红红的辣椒，或者黄灿灿的包谷。

水寨内部布局也极为讲究。大门由底楼中或靠山一头开始，上楼的木梯则斜靠屋外右墙。上层正屋三间，核心是进膳和等客的厅堂。两边是卧室，其偏角里，则用大木板装成木仓，储藏粮食。楼下厅堂正中，用杉板竖装屏风，屏风壁上钉有神龛，下摆供桌，过年过节祭奠祖宗。此处绝不能安楼板，以免上面的人们跨过祖先之灵而遭不敬之罪。堂屋一侧，则设有火炕土灶，冬天烤火，平时炊事，极为方便。

民居，是民族文化的活化石，在现代经济潮流中，民居早已超越了自身的定义，迈向了当代文化学、旅游学、建筑学的广大视野，然而，潜在的话题就是：我们过多地注重了它的观赏价值，而忽略了它的实用价值，房地产开发中的豪华别墅，可谓洋洋大观，叹为观止。但开发清新别致、造价低廉、自然合理并且利于家庭休憩的现代商业性民居，几乎还是一片空白。

回望层峦叠嶂中隐现的三都水寨，我第一次做了开发民居房产的遐想，但愿，这个梦会在有心人手里变成现实。

——原载广东《地产经济报》1996 年 11 月 6 日

第二篇 **02**

何妨一读（随笔选）

《马桥词典》：小说？词典？抄袭？

80 年代初期读韩少功的知青题材伤痕小说《月兰》、《飞过蓝天》、《西望茅草地》、《风吹唢呐声》。80 年代中期则读他的寻根题材探索小说《爸爸爸》、《女女女》。80 年代末期，韩少功一下子闯到海南，创办《海南纪实》，几乎成了以作家身份和文人姿态"下海"的第一人。在改革前沿商海浪尖上的韩少功，曾一度在小说读者的目光中失去踪迹。但从湘西生根的本土意识、文化反省和理想主义，从来就没有从他的气质底流走，于是有了充盈着人文理想与道德价值的散文随笔《夜行者梦语》，再进而有了这部"返回家乡"的《马桥词典》。

小说？

虽名《词典》，但读者普遍认定它的体裁仍是一部小说。因为韩少功是小说家，而非语言学者。与大多数人写了两个短篇、中篇，就急急忙忙赶时髦拉面条似地写作长篇小说，《马桥词典》已显得姗姗来迟。

在一个思想与笔力均已成熟，而又不乏深刻生活底蕴的作家看来，突破与创新的首选当是形式（或结构）。如 1987 年张承志的四重奏与复调式长篇《金牧场》，及 1991 年片断推进式的《心灵史》，还有 1994 年张贤亮的日记注释体小说《我的菩提树》。1996 年，韩少功则以湘西马桥为审美对象和载体，将浓厚的文化寻根与道德解析推进了这部词典式的小说。

形式对一个二流作家而言，就只是形式，除此之外，便没有提升了的意义；而对一个优秀作家而言，最大的好处在于获取了一种说话般的轻松与自由：形式，已经成为因对象的特殊性所必须赋予的形式。从韩少功小说表面（整体）看，每一篇（或章、节）确实是一个词汇或短语，而且多是区域指定的方言。但具体到这一词汇的生发、叙述，却是小说式的。明显的话语特征是感性的、动态的、描述式的，并且投入了"我"的主体情感与领悟。这每一节（或单元中）铺陈、叙述、辐射，都表达着一种强烈的主体意识。因此从形式到内容，《马桥词典》活脱脱又是串在一起的小说文本。阅读它，能很快让我们得到几年前读阿城的道禅自然小说，贾平凹的静虚村随笔小品

《太白山记》等作品的审美感应。韩少功的“词典”，很大程度上，就是小说。

词典？

从体例上讲，韩少功从骨子里以为自己写的就是一部词典。韩不是以著者身份写序，而是“编撰者”，作家退到了小说的背后，从外在形式上自我否定了《马桥词典》的小说性。通篇出现“语言学”、“人类学”、“概括义”、“具体义”、“词条”、“语言整合”等专业术语。他说：“为一个村寨编辑出版一本词典，对于我来说是一个尝试。”只不过较普通的词典，他在努力提升语言的深层次内涵。“语言是人的语言，语言学是人学。”他“力图把目光投向词语后面的人，清理一些词在实际生活中的地位和性格，更愿意强化语言与事实存在的密切关系，感受语言中的生命内蕴。”显然，可以说，在格式上韩少功坚决地以词典规范着自己。但内容上他说，词典的源起是一次到海口的菜市买菜，与土著居民关于“海鱼”、“大鱼”的一次语言交流障碍所引起的迷惘。韩少功突然悟到了——语言在走向“共同语”即“普通话”过程中的“过滤”，那种特殊文化韵味，生活风情，生命意识的“被过滤”被“普通化了”。他感到“海南土著”“嘟啾呕哑叽哩哇啦”很大程度上还“隐匿在我们无法进入的语言屏障之后，深藏在中文普通话无法照亮的暗夜里。”本着这样的心态和潜在的压力，韩少功返身进入了自己的家乡马桥。准确地说，是进入以日常方言语汇构成的马桥：“词典”式的马桥。韩少功做了一回语言学的地方保护主义者。所谓方言，实质上就是与民族共同交流的过程中呈现出来的地方话。韩也承认“从严格意义上讲，所谓‘共同语’，永远是人类一个遥远的目标。”他不希望交流成为一种互相抵消、互相磨灭。“我们就必须对交流保持警觉和抗拒，在妥协中守护自己某种顽强的表达。”如果说这也是根，那么它与鲁迅等发掘的民族劣根性相较，可以说，韩少功承续了家乡上辈作家沈从文先生追念的民族的“优根”：拙朴自由，自足的富于自然人性与神性的语言文化生态圈。

词典＝小说？

评论家鲁枢元、张新颖、南帆肯定了韩少功的探索，并给予《马桥词典》

以双重身份的折中界定。鲁枢元认为韩少功的写作是一次"跃向深渊的冒险"。这场冒险取得了胜利。"是一部用小说的方式撰写语言的小说，是一种借小说见证语言的语言。"（见《小说评论》1996 年第 5 期）张新颖在《当代作家评论》1996 年 5 期认为韩"词典"价值上则指向了他一以贯之的小说模式。为此，韩在序中写出了词典的编写说明一、二、三……并附上了煞有介事的"条目首字笔画索引"。每一节，他首先摆出的是语言学的音、形、义等程式化叙述。这又让人觉得《马桥词典》的确是一部词典。你也尽可以在词条内读到规范化词典应当具备的要素：本义、引申义、隐喻义、多义等等。但更重要的是，你还可以读出这一词条跃然纸上的人物、动态、色彩，以及语言下面的思想、感情与文化来。

实际上，韩少功的真正用意，在于以马桥为典，追寻一种语言可能失落的根——轻松流畅的现代语境中关于人类的、生命的、文化的关切与焦虑。在这书中表达得较为明显。通过《马桥词典》，"使一种处于普遍视野之外的，安于黑暗，边缘，孤绝状态，民间的，无声的词语，发出了声音。"张进一步指出，"词典"的隐义在于"它探讨的是处于不利地位的语言和文化问题，特别是这种文化的表述与被表述问题。在世界文化的环境中，中国有时就是马桥。"南帆则感到读解《马桥词典》同样是"难的"：大多数人会认为它缺乏那种悬念与曲折的小说趣味，并且预计读者并不太喜欢这部书所制造的话题。南帆说"我仍然无法说明，《马桥词典》是一部严格意义上的小说吗?"（见1996 年 5 期《当代作家评论》）

抄袭?

问题同样出在形式上，新潮批评家北大中文系副教授张颐武在 96 年岁末，突然撰文给畅销中的《马桥词典》泼了一瓢冷水。他在北京的 12 月 5 日《为你服务》报上指出："《马桥词典》不过是一部明显的拟作或模仿"，而且是"粗陋的模仿"。模仿的对象是塞尔维亚作家帕维奇的《哈扎尔词典》，中文译本刊在《外国文艺》1994 年 2 期上。韩作"不仅全盘袭用了人家的形式与手法，甚至连内容都照搬。"12 月 24 日，张又以"模仿之作：《马桥词典》"为题在《羊城晚报》上说，韩少功"套用了词典的形式和词条引出故事和哲理思考的方式。"

韩少功对此说断然否定：其一，他根本没看见过帕维奇的那部小说，所谓照搬、模仿纯属无稽之谈。其二，"词典"仅仅是一种体裁，如同书信体、日记体一样，即使有十部、百部这样的作品，后人也照样可以运用这种体裁进行创作。韩少功还正告对方："请把两部小说的主题、人物、情节、细节对照公布出来，看看哪些是模仿甚至剽窃的！"

韩、张二人的对立反应立即在文坛上引起强烈反响。

大部分作家认为："这部小说是模仿不出来的！"南帆说"没有任何作家可以垄断一种文体"。并例证"果戈理写过《狂人日记》，鲁迅也用了同题、同体，而且还写成了中国新文学的开山之作。"他认为张颐武"无法提出过硬证据，在学理上不负责任，有违批评家的职业道德。"蒋子龙认为《马桥词典》"标志着中国新意识小说的成熟。"他替韩少功说"本人并没有说自己创造了什么新体裁，只是找到了一种自己的表达方式。"张炜说"韩少功看没看过《哈扎尔词典》根本不重要，仿造不可能仿出如此鲜活的灵魂，真正的创造也不可能轻易被流言折断！"女作家方方、蒋子丹都愤然指出，张的批评心态不正常。近年张自恃新潮与先锋，多次在一些问题上与韩对立，去年关于人文精神的某次对话中，就硬往韩少功头上栽了个"韩少功观点"，蒋、方二人认为这是文学批评的"小动作"，而非"说理"。

张颐武就此事接受《文汇报》记者采访时，以"降调"口吻保留了自己的观点："抄袭"字眼儿时传媒的夸大，他论及的"模仿"与"抄袭"是完全不同的概念，他的本意是针对评论界的过高赞誉而言。但张仍然坚持认为：两部作品"都描写一种遥远的濒临消亡的文明和一种神秘的生活方式以及所选择的词汇、语言、叙事与展开方式上的模仿。"

笔者认为，张与韩近年的确有隙，所言"模仿"的确带有不太客观的"私见"。韩作无论怎样读解主旨也绝不仅仅是"描写一种遥远的濒临消亡的文明和一种神秘的生活方式"。韩少功偏出湘西，以寻根重镇定位于文坛，后又投身于改革最前沿的海南，其再次倾向于家乡的笔触，不可不带着久久的眷恋。这与他当年写作的有太多神秘象征色彩及荒诞怪味的《爸爸爸》、《女女女》是有很大区别的。对一个思想与笔力均已成熟的作家，只指出其"形式"上的"模仿"也是幼稚可笑的。

———《重庆晚报》1997年1月31日

西方美学史的诗性读解

——董小玉教授新著《西方文艺美学导论》

一个时代有一个时代的美学。

一种文化有一种文化的美学。

文化与时代的主体都是人。支撑着一种文化衍生的发展、一个时代兴衰流变的力量，归根结底不外乎人的精神或其话语形式。

所谓时代，历史来看，不外乎浩浩荡荡的时间长河中横切的一段区间。这一区间自有它的波涛与声浪，风云与日月；这段区间总奔涌着一道主流，这一主流的上升、抽象及人格化，便成为我们通常所说的时代精神。

而文化，同样不外乎人对自然与自身的理解与概括而已。引用地球生物学的概念，文化的外延可以有着"文化圈"的界说，也就是文化与人种、地域的自然关联。

文化相对于人类讲，偏重于一定空间的历时性；时代相对于人类，则偏重于一定空间的共时性。在人的普遍性基础上，文化与时代的诗意碰撞，便产生了人类精神。而所谓美学，不管多少美学家有了多少种概念，但文化特质与时代精神，总该是文艺美学的根，这一点谁也不能否认。

我兀自固守着这样的认识前提，欣喜地读到董小玉教授的新著《西方文艺美学导论》。

文艺美学离不开美学、文艺学在历史上交织状况的研究。在历史上，许多美学著作都涉及到文艺问题，特别是文艺创作与鉴赏问题；而许多文艺学著作也都涉及到美学问题，特别是关于美的本质、范畴、特征、审美经验等问题。从古希腊到罗马，从中世纪到文艺复兴，从古典主义到启蒙运动，从启蒙主义到浪漫主义，从黑格尔而康德而巴尔扎克、别林斯基、托尔斯泰等，其著作莫不有文艺与美学交叉融会的现象。《西方文艺美学导论》这部 30 余万字的新著明细地勾勒了西方古典文艺美学史的全部轮廓，采撷了闪烁其间的精彩华章。

回到我先前的概念，我认为董小玉对西方文艺美学史进行剖析时，始终把握着两把尺度：一是特定文化范畴内美学本源的理性透析；一是一个时代中最能表达主体精华的美学光辉。就文化分析而言，她偏重横向探索作为背景的但影响了一代美学思潮的本质因素，诸如社会、历史、生产关系与生产力等；提升美学精神时，则从纵向角度，用影响的比较的观点立体地予以把握。

难能可贵的是，大多数美学史论者，都倾向于选择那些对艺术做过概括的理论家们，即纯粹的美学家为研究对象，该书则不然，除了众所周知的理论家已成定论的理论外，著者还比较严肃地选择了代表本时代最高艺术水平的诗人、作家、画家的精彩论断作系统分析，使得他们散乱的零星的但闪烁着人性光芒、生命意识、艺术精神的只言片语，得到了一次集中。而他们一旦集中，便突兀地呈现在那个时代的历史峰峦之上。

于是，我不但看到了达·芬奇的"蒙娜丽莎的微笑"，也听到了达·芬奇"眼睛是心灵的窗户"的名言。于是，我们在听到哈姆雷特在舞台上独自生死抉择时，也听到了舞台下莎士比亚内心关于美的独白……

只要简单地阅读完全书章目，我们就能线索式地把握整个西方美学精神的整体走向。"社会——文化——艺术——美学"这是每一章中构成一个时代的美学长河中滚动着前进的精神浪花。该书比较科学地在叙述中剖析了这个时代的影响、传承、反驳与变异，"西方文艺美学"的发展轨迹与脉络也就明显地凸现出来了。

由此，我想到了十余年前主要取向于西方自由主义的"美学热"，继而想到了近两年来主要取向于东方民族主义的"人文精神之争"。前者，不妨说是因为特殊历史对美学观念粗暴地断奶而导致的报复性反抗；后者则更多地揭示了商业大潮冲刷以后，中国人精神失落的偏执的艰难的回归。简单地说，两种视角都不能趋于和谐——和谐地审视这个世界。和谐，也是一种境界：冲淡、悠远、平和、充实。这不失为一种崇高的美学意境。那么，当我们重新打开这本《西方文艺美学导论》时，就更能品出其中的美学与人生意趣了。

拿来主义是好，但拿来之后，要用自己的心身沿着自己的文化谷底去审视与解读。民族的人文精神是好，当然不能失落，但沿着人类的历史的共性结构摸索前进，似乎更能找到我们艺术的、精神的、生命的根。因此，冷静地不带偏见地阅读历史文艺美学遗产，条分缕析，取其精华，这种行为本身，已经超越了纯粹的学术方式，而成为一种大家之气的美学态度了。

我曾经是董小玉教授的学生，但主攻方向并不是她所讲授的文艺写作和西方文艺美学，而是与此阳春白雪对应的叫做"下里巴人"的中国民间文化与民间文学。但我亲自聆听过她讲的西方美学，阅读过她的断代史论《古希腊罗马文艺美学概论》，这一次再全方位从古典美学之源到 19 世纪文艺美学的开放式阅读，总算是长长的一次浸润了。我突然醒悟到，文学的终极目的不是要追求所谓神圣的彼岸之光嘛？当我站在富于自由精神和贵族气质的西方美学的肩上，重新探索我的同样富于自由精神的但倾向于平民气质的中国民间文学时，心胸为之一扩：我们民族底层人民的生存与生活的全部意义与价值，不是同样清晰动人吗？阅读这本书，等于打开了我通向彼岸世界的另一扇门窗。

关于文风，我始终记得董老师十年前，给我们读过的她写某条母亲河的一篇散文，那种缱绻温馨的乡情与流畅的诗韵，令人难忘。"十年磨一剑"，便是这部西方美学精华的巡礼与驻足，倾听与探寻，触摸与透视。一边叙述一边升华的语调中，始终保持着亲近的距离与对话的姿势，烙印着东方文化色彩，传达着跨文化的领悟和思辨，也如同在一条长河中畅游、分波前行一样。行文不兴风作浪，也不随波逐流，读着书，仿佛平和地散步在西方文艺美学的历史河床上，河床上空，是人类智慧与文化的千年阳光。

——《甘肃社会科学》1998 年第 6 期

董桥，这座桥

杨绛写过一篇《读书好比串门》，说今天过东家明天过西家，东拉西扯，周游列国。此说深得夫君钱钟书首肯，其实二人乃当今大隐①，是极反感生活中串门的，这里只是一个借喻，倒是二位文风的特征。我始终认为读书如行路。司马公"读万卷书，行万里路。"别解一下便成了读书行路说。走路自然会遇到好多风景，但而今恐怕撞上的到处都是人，所谓人山人海。但那是真的相遇吗？俗语将人际紧张冷漠喻作"路人"。可见，真正的相遇，比有潜在的召唤与寻求，有一种相知的感动，有一种缘。读书如走路，读到会心处、玄妙处、感动处，则如登山遇向导，深林逢先知。这样的相遇，会渗透到灵魂与血液。相遇而得其法，便可谓之书道。

与董桥如期而遇，成了我读书生涯中经久不息的感动。可以说，人如其名，董桥就是一座桥。一座引领你走向文化与学术，但又不会因之而显得迂腐与呆板，反而置身空灵境界的得道之桥。

在香港，金庸、董桥堪称文化双星。金当然首以武侠小说大师著称。八十年代初期，在中学时代和金庸相遇，那情形简直勾魂摄魄，至今余梦尚温。金庸小说中也有着浓郁的文化意识，这已成为不争之论。董桥，这太像一座桥的名字却姗姗来迟，自1992年借助《读书》和《文汇报》的评点，我购到小小一册《这一代的事》，我便深深地迷上这座"桥"的美丽与空灵了。在这座桥上驻足，文化气息，审美风韵，书墨清香习习如风扑面，怎一个爽字了得。一口气便翻了个底朝天。短短两百字的自序中董桥说"思想不挂门墙，只写散墨；中国似真似幻，且说情怀；文化最是关键处，更不屑凿空武断以为议论，不免索性眉批。"又说："散文须学、须识、须情。"董桥散文就是这样不紧不慢地把思想、文化、情绪，把学、识、情揉在一起，篇什精短，又好吃又好啃，口感极好。

冰心的过甜，沈从文的唯美，鲁迅的艰涩……而老来走红的张中行、王元化、黄裳等辈，又总觉得过分哲理化、历史化，饱学有余，而灵气不够，知识分子气太浓。他们的确积累了可以自负可以放之四海而皆准的人生经验，但写着写着难免有了"好为人师"的架子，有点教学味道，总难令人大开胃口。读一本两本还可以，篇篇如是，等于嚼别人剩下的骨头，除了婴儿之于母乳，没有人会耐着性子百读不厌的。

1992年，又是一个漫天飘落余秋雨的年份。大文化散文或曰文化大散文风靡一时。诚然，余秋雨把学者散文的知与识，向情与理更向文化与心理大大地推进了一步，对一文化物象一唱三叹的吟思，使散文获得了一种浓厚的纵深感，但本属于散文的清灵通脱却消解了。读其文虽觉得酣畅淋漓，但又可以说累得气喘吁吁。何况，已有京派学者指斥余秋雨引用史实多有错漏，文风上有些媚俗哗众之嫌。另外，余秋雨的行文框架，也引来一大批仿效者，散文走向了长篇，并有泛滥之势，余秋雨也宣传停写此类散文。

在这样的文体背景下，相遇董桥散文的简约隽永，当是书生之幸事。自此，我便四处留心董桥文章，直到1996年购到陈子善编五十余万言《董桥文录》，才读了个半饱。该书是董先生在大陆最完整的一个选本，选有《双城笔录》（伦敦·香港）、《另一种心情》、《这一代的事》、《跟中国的梦赛跑》、《辩证法的黄昏》等若干著作的近百篇散文佳作。

这一读已是数个夜晚的长旅。这座桥的景致也更加清晰了。想起从文先生所言写作乃"情操的体操"，散文尤当如此。散文不该仅仅只是一种散步，董桥散文最大特点是不拘体例，或叙或议，幽默随意，有时也古今中外掉书袋，文白夹杂，方块字夹着"豆芽字母"，但仍不失简约与明朗，此刻回到开篇看钱氏"串门读书说"，即古今中外一大串，甲乙丙丁其实指着同一物事，到头来，令读者如坠云雾，除了佩服其知与识，的确不存在多少本体印象。董桥在答《明报》记者问中就评点过钱钟书："油滑"与"贫嘴"，可谓一针见血。

那么，与钱氏相比，董少了一份雕琢感，但文章风格又不失清雅古韵，这当然应视为一层崇高境界。更为感人的是，董桥散文中始终贯穿着一种人文理念与道德精神。尤其在首先被大陆学者激赏的《这一代的事》中得到了集中反映。如《说品味》、《听那立体的乡愁》、《马克思博士到海边度假》、《暮鸦·归燕·古树》、《熏衣草》等篇什。

董桥论思想不刻意去追求哲学与辩思，不冷冷地拿着鲁迅式的刀子去剖白，也不像大陆张承志那样孤傲、硬冷地批评，而重在随意点染，不求体系，既不"作秀卖乖"，也不寻根怀古，关键是写出中国这一理念中的情怀，表达东方式的感悟，不装痴，却又沉醉于方块字深层次的心理与激情；董桥也写文化，却不一味追求文化味或者文化感，也不生造周作人梁实秋一路的士大夫意志与文化闲情，更不去文化的生僻处搜奇猎怪跑马异国风情，以赚取现代人的"差价"。另一方面，董桥也没有余秋雨们把散文变成考古论文的凝重与装腔作势。他写文化，本乎一己的灵性，唤作"文化眉批"，则是生活与人，人与文化的三线相交，写得轻巧诙谐又毫无轻佻，如《撒在沙发上的文化史》、《满抽屉的寂寞》等。

董桥散文里找不到纯散文。就是说，没有通常意义上的纯叙事或纯抒情，纯风景与纯思想；不批发单调的调侃和幽默，也不卖弄掌故与怀人，不流于副刊体的花边与补白，不来"当年兄弟我在英国留学的时候"的假打。董桥散文，是散文本体意义上的"散"，是近年来散文越做越精，越写越乱的文体向先秦诸子散文本真气质的回归。也就是说，董桥散文其实最见智慧与理趣，只是构思方式走向了传统的天人合一，走向了自然心法，不以理服人也不以情动人，如同随心所欲的语言体操，庄子所言"自事其心"的大自在与大自由。

读了董桥再读钱钟书，你才发现钱其实是一部伟大的辞典，而董才是一部感人的书。不是有人戏言，电子数码时代的到来，文学语言软件的开发，电脑版的克隆钱钟书就会出现了吗？

再次回到我的开篇之喻，读书如行路，路遇董桥，真正的意义何在呢？

这座桥同桥边的风景肯定也会一页页翻过去的，他给我们当代读书人，中国新生代的读书人这样一种启示：去生活、人生、政治、经济万般复杂的世界，找一根轻巧的杠杆，支撑自己的灵魂。

——原载《重庆晚报》1998 年 3 月 13 日副刊

重读《毛选》

说重读，前提必然是已读。然而，我的年龄层次（一九六八年出生）比所谓第四代还小一号的人来讲，这说法有点［托大］。但这是事实，文革接近尾声的岁月，小学四年级的我，读着家中仅有的一套课外读物《毛泽东选集》。

我的家乡在较偏远的山村，但每家都发有《毛选》。爸常说，毛主席是农民出身，是咱农民的大救星，毛主席的书要认真读。我那时学习十分刻苦，也十分听爸的话，也想将来有点出息，的确有读《毛选》的欲望；当时，我家还住着一位没能返城的知青，他被迫留守知青农场，直到我小学毕业的一九八零年夏天。他说毛主席的文章写得通俗易懂，文风随意而严谨，语言上非其他政治人物可比，尤其是注解值得通读。后来他考上了大学。十几年来，我经常翻阅有关书刊，从这个角度来评说的文章几乎没有，更不用说作者就是那个知青哥哥了。但他的观点直接影响了我的阅读，而且恰好是从学语言角度去读《毛泽东》的，这肯定是我读大学时爱模仿"毛泽东"说话（古月饰演的那个）的内在机制。另外，我从小偏科，喜欢语文，小学时已读完初、高中除了文言文之外的全部课文。读完之后，《毛选》自然成了首选的阅读对象。《毛选》的注释中有许多历史典故和神话传说，如《女娲补天》、《夸父追日》、《叶公好龙》等。尤其是解放战争三大战役的电文，给了一个好战天性的儿童以幻想的满足感，好些段落我都能背诵。在村里，我有一个很著名的游戏，便是在山中沙盘上模仿毛泽东电文演示解放战争。

今年春节短短的二十余天里，我一直患感冒，班也没加，差也没出，在家休息却翻出了新版《毛选》重读了一遍。说一遍也不确切，其实仍主要集中在我童年就感兴趣的前三卷。只不过阅读的感觉的确与童年、少年时代大不一样了，我已经能够通过注释跳出史实，更加注意到作者在不同历史时期政论文的文风，及其文风所折射出的精神气质与美学风范。这样，第一卷读起来更加带劲。如《中国社会各阶级的分析》、《矛盾论》写得就极有理论色彩，而且也比较客观公允，语言简洁明快，富于节奏感。尤其是后者，长达两万多字，洋洋洒洒引经据典，即使把它放在当时的学院派论文中，也是十分出色的。还有《湖南农民运动考察报告》、《中国的红色政权为什么能够存在》等，明显出自于某个革命问题的答案疑惑鼓动，其激扬文字，鞭辟入里的分析与透视，始终散发着阳刚之美。毛泽东的诗词绝对可以归入浪漫主义或理想主义，但他的论文则又纯粹是现实主义的，二者统一在文字的轩昂气度上。也就是说，毛泽东其实是以写诗的笔法来写这些论文的，同时表现出驾驭文字与结构的高超技艺。讲推理，但又不唯逻辑程序，用问题的诸因素、诸方面小层次叠加构成大论文。这种立论的组合方式甚至有点解构主义的味道。由此，毛泽东可算是中国现代政论文写作中的"现代派"了。

毛泽东有着异于常人的理论敏感。他总能先把问题看到、看准、看深。看到本质里去，再通过自己的笔明明白白地写出来。这种能力自然是划时代的。大部分文章在题解中就特别说明：针对什么问题或解决什么认识，纠正什么倾向等。他能把这些问题再描述或阐述之后以抽象化，并上升到普遍性，从而使问题本身得以升华或深化。如《中国革命战争的战略问题》、《论持久战》等。所以，有人认为，原始学历仅为中师生的毛泽东的确是个伟大的理论天才。

因此，我们是否应该也把毛泽东作为中国现、当代一个哲学、思想史作家来单独讨论呢？那么对《毛泽东选集》作单纯的学术研究就有可能性。

我想，《毛选》绝对会作为一个历史性、时代感极强的词语，印在下一个世纪某年发行的大辞典上。

——《重庆日报》1998 年 6 月 10 日

周忠陵笔下的天生桥

天生桥不是一座桥，而是本市北碚著名的一条小街。当然，小街上也并没有一座桥。但有一个"天生桥上的作家"周忠陵（诗人邵薇语）。相对于重庆文坛，他肯定是我们陌生的作家。即使熟知天生桥的北碚人，也少有知道周忠陵的。他与当前的重庆作家有着迥然相异的"风格"，至少在语言、叙述、选材、立意方面都超越于重庆作家习惯之上的。

周忠陵"平素似乎与文学界少有瓜葛，即使注意到他的人，也只能间或在一些刊物上读到他的作品，一年那么一两篇，或者三四篇，远称不上高产，更与大红大紫无缘。"（批评家何志云语）但，如果把周忠陵放在重庆文坛（本人愿意的前提下）那么，他肯定是重庆为数不多甚至是唯一的先锋作家。我们在重庆的报刊上是很难见到他的大名的，但，他就那么光荣地被《北京文学》、《花城》、《钟山》隆重推出过，并做过"钟山看好"的"嘉宾作者"。史铁生曾为他写过一篇很有分量的评论《新的角度和心的角度》，认为周忠陵的小说，不怎么在意大家熟悉的文学规范，不刻意追求故事和情节的铺衍，而留意对心灵的追踪与缉拿，"故事和情节只是手段和工具，只是在需要时借来用用而已。"着眼于表现"成堆的幻觉和幻觉中的诗意。"（周自语）一九九五年，中华文学基金会遴选"21世纪文学之星"时，对周忠陵作品的整体评语是："以平视生活的视角展现平常人的喜怒哀乐，揭示现代社会中逐渐成熟起来的一代人困窘的生存状态和复杂的内心世界。"由此，周忠陵出版了第一部小说集《不朽的单相思》①。

回到本文开头那句话，可以说，读周忠陵的小说不可能不读到"天生桥"了。按常理，先锋作家是偏好抽象的、虚拟的或者无需背景尤其是实景的东西。当然，又按常理，"××笔下的××地"，总觉得该是些"典型环境中的典型描写"。如市井生活、民俗风情等。但周总是剑走偏锋，他根本不写市井风情。"天生桥"是他时常写到的三个字，但往往又带着深刻的诗意、情感、意绪、幻觉和象征。在11部中篇组成的《不朽的单思》中除了2篇没出现"天生桥"外，其余9篇共三十余处写到了"天生桥"。

读到"天生桥"，我们都觉得亲切。我们同在一条小街上住着。的确"天生桥"除了名字好听外，实在是一条不起眼的小街。但，这"桥"上有不少人，也就有了不少的人生和人性。这儿有两所重点大学，一家直属总参谋部的军队研究所②，上万个最具青春活力的生命就游走在这条街上。但不要以为周忠陵会去写什么大学生、军人、恋爱之类的现象故事。周忠陵始终在写自己感觉到的"梦幻与感受"，每篇小说都有一个"自白体"的"我"在感觉着天生桥地区的人和事。那就看看周忠陵笔下的天生桥吧：

"前不久，从天生桥街的巷道深处传来消息说，那位因忠而辞学归乡的女孩终于投河自尽了，年仅二十二岁。"（《兄弟》）"走过楼巷，步下石梯，穿过一片盖住土地的矮树林，再拐一个弯，脚下躺着的便是著名的天生桥小街了。"（《那样的事绝对不干》）"天生桥的街路笔直，宛如伸直的一条手臂那样有力。"（《病女》）"户外百尺远的天生桥街子时或传来几下嘈杂的吆喝声，从启开的窗缝间偷漏进来，在墙上相互碰撞得尤其地响。"（《远与近》）"天生桥唯一的这家咖啡屋刚好坐落在通往江边的拐角处。""笑声也总是像五月里的花儿那样撒满了天生桥四周所有的林荫小道。"（《晚景如斯》）……

用不着再摘抄了，周忠陵是钟情于天生桥的。而且，蜗居于斯的他不经意间就把"天生桥"营造成一个生命意象，给小说的意绪尤其是叙述提供了细节、背景、依据和虚虚实实的色调，从而使蕴含其间颇具先锋意味的人生状态和不可捉摹的精神世界充满了质感，也赢得了美感。

作家笔下的"天生桥"是美好的、温馨的、梦幻的、诗意的，也是感伤的、迷惘的、阴郁的，因而是深刻的。把一地一景赋予深刻的心理内涵，演绎不同凡响的精神事件，周忠陵当然比重庆众多的市井作家或城市侃家上升了一个档次，这是不言而喻的。我们这座城市不是缺乏深刻的生活，而是缺乏深刻的作家。"天生桥"上走出来的周忠陵算是一个。不过现在周忠陵早已不居住在天生桥上，常常拖了一条让人们将他归类为"残疾作家"的病腿，游走于北京、成都、重庆等城市，干起了书商的行当。据说，常和王朔等人在北京某个酒馆喝夜啤酒，弄出了诸如《美人赠我蒙汗药》等挨骂并赚钱的一批书来。

于是，永远的天生桥上暂时再也没有一个作家。

——原载 1996 年 10 月 5 日《重庆商报》

注：

① 《不朽的单相思》百花文艺出版社 1995 年 12 月版

② 这两所大学指的是原西南师大和原西南农大，2005 年 7 月两校合并成为了西南大学；中间的解放军五一研究所已经搬迁，其地在 2001 年整体置换给了原西南师大，现在是西南大学的一部分。

别了，万圣书园

感慨于一个书店的远去，其实是感怀一种精神的远离。在现实中，人没

有办法改变现实，但，精神世界里，我们还有对抗的可能。——题记

老实说，看到"万圣书园泪别山城"的消息（《重庆经济报》3月22日）①，我差点流出泪来。尽管这在当下的语境里，容易被认定有点神经质。

"万圣书园"之来北碚，一直是北碚"高层次"读书人的幸事，自称"白菜书生"的原西南师大中文系教授，现执教北师大的王泉根先生，曾专门撰文记之。"万圣书园"迁出北碚而居沙区，本已令不少北碚人怅然若失了。

元旦刚过，我从南方出差返校，便径直去了"万圣书园"。书园在北碚月亮田小街上，旁有夜总会、卡厅、美容厅、小食店、辣子鸡餐馆，更有挤得乱七八糟的中巴车站，实在不是什么黄金位置，市侩的闹市兼乱市耳。但就在那二十平方米里，有着我们精神的黄金，思想的憩园。万圣的名气，是靠了纯种的读书人一传十、十传百而名扬碚城的。年前，一位调到西师美院搞艺术批评的青年学者一鼓作气，在那儿买了两千多元的图书，几乎本本是精品。万圣的告别，于他而言，自有一丝辛酸的庆幸算是聊以自慰。而当我以约会般的心情到达时，那儿已是"人去楼空"，我久久地怔住了。一个卖玻璃的老人告诉我，"走了，迁到沙坪坝去了。"还好，还在重庆嘛。然而再问沙区何处，不知；查沙区114，不知；打电话问沙区文友，不知；亲自去沙区寻觅，仍是不知。心欠然，恍若多年前的失恋。

相对于重庆市区，北碚人都习惯自称"农民"，凡到沙区以远至解放碑等，均叫做"进城"。②不管现在交通或通讯多么发达，北碚人的精神世界还是相当闭塞的。因而万圣与北碚人的精神缘分肯定是深情的、深沉的甚至是深刻的。在某种情况下，一个有品位的书店，可以塑造一座城市的文化品格，至少对这个城市的读书人是如此。进书店买书，与邮购又是不一样的，如同自由恋爱与媒妁之言。

就在万圣书园，除了大量的纯学术书籍外，我还购齐了九八、九九两年的《方法》、《粤海风》杂志，二者都是思想文化批评类刊物，都是有锋芒而又不撒野，有灵魂而又不另类，有血肉而绝不脱露的好杂志……没了万圣，我也没了这两本杂志，新千年的前三月，我几乎没读过一本书，整天像没吃饱饭似的。

上周"进城"去，回家途中，本已睡着，过重大校门，睁眼居然发现了"万圣书园"。遂想，找个周末来看看你吧。哪知，还没到周末，万圣已宣布泪别山城了。

又记起去年国庆，某个深圳朋友来渝，我引他去万圣，他居然眼睛一亮，深圳书城都未见的一本书，却在此处购到了。他还说，"作为一个书生，你在北碚真幸福啊！"甚至，他先生还叫我在北碚帮他购一房产，待退休后来碚居住，称北碚适宜人居、养老、休闲、读书云云。北碚不是有个梁实秋的雅舍，有个老舍写《四世同堂》的故居，有个萧红写《呼兰河传》的东阳镇吗？但这家伙和我都刚刚三十而立，正常退休还差整整三十年呢……③

于是我很想说，营销不力并非万圣泪别的主要原因：该是我们这座城市对不住"万圣"；我进而想说，（尽管这样说，更对不起高校林立的文化大区——沙区）——"回北碚吧，万圣！"这偏远的"农村"，城市的边缘需要你；因为"边缘"是纯种读书人的唯一存在的理由！假若可能的话。

——原载 2000 年 4 月 9 日《重庆商报》副刊

注释：

①指的是 2000 年。

②那时，北碚去市区很不容易，现在外环时代，北碚已经是主城圈，当然，精神的主城还没有完全形成。

③也是指当年我们的年龄。

夜读《钱本草》

本为查阅唐史的某个问题，不经意间翻到唐代名臣张说所著《钱本草》。自儿时至今，我们都只听过读过李时珍的《本草纲目》。初次一读，以为是一种名为"钱"的中草药介绍。哪知越读越奇，俨然一篇隐喻深意的劝世美文，也就仔细研究起来。

从去年到今年，社会上继续流传着一句口头禅"什么都可以没有，就是不能没有钱；什么都可以有，可是千万别有病。"这句话，直接作为歌词，唱进了好评如潮的新闻纪实性电视连续剧《农民的儿子》，钱与病，都成了当代世俗社会的流行话语。今挑灯夜读《钱本草》，更是别有一番滋味在心头了。

张说不是虚无主义者，妄断"钱财如粪土"，更不是绝对的功利主义者，连呼"钱！钱！钱！命相连。"他是一个深得儒家中庸之道的郎中，仅此以钱为药，疗治众生之文，又岂是普通郎中所能思之为之？全文不含标点仅一百八十七字，奇文共赏，先录于后——

　　钱，味甘，大热，有毒。偏能驻颜，采泽流润，善疗饥，解困厄之患立验。能利邦国，污贤达，畏清廉。贪者服之，以均平为良；如不均平，则冷热相激，令人霍乱。其药采无时，采之非理则伤神。此既流行，能召神灵，通鬼气。如积而不散，则有水火盗贼之灾生；如散而不积，又有饥寒困厄之患至。一积一散谓之道，不以为珍谓之德，取予合宜谓之义，无求非分谓之礼，博施济众谓之仁，出不失期谓之信，入不防己谓之智。以此七术精练，方可久而服之，令人长寿。若服之非理，则弱智伤神。切须忌之。

　　"味甘"，指出了钱相对于人的属性，人得钱后，自然心里甜蜜。钱多了，有的人鼻孔朝天，财大气粗，人见人散，是为"大热"。"有毒"就是钱的药味——负面价值了。这是张说写作《钱本草》的出发点。

　　钱能"驻颜"，只要稍稍浏览一下铺天盖地的电视广告、商场里晶莹剔透的那些开间，不难得到明证。影星刘晓庆成了"亿万富姐"后，扮相不就更加妩媚可人了？"疗饥"与"解困"，自是显而易见的。

　　接下来，张文对钱的腐蚀作用"贪"的结局，给予了揭示："令人霍乱"。"采药"就是找钱，一定得有正确的方式和"时道"，不能不择手段挣"昧心财"。金钱社会里，真情薄如蝉翼，而钱能"召神灵，通鬼气"。大概就相当于我们说的"有钱能使鬼推磨"了。

　　钱的积与散，敛与用，是自然辩证的。不会积蓄，饥寒就会随时到来，遭遇意外之灾，更是无法缓解；只积不散，当守财奴，"水火""盗贼"也许就会不期而至。反正钱这玩意儿有着很强的报复性。

　　以什么样的理性来对待"钱"呢？张说以典型的孔孟中庸之道作了回答，即归之于儒家的道、德、义、礼、仁、信、智等"七术"。找钱，用钱，不违背"七术"，算是光明正大的金钱观。

　　也许，纯属多余的话，很想借此机会奉劝我们的奸人，商人，官人，还有如我一般的平民凡夫，都来读读这篇《钱本草》吧。

　　　　　　　　　　　　　　　——《卫生与生活报》1996 年 3 月 27 日

"三余"与"三味"

早年读鲁迅散文《从百草园到三味书屋》，总觉得百草园里更有童趣，三味书屋却透出太多的呆板。私塾先生的教学在迅哥儿眼里，除了姿势与语调的滑稽，别无他趣可味。

近读某则现代文学史料知，"三味书屋"也曾历史悠久，原名却是"三余书屋"。

鲁迅的老师寿镜吾先生执鞭时，祖父寿峰岚改作今名。"三余"典出《三国志·董遇传》："冬者岁之余，夜者日之余，阴雨者晴之余。"浅显明白，不过教人惜时而读罢了。

"三味"语出古籍《邯郸书目》："读诗，味如太羹；读史，味如折俎；读诸子百家如酸醢。"注曰：太羹，即为肉汤；折俎，意为碎肉；酸醢，加作料的肉酱，即今之杂酱。"三味"全是肉味，太腻，所别者不过形态耳，引申为读书，似乎不太妥帖。但反过来，如果作为文史学生登堂入室的门径，史、诗、哲学则不失为主要的三个侧面：读史明志，知诗明言，读哲学明心见性，咀三味精华，必可成为一方文史大家。历史证明，鲁迅先生其实是深得个中三昧的，虽然少年时代对"三味书屋"曾有此揶揄。

当今时尚休闲，读书亦然。那么，"三余"倒是读书学习的最佳时段。深冬岁末，围炉挑灯，读得境界全出；夜读如星夜行舟，凝神定气，宁静以致远；阴雨寒窗，往往酿制羁旅情怀，感时伤生，此刻哪是读书，分明是自我与灵魂深层次的相遇、碰撞与震撼。

不过，今之休闲也成了"生命中不能承受之轻"，不是"忙休闲"便是"休闲累"。那么，读点书吧，以"三余"读"三味"，一来或可疗治我们的"休闲病"，二来或可营造一点精神文明的小气候，此为上上愿。

——原载《重庆晨报》1997 年 8 月 20 日副刊

金钱的理念

中国人理解财富，几乎就等于一个钱字。钱，本身是个挺复杂的玩意儿。传统的中国人对钱的态度暧昧而含蓄，讲究义利，再喜爱，也不能赤裸裸地表达出来。博大精深的汉语里有许多钱的别称，如"孔方兄"、"赵公元帅"，现在称的"子弹"。孔老二开私塾收学生找"外水"，就将学费称之为"束修"；文人习文弄画弄银子，羞答答地称作"润笔"；经商赚钱，叫做"花红"。说谁浑身"沾满了铜臭"，恐怕这句话起自很早的铜钱时代。

古人分三六九等，商人的地位是很低的，几乎和妓女一个档次。所以，金钱，在某种语境里，成了邪恶、丑陋、低俗、无情的代名词。可是，金钱本身并不邪恶，大到一个国家，小到个人，实际上谁都离不开钱。我在《孙中山文集》中居然读到这样一段说："钱币者，文明之一重要利器也。世界人类有了钱币之后乃能由野蛮一跃而文明也。"中学上《中国革命史》时老想，中山先生怕是革命者中最会"抓钱"的，兴中会的宣言中有一条就是发行"革命股票"。每次起义失败后，他到海外走一遭，很快就会筹集到巨额革命经费。《南方周末》曾发表过一篇很有意思的史学随笔《孙中山的筹款历程》，文中说，光辛亥革命前的十次起义，各方捐款达 62 万港币，约 31 万美元。所以应该说，对金钱执着的追求并不是罪恶，拥有财富并不等于"粘满铜臭"，更不能仇视人家"穷得只剩下钱了"。因为恰恰是人类自己将金钱异化了，关键是看来路是否正当，讲究"君子爱财，取之有道。"

钱的价值在于使用，简称"用钱"。金钱价值观有时就是现代人生价值观。英国社会学家塞缪尔斯近尔斯在《财富论》中说："一个人使用财富的过程比他获取财富的过程更能看出他品德的高低，这个过程也决定了他能否进一步积累财富。"

20 世纪 80 年代中后期以来，中国人的金钱观念似乎翻了过个儿。有部电视剧的主题歌就唱到："什么都可以有，可是千万别有病，什么都可以没有，可是不能没有钱。"几乎与民间的那句："钱钱钱，命相连"相映成趣。就业、求学、子女、买房、买车，今天中国人对钱的渴望比以往任何时候都更强烈，有"股疯"也有"彩痴"（彩票）。金钱，不再代表邪恶，而是令人羡慕、向往的东西，同时还上升成了职业精神。我的一位老板朋友，就把美国《时代》

周刊创始人亨利·鲁斯的名言直接写在办公桌玻板下面："赚钱，并引以为荣，赚更多的钱并更加引以为荣。"

不过，面对金钱，我们应该保持一个良好的心态，一味的顶礼膜拜，难免出现不择手段、铤而走险的情况。近年，好多大款、富豪之所以如过眼云烟，中途衰败，甚至身陷囹圄，就是例证。但是，对于金钱和拥有金钱的人一味地敌视、怀疑、嫉妒，而愤愤不平，持"仇富论"，则会压抑人们对财富的创造力，更不利于社会的发展。"不患寡只患不均""均贫富""大锅饭"，最终导致的恰恰正是贫穷与落后。就社会而言，我们要解决的问题也不是"金钱"本身，而是创造和寻求致富的机会、平台或手段。让每一个想发财的人，在起点、机会上处于平等地位，享有公平竞争。当然，前提必须是建立良好的社会经济秩序，完善相关法律来保护人们的正当竞争。

想不起是哪个哲学家说过的一句话："我们追求金钱，不是为了要将它藏入金库，也不是为了要有仆人服务，只是为了独立的人格尊严，和不受别人的奴役之苦。"当然，我要说，为了追求金钱，我们暂时去作仆人，甚至暂时受别人奴役，也并没有失去什么人格尊严。这就是美国哲学家弗洛母所说的"为了自由的不自由之路"。

新千年文坛"连环骂"

什么是骂？骂就是批评嘛！

看来，只有上海学者朱学勤该是我所敬仰的批评家了。他在一篇文章中说中国文人一下子像都是吃"狼奶子"长大的，有话不好好说，便改作"骂"了。什么是骂？骂就是文学批评！什么批评，批评就是"骂"。但"骂"不一定就是"骂"。这句话，有点混账，但实在是真实感受，姑且被我称之为"连环骂"。

"骂"的概念首先来自相声演员《名人》杂志主编牛群。《名人》杂志专设一"骂人"栏目，担当主持的是冯骥才，开栏语曰："本栏倡骂，骂即批评……倘君不平，反骂也成。"前来第一骂的是巴山秀才魏明伦，骂的恰是牛群，魏文《无刺的相声》中骂牛群的相声"老生常谈"，"编造套话、废话、浅薄笑话、矫情大话，厚着脸皮去领奖"，是"无赖"，"占着茅坑不拉屎，赖着（春节）晚会向上爬"。在牛群的杂志上骂牛群，怎么看，这"骂"字都不太像"骂"。果然，常写杂文的王乾荣指出这是《秀才骂牛》，是哥们儿串通一气，"事先打好了招呼，给牛哥看了骂文的底稿，与他取得共识。"这便是骂。

王朔骂人骂己，然后说我没骂，然后说我要出家，然后……

王朔骂金庸，是 99 年岁末最大的文坛趣事。但更妙的是，元旦刚过几天，《北京青年报》即刊出长文《我看王朔》，又把王朔骂一通，语言风格极像王朔自己。这在后来谭飞的一篇采访中得到了证实。王朔说"写《我看王朔》的时候，我特别有快感，1 万多字，两三天就写完了。写的感觉真像给自己搓泥。"又说"憋了半天，才把屎拉出来……不在自己肚子里，当然爽！"看来，"连环骂"的方式之一，便是自己骂自己。

从 1992 年至 1994 年所谓"满天飘落余秋雨"以来，至 1996 年《感觉余秋雨》（书中仅有几篇算是骂余秋雨的）之后，1999 年 11 月起接二连三出现《余秋雨现象批评》、《十作家批判书》、《秋风秋雨愁煞人》三部书。余秋雨是"老挨骂"的了，而且受用"抹着文化口红游荡文坛"，也够惨的。然而这还没有打住，就在余秋雨与凤凰卫视的"千禧之旅"还未驻足，余秋雨正在说这是他的另一次"文化苦旅"，正在作"我重新认识了中华文明"的文化报告之时，没想到就被人立马骂道《秋雨走好祖先就不陪了》《余秋雨说不出话来》，余秋雨是"披着文化大师外衣的附庸者。"

几乎同时，全国媒体又传王朔骂余秋雨（连带赵忠祥）是"公共汽车"，同时张艺谋、梁晓声被他骂成"臭大粪"。奇怪的是这则骂闻传遍四方的时候，王朔又出来赖账，不承认有这档子事。王朔在接受一位叫宋元的电话采访时叫屈："余秋雨是好是坏，我没有兴趣去了解，赵忠祥我更无兴趣，我没那么无聊去关心他们。梁晓声我倒没有什么反感，我真是没说他扒粪之类的话。"

梁晓声被骂的背景是 1993 年来几乎一年一本的随想录，尤其那本《中国社会各阶层的分析》，被认为是"在失禁的道德激情中作秀"。但我以为牟其中真正被捕后，梁晓声并没有"作声"，也没有所谓"幸灾乐祸"冒出"先见之明"，称其作秀不合实情。倒是最近《钢铁是怎样炼成的》一剧播出，他和韩刚吵了起来，未按他编的剧本拍摄云云，《难道我炼的是废铁》有失宽容，显得过火，倒是该挨王朔骂了。

正当王朔骂得高潮迭起，冷不防，斜刺里又"杀"出王朔已"看破红尘，要上五台山出家当和尚"的新闻，并称王朔自己说："我出家的选择首先是我的缘分，其次是对我们的文化的一种彻底反省。"这段话一点"骂意"都没有，而且很"文化"很"悲剧意识"，差点上升到被他大骂过的余秋雨的"文化境界"了。然而，不到三天，王朔又在媒体立马否认，说自己活得好好的，自己女儿还小，还要接送她，出家完全是子虚乌有。并且他的"狗眼看世界"专栏还要继续骂下去，下一个目标便是媒体明星白岩松……至此，王朔之骂得以循环上升。这可算是"连环骂"的否定之否定原则，套用当年的某个现代诗歌说法，便是"非非主义"原则。

余杰批余秋雨，张育仁也批余秋雨，然后二人对干起来

最有观赏价值的还是余秋雨的继续被骂，骂余秋雨的两个作者最后互相骂了起来。这是本文所谓的"连环骂"的经典情节。"北大怪才"、"青年思想家"余杰新千年出版新著《想飞的翅膀》，里面收的《余秋雨，你为何不忏悔》一文直指余的"文革写作"，称余是"才子加流氓"，"文革余孽"。圈内人称击中了余秋雨要害。但余秋雨立即又在《中国新闻周刊》上公开反击，作了大篇幅辩解，说自己不仅不是石一哥等，《胡适传》虽署了其名但也并非他所写，至于效力于《学习与批判》杂志更是无从说起。他也从未参加过迫害、打击、批判某个老师或某个干部，也就无所谓"反思"与"忏悔"。余秋雨在文中说，"谁说我是文革余孽，再闹下去我就要愤怒了！"

从同样角度批评余秋雨的是重庆作家张育仁。去年10月的《四川文学》上，张发表了长文《灵魂拷问链条上的一个重要缺环》，曾先后被全国100多家媒体转摘。张尽管认为余秋雨"太油滑"、"灵魂很渺小"，但同时，却也把不满指向了余杰，认为余杰那篇文章"剽窃"了自己。这下，余杰和张育仁干开了。3月6日重庆一家媒体发表张育仁质问余杰的答记者文章《余杰，你为何不忏悔》。余杰得知此说，大为不满，立即反击，认为张育仁"随意向媒体胡乱发言，缺乏学理依据，很轻率，令人很讨厌。"余杰说，自己写文章前收集了10余篇资料，也看过张的文章，并把张育仁误成了"张育杭"。他的引用，不存在"抄袭，剽窃"。张育仁认为余杰在抵赖，不诚实，完全丧失

了"青年思想家"的地位，令他想起《伤仲永》，少年成名，如果不正确对待自己，结果将是可悲的。

　　关键是，二人对吵间，又插入了前面提到的魏明伦作了一次"好事之徒"。余秋雨走"千禧之旅"到成都，恰逢余杰也到成都开会。魏称二余均是他的朋友，便请二人到自己家中喝茶，"面对面"座谈。结果几乎是二余握手言和。小余说自己与大余有差距，也不了解文革的写作方式和写作背景。于是对大余有些理解，宽容，谅解了。于是，张育仁就抓住此事再作文章，认为二余"对话"，是文人的"作秀"，"非常滑稽"，并讽刺余杰"有机会同余大师坐在一起"，是"借机提高自己"。余杰找到了"成就感"，从而上致了"青年思想家"应有的锐气和自我独立的人格精神，并说"这对他的成长不利。"

张育仁也曾被"枪"挑

　　在笔者看来，倒是张育仁先生有些莫名其妙了。余秋雨的文革旧事炒成新闻，新闻是大众阅读对象，何来抄袭、剽窃之说。读者也许记得两年前，文坛闹过一个所谓中国第一自由撰稿人孙敏"杜撰、剽窃案"，孙敏称亲自和余秋雨一起什么的，然后余秋雨写文劝说孙青年写好话也要真实云云。张育仁冒出一篇文章来说《这家伙我认识》，一面讽刺孙敏（几近人身攻击，后打官司，张育仁败诉），一面又在文中对余秋雨先生充满敬意。

　　也难怪去年的重庆报界有一个小小的刺激，有几个边缘状态的青年诗人如邱正伦、燕晓东等一组《枪挑重庆文坛》，有一篇便指名点姓批判张育仁的"家长"气，讽刺张是"重庆"文学系的系主任，张想冒充鲁迅，"长相很鲁迅"。张便授意门徒予以反击，并给人以邱、燕二人自演双簧的感觉。说实话，这行为也真够损的。这更是文坛"连环骂"中的环环相扣了。可见，时下的文学批评已经离真正的批评多么遥远。

　　还是南方深圳清明些，《深圳特区报》一篇李俊虎的文章《文化批评的媚俗》，把上述一股脑儿的骂派批评斥为"媚俗——另类批评，文化说客而已！"

　　可不？刚要结束此文，便接到电话，说某个畅销书作家就要写一部《枪挑中国文坛》了，口气大多了。

　　　　　　　　　　——原载于 2000 年 3 月 24 日江西《信息时报》副刊

关注西部文学

单从文学上讲，西部并不贫穷，也就谈不上什么开发。然而，以文学性的目光去关注这片正处在经济视野中的西部，无疑是有意义和价值的。当东、南、北、中，只剩下西部还略带神秘色彩的时候，西部话语极有可能成为二十一世纪初期中国文学的纯粹文本。

我们的西部不是美国的西部，我们的时代也不再是牛仔裤一统天下的时代。所谓多元化，所谓网络化，所谓信息化……实质上正是对纯粹文本的消解。谁也说不清西部文学究竟该是什么文学？是贾平凹、陈忠实等"陕军东征"？那为什么要东征？这一大批"农民作家"不都城市化了吗？是不是周涛等人的新边塞诗、军旅诗？是不是张承志的"民粹主义"、"抵抗文学"？要回答这些疑点肯定是尴尬的。

在国家西部开发策略之前已经出现了"西部文化出版热"。关于西藏，近两年，我所见过的就有了十几本。单就语言形式而言，它们确实已相当文学化了，但肯定不能把它们叫做西部文学，那只是伴随西部这位神秘女郎出场的一束鲜花。剥开它们漂亮的语言外衣，其实质就是一本民俗风情手册，或者旅游地图。文学的地域化特征，在进入九十年代以后，已经淡化了。我很想透过那明显清朗的地图册看见西部明朗的天空、大地和人们，尤其是西部人真实的生活与生存，但看不到。那些地图册样的作家作品，让我们看不到这种原生态的生存与生活。就是亲临当地，跑马观花，看些以娱乐为目的的民俗表演，也绝对是伪西部的。

不得不谈到我所器重并看重的作家张承志。张承志当然不是当下西部文学的代表，但肯定是西部文化的重心所在，他的《心灵史》，他的《回民的黄土高原》，提升了所有西部文学的精神高度。他的所谓三块大陆："蒙古大草原、回民的黄土高原、文明的新疆"，凝聚了他的全部创作资源和宗教般的文字情感，是中国西部的真之所在。但不幸的是，张承志以笔为旗的姿态，西部精神战士的身份，明显地偏离了大众阅读的视野，可以说处于文学的边缘。张承志是文学界唯一的悲剧英雄。

我认为，张承志个人化、个性化的才情与意志凸现于三块大陆之上，而西部最真实的底层、本土、民间的意象还有进一步挖掘的必要。马原、扎西达娃、毕淑敏等早年的作品，还有朱哲琴、腾格尔的歌声曾经是原生态的。阿来自《尘埃落定》之后，也不可遏制地向城市化——中心文化迈进了。马丽华们的《走过西藏》，巴荒们的《阳光与荒原的诱惑》，都给人绘画似的感觉。说穿了是一种阅读期待的诱惑。西部的阳光、雪山、草原、马群、寺庙里，还有更为动人的生活现实。张承志的努力肯定代表了一种方向，即文化精英向民间本土的真诚回归。但个性化并不等于个人化。个人的精英意识应该用于挖掘而不是去冲淡地域文化的本来面貌，否则，西部同样是变味的。

西部大开发，肯定会带来西部经济的繁荣。西部开发应该注意保护自然资源，这也正是西部文学赖以存在的文学资源。那恍若隔世的宗教文明、湛蓝如洗的天空，那"沙的智慧"的民间生活，应该得以保护。西部独特的人文景观，尤其是西部文明独特的信仰内核，应当保持相对的独立。西部应该有更为纯粹的人生意识、生存状态、审美情趣和哲学精神。我们应该像保护环境一样保护西部的文化资源。千万别像张贤亮那样一味"出卖荒凉"，也不需要"文化明星、文化顾问"余秋雨先生去"苦旅"、去"山居"，西部文学这盘大菜，应该由本土的作家和盘托出。

西部文学应该让我们看到西部真实的天空、大地和可爱的西部人民。

——原载 2000 年 2 月 25 日江西《信息日报》副刊

张者：《桃李》的反响与反思

张者，男，本名张波，原西南师大中文系 84 级学生。曾在多家媒体供职，其间考取北京大学法学院攻读硕士，现为《南方周末》驻京记者和《红岩》杂志驻京代表。《桃李》依然是他的第一部长篇，2002 年一经面市，即在圈内外引起强烈反响，这也是本次"西师人的四部长篇"中影响最大的一部。

《围城》现代版？校园《红楼梦》？新《儒林外史》？

在《桃李》的封底上，印着杨绛的一段话："钱先生写了一部《围城》反映二十世纪三四十年代青年知识分子的生存、生活状态，我写了一部《洗澡》，反映五十年代青年知识分子的生存、生活状态。对于二十世纪和二十一世纪交替期间青年知识分子的生存和生活状态，我了解不多，看了张者的小说，我很惊奇……"

这部令杨绛"惊奇"的小说，有一个平淡而又让人称奇的开头"老板从南方回来了""经济时代，把导师称为老板是高校研究生的独创，很普遍。老板这称呼在同学们嘴里既经济了一回，也增加了知识的成分，很有时代感……喊得踏实，叫着通俗，显得导师有钱有势。"这样的开场白，确实有点钱钟书风味。王蒙评语："看的时候想笑，看完笑不起来。"评论家白烨也认为："张者的文笔亦庄亦谐，但读《桃李》却笑不起来。"青年评论家谢有顺对王蒙和白烨的感觉作了阐释，为什么想笑又笑不出来，因为《桃李》的"幽默面孔中有一丝警觉"，张者在黑色幽默的背后，为人文精神在物质时代的逐步解构而发出了呼喊和悲悯：一帮教授、博导、博士生、硕士生在金钱和欲望的冲击下如何一步步"痛苦"地改造自我，最终成为"快乐"的消费者：金钱、宝马、美色织成校园新的繁荣，欲望、计谋、骗局让人眼花缭乱。女作家徐坤盛赞《桃李》发扬了五四以来的文人小说传统，刻画了现代知识分子的众生相，描绘了一幅盛世饮宴图。

评论家王干认为，《桃李》作篇名本身就构成了反讽。在大学这个塑造人的灵魂、传授知识学术的殿堂里，研究生和他们的导师却如家族一般水乳交融，师兄老孟、师弟李雨、师姐柳条、师妹甄珠，仿佛让人想起《红楼梦》中的宝姐姐、林妹妹，小说中的桃园、李园也仿佛怡红院、潇湘馆。导师邵景文在治学授业的同时，把很多精力用于开办律师事务所和打官司。除几次讲案例算是与治学有关外，其余生活大多是泡吧、唱歌、跳舞、喝酒、谈情说爱。邵的弟子们除柳条暗恋他而保持洁身自好外，老孟先跟珍珠好，又跟姚璇纠缠不已；师兄王莞"泡"上董茵，后又从网上迷上了"一条河"；师弟李雨和老权威蓝教授的女儿蓝娜卿卿我我，并在学校树林里就把她办了；三师弟张岩先是钟情于一个声讯小姐，后又去嫖娼并受到处分；师妹甄珠先和老孟好，后又移情老孟同室的雷文。先后沉溺于梦欣、董小令的情感纠葛而不能自拔。最后，美若天仙的梦欣遭车祸毁容而失踪，刘唱疯了，老孟跳楼，老板邵景文惨死在被抛弃的绝望的情人梦欣的刀下。一群人落个"白茫茫大地真干净。"

因此，论者们认为，从语言风格和题材的精神价值看，《桃李》可以称之为现代版《围城》；从情色角度，这又是一部校园《红楼梦》；从邵景文等一帮人的人生轨迹和生存方式的批判入手，《桃李》又是新世纪的《儒林外史》。

影射北京大学？《桃李》应改名叫《狗日的北大》，"北大二十年目睹之怪现状"

名师如云的北京大学破天荒地聚中了谢冕等一大群一流学者讨论这本据说影射北大的《桃李》。

谢冕说：《桃李》写的是大学的事情，我就对号入座。读了这本书还是很亲切的，好多身边的事情，也可能就是我学生身上发生的事情，我一看就知道是北大的学生。

北大讲师、博士胡旭东坦言：《桃李》编织的这些故事很多以北大的故事为蓝本，从北大出来的人可能比较喜欢这本书。如雷文和老孟事件是当时光华楼里两个博士事件。另外，老板死在万柳公寓也是以前法学院里一个真实故事。法学院老权威的女儿在校园内苟且被抓。也是校园内的事。只不过是另外一个学院内的事。这里的很多故事都被张者串起来了，张者即让人知道这是北大发生的故事，又有意制造一些错位，让人觉得这不是北大的事，这是他比较成熟的地方。

怪才孔庆东博士接着说：我感觉作者对北大没有像我们那样爱北大。要说骂北大，你骂不过我们，我们已经写了很多批评北大的文章。我曾经写过一个故事，卖关子说我将写一本《狗日的北大》，很多人问我这本书什么时候出版，看过《桃李》后，我说这本书出版了。《桃李》应改名叫《狗日的北大》。有人说高校是中国的最后一块净土，实际上高校是最后一块不能曝光的领土，高校的腐败是十年前的事情了，并且这种腐败是惊人的。《桃李》就揭开了这一幕，可以说是"北大二十年目睹之怪现状"。

作者张者说：《桃李》是一个以校园为背景，写知识分子的一部小说，与北大没有关系。小说责编评论家王干认为：北大人看了以为是北大，南大人看了以为是写南大的。我们的责编脚印是西南师大的，她看了后以为张者是以西南师大为背景的。我觉得很多事件不仅在北大出现过，在其他高校也出现过。一本好的小说应该具有普遍的意义，《桃李》在这方面是成功的。

拼凑之作？零叙述？触电？

《桃李》虽好，但如果读过张者的其他小说，读起来总不是味。何哉？不用怎么细心，你就会发现这不过是一篇拼凑之作。《桃李》的开头和基本情节不是与《中华文学选刊》誉为"2001 年最好看小说"《唱歌》一模一样吗？还有更早的中篇《白影》中的人物和情节。这样，发表过的中篇又凑成长篇，现成的情节一揉，人物姓名相同，句子大多照搬，很多段落保持原貌，结构松散，节奏张力削弱，后半部情节显得生硬拖沓，这，很难说是一种严肃的创作态度。尤其令人难以接受的是《桃李》走红一个月后，张者就推出了号称是"《桃李》作者的最新力作"的小说集《朝着鲜花去》，这又是"假打"。事实上，还是《桃李》中拼凑过的那几部中篇。这就有点欺负读者了。

另外小说的叙述主体第一人称"我"，本来应该是有限叙述，但作者似乎忘了，"我"不男不女，无名无姓，无职无业，又像空气一样无处不在，一切人物的行为和心理均在"我"的视野中。连多次性爱描写"我"也"在现场"，成了若干隐私的窥视者，这怎么可能呢？有读者认为这很不自然，有论者认为，这正是对人称的颠覆，是"零叙述"。

但不管怎样，张者迅速"蹿红"了，紧接着就该"触电"了。张者在北京、重庆的媒体宣布，《桃李》将被改编拍摄成20集同名电视剧，由北京永基世纪影视文化公司和中央电视台联合投资1000万元拍摄，张者本人出任制片人和编剧。目前，该剧剧本即将杀青，虽然导演还没有确定，但演员早就定了，在《围城》中有出色表现的陈道明将出演老板邵景文一角。女主角、女二号则分别由许晴、陶红等担纲。

如此，我们就在荧屏上再"桃李"一回吧，凭此明星阵容，应该不会让人失望。

——原载《西南师大报》

这也是一个饥饿的重庆女儿
——读张世君长篇小说《红房子》

本来，文学是不应该有地域的，文坛的所谓"湘军"、"陕军"、还有老牌的什么"京派"、"海派"近两年来已有些势微和模糊，而蕴藉了上千年巴渝文化的重庆，却连续有些本土或渝籍作家作品（本文专指长篇小说），崭露头角，引起文坛注目。"老一点"的黄济人等就不必说了，中年的莫怀戚、余德庄、陆大献（分别有已产生较大反响的《经典关系》、《海噬》、《家园》）；青年点的有虹影（旅居英国，已堪称蜚声中外，有以重庆为背景和场景的《饥饿的女儿》等多部畅销小说）、张者（混在北京，有迅速蹿红的震惊北大的小说《桃李》等）、何德惠（有以自身经历为蓝本并署单名"蕙"的长篇

《远嫁》，目前已远嫁德国）、李海洲（曾枪挑重庆文坛并宣布消灭文学，继韩寒《三重门》后，来了个"平方"《九重门》，终觉不妥，再版时改成了《一脸坏笑》）；少年组的也有把作品研讨会开到北京去的龙女，所以，虽不敢说渝军已崛起，但至少显得热闹。但有人却远在这热闹之外，一个是照样"漂"在北京据说常和王朔喝夜啤酒的周忠陵，几乎是重庆籍唯一的现代派，曾被《钟山》、《花城》、《北京文学》等隆重推出过，笔者为他写过一篇《周忠陵笔下的天生桥》，不巧与旅美女诗人邵薇撞了车，她为周写过一篇《天生桥上的作家》，天生桥就是重庆北碚区的一条知名小街。我们都看重小说中令重庆人亲切的地域文化色彩。上述的几部作品，都有一定重庆特色，可作一类，以便归纳。

今天单单推出，读者有点陌生，但不应陌生的女作家张世君。因为她为我们这个曾经是现在依然是老的重工业城市的重庆，刻画了不该忘却的普通工人的生活，一个大学教授的婚姻、命运悲剧，一个知识女性渴求精神、人格独立与解放的心灵痛史。

张世君，女，稍年长的圈内人并不陌生，"文革"后的工农兵学员，本市西南师大有名的才女，曾在该校执教外国文学，曾在学术界较早提出了圆形人物的概念，曾在十年前只身携一床竹席独闯广东，后来写下长篇报告文学《一个女教授的南下手记》。几年前以教授职称四十五岁考博引发"教授考博现象"的争议，现在广州暨南大学。只身带女，女儿9岁即出书，11岁出书3部，也轰动羊城。张还著有《欧美小说模式》、《红楼梦的空间叙事》等学术专著多部，散文随笔数百篇，经常在广东卫视等多家媒体作客，侃"爱情、婚姻、家庭"，在央视教育频道讲授《红楼梦》，半路出家杀入"红学"，又让学界侧目……

《红房子》是她的自传性长篇处女作，写的是她的家和婚姻。"不可否认，这部小说带有纪实性质，是以我的经历为主来写的……尽管书中涉及女主人公亦琼的死婚官司、第二次婚变、性的问题，对国内的法律、人事，带有揭露和暴露。但我的主旨不是为了写私生活。"作者后记中的这句表白，自然符合一个大学教授身份，既承认其自传性，又坚决同当下的所谓"个人化写作""用身体写作""贩卖隐私"区别开来，她写作的是严肃小说。

"从大溪沟公路走进人和街的支马路，里面坐落着一幢四层楼的红砖楼房，俗称红房子。"我没去考证，这幢房子在旧城改造中是否依然存在，但由于张的小说，你几乎可以深刻地体验从上个世纪50年代到90年代初重庆工人阶级的一种生存环境和生活方式。"父母是工人，哥哥是工人，我和弟弟妹妹曾经也是工人。我来自红房子，熟悉红房子的生活，因此能把这个在世人眼里发着耀眼光芒的工人阶层的命运写出来。岁月将淘汰这代人，而这一代人的生活就将永远消失在历史中，连一点痕迹都不留下。只有文学写作，能留下他们的记忆。"这种命运的悲剧性集中体现大哥——书中的"老大"身上，他仅仅是一个初中生，象著名学者朱学勤所说的"思想史上的失踪者"，以贫弱的知识思考些超越个人和家庭的问题，完全凭自己在底层摸索，在文革中居然能不参加任何派性，逼着弟妹在家学习。大哥的遭遇却异常惨烈：初恋的女友被革委会横刀夺爱；想要读书却被单位剥夺权利；去工厂宣讲预言，被认为是异类而遭隔离、关押、放逐，以致被逼装疯，最后失踪。这也是刻骨的真实：张的大哥在1984年6月30日离家出走，至今杳无音信。这是全书最动人也最发人深省的事实。书中着墨较多的还有母亲形象，"母亲是个劳动妇女，没有文化……她承担了我们家所有的苦难，为我们兄弟姊妹支撑起一片友爱的天空……母亲是我们这个工人家庭正常人性的来源。"母亲是传统的苦难与爱的象征。

小说的后半部集中写了女主人公张亦琼不幸的婚姻生活：第一次打了两年零三个月官司的"死婚"和第二次婚变。这些情节真的是触目惊心。张世君坦言："为了生孩子而结婚，全然不讲感情。这也是让我感到万分难堪的。说来我是一个受过高等教育的大学教师，但在婚姻市场上却如此掉价，完全没有对爱情的梦想与追求，这可是比事业心更为基本的人性要求啊，我的精神园地还有这样一片荒芜的死角。"（作者后记）著名评论家艾晓明在序中高度评价了这种灵魂的自我剖析。他说"在新时期文学作品中，我认为是第一次有人如此深切地写出了一个女性要确立自己的人身权利，要获得爱情和婚姻自由而付出的代价。代价是什么？是痛不欲生的内心历程。"这在一定程度上就是大龄知识女性、事业女性的情爱悲剧。她照样没去刻意追求爱情，但廉价的爱情却反而带来残酷的压抑和挣扎，现在一些所谓女性写作也把爱情写得很随便，那不叫廉价，而是无聊，是后现代主义的苍白和空虚。《红房子》的婚姻事件中，还交织着野蛮和文明、法制与人制、传统道德与现代观念、社会世俗力量与个人人权的矛盾冲突。如果读完小说，你又分明听到了一个反叛女性在炼狱之中的呐喊！从这个角度，我把张世君同英国意识流女作家伍尔芙，还有现在旅居英国的当红的重庆籍女作家虹影联系起来。《红房子》的主体象征多像《看得见风景的房间》，说的是自由女性应该拥有自己独立的房间——空间，而女主人公的呐喊多像《饥饿的女儿》对生命与爱情那活生生的呼唤！虹影更多的是生命、性爱的呼唤，而张世君则是精神的、人权的呐喊！

正是在这个层面上，我把"张亦琼"与《饥饿的女儿》女主人公"六六"对比起来，她也是一个"饥饿的重庆女儿"。首先是作者的身份、生活背景、小说场景都在重庆，大体历史年代也接近：上个世纪六十年代到八十年代。虹影出生在南岸区一个穷困的船员家里，父亲很早就因眼疾而病休，张世君也生在普通工人之家，应该都算作城市平民家庭。"饥饿是我的胎教！"（虹影语），这恐怕是一代人的胎教吧，张略年长，大饥荒时代正是她的童年。两人都写到了饥饿，甚至都有到长江中去捞菜叶的细节描写；都写到了"文革"中的"武斗"，并且都写到了一个坚韧而伟大的母亲。"母亲们"在残酷的生存景况里，以自己的方式进行抗争。只不过张是完全真实，虹影至少有一定的虚构，后者的"母亲"看来有些像敢爱敢恨的"另类"：年轻时从乡下逃婚到重庆，嫁给一个袍哥头子，生下"大姐"，当发现丈夫有外遇之后毅然带着女儿出走，嫁给一个大她十岁的船员，生下了四个孩子，因为饥饿，她"傍"了一个小她十岁的青年，并生下了"我"——六六。如果考虑残酷的时代命运，这个叛逆的母亲和张的传统型母亲不也同样伟大吗？

就饥饿的深层命意而言，也许虹影的更为突出。六六在质疑自己的出生——"私生子"，张亦琼在不幸的婚姻中突围，精神人格的背叛色彩大抵一致，虹影更多地写到了性和情欲，张世君更多地反思了知识女性的个性自由，并触击到文明、法制、人权等现实而现代的问题。虹影倾向于心理，张倾向于社会。两部小说在特定范畴都是对生存记忆的客观还原，我们听到的是一个仿佛历经大喜大悲、三灾八难的饥饿灵魂的真情倾诉，是饥饿一代对生存、自由、命运所做的执着追问。

——原载《西南师大报》

为什么《远嫁》异国他乡？

其实，跨国婚姻不管作为时尚还是小说题材并不新鲜。这是国门敞开的自然结果，也是世界文化交流的一种方式。在"五四"前后，在三、四十年代，在改革开放后，尤其是八十年代后期以来，都曾有几次这样的潮流。只是，人们能以平常心态观之，却是近年的事。比如，著名演员沈丹萍早在80年代初嫁给一个德国人，就曾被视为有辱国格人格的事件，被迫和家人断绝了关系。在一次采访中她说："那时候，我妹妹说我和外国人谈朋友是流氓行为。"（引自《国际先驱导报》2003年1月10日第6版）有关资料统计，1982年，中国跨国婚姻登记数为14193对，1997年为50773对，仅以上海为例，目前，每年涉外婚姻在3200对左右。而今，中国入世，国际化进程加速，东西方文化互补性交流日见频繁，意识形态淡化，政治、世俗压力几近消失，涉外婚姻就习以为常了。几年前，恰好有两本畅销书分别从中、外两性角度写到了跨国婚姻：《曼哈顿的中国女人》和《娶个外国女人做太太》，更早的还应算上《北京人在纽约》以及跟风的《上海人在东京》、《温州人在巴黎》等，虽然这里面涉外婚姻不是核心主题。

去年底，一本好看的描写涉外婚姻的长篇悄然面市，并迅速引起关于婚姻观念"干得好不如嫁得好"、"爱情无国界吗？""网上找个外国郎"的系列争论。这本书就是《远嫁》。作者蕙，原名何德惠，女，西师中文系82级学生。她是笔者此次评论对象中经历最"野"最复杂也最丰富的：毕业后当过教师，干过文秘、业务员、导游、记者、编辑，开过卡拉OK厅，办过旅行社，现为自由撰稿人，从重庆远嫁并移居德国。《远嫁》几乎就是她的自传，正巧，依然是长篇处女作。

如前所述，《远嫁》出现在涉外婚姻并不新鲜的时候，自然有接受心理和叙述文本两方面的挑战和压力，但何德惠反而放得很开，不紧不慢，娓娓道来，有位女性读者这样叙述读《远嫁》的感觉："她不玩文字，不玩概念，甚至不玩最流行的身体，用最直白的语言讲述自己最真实的故事，就像你不经意往窗外一瞥，正好看见隔壁邻居在太阳下晒白衬衣，微微的反光晃了一下你的眼睛，就这样，生活的真实在瞬间直击内心。"（引自《重庆晚报》2003年2月20日副刊《〈远嫁〉：阳光下的白衬衣》，作者李薇）。《远嫁》有意识地回避了当下类似题材的大量性描写，也回避了有的作品对所谓东西方文化煞有介事卖弄似的比较研究，也没有利用这个由头抨击一下我国涉外婚姻有关法律法规存在的问题等等，在文体与语言上也尽量简单、平和，绝没故弄玄虚，不像绵绵、卫慧等人动不动就是一串外语单词或长长短短含含混混的欧化句子。

女主人公"我"——吴非在离婚之后，与有妇之夫苏西保持了长达六年的情人关系，盼望着对方实现承诺：离婚并与自己结婚。其间，吴非到了海南，办了一家旅行社，生意很好，几年下来，已经有了一笔一辈子作小资的存款。她怀上了苏西的孩子，毅然放弃旅行社，回重庆投奔自己的所谓爱情。然而苏西的诺言根本无法兑现，"情人"的大门开了，里面还站着他的妻子和孩子。吴非痛苦地作了人流，与苏西断绝了关系。她参加了单身俱乐部，在一次非常派对中她认识了表面帅气魁梧的中学老师东风，不久便与之有了性关系，继续相处后，吴非发现这人并不适合自己：野心勃勃、夸夸其谈、不甘于现状又不愿意付出努力，世俗市侩甚至泼皮、心胸狭窄、怨天尤人……吴非继续寻找只为了爱情的爱情，在黄姐再三怂恿下，她加入了带有骗钱性质的涉外网上交友活动，打发无聊而有些许期待的日子。先后有几个老外跟她在网上通信。有的优美，有的粗俗不堪，甚至在信里描写想象的性生活。最后，在网上，吴非真的找到来自异国的爱情——海特，一个高鼻子蓝眼睛的"德国鬼子"并在新千年幸福地远嫁德国。"原来流过那么多泪，受过那么多辱。忍受了那么多的孤独和寂寞，竟是为了等待一个日耳曼男人的到来。"这份激动未免有点宿命了。

陪伴在这场跨国婚姻里的，还有婚介所一群重庆女人在网上和现实里的复杂命运。另类女人著名的"山城闲妇沙拉啦"的"闲妇"和"幸福"理论，为她们走幸福捷径播撒了思想的种子，王兰成功的网恋，作为"活教材"和婚介"托儿"吸引着她们如法炮制；善良的下岗女工石秀拼命地学习英语，却等来如旅游和过客般的美国情人，最后飘然而去，石秀接近精神失常；本来完全不信这一套的、有处长老公和美满家庭的英子，最后发现了老公的外遇，拯救婚姻最终失败，也来网上寻爱；就连干婚介的黄姐在生意滑坡之后，放走了做保镖的小情人，也加入了这一行列。归结起来，似乎已经说明："吴非们"为什么要远嫁他乡。

但，这真是她们远嫁异国他乡的理由吗？

书中的女人们动人地说："我们其实是优秀的妻子和母亲啊！""我们靠抓住爱情来抓住漂浮不定的人生，靠抓住婚姻来抓住一点可怜的安全感。"有着这样的心理背景深埋在小说当中，越读就越觉出一种难受，一种消极和悲凉。书中没有一个中国的男人值得她们爱并信任，要么不敢负责、懦弱不堪，要么胸无大志、世俗褊狭，要么花天酒地，养情人，包二奶，要么无钱无权、没情趣不懂生活。甚至拿性能力作比，意思是经历了外国男人之后，根本不可能再想中国男人了。这简直是民族的悲哀。另一层意思是，小说里的女人几乎在婚姻生活中一开始就处于劣势，女人似乎天生就是弱者，她们之所以大胆地选择和盼望涉外婚姻的成功，恰好证实了她们在自己国度的现实生活中的脆弱和无奈。说白了，为什么远嫁都没想清楚，就盲目把自己往外推。这样的跨国婚姻能幸福吗？也许中外之间的个体男女，在生活习惯甚至语言等诸多方面的差异和冲突不会是要命的问题，问题是远嫁的女人没底的期望值太高，这一代内陆女人（重庆）没经过必要的文化洗礼和心理储备，自己的幸福会持续多久？有专家统计，近年涉外婚姻大幅增加的同时，此类婚姻的离婚率也逐年增高，并高于结婚率。《远嫁》中除女主人公自己拥有一笔足够的经济外，其他女人几乎是只身出嫁。

所以，我突然觉得近乎一个世纪前，鲁迅老先生提出的问题又该提出来了："拉娜出走以后又怎么办？"

原载《西南师大报》

《真的爱你》：残酷的青春游戏

骆平，女，"70年代"人，文学特招生，是这次评述对象中最小的一个。1998年从西师中文系毕业，先到成都某报任编辑，现回归川师中文系任教。说回归，因为其家在川师，她的父亲一次到西师开会，我受命陪他到大足石刻参观，一路上老先生口不离宝贝女儿，并绘声绘色地讲起骆平有些佛性的诗作《前缘》，真是玉器早成，14岁即开始写作，目前已在全国各类报刊发表作品百万余字。

《真的爱你》该算作骆平的第一部长篇，照样是长篇处女作。但她的小说笔调如此老辣，叙述与抒情如此乖张，选材与主题如此怪异而艰深，我却不曾想到。70年代出生的骆平与50年代出生的张世君有着风格迥异的审美取向，一方面追求"死去活来"的充满灵肉激荡的不合理法的婚外情爱，一方面陷在精神回忆的虚幻爱情之中。张世君取向于苦难心灵的觉醒、挣扎历程，骆平取向于灯红酒绿中无奈无聊的现实叹息。惟其如此，读骆平的小说，总想起2000年走红的两部电影《花样年华》和《一声叹息》，单就所谓爱情而言，我们的确可以概括为"花样年华的一声叹息"，花样年华是故事的时尚外貌，一声叹息是故事的结局和余音，即使不如《红房子》沉重，但，总觉惘怅和无助。当然，同为女性，何德蕙的《远嫁》显得最为轻松，写的是网络时代的跨国婚姻。轻喜剧般的，举重若轻。

这是一部被当做"反映婚外情与子女教育的都市问题小说"。其实我很不赞成不知是作者还是编辑撰写的"内容提要"中的这个定性，尤其是"反映"二字。它不是纪实报告，不是自传，也不是安顿的口述实录，而是后现代味很浓的"表现"作品。

中学地理教师陶锦言已准备结婚，但讨论五一长假的玩法时与男友俞好吵了一架，几乎分手（爱，其实多么脆弱而莫名其妙——笔者注），俞好去上班途中与一货车相撞，不治而亡，那司机正拉满准备结婚的家具（暗示或象征——笔者注），此刻，陶锦言正在新居里给未婚夫准备丰盛、性感的晚餐。葬礼在教堂里举行，繁芜而冗长，让锦言感觉得"西式葬礼与婚礼多么相似，一样素白的花，一样低柔的风琴，新娘有丝一般的皮肤与清澈的双眸。""一时间有点昏乱，似乎俞好在下一秒就会微笑着、穿越人丛，伸手握住她"，（小说到处充满了这种死亡意识和虚幻的错觉——笔者注）在葬礼上，有妇之夫，俞好公司的经理何隽成对楚楚戚戚的锦言一见钟情。在送锦言回家的途中，何以自己和一个名叫苏苏的女孩凄美的初恋故事点燃锦言的美好回忆和另一种莫名其妙的情愫。紧接着，何隽成在一家五星级大酒店精心策划了一次圣诞晚会，让锦言被选做了"玫瑰皇后"。她被俘了。于是，两人在死亡和背叛的阴影里燃起了痛苦激烈的爱情（情欲）火焰。

何的独子何原转学到了陶锦言做班主任的一中高一（1）班，并成为607寝室的住校生。触目惊心的描写开始了，607几乎潜伏着一个黑社会性质的学生团伙，充满了阴谋、敲诈、勒索、流氓、斗殴。何原与锦言之间有一种天然的对抗，在知道老师与父亲的隐情之后，何原对锦言恨之入骨。在险恶的学习环境中，早熟的何原唯一的寄托是他的所谓爱情，他像特务似的抓住机会与校外妖娆而风情万方的小女孩Tessie缠绵悱恻，直至使女孩怀孕。学校领导、老师、家长甚至班主任对此一无所知，对607寝室的黑暗、残忍、荒唐一无所知。最后，何原被同学从六楼窗台上推下……

何原的死，使何、陶几乎走向婚姻的恋情发生了戏剧性变化，又一具尸体横卧在他们中间，他们不可能在浓烈的血腥和死亡的阴影里若无其事，然而，同一个学校的青年教师杜桐最后走进了锦言的生活。

我之所以不厌其烦地叙述小说情节，实质恰好为了针对小说的题目，或者就是作者的情感理念吧。女主人公真的爱谁？死去的未婚夫俞好，有钱也有老婆的何隽成，还是年轻，有平民思想、落拓不羁的杜桐？都不好说，爱情永远是青春的游戏，是阴谋，是赌博，《真的爱你》有点残酷。

与《红房子》的思想史价值和人格理念的爱情不同，也与《远嫁》过于生活化、功利化的爱情——完全为了找男人结婚出国不同，更不同于后文将介绍的张者的《桃李》那种"勾引"、"泡女人"，骆平笔下的爱情徘徊在情欲和理性之间，更多的是一种有些错位和混乱、朦胧的感觉。

这种感觉又同时反映在她的文体结构尤其是语言风格上：时空交错、梦境心像、意识流动、心理暗示、诗化语境……这样一处理，小说获得了阅读的间距效果，加大了主题的难度，而且渲染了一种另类的挥之不去的氛围和情绪，从而刺激、吸引、打动和挑战读者。

也许，作者曾有多年写诗习惯，舍不得那些貌似哲学实则是跳跃的符号般的灵性句子，这正是作者自以为精妙的败笔：各章节过分诗化而显得有些做作的目录，比如第一章"刀锋陈述你的伤口，我用眼泪生活。"第四章"谁身体黑如夜晚，两翼雪白，在思念、在鸣叫。"第十三章"在沙子和雪，在石头、白纸或枪口上，我写下你的名字。"几乎每章如此，与上好的内容产生了"隔阂"，不如删掉。

三段四观

学问到了明清，似乎经过两千年的"封建文化"一下子都坐了下来，写起做工精细而考究的总结来。因此，总觉得明清一代的文章夫子气重而灵气不够，满眼暮色。湖北辞书出版社版的《读书四观》，精选四部专谈读书的文字于一书，却都是学问之外随意道来的读书之道，率真朴实而灵气飞扬，读后颇多教益，这又是明清学问小品的可爱了。

三段，即为老中青三个时期。书中说："少年读书，如隙中窥月；中年读书，如庭中望月；老年读书，如台上玩月。"我的理解，这纯乎是提倡一种休闲读书法。那个"隙"字既可理解为空间缝隙之隙，也可理解为时间间隙之隙。"窥"字当然有一种神秘与好奇感，少年时代因好奇而读，即不可能深刻全面，也不可能持久与专注；而人到中年，关上门便是妻小家室，信步闲庭，便是解脱与放松，"望"是一种境界，更是一种雅兴，但没了"窥"的神秘与激动了。那一抬头，思接千载，月影徘徊，很容易就映出自己的孤独惆怅来。中年读书，难免会读出些悲剧意识。返老还童，人的功利心大为减小，读书也就成了"玩"字，这玩，无欲无求，倒是一种健身之道。

四观，比喻四种风格的书或人。书中说"读异书，如对渊博友；读名人诗文，如对风雅友；读圣贤经传，如对谨饬友；读传奇小说，如对滑稽友。"真如此，读书如交友，且不论其风格如何，同前面的"三段论"一样，也该是轻松而且亲切的事。

比之今日，则大不然。而今休闲书刊风起云涌，但能休闲而读的人并不多，更谈不上境界二字。不是"书"本身不能提供给你那样的境界，而是"你"本身世俗了，读书而观之者绝对寥寥。这已不是"书"不能让你"四观"，而是外部环境无法认同这"四观"了。读书苦乐，可见一斑。

我们的心里，既已无法找到"明清夫子"，何言"盛唐气象"？

性与美

正如劳伦斯所说："性与美是一回事，就像火焰和火。"如果直觉是叶，那么性就是根，是源泉。为什么一个女人可爱的黄金时期是 20 岁前后？因为这是性轻轻上升她脸庞的年龄。就像一支玫瑰初绽花蕾。

现代男人和女人深层的心理疾病就是：直觉官能的疾变与萎缩。因为整个生命世界可以并且只能通过直觉，为我们所感知并享有。但这一事实被我们否定了，我们否定了性与美——直觉生活与浑朴超然的源泉。

美是一种体验而不是别的什么。美不是固定的模式或五官的排列。它是可以感觉到的，是美好的一次闪耀或交流。令人苦恼的是，我们的美被挫伤和磨钝了，我们失去了所有最好的东西。

滑稽荒诞的卓别林，眉毛和眼睛中有一点真正的美，一点清纯的闪烁。然而，我们的美感是那么的残缺、笨拙，我们只看得见那种热闹显眼的：荒诞和滑稽。

我们的所谓的美，只因为她——对象——符合世俗现成的漂亮概念。其实，漂亮好看的女人有端正的五官和一头秀发，但一个可爱的女人却是一种体验。美，必须是活生生的可爱，而不单单是一张张照片。

当问题涉及到女性，我不得不推出其实质，即"性感染力"。

一名实业家身边漂亮而忠实的女秘书，其价值主要在于她的那个感染力。

当然，这并不暗指某种"不道德关系"。甚至今天，慷慨的姑娘仍喜欢感觉到自己在帮助一个走向成功的男人。这种欲望的得以实现就是她的美中蕴涵的性感染力。那是一团火，即使热量有限。

"性感染力"也有它的另一面，即导致被吸引一方的毁灭。典型的例子大量流传于古代中国的传说，如西施与吴越春秋，貂蝉与三国演义。没有她们，历史的精彩篇章肯定会改写。这并非性与美的罪恶，而是男人头脑中封建的烙印。甚至今天，有不少男人一旦敏感到一个女性的性感染力，就认为其中肯定有诈。与美与性保持欣赏的超然当是高尚而善良的，而兀自诋毁与否定，却是伪装。你的心与眼，不是明明悸动，牵引于那道美幻的弧光吗？感觉最为真实。在这一层次上，男人必须渴望着性与美。

其实，"性感染力"不过是生命之火的不大中听的代名词罢了。男人工作得最好、最成功的时候，说明某个女人在他血管里点燃了一小团火焰。这火焰可以是清晰的临近的，也可以是遥远的模糊的。而女性，除非她正在恋爱或者养育，她是不大领悟到异性感染力的。她奉献出全部的性与美，却也不一定能得到清晰的爱。就像劳伦斯说的"一个女人会静静地爱上50年却不知道自己在爱着"。

——天津市《城市人》杂志 1996 年第 2 期

小百姓生活

——读梁晓声《过小百姓的生活》有感

1994 年读梁晓声的《九三随想》，1996 年读他的《九五随想》，我一直同样富于道义感和良知感悟地期待关注着他的文字。我以为，梁晓声确实是而今普遍商业化的文坛仍然比较"压秤"（方言，有分量之意）的为数不多的作家之一。1995 年扔出一篇《伤心之跪》，一年之后他所伤心的那个事件才响亮地上了中央电视台的《东方时空》。然而他在 1996 年岁末发表的书信体散文《过小百姓的生活》，却像天边的滚雷一样碾过我们的生活，给地平线上的小百姓以经久不息的激动与感应。

《过小百姓的生活》是梁晓声 1996 年 5 月 3 日写给妹妹的亲笔信，最早发表在 1996 年 11 月 26 日的《工人日报》上。随即《作家文摘》、《读者》

等多家报刊纷纷转载。文章虽然纯属私人信件，但完全可以从朴素的、娓娓道来的亲情中，读出作者对当今中国生存着的大多数民众的同情与关切，字里行间饱含着不加虚饰的良知、温驯的劝慰与不卑不亢的激励和希望。对这种平易近人而又刻骨切肤的真实，我的阅读几乎是佐之以热泪盈眶的。它是直逼生活而来的，我们也就容易不知不觉地完成一次"主体的换位"：回到自身，联想自己或亲人相似的境遇……

　　我妹妹就在川南某市一企业工作。这个企业濒临破产，每月只能领到几十元生活费，不可谓不艰难。她们的确正在过着"小百姓"的生活。然而，妹妹一边努力钻研专业技术，一边又努力地啃外语，一科一科地自考完了英语专业大学本科。现在准备考研了。当我出差到他们厂，看到她们的生活实况，确实只想流泪。她们挤在清冷的宿舍里，听着一台小收音机，一起学外语、洗菜、洗衣、写信或看书、哼流行歌曲。她们俨然自得其乐的样子，让我品咂出的反是一股向上的坚韧与奋斗。"小小百姓"如此充实又如此可爱。她们还很年轻，她们没有浪费青春，更没有拿"青春去赌明天"，她们只知道顽强地走下去，走下去，明天会好些，山那边就会好些的……这就是一方温馨的小百姓的生活图景。还是看看作家梁晓声充满诗情更充满激情的评述吧。

　　"小百姓的生活是近在眼前伸手就够得到的生活……生活中最不可或缺的，我以为乃是温馨二字……温馨是某种舒适，但又不仅仅是舒适。许多生活很舒适，但是并不温馨。温馨是一种远离大与奢的生活情境。一幢豪宅往往只与富贵有关，富贵不是温馨……温馨甚至是可以在穷人的小破房里呈现着的生活情境。"

　　读读这段关于温馨的文字，没有享受过温馨的人也会立即产生一种温馨之感吧。我把梁晓声的散文复印件递给妹妹时，我发现她们根本没有表现出我和晓声这样的沉重。然而从生存眼光看过去，"过小百姓的生活"，又实在是一种平凡和伟大！于是，我想，在梁晓声的面前，那些"小女人"、"小男人"、"小贵族"式的写作应该感到羞愧了，"为人民"写作与"为人民币"写作是完全不同的。

——《重庆晚报》1997 年 7 月 4 日

三国"小乔"之墓在哪里？

《三国演义》中有两个著名的美女，一是"羞花闭月"入选中国"四大美女"的貂蝉，一个就是周瑜之妻，连曹操也筑铜雀台而欲锁之的小乔。如果选"十大美女"，小乔居其中，肯定不成问题。连同西施、蔡文姬、杨贵妃、王昭君等等，中国人已把她们当作了美的标准化身，世代流传，几乎形成了极富诗意的"中国美女文化"。中国人又极讲究出身论，尤其古代名人的出生与丧葬之地，大多众说纷纭，美女也不例外，小乔有三墓，便是其中一例。

小乔与周瑜结合，在建安三年，即公元189年。当时，孙策命周瑜为江夏太守，发兵攻占安徽皖县，而得避乱隐居于此的乔玄和他的两个女儿：大乔、小乔。从此大乔嫁孙策，小乔嫁周瑜。小乔对周瑜情深意切，并随夫征战，参加了著名的赤壁之战。战后二年，据《三国志·周瑜传》载：周瑜"旨京见权"，不久"还江陵，为行装，而道于巴丘，病卒，时年三十六岁。"考察三国战图，当时有两个巴丘。一在江西，一在湖南。周瑜所卒的巴丘应为巴陵，即岳阳附近。小乔死后也葬在那里，这是顺理成章的。其墓还存于今岳阳市一中后花园内，据说，此地乃当时周瑜的都督府。直到一九一四年小乔墓上还有一座墓庐。岳阳市文物管理所内，还保存着庐前的石碑，上面横刻隶书"小乔墓庐"四字。可为物证。明代《岳州府志》记小乔"死葬岳州，今广丰仓内"，而且说"据故志所载。"《明一统志》也说小乔墓在"（岳州）府治北。"；《巴陵县志》明言"小乔从周瑜镇巴丘，死葬焉。"这是史证。

笔者曾搜集到民间四幅相关挽联，言词凄婉，致人感伤，可算有诗为证。

其一："铜雀有遗悲，豪杰功随三国没；紫鹃恨无限，潇湘冷月二乔魂。"

其二："阿姨渺何在，想当环佩归来，应话洞庭夜月；老瞒空欲锁，对此松楸凭吊，最难忘赤壁东风。"（注：老瞒即曹操）

其三："姊妹花残，青草湖畔双雁断；佩环月冷，紫藤墙外有啼鹃。"

其四："战士久无家，赤壁清风苏子赋；佳人犹有冢，黄陵芳草杜鹃啼。"

安徽庐江县城西一公里处，也有一座小乔墓，与城东一公里处的周瑜墓遥遥相对。小乔墓汉砖结构，平地起坟，面东背西。有人说周瑜死后，小乔抚枢东归，将丈夫葬于庐江故乡，守墓并抚育遗孤——二子一女。她死后，也就安葬庐江。小乔墓一直保存到明代。直到明末才为兵火所毁。明诗人王有年曾有诗记："墓木如经劫火烧，今时潜水归吴朝。凄凄两冢依城阁，一是周郎一小乔。"清顺治年间，庐江县官孙宏哲，不仅重修墓庐，还写了《小乔赋》，以示悼念。抗日战争时期，国民党皖西行政督察专员也对小乔墓作过维修，真是追思有加。似乎庐江墓也是真的。

安徽南陵县城中，还有第三座小乔墓。《南陵县志》载，此墓建于乾隆四十四年（公元1779年），起因是当时的知县高怡梦见小乔，小乔哭诉自己的真墓应在香油寺侧。于是高怡命典吏江鲲在香油寺西苑，重建小乔之墓。《三国志》记，周瑜作过春谷（南陵）长，小乔死后葬与此，也不无根据。南陵县文化馆内，保存着一块破裂的石碑，曾为小乔墓前所竖。碑的正面阳刻（即凸刻）"东吴大都督周公德配乔夫人之墓"，两侧阴刻（即凹刻）一幅长联。

上联为安徽宿松文人许文权所撰：

"千年来本贵贱同归，玉容花貌，飘零几许？昭君冢、杨妃莹、贞娘墓、苏小坟，更遗此江左名姝，并向天涯留胜迹。"

下联为芜湖士陶宝森所作：

"三国时何夫妻异葬，纸钱酒杯，浇典谁人？笋皇露、芭蕉雨、菡萏风、梧桐月，只借他寺前野景，常为地主作清供。"

靓女幽魂俱往矣！三墓真伪，如遇大家考证，定有一说。然而我认为，似乎没有这个必要。我们还不能从中瞥见一点点中国文化之所以成迷的原因么？因为我们多愁善感，我们怜香惜玉，我们热情而好色，我们感时而伤生！

我不想深思，仅此为记。

休闲价值说

马克思早在《资本论》中就指出："自由时间，可以支配的时间就是财富"。其实联系一下我国周五工作制以来，社会与人的经济状态的迅速变化，不难理解马克思这句论断的深远意义。休闲刺激消费，从而使休闲除了具备文化的人的自由性质外，更发展了作为社会现象的大众休闲的经济价值。

从个体价值讲，休闲是人类生活的自我审美，是自由的象征；就社会价值而言，休闲是时代健康的文明的标志，更是消费经济的前提。古人有论"闲能读书，闲能游名胜，闲能交益友，闲能饮美酒，天下之乐，孰大于是?"休闲文化的倡导与发展，实质上是中国传统文化人格"乐、舞、游"精神的当代化。中国哲学本身是崇尚"休闲"的，当代中国高度发展的物质文明给了当代中国休闲的条件，而这是在是中国文化精神的重新发现；或者说，历经劳顿困苦之后，中国人身心的全面解放。

这是休闲文化的正面价值。但过早地沉浸在商业大潮的随波逐流之中，把休闲的本质仅仅等同于一个"玩"字，也就把休闲行为庸俗化，单一化，从而步入了休闲的误区。休闲报刊与电视节目极尽休闲之能事，可谓铺天盖地而来，单一地从休闲行为上给人以纯消费的导向；而我的理解，休闲首先应是一种精神行为或情感方式。

当前，大多数休闲已脱离了休闲的定义本身，休闲成了既不休也不闲，从表面上看去则是"忙的"，即"忙休闲"。很多人得了所谓"休闲综合症"：无所事事，头脑昏昏，沉迷歌舞，挥金如土，暴饮暴食，更严重的则走向了"饱暖思淫欲"搞"吃喝嫖赌"等等，这是休闲误区滋生的负面价值。

须知，休闲是一种节约出来的生产力，主体上应走向精神的轻松与行为的自由，它在生活情调上是健康的、审美的、高度文明的。

————《重庆法制报》1999 年 1 月 28 日

红色旅游的影像论证

——《广西红色之旅》的价值评判

广西壮族自治区发改委、旅游局、广电局联合摄制的电视系列片《广西红色之旅》五集电视片，堪称中国第一部以红色旅游为切入点和影像视点的电视专题片。何以此谓? 红色旅游，作为一种特色或主题式概念旅游，已经为人们所熟知。但专门拍摄具有深刻的主题、新颖的结构形式、独特的画面与解说语言的系列电视片，广西此举无疑具有开先河之意义。

红色旅游，是上自国家下到地方近年来打出的一张漂亮的旅游牌，这几乎成为共识。早在 2004 年底，中共中央办公厅、国务院办公厅即印发了《2004～2010 年全国红色旅游发展规划纲要》，对国内发展红色旅游的总体思路、总体布局和主要措施作出了明确规定。几年间，红色旅游逐渐发展成为影响较大的旅游活动。不少地方党委和政府把发展红色旅游与革命传统教育、老区脱贫致富等结合起来，采取措施，加大投入，注重改进创新，强化服务意识，增强教育基地的吸引力与感染力，使红色旅游呈现出良好发展态势。据测算，目前全国各地红色旅游景区每年旅游综合效益约为200亿元，并带动了建筑、商贸、交通、电信、加工业和农业等关联产业的发展。与此同时，红色旅游区的革命历史文化遗产也得以保护和重视，其革命历史的文化遗产的价值获得了重估。

在打"红色旅游"这张牌的时候，各省市有很多创意，尤其是每年的春节、五一、国庆等旅游黄金周和学生寒暑假，都会组织"重走长征路"、"伟人故里游"、"抗日根据地游"等活动，除景点旅游外，其形式还包括战场情景再现、体验式旅游，有些红色旅游景点还开展了"穿红军服、唱红军歌、吃红军饭"等参与性活动，但多数还只是停留在化装拍照、走马观花、节目表演、饭菜品尝等浅层次和娱乐层次上；大多景区也在出书、出画册、拍影片。那何以说广西此举为全国先河呢，看过《广西红色之旅》电视片的观众，不难发现，与其他红色景点要么纯粹的景点风光片或者纯粹的革命历史专题片不同的是，该片具有很强的人文历史意识、自然审美意识和宣传美誉意识，这几种意识始终是融为一体的。该片以历史文献为基础，以革命标志文物和纪念场馆为载体，但又绝非拘泥于历史文献，而是把握历史真实的前提下，放大或还原了历史细节，镜头更多地走向了历史的背后，着力挖掘"鲜为人知"或者以往历史所忽略但又饱含着历史激情、人文思想和文化内涵的故事，在讲述与描述革命历史画卷同时，自然或者巧妙、生动、形象地"带出"了丰富多彩的广西山水美景和生态风光。厚重的历史、秀丽的山水、多彩的民族风情水乳交融。因此，从接受者角度，与以往的纯历史文献片相比，该片更具有生动和形象的现场质感和审美情感的感染力；与纯风光片相比，因其突出的人文历史意识而自然获得一种深度和厚度；与纯汇报片、宣传片相比，该片回避了简单说教而显得自然、客观，让人自然信服和更具说服力。

说《广西红色之旅》一片乃开全国先河之作，其理由还在于该片一次性集中拍摄了南宁、桂林、河池、崇左、百色五座城市。片中，东兰县武篆魁星楼、列宁岩、龙州红八军军部及左江革命委员会旧址、百色起义纪念馆、乐业（红七军红八军会师地）这些若干组浸透着红色记忆的景点被一次性集中展现，与灵渠、龙脊梯田、盘阳河、大明山、德天瀑布、乐业天坑、靖西通灵大峡谷等等当代广西的大量秀美的"绿色"景点浑然一体。

其三，《广西红色之旅》在把握红色旅游的深度价值或者提炼其核心价值观上，具有探索意义。中宣部副部长、全国文明办主任胡振民曾在一次答记者问中这样定义"红色旅游"："主要是指以中国共产党领导人民在革命和战争时期建树丰功伟绩所形成的纪念地、标志物为载体，以其所承载的革命历史、革命事迹和革命精神为内涵，组织接待旅游者开展缅怀学习、参观游览的主题性旅游活动。"

我们可以这样理解，主题性实际上也是一种主体性，也是我们常说的主旋律。关于红色旅游的重大价值，李长春同志 2004 年 11 月在河北省考察工作时指出：发展红色旅游，"是巩固党的执政地位的政治工程"，"是弘扬伟大民族精神、加强青少年思想道德教育、建设社会主义先进文化的文化工程"，"是促进革命老区经济社会发展、提高群众生活水平的经济工程"，"是提高建设社会主义先进文化能力的重要举措，是贯彻和落实以人为本、全面协调可持续发展的科学发展观的具体体现，也是新形势下宣传思想政治教育创新的一个好形式，是一件利党利国利民的实事好事"。

政治工程、文化工程、经济工程，必须依托一定的载体和形式。要让红色旅游承载这样重大的审美取向和价值期望，其落脚点很大程度上，就不再是如何"旅"与如何"游"了，而是你让游客"旅什么"与"游什么"了。"红色"与"绿色"互为表里又互为手段和目的，二者辨证相依。《广西红色之旅》的深层视点也正在于此。该片自然也带着很强的革命历史教育意识这种政治功能，但由于其阐幽发微的大量令人震撼的历史细节再现，使得这种教育与认知在"阅读"过程中悄然发生，润物无声。在描摹"绿色"的时候，该片也同样脱离纯粹的风景描写，而紧紧指向了广西现在的发展与未来的方向，文化与经济功能跃然而出，观景而又不再沉浸于古典的小情小调，而是激励人们面向未来的"大景"与"大美"。

其次，该片在创作手法上也有很多独到之处，最大的特点即是电视影像手段的充分运用。记录、专题、文献、采访、散文、影视资料、还原拍摄等等，显示了强烈的精品意识。我更愿意看到的是这种大气的精品意识背后所显示的广西壮族自治区党政领导、广西电视人、广西人的一种大气与精品意识。

广西地处祖国南疆，背靠大西南，面向东南亚，濒临南海北部湾，与海南省隔海相望，毗邻粤港澳，与越南接壤，沿海沿边沿江，是中国唯一与东盟既有陆地接壤又有海上通道的省区，是连接中国与东盟的国际大通道。随着交通、能源等基础设施建设加快推进，广西的优越地理位置和区位优势已逐步得到凸显，泛北部湾经济圈正在崛起，国家的宏观经济调控也注目广西。因此，广西人具有大气与大局、敢为人先的意识，也是时代发展使然。

在 2006 年底，国家广电总局下发了《关于迎接党的十七大繁荣广播影视创作的通知》，要求各级广电部门、播出机构和制作单位，站在打造社会主义核心价值体系，推动和谐文化建设、构建和谐社会高度来创新影视艺术产品创作。纪录或纪实性电视片作为影视艺术的一种，应该说更能直接承担起这样的使命和责任。无疑，这部《广西红色之旅》在有意识或无意识之间，顺应了主旋律潮流，做出了这样一种论证，一种影像论证，尽管还不尽完美，但论证依然在继续，一种广西精神依然在继续，正如广西正从历史走向未来。

——《广西日报》2007 年 2 月 15 日

直辖后的文学

1997 年三月以来，"直辖"成了重庆最流行的词汇，并迅速触及到各行各业而成为流行话题，喜悦之情溢于言表者比比皆是。直辖后的重庆文学又当以何面目示人？我非圈中人，本不得妄论，仅从渝地报刊览之，所议无多。有的也多从历史、政治、精神或大文化视角立论，如《重庆日报》连续数月的重庆文化讨论，而纯粹以文学观观之者寥寥。同整个大气候一样，文学话题本身只是个冷门。著名诗评家吕进以其惯有的敏锐和热情，不失时机很责任感地率先推出一篇文章《机遇：再现诗城辉煌》（见《重庆晨报》1997 年 3 月 22 日），算是"直辖市文学"的开题之论。然而，两年将过，先生宏论应者依然寥寥。我曾作过一篇本文同题的短文，但都被几家报纸婉言谢绝了，说是"时机未到"、"新生事物宜先扬后抑"云云。不久前，见《新闻图片报》一篇《给重庆文坛上一课》，还有《重庆商报》办了一个专栏《枪挑重庆文坛》，从已刊的几篇文字看，简直有点火药味儿了。这是令人振奋的，"时机到了"。

1999 年 1 月 24 日《重庆法制报》刊出张育仁先生长文《重庆文学：向上攀升的太阳——1998 年重庆小说、诗歌、散文创作巡礼》。若以 1997 年作为分期，张先生的文章才该是"直辖后的文学"的权威发言。但不幸的是，它太像一篇例行公事的"年终总结"了。四平八稳，面面俱到，褒奖有加，批评绝无，基本上回到了1997年初吕进先生那篇"辉煌"的感觉。那么，枪应先从吕进先生挑起。

先生称重庆为"诗城"，恐怕言过其实矣。又称诗人××说，重庆有三大宝贝：桥头雕塑、火锅和中国新诗研究所。这更让人难以接受。诗，毕竟不是火锅，诗人更不是"棒棒"。先生曾多次论及"大诗人的特征"，重庆辖区自新时期以来，能称其大者何其少也。大诗人少，名诗人也少，小诗人已跳槽下海，搞广告、营销者倒是不计其数。有限的几个名诗人也早从全国诗坛的优越地位跌落下来，而且也主要不再经营诗歌了，倒是在晚报类休闲消费文学的版画上经常读到他们的"鸡毛蒜皮"之类。再者，除却新诗所的"年鉴"及偏于理论的所刊外，诗爱者也不多见。80年代初期那种诗派林立的现象一去不返，跨校的重庆青年诗歌联合阵营也作鸟兽散。民众更是除了"火锅"与"言子"，哪里有半点"诗相"。"诗城"何谓之有？

以诗推及其他文学，亦然。重庆文学或"渝军"并未有崛起之势，辉煌之旅自当漫长艰险。据统计，重庆各类专业报刊之多，居全国城市前列。而文学报刊有几？仅有一本双月刊《红岩》，在全国影响也不大，连一本纯文学月刊都没有。同样，为数不多的小说作家，包括全国获过大奖的，现在基本上也不作严格意义上的小说，照样子走了"晚报一族"，经常在一些热门的生活、妇女刊物上见到他们的尊姓大名。《重庆日报》曾展开过此类讨论。如果仅从赚钱角度讲，彼等不也成了"山城棒棒军"？只不过，他们扛的是一支秃笔或一台电脑罢了！1997年底，重庆文学圈被一个话题尴尬了几天。黄济人先生在北京开文代会时，被人问及重庆何以居然无一作家进入主席团或常务理事会？这一问便在重庆大小文人中引起了一点震动。

我不否认，整个社会、政治、经济、文化都面临着一种转型。但如果我们不把握自己的原则，不从永恒价值出发，而太着眼于现实，满足小圈子的认同，一路"小女人小男人"过去，辉煌何言之有？吕先生看到了直辖给重庆文坛带来的机遇，应该说，又是给我们最美好的提醒。最起码的，我们立足点应高些了，自我意识应该强些了。我们的空间与文化地域扩大了，我们有了走向辉煌的可能性。

同时，我们必须承认张育仁先生是热切关切"重庆文坛"的，在法制报的"年终总结"里给了重庆的小说、散文、诗歌一一点名表扬，说重庆的

"小说，走出疲软见亮色；诗歌，新的曙光初露；散文，走向宽阔的优美舞步。"很多人读了会感到高兴，然而更多的人会感到凭空参加了一场文学的迎新团拜会。张育仁先生越来越像是"重庆文学大系"的系主任了。吕先生的客气与张先生的家长气，都对日下的重庆文坛缺乏批评。而整个重庆文学缺乏批评意识，恕我直言，这确是渝军难以崛起的一大原因。

或许，枪挑是个办法。

——原载《重庆商报》1999 年 2 月 28 日

意象的变异和契合

——从两首西方象征主义诗歌看东西方意象生成比较

中国古诗讲究意象并由此生成意境，从而表达中国人对宇宙人生的审美体悟与观照。西方现代象征主义意象派，也讲究意象，并由此表达西方人对审美世界的知觉与体验，这与中国古诗有异曲同工之妙。不过，单就意象生成方式而言，二者又有很大的区别。

象征主义意象派在美国兴起之时，他们就首先坚决排斥情感的直接流露。代表诗人叶芝在《诗歌的象征主义》中说："一种感情在找到他的表现形式——颜色、声音、形状，或某种兼而有之之物——之前，是不存在的，或者说是不可感知的，也是没有生气的。"[i]象征主义和意象派对直接抒情的反感，源于他们对浪漫主义把诗歌作为情感喷射器的一种反动。他们是力求为自己的情感找寻外在的准确感觉知觉，既他们的术语"客观对应物"。《恶之花》作者波德莱尔就认为整个宇宙的一切都是人类心灵的外在象征符号，即"象征的森林！"另外，象征主义意象分明与东方（日本、印度、中国）神秘主义有源，这已为很多学者所论及。这些诗人正是受到了中国古典诗歌和日本和歌着重于客观事物的感觉知觉的影响，并以"古老的文化"东方的继承者而自豪。意象派代表女诗人艾米·洛威尔并不懂汉语，可翻译了汉诗。庞德则从汉字的象形、指事、会意结构中得到感觉知觉的启示，从而进行意象组合。如他写"光明"，就译为"太阳和月亮"。这实际上把完整的知觉加以拆卸重新组装。汉语"日""月"之合，即为"明"字。最明显的例子，是他把杜审言两句诗"云霞出海曙，柳梅渡江春"。译为六行体：

云和雾

向大海

黎明

梅和柳

渡过江

春

中国汉语诗歌省略句子结构中谓语、介词、方位词及其他连接虚词，让语法关系处于浮动状态的特殊处理，被洛威尔、庞德们发展为意象叠加的方法。杜诗的动态就被庞德译为静态。杜诗是一种整体感受，"黎明"及"春"的具象表现。

同样是"客观对应物"，也同样是"象征的森林"，同样不是"感情的直接流露"，译诗与原诗给人的韵味大不一样。象征主义的"客观对应物"主要相对人的精神彼岸——对象世界；中国古典诗则让物我相融一体——自我本身的生命世界。因此，不管宠德还是洛威尔，他们的感觉知觉都与中国诗人有所不同。中国诗人以一种朦胧的直觉感受世界，这个世界依然是自在的整体，情兴都蕴涵于整体的意象表现中。最为典型的意象情态被宋代严羽总结在《沧浪诗话》中："诗者，吟咏性情也。盛唐诸人唯在兴趣，羚羊挂角，无迹可求。故其妙处透彻玲珑，不可凑泊，如空中之音，相中之色，水中之月，镜中之像，言有尽而意无穷"。空中之音，可闻而无形，可感而不可定位；相中之色，深融容貌中的情色，可感可辨，而难解其意；"水中之月"，真实，透明，但只是天上的幻象，镜中之象可感可解，但无法触摸。虚的朦胧、无迹，全在一片寄寓着作者情意的距离之美。也就是说中国诗追求神韵和妙悟，那感知世界的完整并没有被分解，其变异往往不是"客观对应物"而是自我的切入，即诗人完成了主观——客观的嬗变。如王维名句"江流天在外，山色有无中"。本居天地之间的有形的江水，本来可观可感的山色，变得若有若无了，但不能不说，这是写江流写山色的优秀诗句，"江流""山色"也超越了自然形态成为人心意象。

西方意象派用意象叠加的方法，将找寻到的"客观对应物"按自己的意志秩序组合，呈现出客观变异的主体痕迹。因此，从另一角度看，西方诗人显得更富于主动性和创造性，中国诗人显得安然自逸。可以这样说，相对于崇尚"模仿自然"的西方美学传统，意象诗人少了一种从属的奴性意识；相对于东方艺术精神的精髓——儒佛道共通的"天人合一"意境，中国诗歌更能体现人格的自由与精神旷达。由于二者文化背景的母题有别，同样意象同样情景的两首诗篇，西方诗的价值取向在于个性的张扬与解放，中国诗则走向了整体的隐逸与超脱。

看一看女诗人洛威尔《池鱼》一诗：

池鱼

在褐色的水中

一条鱼在打瞌睡

在阳光下闪着银白的光

在芦苇的阴影里显得清亮

在芦梗的浓荫里

它静静地躺着

突然它摆了一下尾巴

于是一道铜绿的光带

在水下闪了过去

在水底现出的

绿橄榄的亮光

透过一道橘黄色

是鱼儿在池塘穿游

只有对岸垂柳在水中的倒影

被搅乱了

对于此诗，美国迈克尔·卡茨认为"可能根据一幅中国画写成的"。[ii]洛威尔本人没有说，但我们一眼便可以看出，《池鱼》的确与中国古典诗画以及唐宋山水小品文的情趣多么一致。诗者如韩愈《盆地》七言绝句五首。散文一路，洛威尔此诗与柳宗元《小石潭记》又何其相似：

"潭中鱼可百许头，皆若空游无所依。日光下澈，影布石上，怡然不动；俶尔远逝，往来翕忽，似与游者相乐"。

西诗和中文如出一辙，仅看外在语言特征，二者几乎是原诗与译作的关系。然而只要稍加品味，不难得到完全不同的感受。在中国诗文里，客观世界的鱼，就是主观世界的鱼，鱼乐即为人乐。西方间象派是先验的，很难真正达到与自然忘我的契合。洛威尔笔下，鱼成了纯粹客体，诗歌只是在摄影般捕捉鱼在水中的光景变化，而且直接将变异的感觉知觉诉诸诗行，再无含蓄朦胧之美，带着强烈的分析实验色彩。她对鱼的感觉好像在一种可控条件的变化中发生变异。她所追求的诗意不在人生命运，而在于变异的效果。在阳光正射时，鱼闪着银白的光，在芦梗的阴影中变得清凉而透明，而当它游动时变成了一条铜绿色的光带。而在芦苇下出现，又变成了橄榄色的光亮。而这样的身体透过被阳光晒得好象混浊了的水面又变成了橘黄色。看得出诗人一定受过近代自然科学和印象派绘画的熏陶，这与中国诗人的静观契合又有内在的本质区别。

洛威尔、庞德等意象诗人，对于光与影，光与色的分析特别敏感，这不是一种自发的神经反应，而是有其科学理论的自觉，说明在西方，物理科学和心理科学的发达，早已使诗人们对意象的变异性认识带有了浓厚的自觉性。

中国古典诗人的契合，却是直觉的感知，是一种自发的神经反应，反射出老庄哲学的色彩。静安虚淡，永远在虚幻中追求永恒的人生价值，以无为来把握宇宙世界。

因此，意象问题上，西方人主变异，中国人主契合，实质上表现了东西方不同的文化背景，同时反映了两种不同的人生观和宇宙观。同样是一种生命意识，东方指向内心，西方指向世界。一个安之若素，一个积极进取。

人类在科学面前异化了，东西方文明正向各自的经典寻求互补。西方现代派诗歌发现了中国的意境，中国诗引进了西诗的意象变异。中国新时期的先锋派最客观化的诗人，也在契合中寻求变异了。因此，意象变异与契合的双重运用，将是诗歌艺术现代化的新途。

注释：

[i]《西方现代文论选》上海译文出版社 1983 年版，第 55 页。

[ii]《比较文学译文集》北京大学 1982 年版，186 页。

一代伟人的一个横断面

——《毛泽东自传》读后

我读过不下三次《毛泽东选集》，读了五六本关于毛泽东生平思想及其他的专著，但"自传"却是第一次读到和听到。虽是"自传"，却是斯诺的记录稿；说第一次读到，其实它在 1937 年就曾在国统区出版发行过，而今是解放军文艺出版社根据私人藏书翻印并同时影印的。

全书 10 万字，除开影印部分，也就五、六万字。但这么久了，包括"全国山河一片红"的"红宝书时代"，这本"自传"怎么没印出来，而到了下个世纪初叶的今天才浮出水面呢？这不能不说是党史中的又一个"迷"。正如第一个闯入延安并写出著名的《西行漫记》的美国记者斯诺远在1963年所说："毛泽东生平的历史是整整一代人的一个丰富的横断面，是要了解中国国内动向的原委的一个重要指南"。这本"自传"比斯诺的《西行漫记》还早出版一年，斯诺在单独发表的文章《毛泽东印象记》中说过，"关于毛泽东，我可以单独写一本书"。又说"我以后还要根据他所告诉我的情况，把他个人历史的那个丰富的激动人心的记录写进书本"。所以《西行漫记》打动人的并不是在乎它里面有多少红色的故事，而是个人心灵、历史、现实、理想、人格、思想本身的动人。

　　严格地讲，《毛泽东自传》不太像自传，而像现在流行的口述实录。斯诺也用了第一人称，虽然明显看得出经过翻译，有些语言不太贴切，甚至欧化。但绝大部分，的确符合毛泽东的口气和文风。当年的翻译吴黎平先生曾在1979年讲，"关于毛泽东个人革命经历部分，斯诺按照毛泽东的要求整理成文，由黄华译成中文，经毛泽东仔细审阅后做了少数修改，交黄照改后退给斯诺"。也就是说，这本"自传"是经传主毛泽东认可的。关于人称的使用，斯诺和他的妻子海伦曾发生争论，斯诺准备用第三人称，海伦强烈反对"这可是经典著作，是无价之宝！"因此，我们也有理由相信，这部"自传"除了少数语言上的"不达"，应当是一部"信史"。

　　不过，这部"自传"也太过简洁，时间也仅仅写到1936年。正如聪明的斯诺所说只是一个"丰富的横断面"，其实不只是一个，而是一组，从童年、青年到中年，有几组历史断面被切到现实之中。从纵向看，并不像一般传记那样完整，但对这一个"人生"已经有了一个大致的轮廓。况且，其中，也有不少忍俊不禁的故事，比如毛泽东小时候的"反抗父亲"，还有秋收起义前一次被捕的脱逃等都叙述得简约而生动。这些断面都有一定的跳跃性，展示了毛泽东诗化思维的一面。而斯诺抓住的则是这些断面所折射出的思想、心灵和性格，短短五万字，已经把毛泽东近四十年的人生轨迹、心路历程勾勒得很清晰。作为一个西方记者，能够这样客观、理性地记录和思考毛泽东，向世人展示一个真实的毛泽东，的确是难能可贵的。同样，这口述实录式自传所传达出的毛泽东自信而亲切、坚强而乐观、敏锐而轻松的语调，无疑也给国统区一个清醒的信号，毛泽东实质上已经成了一颗愈来愈有领袖之风的政治明星，也就是斯诺所说的很中国的一句话"天命的力量"了。

　　整个自传仅仅只有四章，另有三篇附录。正文是这样一组题目《一颗红星的幼年》、《在动乱中成长起来》、《掀开红史的第一页》、《英勇忠诚和超人的忍耐力》。前三篇是"史"，后一篇是"论"。但这么短短四章，斯诺为什么可以说"毛泽东的历史，可以代表整整一代人的一个丰富的横断面"呢？因为，这部"史"通过毛泽东的之口，把人物相关的背景和现实也折射出来了，尤其把毛泽东的信仰与社会发展的关系揭示出来了。毛泽东崇拜过梁启超、康有为，也幻想过改良主义，崇拜过李大钊、陈独秀，但到后来却由对上述人等的"反动"而形成了自己的"山沟里的马克思主义"。这正是一代人从启蒙到扬弃和选择，从觉悟到独立和革命的心灵记录。毛泽东曾说过一句名言"十月革命一声枪响，给中国送来了马克思列宁主义！"但他同时坚信，只有和中国革命的实践相结合，才能诞生中国的马列主义，这可以反映在二三十年代他的一系列文章之中，如《井冈山的斗争》、《中国的红色政权为什么能够存在》等。这些文章始终有一种让人兴奋的东西在里面，那就是斯诺文中的另外半句话"毛泽东的生平历史……是了解中国国内动向的原委的一个重要指南"。说斯诺高度地概括了毛泽东，不如说他高度地预见了毛泽东。比如从那以后一直到伟人辞世这一段历史中，毛个人之与一个国家的关系。

　　有意思的是，斯诺那篇附录曾经犯过错误，他说"切莫以为毛泽东可以做中国的'救星'，这完全是胡说八道"。后来的事实证明，斯诺应该挨板子。斯诺还说："然而我非常怀疑，他是否能够博得中国上层知识分子的敬仰……因为他有农民的个人习惯"。这似乎要联系到若干年后的历史来分析，当然，这个问题还要复杂得多。

　　但，我仍然认为《毛泽东自传》有阅读的必要，你可以知道毛泽东不仅仅是一个伟大领袖，还是一个很可爱的人。

——原载《重庆晨报》2001 年 10 月日副刊

一张通向六十年代的旧车票

——听刘欢《六十年代生人》有感

　　似乎每个世纪末和世纪初，怀旧都会在一定人群中成为一种时尚病，一种经典的也是附庸风雅的文化情绪。进入二十一世纪了，几年前的东西，就可以沧桑地说成"上个世纪如何如何了"。王朔早在 2000 年就发言"现在开始回忆"，但至今也没见他回忆个什么东西出来。不过，近两年，又确实轮到我们这一代人"开始回忆"了。因为，我们就生于六十年代。往上，我们读了很多二三十年代、四五十年代或者更早的各种形式的回忆录，往下，70 年代、80 年代生人还没有资格或者压根儿就没兴趣去回忆，恐怕我们的下一代 90 年代生人，已不再有回忆这种思维能力，因为他们全部的历史就是全部的现实。所以，怀旧，不管怎样都是一种历史感。我们及其以上若干辈，回忆与怀旧乃是生活的一部分。我们活得比较重。对于我们，回忆不仅仅是时间，它同时还是一个空间概念，回忆，是可以回去的地方。

我们的童年曾处在动荡年代，60 年代以降，我们这块土地发生了多少事，家国命运，一会儿跌落谷底，一会儿被抛向浪尖，成长的摇篮经受着种种冲撞与震动。作为社会价值道德观的分水岭，作为苦难与辉煌的见证人、作为变革与转型的参与者，我们注定要直面多变与多元的环境，直面断裂与组合的两难。

于是，以"60 年代"作为共名的回忆悄然出现了。2002 年，中国文联出版社出版了一套"记忆文丛"，第一部便是祝勇主编的《六十年代记忆》，邀约了王蒙、张承志、高洪波、徐小斌、李锐、余华、苏童、张抗抗等一大帮名作家的芝麻蒜皮类的记忆。中央编译出版社出版了许晖主编的《六十年代气质》，写作者并非名家，但相对于前面那本反而深刻了许多，书中穿插了几十幅黑白照片和漫画，加深了记忆的色彩和质感。另一本是《赢周刊》名人访谈专栏文章编成集子的四川人民出版社的《生于六十年代》，风格就截然不同。书中集中了出生于六十年代的所谓时代精英，主要指经济名人：史玉柱、张朝阳、汤小明、王志东、杨澜、李阳等等，全书张扬着一种理想主义色彩，似乎与怀旧和回忆都无关，这部分人属于现实和未来，而不属于历史，书中自然没有了前两本那种无法言说的"黯然神伤"。

介于两种状态之间的就是生于 1963 年的歌手刘欢继第一张专集《记住刘欢》六年之后推出的唱片《六十年代生人》，凭借其大众文化通俗样式而迅速走红，笔者在网上键入该碟名，相关话题竟达 2000 多个。专集全是老歌翻唱，包括一首英文版日本歌曲《草帽歌》和儿歌《喂鸡》，其余是六十年代流行一时的《映山红》、《亚非拉》、《怀念战友》、《翻身农奴把歌唱》、《台湾同胞》、《一朵鲜花》等 9 首革命歌曲。专集取名《六十年代生人》，并不是对歌曲主题更不是对六十年代作什么历史概括，而是以这个身份和视角去打量、理解那个时代。六十年代的喧嚣、疯狂、热闹都过去了，留下的是当时并不喧嚣甚至有被当成毒草的声音。刘欢在配送的宣传小册子扉页写到："六十年代，对于我们上一代人可能是家国灾难；对于我们下一代人可能是天方夜谭；对于我们，可能只是似真似幻的童年。我们记住了许多，可能也忘记了许多，可是当那些回荡在记忆深处的旋律飘然而至，心底的咏唱就印证了一切，再疯狂的时代都会留下一些美好，因为有人在，因为有音乐在。我们以今天的方式唱起这些老歌——对于我们的后代来说可能是些新歌……值此，向老一辈音乐家们致敬！感谢他们在那样不可思议的年代里为我们所留下的。"虽然印在宣传单上，但刘欢的表白是很深刻的，很有文化感和历史味。在欣赏音乐的同时，真的要去读读刘欢写在每首歌曲前面的那几句话，那些语言很沧桑也很煽情。比如《映山红》前面"……即便在那个压抑的年代，心底最深处的东西还是会隐现出来，如涌动的潜流，如无声的地火。"再如朝鲜电影插曲《爸爸的祝福》前面，"中国电影新闻简报，越南电影飞机大炮，阿尔巴尼亚电影搂搂抱抱，朝鲜电影又哭又闹。"就是这些朝鲜电影让我小时候第一次听到了柔曼如纱的音乐。"这是乐评，也是时评，也可以说，还是比较入门的社会学评判。

当然，老歌翻唱并不是刘欢的发明，很多歌手都干过。近两年的原创音乐很难有强烈打动人心的曲目，翻唱也许是个途径。但都没有刘欢这样走红，原因并不因为刘欢自诩的"中国第一声音"，关键在于刘欢搭上了前文所说的"回忆六十年代"这趟怀旧专列，专集的名称取得好，情绪也把握得当。现实是，今天的"六十年代生人"也已逐渐取代"五七"族、"知青族"，在今天的社会舞台上，开始唱主角，拥有了来之不易的"话语权"。

静静地听刘欢，刘欢把老歌处理得很有质感，绵长、婉转甚至有些低沉、无奈。但这就是回忆的声音，记忆的声音，这声音有点沙哑、有点发黄甚至有点久不住人的老屋的霉味。

但，这正是美好的声音。

真要听到发自灵魂的声音，你就去听刘欢！

真要回到六十年代，你就去找刘欢，带上这张旧车票。

因为，六十年代有"思想史上的失踪者"，你会找到他，找到儿时蹒跚学步的精神故乡。

本土路线，"本"从何来？

——兼与邱正伦教授等商榷

《创意与设计》创刊号上有一篇旗帜鲜明的文章，就是近年来在艺术美学领域内力主"本土路线"的邱正伦先生的《设计，必须旗帜鲜明地走中国路线!》其实，旗帜鲜明的不仅仅是这么一篇文章，同期的《百年工艺美术与中国设计叙事——传统理论思维的语用学批判》（许平）、《开启东方文明的智慧之匙——再论新民族设计体系的建立》（寻胜兰）、《〈周易〉装饰思想初探》（郭廉夫）、《长角苗人图像符号的表达》（方李莉）、《汉族民间服饰文化的抢救与传习》（梁惠娥）《艺术人类学视野下的民间服饰文化》（崔荣荣）等众多文章就在旗帜鲜明地表达着设计的中国路线。这样有意的比照，是否违背编者的初衷，那倒不一定，但，这样的组合，明明显显，就是这样的指向，或者说众多文章在具体展示着邱正伦提出的中国路线。

撇开邱文的观点，组合上述同类型文章，我们悄然发现这样一个感觉或事实：古典的、传统的、民间的、民族的（这几个词有内在交叉，这样分类，纯粹为了表达习惯——笔者注）设计或创意似乎就已经是中国路线了。再者，如果考察，中国已经存在的大部分传统设计作品，它不是中国路线，又是什么路线？感觉是：如果已经是中国路线了，中国路线的提出，究竟有无必要？那么，中国路线提出的指向，肯定不是前面的古典的、传统的、民间的或民族的了，更进一步地讲，中国路线是前述的"中国特色"的升华或提高。明白点说，我们需要讨论的是当下的设计现实。中国路线既然提出来了，就必定不是已有道路的简单坚守，而是要在适应现代社会发展需求的一种现代性上做足工夫。从这个角度反观中国路线这个命题，首先得明白这一路线的核心价值体系的建构问题。这就是本文今天要讨论的：本土路线，"本"从何来？何谓本？

在一定程度上讲，中国的汉字设计就高度地体现了中国设计思想。除了造型功能直接体现中国人天人合一的自然观念之外，象形也好，会意也罢，汉字结构的创意与设计意识可谓与生俱来。除个体汉字的表意、表象功能之外，汉字的组合尤其是词语，则更具意义，有时候简直直达问题的实质。比如这里的本土，就很有讲究：本土之土，就是一个地域概念，我们的本土思想，就是立足于中国传统和现实基础之上。那么，"本"呢?，我们再组合几个词试试——本来、本原或原本、根本、本质……本的本义是花卉苗木之始，那么，"本来"或"原本"就有这样的意思：事物本身的样子。本原也同本源，重在源，事物发展过程中流动的那个源头，源源不断，就成了一定定向发展的趋势，是为传统；根本，重在"根"，如同另外一个词语的"本端"，"端"的反义词又是"末"，所以我们说，什么"本末倒置"，就是直接形成了"本质"问题。现象与问题弄反了，我们也叫"本末倒置"。千万不要认为，这是玩文字游戏，笔者认为，对"本"的认识，恰恰是"本土路线"的路标或者说"路径"。

正是基于以上"本"的认识或者说认识的"本"，我们才来进一步提出：中国路线——本土路线的"本"从何来与本之所在。

本从何来？第一法则：中国为根

"贫僧从东土大唐而来"。这是《西游记》唐三藏经常对所经过国家人等含妖等说的一句话。我们就借用这样的比喻，我们的中国路线，一定是从中国出发的，不能忘本；我们的中国路线，是为中国设计的，必须回归中国自身的现实这个根本的存在。"东土大唐"在唐三藏那个时代，就本身文化、经济乃至教育乃至一切文治武功而言，在国际上都是有着明显的比较优势的，但自汉以降，独尊儒术的直接后果是中国本土有的是极端入世的现实之学，缺乏心灵慰藉之学——宗教的浸润。后来的发展是儒佛道互补而依然以儒为胜。这又说明什么？西去不是目的，而是为了东归。这无疑为我们提出了这样的设立理论思考：中国路线的本依然在中国。如果向西方取经，也是为了对接中国这种现实的内在需要。

我们来明明白白地表述一下：设计思想的中国路线之本"本"在哪里。儒家的"中庸之道"，道家的"道法自然"、佛家的"明心见性"，这不是很好地统一吗？统一的基因在于中国传统的自然观、宇宙观。中国最为经典的设计莫不如此：比如许多城市的总体设计之与"易经""八卦"的关系，讲究地火水风、天人合一、阴阳和谐等等，核心的指向无不体现人与自然之和谐，而不是相反的矛盾与冲突。讲究和谐，是中国传统文化的核心传统，其实也是古代西方审美思想的核心。但，西方所谓"上帝死了"以后，高于一切的那个理念也就死了，所以，大多数时候，西方总是表现人与自然的冲突与矛盾。这是东西方人本主义根本区别之一。

本从何来？第二法则：中国的优根而非劣根

从设计思想看，中国的根究竟在哪里？前面所说的儒佛道互补的核心共同点：人与自然的和谐。这是一种本质的思想。但从表现而言呢。中国古典的园林、房屋、服饰，往往又比较强调雍容大度，往往比较繁复，而且多宫廷意味，充满着王权、等级，整个一个贵族意识。而且建筑艺术中多讲风水。风水当然不能一概否定，风水本身是一种人与自然的和谐法则，但，当有的风水定格为皇帝专用，公卿士大夫三六九等如何如何，一律不得越级。这几年，常常有某县政府大楼或某乡镇办公楼又如何超了规格而被当做批评的靶子见诸报端。再如多年前，重庆市的标志性建筑——重庆大礼堂，就因为像北京的天坛建筑而受到批评，但事实证明，也因为如此大气的建筑，它又确实成了重庆的标志性建筑。这里面潜伏着的依然是腐朽的封建等级观念，这样的观念有一正一反两个错误指向：一是县乡一级政府"打肿脸充胖子"，用纳税人的钱豪华建筑，那么，该批！一是地方政府又从建筑艺术角度做出了城市标志性符号，似乎，又正好做对了！一正一反，其实质都不是建筑艺术的论争，还是一种封建思想作祟。可见，封建文化中的等级观念，就是我们必须摈弃的"劣根"，而充满天人合一、道法自然等等诸多中国美学原则的就是我们应该继承的"优根"。

从设计看，我们的优根应该有这样一些：比如：意象、意境、境界的营造。在意象方面，中国的日月星辰所表达的天道观，中国的仁山智水的自然伦理观、中国的龙凤呈祥的阴阳调和、中国的对仗与写意、留白等等，都值得发扬。

本从何来？第三法则：中西合璧，但必须是璧

我并不赞同邱正伦文章中这样的判定"中国当代已有的评价体系完全是来源于西方的，在全球化语境下，中国自己的设计文化形象是极端模糊和不可靠的。"如前所述，中国古典设计作品，包括前文提到的几篇有关中国民族服饰设计、《易经》的设计思想等文章，不就明明白白告诉大家，我们中国的设计文化或者设计思想了吗？在中国大量的经典建筑诸如园林、房屋包括寺

庙，包括一些著名景区设计，难道不是活生生地体现了中国设计思想吗。只是，我们把这些优良传统丢失了，丢失了这把"中国的钥匙"，我们就回不了自己的家。在现代设计的实践中，一个顶级优秀的原则是中西合璧，乃至成了我们的大型设计言必称道的设计规范或者洋洋自得的设计经验。中西合璧何其难也。设计作品的成败必须涉及作品的社会功能性接受。中西合璧不是简单的中西方二元相加，更不是所谓的旧瓶新酒，也不是所谓的洋为中用，或者五四以来的中西方体用之争，而是立足于设计现实。一句话，必须是"璧"而非"拾人牙慧"与"妄自菲薄"。

本土路线的底线何在？
重庆洋人街设计：一个失败个案的反思

中西合璧，不是形式，也不是内容的简单复制。中国设计何以要走中国路线，本土路线的"本"在哪里？"土"哪里？已经不仅仅是一个学术问题，而是一个不能回避的设计现实。我们来看，最近引起强烈反响的重庆洋人街低俗标语、标牌和雕塑被拆除问题。

2010 年 5 月 16 日，由于引发低俗质疑，正在建设中的洋人街"性公园"被拆除。"性公园"内充斥着一些明显性意识的雕塑和标语口号。虽然公园相关负责人在接受采访时强调，性主题公园的主旨是给人们科学、健康和有趣的性教育，主要通过图文、雕塑等展览展示，还将引进多媒体技术，教会参观者如何成为更好的爱人，帮助人们了解有关性问题、性疾病的重要信息。但，公园设计却忽略了中国这个特殊国情和中国大众的长期积淀的基本文化审美心理。有人认为，这是中国性教育的又一个失败见证，我们应当有一种宽容的心态允许健康向上的性教育场所的存在。但是，据闻，该公园是要收门票的，是一个由商家操控的性主题公园，这样的设计潜在的逐利意识是相当明显的。商家操控下的设计存在这样的投机取巧：性，性在中国，尤其是内陆依然是比较神秘的，因其神秘，所以就容易猎奇。不是中国人谈性色变，也不是现在的人不懂得生活享受和不开放，而是一种千百年来沉淀的文化基因在血脉里流淌，这种含蓄的东方古老文化，间接地影响到了中国人的性文化，不是短时间内靠西方文化的熏陶就能有很大"突破"的，民心不可违，无论洋人街性公园再怎么改造和含蓄，被拆除的命运似乎是不可遁逃的。

洋人街于重庆而言，其设计是成功的，但其间的性主题公园设计，无疑又是失败的。这实际上无声也启迪我们，设计的中国路线该怎么走。"走中国特色的设计主义"，才是必由之路。

朦胧与启蒙：诗歌见证的思想解放

——与诗人、艺术批评家邱正伦教授的访谈对话

朦胧诗成为思想解放的先声

郑劲松（以下简称郑）：我们通常所认识的改革开放三十年，其标志性事件就是十一届三中全会的胜利召开，改革开放，首先是从意识形态领域的解放思想开始的。思想解放的先声有两个前奏，一是反对"两个凡是"，二是"实践是检验真理唯一标准"大讨论。但文化领域乃至整个思想领域真正的革命性反思，有人认为是小说《伤痕》、《班主任》等的启蒙。但也有人认为，这些作品在今天看来，至多也就是"伤痕"而已，一种痛定思痛而已。真正在思想文化领域的解放，是从朦胧诗潮及其大讨论开始的。请问，您怎么看这个问题？

邱正伦（以下简称邱）：谈到这个话题，我可以很自信地说"确实有话可说"。十一届三中全会为标志的思想解放运动应该进入中国当代思想史。这是一个三十年的见证过程，不管是文学还是艺术，不管是诗歌、小说、散文，还是音乐美术，包括电影电视都在以不同的方式见证着这个时代。但真正的思想先锋，我认为首先是从诗歌领域破土的，这源于诗歌自身形式的有利因素。

中国是一个诗歌的国度里，古代尤其如此。孔子主张"诗教"，并提出"美刺"说，主张通过文学的审美方式来面对现实生活；从诗歌功能上，孔子提出了"诗言志"和"诗言情"两种价值取向，主张"不学诗无以言"。概括起来就是，诗是中国人（尤其古代）的精神基础和最基本表达方式。十一届三中全会以后，松动的政治空气为诗歌也通过诗歌提供了先锋思想或者说思想解放的可能性，并且培育了这种土壤。

这不是抽象地把这顶"官帽"戴在诗歌头上，这样讲是着很深刻的理论前提。我曾经为我的美学理论做了一个图示，即：作品—生命—抒情——文

化——社会——政治

其具体阐释是：如果把文学和艺术作品本身作为考察对象，假定以作品为圆心，构成几个环面，最外环是政治，进而是社会，紧接着是文化，再往里面走是人的纯情状态或抒情状态，最后是生命体验。从这个图示看，越往里面艺术价值越高，但范围越窄，而周延越宽，内涵越小，周延越窄，内涵却越丰富。我发现这个图示和新中国成立以来的文学艺术发展轨迹惊人合拍。随着改革开放的日益深入，文学艺术本身的自觉性越强，本身的功能开发也就更彻底，逐渐回归或进入了艺术本体。

郑：也就是说，你的这个图示，为我们定义朦胧诗是思想解放的先声或号角找到了一个合理的解释可能，那，你能不能再具体予以说明？

邱：对的。我结合改革开放三十年的事实比较了几种艺术形态的发展，诗歌确实在我们这个特定的国度里充当了思想解放的先锋。是它首先突破了图示中的"政治"外环。以朦胧诗为例。我是在 1985 年第一次亲密接触朦胧诗代表诗人北岛的，当时，我们正在建重庆大学生诗社，他从北京来到重庆。北岛是一个比较深沉的人，不爱言语，他的思想是通过他的诗歌来表达的。我记得他有一首诗被称为现代主义宣言，这首诗不但见证了在文学领域的思想解放，甚至可以说是改革开放先锋的启示性的声音，这就是他的著名诗作《回答》。

朦胧诗与思想启蒙价值

郑：是不是可以这样说，要给朦胧诗以"启蒙"的价值，或者说，我们今天认为"朦胧诗"成为文学或文化乃至意识形态领域的启蒙先锋，它的价值指向主要是你所列举的图示中的"政治"，也就是先前讨论到的孔子的"言志"及其延续的"文以载道"传统。这在新诗潮中实际上是一个矛盾，即反对艺术政治化，又高度地参与着政治。

邱：对的。这在中国文学领域已是一个古老的话题了。政治诗歌可不可以写？毫无疑问，可以，关键是怎么写和写什么？我认为，任何人都可以触及政治题材，而且大凡产生重大影响的文学艺术作品往往都是从政治这个界面撕开裂口的，现代主义的声音就是从这样的诗歌里面显现出来的。钱钟书先生曾经判断过，"评价一个作家或作品是否优秀，可以只看其文学（审美）标准，而判断其是否伟大，则必须有而且主要是非文学（审美）标准。"言下之意就是作家或作品的社会、政治价值。

北岛的很多诗歌其实写于"文革"期间，要知道在那种"思想禁锢"背景下，能写出"卑鄙是卑鄙者的通行证，高尚是高尚者的墓志铭"、"在没有英雄的年代，我只想作为一个人"等等句子，这不是对"文革"对人的思想禁锢的"解放"与"反动"是什么？从变态的高扬集体，到了真正呼唤个体价值的自由张扬，这不是意识形态（政治）的突破又是什么？北岛、食指等人大量写于"文革"而公开于"文革"后的诗歌这一过程本身，就是解放思想的最好证明。这些诗作完全可以用鲁迅先生的《野草》题词那句话"地火在地下运行"，即使"文革"中，那一代年轻人的自由思想也从来没有断裂过。十一届三中全会，之所以成为中国当代社会的重要转折点，单就思想领域而言，确实为这种"地火"打开了"突破口"。

郑：无独有偶，同时代的朦胧诗人顾城则写出了"黑夜给了我黑色的眼睛，我却用它来寻找光明"这样的诗句。顾城与北岛们在诗歌形式上有很大区别，但精神实质是一致的。他永远保持着那种对理想，对自由，对幻想世界的激情童心，如"我要在大地上画满窗子……"这样的句子。相对于北岛，顾城"文化层次"要低得多，可以说没经过任何理论或意识的准备，他的思想完全是扑腾之前的躁动与不安，他深情呼唤"让所有习惯黑夜的人都习惯光明"，他的这种状态，是作为人的自我意识的另一种解放，更为纯粹的诗意的解放。同样的诗歌还有舒婷那首洋溢着"革命激情"和反思心理的《我的祖国》。这首诗有着前辈诗人如艾青等所谓归来者们的"宏大叙事"意识，但角度与风格是不同的，是"我"这一个"人"对"祖国"这一集体对象建构在炽热与忧患意识上的深刻追问与反思。

邱：对，北岛、顾城、舒婷，既是朦胧诗的三个"代表"诗人，又代表朦胧诗承担"启蒙"价值三个向度。北岛的诗充满反体制的英雄主义色彩，顾城则以童蒙、自然之心呼唤着人性的自然回归，舒婷的价值恐怕更多在于代表着女性诗人背后的女性解放：女性作为母亲、女人、人的回归。

朦胧诗后的诗坛为什么走向了宁静

郑：您虽然不是北岛们一代，但在上个世纪八十年代中后期进行了大量的诗歌创作，也参与了当时的中国现代诗歌运动中心——四川（含重庆）的很多诗歌活动，想请您从个人体验或经验角度，来见证一下朦胧诗与思想解放这个值得纪念的话题。并请您回答，为什么朦胧诗后的诗坛变得相对宁静了。

邱：我突然联想到一次个人的诗意体验，似乎可以反过来说明30年前诗歌为什么充当思想解放先驱而后又自然消落的潜在暗示。有一天，我坐在沙坪公园的椅子上，看到翠湖之中的自由女神雕像基座上有很多白鸽子，它们扑腾起来后都要重新落到那个基座上，并在上面走过来走过去，我感觉他们就是在恋爱，在嬉戏，在生活。而自由女神一动不动地把火炬伸向天空，让所有的自由都在她的身边发散。这给我一种启示：原来所有的自由都是一种归属，自由是我们的精神，内心，想法，生活，追求，愿望等等。如此等等，能在这里实现，就是找到了一种归属和价值感。

朦胧诗后的诗歌里面，自由与思想解放更多地走向寻求一种价值的归属与实现，而不再是北岛们那种"当子弹溢出枪膛，填平空间，自由的鹿就躺在血泊中"的尖锐对立、冲突与斗争。但是如果没有北岛们的"冲突、斗争、解放"，也就没有我们今天的宁静与回归。这正好说明，朦胧诗在新时期前十年左右承担着思想解放的时代使命，而随着思想解放实际上从政治意识形态向经济领域转移，其使命就基本完成，全党全社会的工作重心转移到"社会经济"上以后，启蒙也就同样转移到了更为重要的经济体制改革上来，大刀阔斧的经济改革、社会改革开始了，而诗坛则相对宁静了，这是艺术发展的自然现象。

（本次访谈在一个具有象征意义的日子＿＿＿＿＿＿2008年5月4日晚上开始，待学生根据录音整理出来，一周过去了，但地震发生了，《访谈》之下，也就此中断）

一个王朝的背影，究竟有多长？

——清宫戏批判

1. 背影是什么？

本文题目的前半句，化自余秋雨的同名散文。余文以承德避暑山庄为线索，串起清朝"康雍乾"盛世至"嘉道咸"势微的兴衰感叹，又将汉满文化从对抗到认同的心理分析穿插其间。说背影，首先是从帝王座位面南背北的方位而言，承德山庄在所谓的东北"塞外"，居北京之背后。一个政权的正面是政治、军事、经济、文化和外交，背影就是这些东西拉长后的暗角，比如宫闱秘事、朋党之争，看点在于权欲、情欲、人性与人生。背影是正面的倒影或侧影，暗淡、模糊而变形。清宫戏反映的就是清朝的背影。余秋雨的开篇就说"我们这些人，对清代总有一种复杂的情感阻隔"。我对眼下层出不穷的清宫戏，也真是深有同感。

2. 清戏为什么这样红？

在新中国以前的传统舞台戏曲中，仅有一部带有戏说味的《游龙戏凤》（现有了台湾版电视剧）。1949 年后，由于政治原因，《清宫秘史》挨了批，再无清戏。后来有了主旋律电影《林则徐》和《甲午风云》。20 世纪 80 年代中后期，宫廷剧流行一时，先是唐朝（如《武则天》、《秦王李世民》、《唐明皇》、《杨贵妃》、《大唐情史》等），清朝后来居上，经久不衰。80 年代末 90 年代初就有以正剧形式出现的《末代皇帝》、《火烧圆明园》，21 世纪初，清宫戏呈爆炸之势：《康熙帝国》、《雍正王朝》、《宰相刘罗锅》、《康熙微服私访记》、《铁齿铜牙纪晓岚》、《还珠格格》、《戏说慈禧》、《一代妖后》、《孝庄秘史》、《乾隆王朝》、《末代皇妃》，还不算相同题材的台港片，反映清宫之外的社会政治剧如《银鼠》、《天下粮仓》、《一代廉吏于成龙》等。一时间荧屏上，顶戴花翎，宫娥嫔妃，满汉全席，长辫披肩，"喳！"声不断，"万岁万岁"不绝于耳。乾清宫、坤宁宫念得人耳熟能详。

"清宫戏"为什么能充斥荧屏？有人说得好，"每一个中国老百姓都有一个皇帝梦！"宫廷故事，对今天的观众毕竟有一种天然的诱惑力，可以满足了观众的猎奇甚至猎艳心理。数年前，"帝王将相，才子佳人！"与"牛鬼蛇神"被捆在一起招致猛烈批判，而今又陆续成了文化创作的热点，先是伤痕、反思文学热卖"牛鬼蛇神"的右派生活，接下来偏偏就是秦、汉、三国、唐、宋、元、明、清的帝王将相粉墨登场。这与整个社会的价值转轨有很大关系，选择宫廷和帝王题材，既是一种明智的商业选择，又是一种乖巧的政治评判。

另外，清朝是中国最后一个封建王朝，其灭亡至今，还不到一百年，由于年代较近，清朝的历史资料也最为详尽，各种传说，故事也流传甚广。"天朝帝国"在民族记忆里还没有完全褪色，集体意识里有一种说梦的冲动和解梦的兴趣，往上推算三五代，说不定谁的祖先就在乾清宫里三呼万岁。清宫戏一播，大多比较火爆，商业投入可以迅速换来巨大的回报，这无疑又是下一部戏的巨大动力。更何况九十年代中后期以来，电视普及，明星化运作，数字技术加传媒的策划包装，清戏不红也难了。

3. 封建王朝，真的如此美好吗？

任何一部清宫戏出来，总要卷起一番争议，尤其是真实与戏说问题。老艺术家李默然听说百分之四十的孩子，历史知识来源于电视剧，深感可怕。有人放言，就是要成心"气死历史学家！"[①]。电影电视早已沦落而为大众文化的娱乐工具，随着市场经济的纵深发展，这种特性将更加明显。清宫戏既不是为那些有考证癖的历史学家写的，也不是为面对废墟一唱三叹的余秋雨写的，它是为市场而写的。对历史教科书不再感兴趣的一代中国人，却在荧屏上接受变形或整形的清代历史教育。想凭借历史片教育青少年学习历史，几乎拜错了庙门。而充满屈辱与抗争、光荣与梦想的近现代史被忽略了，《孙中山》和《康熙帝国》同期播出时，收视率明显低于后者便是明证。

通俗艺术就是表达市民道德和世俗理想，在形式上，就是直接诉诸感官本能，直白易懂。清宫戏的主角不仅有至高无上的权力和豪华自由的物质享受，而且拥有无数的情欲欢乐，满足了观众的移情享受。小燕子福从天降，漂泊流浪的江湖艺人阴差阳错变成了大富大贵的皇家格格，这就是很有民间市场的灰姑娘母题。她不懂规矩的肆无忌惮、没文化的惹是生非，其实隐含着对正统文化与权威秩序的反抗，借助小燕子，人们可以释放自己紧张的心理压力，发泄某种不满。戏说，反倒上升成了一种有价值的思维方式：民众挑战权贵的形象工具。

所以，批评清宫戏，不应只从真实与否入手，而要从政治、历史角度去挖掘它精神价值的缺陷。在电视剧里，康熙、雍正、乾隆个个都是心忧天下，爱民如子、励精图治的好皇帝，他们似乎完全凭借个人才智把江山治理得风调雨顺、莺歌燕舞、昌盛太平。《雍正王朝》的导演胡玫就明说"帝王的性格决定了国家命运，（雍正）以钢铁般的意志……成功地推动了一个千疮百孔的古老大帝国向好的方向转动。"[②]这是典型的唯心主义历史观。要知道，雍正时代，英国已经开始了工业革命，而在此刻的清朝，恰好更加闭关锁国，对外实行海禁，切断唐宋勃兴、明朝已经颇有成效的中外文化交流，把西方科学视为异端邪说，对内大兴文字狱，迫害知识分子，压制民主思想。但我们的电视剧里却没有这种批判意识，也看不到王朝中兴到衰落的迹象，津津乐道的只有骨肉相残的宫廷争斗，皇上的风花雪月和嫔妃的醋坛争宠。残酷的奴婢、太监制度，反而充满了忠肝义胆，皇帝和蔼可亲，太监、宫女聪明伶俐，专制、暴戾、骄奢被轻松、调侃、浪漫消解了。戏里的清朝，多么美好啊！

所以不得不想到年年五月都在讲的"五四"，那面民主、科学的大旗上，不明明写着反封建、反专制吗？如果最后的封建王朝都如此伟大、有趣、美好、可爱，我们还反它干什么？

满清王朝还会有生出长长的背影，它不会止于承德避暑山庄、颐和园或圆明园，犹如幽灵的舞蹈，幽怨、美丽而危险，一不小心我们的魂就被勾住了。

注释：

① 《深圳商报》2001 年 12 月 16 日

② 《中国电视》1999 年第 3 期，胡玫《一个民族的生生死死》

黄色智慧时代？

——黄段子、荤笑话、色情短信的文化批判

上个世纪 90 年代起，似乎国人一下子都成了"性情中人"。借《红楼梦》脂批"大旨谈情"一语，便可以一言以蔽之："大旨谈性"。先是作家文学上的"性而上的迷失"（韩少功语），诸如《废都》、《青春期》、《上海宝贝》，跟风的《北京宝贝》、《广州宝贝》、《漂亮宝贝》……先后遭禁，但是，在民间，黄色段子、荤笑话、色情短信却迅速崛起，蔚成大观。性，似乎成了人们（尤其是男人）唯一的"下酒菜"或"加饭酒"。作家们的"性而上"演变成了民间的"性而下"，不是"迷失"而是津津乐道。现在的"民间"不再仅仅是乡村、市井文化的凡称，而是与官方、正统、主流文化相对应的一种意识形态。黄色文化的智慧化，是文化的倒流现象，纯属民间的、所谓"下三烂"的东西被知识化了。对新民谣，"农二哥"要向"城里人"学。当代民间笑话比以前"洋气"、"性感""智慧"，也就可以理解了。

《成都商报》记者在峨眉—乐山旅游专线发现，差不多每位导游手里都有一本色情笑话手抄本《段子集成》。口头创作和传播终于走向了文字方式，色

情短信、黄色段子、荤笑话成了正版的、盗版的、非法的出版热点。光内蒙古某出版社就有《成人笑话》、《荤话大全》、《完全搞笑手册》、《短信大全》等多部，还有改革出版社正版的《办公室裸语》，山西古籍出版社的《格林童话》（成人版）、远方出版社的《现代流行民谣》，还有将此类段子作为新兴语言现象收入学术读物出版的，如新世界出版社的《最新中国俚语》、海南出版社的《网络词典》、中国经济出版社编选的《中国网络语言现象》。据说，编选者都是语言学家。

其实，钱钟书早就说过，知识分子一旦"俗"起来，十个田夫野老也比不上。只要有心，我们可以在任何一次饭局上，搜集到充满智慧的段子，讲述者大多是体面的知识分子。

于是，一种专门化的隐性写作现象出现了，好多网站和通讯公司明确表态养了一批段子写手。前不久，重庆著名的"言子"作家张老侃坦言自己参与过短信写作，黄不黄是另一回事，发表短信又不署名，也无从考证。湖北作家晓苏反而以荤笑话为主线索，将99个段子串成了一部长篇小说《苦笑记》，评论家白烨捧之曰"讲荤笑话是需要造诣的，讲出意义、讲出深度、讲出品位，更是需要胆识、需要智慧、需要才情。"但从接受角度看，大众的趣味还不是那点黄色。《经济新报》曾发表过一位特别能创作段子的某编辑自白，深刻地揭示了知识分子在黄色创作中的审美与人格分裂。照抄如下：

"我是一个身体健康易于合群的男人，能讲黄段子；我又是一个尚存社会责任感的男人，每次讲完又会在席间的哄笑中失落。我被时代分裂，我被自己分裂。我内心深处藏有忧虑，可私心乐于嬉戏，我寻借口放荡。"

那些二十世纪三四十年代的布衣志士，身无分文，心忧天下，威武不屈富贵不淫，那不是政治化灌输而是人格化熏陶的教育成果，当他们把盏相聚之时，慷慨天下事，悲喜民间情。黑白分明根本不屑于黄。而当今天下太平，饱暖富裕，性爱舒畅，生活多元，经济上都想做先富起来的一部分人，欲望上则想着当"伟哥伟姐""金龙玉凤"，聚餐多了，酒水多了，找乐的心思多了，黄段子也就多了，于是乎地不分南北，人不分男女，职不分官民，格式不分雅俗，味道不分土洋，黄段子蜂拥而来，黄土黄河黄皮肤的语库里，又多了一黄。

我想特别介绍一下《格林童话（成人版）》（山西古籍出版2000年版）。编译者煞有介事地在开篇的"创作出版札记"说，大家读到的《格林童话》是删节本，原本应该是"母亲讲给女儿听时，会不由得羞愧脸红的故事集。"

"尤其是最引人争议的性交、怀孕、近亲相奸等情节。"这两句印在了书的封底。什么"出版札记",明显玩弄"少儿不宜"的广告暗示伎俩。于是,我们看到白雪公主与父王偷情,和七个小矮人轮流交欢。儿童时代读《格林童话》富于仁爱与智慧的审美享受全部消失,只剩下恶心的"感观愉悦"。众所周知,《格林童话》是格林兄弟在搞语言调研时搜集、记录、整理的民间童话,不可能过多创作。编者所谓的"创作出版札记"也就无从谈起,真有这"记",署名也该是格林兄弟,而非编者"谭理"。这正好说明此书乃是中文编者自己创作的产物。由"洁本"到新版,根本不是翻译而是创作。知识分子在知识经济时代,受如此利益驱动,胡编乱造的功夫几乎到了让人信以为真的地步。

笔者仅调查了三家书店,发现上述各种图书销量不错,购买者文化层次不低,多是机关干部、文化商人、大、中专师生。这些接受者,很快成为传播者,那就不仅仅是出版物的畅销,而是一种黄色文化或智慧、价值观念的畅销了。

当然,黄色智慧也不是什么洪水猛兽。黄色智慧的发达,前提与背景之一是社会环境的宽松,人们思想意识的开放;其二,却体现为一种普遍性需要,即紧张的现代生活所渴望的精神补偿。但,我以为,还是应该还原它的民间本色,口耳相传就够了,在一定的场合吹吹牛,是无伤大雅的,知识分子的创作和出版社及书商们的恶意操作,有违知识分子的良心和灵魂。因为,一个民族如果沉溺于黄段子的浊流中,实在是一种整体堕落的不祥之兆。

《大学语文》该怎么开?

——"公共汉语"或"汉语文化"、"公共母语"

近日,呼唤多年的"大学语文"或者"语文",在继今年两会间被有关人士强化,在最近的教育部有关司局和媒体报道里得到证实,并引发社会尤其高等教育界的广泛关注。《中国教育报》5月14日,更是1/2版面对此进行了特别关注。

笔者认为,呼唤或确认在大学所有专业中开设"大学语文"课,实际上是十年前以来一直没有断绝的"人文精神"大讨论的一个延续或结果,也是近十年来,作为进入大学桥梁之一的"中学语文教育问题"的一个延续或结果。其理由是：中学语文尤其是几年前备受诟病的高考语文试卷，每每被一些论者斥为剥离了"语文"本意，背离了"语文"本体，背离了作为"五四"以来至新中国之前的"国文课"的根本。近年来，随着高考语文的大幅度改革，中学新课标的普遍推行，"中学语文"似乎受诟病的声音开始减弱，但随即"大学语文"则议论泛起。

其实，"大学语文"作为一门课已经存在多年，但主要是在大学非中文专业中开设，而且又几乎主要集中在自学考试或其他专科专业中开设。即使有，也几乎是作为一门选修课或者公共课而存在的。其课程结构也几乎是和中学（高中）语文相似，不外乎"文体知识"＋"文选"（古代、现代和各种文体）＋语法知识＋练习。难怪有论者担心"大学语文"又开成了"高四语文"。

笔者认为，探讨"大学语文"究竟该怎么开？该开什么？应该怎么为"大学语文"命名或正名？其逻辑出发点应该基于以下三点：

1. 从课程功用入手，弄清开设这门课应该解决当代大学生（甚至包括文学院、中文系以及新闻系学生）什么样的实际问题？

2. 从"汉语"理念入手，重新认识"汉语"的本体价值以及在当代社会的实用与审美两个向度的功能。

3. 从全球经济一体化和汉语国际化背景出发，思考汉语与外语的关系？如何摆正作为母语的汉语的应有地位？汉语包含着怎样的文化？

笔者认为，现在的"大学语文"乃至包括中文系或准确地说是"汉语言文学专业"，都没有认真地发挥好"汉语"作为中国人的"母语"——（国语、民族共同语、普通话、对外交际用语、生活用语）的应用功能。目前很多大学确实也开设了"应用写作课"或者"公文写作"、"商务写作"、"财经写作"等等，但据笔者了解，一般都不受学生重视，大多学生因为没有相应的应用写作经历，而对这些公文类东西感到枯燥乏味，而开设这些课的教师几乎没有从事过机关文书工作，大多数人基本上是照本宣科，能够把应用型写作讲得如同文学类写作那样受学生欢迎的老师少之又少。而另一个不争的事实又是：包括中文系的毕业生，大多数学生又确实写不出一份像样的请示、报告、会议通知、工作总结。即使是关于自己就业的自荐书也大多千人一面，大量来自网络世界的拷贝，这其实又怪不了学生，我们自小学开始的语文课里，除了有限的几篇老是往"生动形象"上"靠"的说明文外，哪里又教过学生的应用写作？

笔者认为，现在我们所讲的"汉语"，当然是指的目前统一的中国的普通话。普通话在中国的标准解释是："以北京语音为标准音，以北方话为基础方言，以典范的现代白话文著作为语法规范的现代汉民族共同语。"。普通话的"普通"一词是"普遍通行"，"共通"的意思。从书写符号来讲，"汉语"是两千多年前秦始皇统一文字以来的汉民族的书面语言文字符号。所以，说穿了，"汉语"就是汉民族文化、中国文化、东方文化的一种载体和象征。汉字是表意文字，汉字的结构因其与其他世界文明古国有近似的"象形文字"演化阶段，汉字里面深藏着中国传统文化和民族精神的若干信息。这也是为许多学者所研究过而依然还有不少人孜孜不倦从事着的工作。正因为如此，笔者认为，现在提出的"大学语文"问题走向"汉语文化"则成为可能的。与此同时，由于社会的飞速发展尤其信息化时代如网络所造成的另一套语言系统的迅速成长，"汉语"语词、语法等也在发生着惊人的变化。社会生活催生新的语言现象，网络生活催生新的语言现象，对外交流与合作也同样催生着新的语言现象，同时，地方语言、民族语言的进一步融合，也在改变着"汉语"——"普通话"的结构性现象，人们创造的艺术作品（尤其是影视包括动漫等）也在改变着"汉语"自身稳定结构，"汉语"已经悄然面临革命。但反过来看，这问题就变得"简单"了，"汉语"作为文化，它必须打通古今，必须涵盖古代承传的文化，也必须对当下的生活现象作出语言文化的解释。

笔者认为，其实也是近一、二十年来，很多学者、论者已经谈到过的问题就出在这里：我们的"汉语"与"外语"这一矛盾体的问题。

一方面，随着国际交往的日益频繁，外语作为工具的功能将越来越重要。但同时，随着中国国力的日益强盛，随着中国在国际事务中所占的地位和所起的作用越来越重要，"汉语——普通话"的角色也同样在发生变化。这是一个双向流动的现象："外语热"与"汉语热"共存，站在世界角度看，都可以称之为"外语热"。相对于别的国家，我们的"汉语"当然也是外语。只不过，在国内还存在而且在相当长时间里还将存在的却是让中国人尤其是让中国大学生相当不爽的事实，那就是很多学校还在要求："英语不过四级，不给学位证。"这只是其一；而在中国，考研、考博或者考公务员、提干、评职称等一切需要以"考试"形式进行所谓人才选拔的诸如此类，是必考"外语"的。这实际上是一种不对等。我们设想，如果汉语也设计成几个等级的话，日本、美国、英国、法国的大学生毕业，是不是也应该拿一个"汉语二级"或者"汉语初级"呢？在我国，"外语"的权重太重了。这是否是我们的"母语"——"汉语"或者"国文"水准大幅度下降的原因呢？我想应该是，甚至是很大的原因吧。

这样说，并不是说外语不重要。有一个现象值得注意，在台湾甚至香港，有很多人英语很好，但"国文——汉语"（近似大陆的普通话）依然很好，这又是为什么呢？

正是基于以上考虑，笔者提出，如果真要在所有大学所有专业都开设"大学语文"课的话，不妨就以"公共汉语"或"汉语文化"甚至"公共母语"为名并开始这样的课程。

为什么突出"公共"二字呢？一是站在全国、全民族角度而言，也就是常说的"民族共同语"——"普通话"角度而言。这是一个视角，一个比较的视角，就是参照眼下的中国大学非外国语专业所开设外语，那个教研室就叫"公外"，即"公共外语"。同样，非计算机专业，也有"公共计算机课"道理一样。"公共"二字更突出其实用价值和使用功能；其次，说"公共"，其实还含有另一层意思，中国的汉民族虽是第一大民族，但由于地广人多以及由于政治、历史、地理等诸多原因，各地又存在着各种方言。有一门学问就叫方言学，方言与普通话主要是在语音、语调、语义、语法存在差别，而相应的书写却是一样的。取其公共部分，则成为了"公共汉语"，"公共汉语"并不拒绝已经进入普通话的实际应用的方言。"公共母语"则是相对于我国少数民族而言，他们有自己的母语，但又在使用着普通话和汉字，所以从这个角度讲，就叫"公共母语"。这有点类似以前的"国文"或"国语"概念，是代表国家符号的一种共同的语言。

之所以想把"大学语文"开成"汉语文化"，则主要从大学生思想文化素质实际出发。如前面笔者批评的那样，很多大学生写不出像样的应用性文章。但笔者认为，这并不怪罪大学生甚至也不怪罪于他们的应用文老师。要想写好应用文字，还非得在实际工作中经过一番锻炼不可。就因为中文专业几乎没开应用写作，所以中文系学生到机关单位还得从头学应用文章。但由于其语言素质较好，真正工作一段时间后，应用写作也就容易被掌握，因为应用写作"套路"比较强。那么，更重要的东西是什么呢？就是文化，就是"汉语"所体现的"汉语文化"。汉民族的文化实际上就是中国的古老文化。问题的关键在于：如何通过"汉语"回溯研究中国传统文化，同时，也以"汉语"为工具，思考如何解读当今的热点语言现象。

文化是什么？全世界有 370 多种概念。笔者比较喜欢余秋雨先生的演讲中的句子，比较符合我们的实际，他说，文化有两个端。高端指向精神价值，低端指向人们的生活方式。所以"汉语文化"也要有同样的两种价值取向：一是通过"汉字——汉语"帮助大学生认识中国古代语言现象，认识古老中国的传统文明和这些汉字书写的美学精神，甚至通过语言进行爱国主义教育；二是通过"汉字——汉语"和当下的大学生以及网络语言、各地方言、社会流行语言、潜在的语言等的种种可能性结合起来，捕捉当下人类的生活方式，勾勒当代文化现象，揭示当下人们的生活与精神，并作出概括和抽象。这两相结合，自然是古老而弥新的一种"汉语文化"。所以，"汉语文化"就可以这样来认识，一种文化视野下的汉民族语言文学与语言文学。其内涵与外延将十分宽大，"汉语文化"显示出很强的包容性与开放性、"可塑性"。

举一例：我们可以在这门课中研究"龙与凤"这两个汉字，研究它的形与意，研究它所衍生的文学语言与故事，研究它所包含的中国人的图腾崇拜、道德、审美文化等等。

我们不难相信，这样的"公共汉语"或"汉语文化"课，将在引领当代大学生认识中国传统文化，培养传统审美情操，培养其审美意识以及对当代进行自己的文化价值判断，以至最终通过"汉语"培养出浓郁的人文精神素质来。

所以，在大学，要开"语文"课，也应抓住主、客体双方的根本，既着眼于中国的现实，也着眼于中国的传统，更着眼于中国的未来，同时也为了接受从理念到感性上接受的可能，笔者建议，在大学所有专业开设"汉语文化"或"公共汉语"，在大力推行"汉语国际化"进程的同时，不妨花大力气，推进"汉语本土化"，在与全球文化的交融中，确保古老的"汉语"既得以保留并大放异彩，又开放发展，真正成为一种世界语，成为世界语中形象最特别的"中文"——"中国的语言文字"、这是未来对"汉语"及其语言文学的标准化简称。

母语文化的精神之旅

——评西南师大出版社《大学语文教程》

2007 年 5 月，《中国教育报》刊出了教育部有关司局建议高校各专业开设《大学语文》的消息。一石激起千层浪。语文教育界和众多媒体首次由近十年来讨论不休的"中学语文教育问题"转而对准了"大学语文"。论者们认为，呼唤或确认在大学所有专业中开设"大学语文"课，实际上是十余年来一直没有断绝的"人文精神"大讨论的一个延续或结果。其理由是：中学语文尤其是几年前备受诟病的高考语文试卷，往往剥离了"语文"本意，背离了"语文"本体，背离了作为"五四"以来作为"国文课"的根本。近年来，随着高考语文的大幅度改革，中学新课标的普遍推行，"中学语文"似乎受到诟病的声音开始减弱，而进入大学之后大学生还需不需要"语文"，需要怎样的"语文"？"大学语文"课的争论开始泛起。

其实，"大学语文"作为一门大学课程已经存在多年，但主要是在大学非中文专业中开设，而且又几乎主要集中在成人教育、自学考试或其他专科专业中开设。即使有，也几乎是作为一门选修课或者公共课而存在的。其课程结构也几乎是和中学（高中）语文相似，不外乎"文体知识"加"文选"（古今中外各主要文体）再加相应的语法知识和练习。难怪有论者担心"大学语文"又开成了"高四语文"。这种课程结构的弊端也正在这里：正好又割裂了作为"国文""母语"的应有境界和价值。我们并不否认字、词、句、篇、章以及语法的不可或缺的重要性，但这样的功能已经主要由小学、初中、高中段的"语文"所承担。《大学》开篇云"大学之道，在明明德，在亲民，在止于至善。"那么顺着这样的概念，"大学语文"也自当有着"明德、亲民、至善"之功能。也就是强调，作为大学段的语文，应该有着审美的、教化的、理性的、修身的等诸多价值指向。

此外，我们还应该这样来看待大学语文：首先是"语文"的概念，应该有个通行的界定，那就是我们的民族共同语——普通话为基准的、"汉字"为载体的语言与文学。汉字是当今世界流行语言之一，也是世界最为古老的文明——中华文明的语言之一，历经几千年的传承以及"她"在东西方文化交流中的不断交融，汉字已经散发出相当迷人的独特风韵又同时兼有了海纳百川的巨大开放性与包容性。当北京29届奥运会开幕式上，张乙谋导演的汉字方块字以波澜壮阔的千人舞蹈演绎出"和"字历史时，观众震撼、世人震撼了，这正是汉字本身固有魅力的震撼。从这个意义上来讲，大学语文怎么不应该散发出汉民族文化的国色天香？

正是基于这样的认识，我们在比较了众多《大学语文》教材和读本之后，编写了建构在重估大学语文基本价值体系上的《大学语文教程》。这样的重估基点就是：大学生应该从大学语文出发，重新认识自己的母语文化，重新认识和体悟母语之美，重新在一篇篇文本的审美旅途中，建构起深深积淀于优秀传统之上的、交互在东西方文化思维碰撞平台上的、充满人文理想的精神价值。

也正是基于这样的认识，这本《大学语文教程》摒弃了以往《大学语文》教材中对中小学语文文体、篇章、结构等知识体系的延续。这样做，并不是说，语文知识体系就应当停留在中学阶段，而是说，作为纯粹的知识体系，自有《古代汉语》、《现代汉语》以及修辞学和其他个体文学课程担当此任。至于语文应该承担的应用性功能，其实每个专业几乎都有相应的教材担当，如法律专业，自然有法律文书写作，秘书专业有秘书写作等等，普及性的则有大学的公共课"应用写作"来承担。所以，剪除了上述两个向度的功能，这本《大学语文教程》其实就回归了前面所说的"语文"本体——精神价值的回归。

由此，本教程重点在文章选择上下了功夫：一是美，语言形式和意境、意绪之美；二是深，内涵深刻，有思想甚至思想史价值，文章曾产生过广泛影响；三是新，就是充满现代性，虽然选文广及古今中外之经典，但落脚点是当代大学生所特有的文化认知背景和接受度。其次，是文章的单元结构，体现教程上述价值追求：打破文体、古今、中外界限，以文本的价值组合构成结构性单元，由一个个有内在联系的单元构成富于逻辑的语文精神价值之旅。

本书一、二单元，主要选取作为古典的《诗经》、《楚辞》、汉赋、《史记》和唐诗、宋词、元曲、明清小说中的经典篇仕，其后的八个单元分别以"自然天籁"、"文化情思"、"人生底色"、"书里乾坤"、"镌刻心扉"、"缱绻家园"为题，精选中外诗文名篇，通过这些篇章及其精要的赏析，将价值分别指向了中国人所崇尚的天人合一、师法自然的自然意识，历史审视与现实关怀的文化意识，徜徉在出世与入世之间的人生意识，宁静致远淡漠明志的书人意识，家国天下的游子与家园意识，澄怀观道、心像天然的哲理意识……50篇诗文浓缩了中国文化精神的"八千里路云和月"，窥一斑已见豹之全貌。其间的若干篇国外名篇，也无不笼罩于这样的审美原则之中，或者说，东西方在这里交融与同构，共同演绎着人类心灵的诗意栖居。

当然，这样美好的编写目标是否得以实现，需要读者的二度创作，包括执教教师更为精到的阐释，包括大学生创造性的阅读与理解。这实际上符合一种很有古典思维方式的一种文化传递：我们对浩如烟海的文学作品，按照我们的目标作了编辑和解读，读者在接过本书后顺着也包括逆着这样的逻辑去再次演绎，不管是"六经注我"还是"我注六经"，其实都是文化传播的一种方式。我们期待着这样的读解，也期待着也许更为严肃甚至严厉的批评。批评是一种完善和重建。

最大的期待是，这本《大学语文教程》在重建中国大学精神、重建中国母语文化价值、塑造新一代大学生文化精神中能够起到抛砖引玉的作用。因为，我们深信，随着中国国际地位的提升，中国文化在国际文化中将扮演越来越重要的角色，汉语必将在完成本位回归的同时走向世界，而艳惊群芳！

以时间的名义为大难中的民族精神文化存证

——读《时间之殇》兼及地震有关出版现象的文化意义

汶川大地震，震痛中国，震痛世界。一个民族强大的凝聚力因这一次大灾难而空前迸发。汶川大地震，已经由空前的自然大灾害而变成一次必将深深烙印在中国历史上的文化事件。其中，最具代表性的就是被人称为"只比地震慢半拍"的新闻传播与出版现象。由重庆市委宣传部组织编辑，西南师范大学出版社于 6 月 30 日推出的《时间之殇——5·12 汶川大地震图文报告》，在地震之后众多的出版物中时间并不算早，但由于紧紧抓住"时间"——这次大地震中应该最具内涵的一个词汇为主题、为线索、为结构、为象征，为内涵，也为载体为表达为具体的语言，又以第一部以时间为题的汶川大地震图文报告，写下了惊天地泣鬼神的史诗，以时间的名义为大难中的民族精神留下了文化存证。

因为 5·12 汶川大地震，中华民族的集体记忆中迅速增添了一个永远难忘的也必将永恒地定格在中国历史上的时间原点——"2008 年 5 月 12 日下午 14 时 28 分"。随后的整个 5 月中下旬并延续至今，在电视、广播、网络、报纸等传播媒体上"第一时间"、"第一时间"的字眼不断高频率出现。"早到一秒钟，也许就能多救出一条生命！"时间就是生命，时间就是责任，时间成为新闻文化表达的最重要的要素。

我们已经不忍心用"国家不幸诗家幸"这种传统的创作美学来比照地震引发的写作现象，因为"这是一次中国历史上最自觉的诗歌约会""这是一次直面大地震最本真的心灵表达""这是一次中国新诗在灾难面前的责任出席"（北京诗人洪烛语——笔者注）。除了前线与后方（由于现代传播技术使得特殊事件的及时甚至同步传播，其实后方也是前线）众多新闻记者用几乎违背新闻客观性而又真实得逼人的文字采写着一条条新闻外，另一个更为感动的现象就是：无数人拿起笔来，在第一时间写出了一首首动人的诗篇。据不完全统计，仅在 5·12 之后的一周内，全国网络、报刊就发出了诗歌作品 5 万余首。随后，出版社迅速跟进，在 5 月 17 日，诗刊社编辑出版了《感天动地的心灵交响》诗集，一周后的 5 月 24 日，人民出版社出版《汶川大地震：生死救援》（新闻报道和图片为主），同日，群众出版社编辑的《汶川诗抄》发行，再往后的 6 月 12 日，大地震之后整整一个月的"时间"，江西教育出版社出版《撼动的情与魂——512 汶川大地震诗祭》。不包括各大报纸推出的地震影像专集，数十种图书相继出版。而 6 月 30 日出版的《时间之殇——512 汶川大地震图文报告》似乎显得有点姗姗来迟，但正如前面所说，好就好在"时间"二字，这本书不仅仅实现或者达到了差异化的策划效果，实际上，以时间为题，正好将大家的出版内涵进行了包容或者整合，而且其独具匠心的艺术设计又让这本书后来居上，有读者认为，该书是目前此类图书中最有艺术特色和内涵包容性的一本。

全书暗扣"时间就是生命"的主旋律，分为"第一时间——时间之殇"、"第二时间——生命之重"和"第三时间——人性之光"等三个章节。实际上，三个篇章的时间既是物理时间，又是非物理时间。时间，是人类生命意识的表征，时间还是人类的一种哲学思维和文化心理，如孔子著名的"子在川上曰：逝者如斯夫……"的感叹。所以，我认为，以时间为结构，已经不仅仅是一个策划、设计问题，而是真正把握住了这次大地震之与中华民族的最本质的联系，将"殇"紧扣在时间之上，比其他媒体文章的"国殇"、"地殇"更加接触到了民族文化精神的本质。

其中的"第一时间"主要直面触目惊心的灾难现状，"第二时间"体现"生命之重"，这是对生命的无比尊重，主要表现是争分夺秒的感人的救援行动，以及在灾难中所凸现的生命价值，比如为救护学生而牺牲的人民教师。"生命之重"又同时凸现了生命自身的顽强"重量"以及出现的生命奇迹。"第三时间"则以凝固的国哀日开篇，记录了这个文明古国数千年历史上又一个"第一时间"，这是第一次而且用三天时间祭奠平民，时间，在这里所获得的价值和意义包容量很大也很重——这就是中国的"大爱"、"大道"与"至善"、"至美"。正如余秋雨先生在中央电视台文化访谈节目《5·12 文化追问》中所言"这实在是一次'以人为本'、'生命第一'的空前大普及，也是一次有关文化终极意义的空前大展示。至于全国十三亿人为死难者默哀的仪式，更是感天动地。"

也正是在"第三时间"这种追问中，书稿又在最后将时间坐标指向了未来，有这等大爱、大道的民族，必将有大美的未来。书稿的最后几页篇幅，几乎都是一些笑脸镜头，包括那几个幸存的"著名"孩子的笑脸，包括重建家园的各种劳作画面，人们的表情大多是笑着的。敢于笑对死亡、灾难，这是一种多么强大的大坚韧与大无畏呀。编者的最后一张图片，是一大群孩子大笑着放飞一大群和平鸽。这是唯一一张如果不加图注或者不放在这本书里，没有人会把之同地震灾难联系起来的图片。有这样的笑容，灾区就有美好的未来。

未来，不就是时间的永远的终极指向吗？所以，我要再次图解或者重申编者匠心独运的"时间"结构：这，远远不是结构本身，而是以此为题、为线、为象征、为内涵、为表达、为语言，暗合了一个哲学的升华"时间证明一切"。《时间之殇》证明着中华民族的善良、坚韧、团结、大爱……等等。中国政府和她的人民连同数千年积淀的中华文明赢得了世界的尊重或者被重新发现。"这次大家终于明白了，潜藏在中国人心灵最深处的，并不是术，而是道，天下大道。中华文明唯一长寿的秘密，也在这里。"从这个意义上来讲，余秋雨先生的论断相当正确。

该书以时间为中心，其实还起到了多文体的综合与统领作用。与其他已经出版的单纯的图片或者诗歌或者新闻报道、故事不一样的是，它把新闻报道、图片、大事记、诗歌以及数据统计等多个文体组合起来，以三段时间为连缀，多侧面、全方位纵深地记载了汶川大地震带给人们的痛苦，记载了全国人民众志成城抗震救灾的伟大壮举，也记载了人们发自肺腑的关爱和丰富的心路历程。

还是回到"时间"二字，书的细微编排处也无不得到了最充分的体现。三个篇章的过度页码是生命曲线或波纹线连接，每个页码数字是电子钟时间数字模样，每页下面是以单行出现的类似电视屏幕下方滚动插播的字幕新闻，正是这些新闻在全书的"插播"，让读者比较清晰地掌握了大地震之后一个多月共和国的主要记事。该书立即因此而具备资料、史料、档案价值，也就是实现了图书的收藏功能。这是"时间"实现永久价值的另一种体现。

和其他类似图书一样,《时间之殇》同样是一本公益图书,其销售利润将全部捐献灾区。据了解,西南师范大学出版在该书出版前,已向灾区捐赠现金 67 万余元和价值 72 万余元的教育图书。不能简单地理解这是一种爱心的体现,我们更应该看到,如同前面列举的出版现象一样,它体现了中国出版界和文化人的责任担当,这种担当与人民解放军、医生、志愿者等一线人们一样,而且将这种责任与爱心在向未来延续。

作为中国当代优秀文化人的代表,余秋雨说出了这种文化行为更为深刻的价值指向:"我认为,在军人和医生之后,文化人要做的事是把这次抗震救灾中所爆发出来的至善、大爱精神加固、扩充、延伸,使它成为当代中国的文化精神,一直活在广大民众的心间。让一个偶发性事件中的精神爆发,变成中华文化的真正灵魂,广泛渗透,成为当代中国人的精神主轴和价值坐标。"

《时间之殇——512 汶川大地震图文报告》,一本生于灾难的优秀图书,以时间为题又为魂的,正是以浸透字里行间的泪水与温热,为中华民族留下了一部灾难的图文报告,一部可歌可泣的史诗,一个重塑民族文化精神的"精神主轴和价值坐标。"

世界上最漫长的五月

——西南大学《雨声》杂志刊首语

如果没有"5·12",这个五月该多么美好啊——春深似海,阳光灿烂。尤其是我们这座花园式学府,本该是她最美丽的季节:到处鲜花盛开,而且伴着清脆的鸟语。穿行在林荫之间的是美丽的红男绿女,"晒"着骄人的青春。然而,因为"5·12",因为汶川大地震,这一切瞬间变得凝重起来。

时间,在 5 月 12 日 14 点 28 分突然凝固,随后的下半个五月变得似乎几个世纪一样的漫长。五月的前十二天,一下子从我们的记忆中抽离了,从没有过似的,我至今记不起 12 日之前的时间在作什么,只知道 12 日之后的"地震、地震、挺进、挺进、救人、救人……"。直到今天,六月又走过了近10 天,但,我的感觉还是在五月。这是有史以来最漫长的五月,这是世界上最漫长的五月。

这个五月,有着无数个不眠之夜,白天和黑夜界限模糊,时间因而漫长。

中央电视台的新闻频道还有四川电视台的新闻频道，已经连续二十几天的专题直播了。这也是世界上最长的一次直播。这也是客观的新闻第一次受到数不清的泪水的礼遇，看的人泪眼蒙胧，播的人泪光闪闪甚至滴泪如雨。好多人的梦里也浸润着泪水。

当然，五月的泪雨，不仅只有悲情，更多的是一种感动和震撼——看到那片我们向往的曾经美丽的土地满目疮痍，看到不断攀升的伤亡数字，看到"生死不离"的找寻，争分夺秒的与死神赛跑、看到"血脉创造的奇迹"，看到名符其实的人民子弟兵，看到温总理三赴灾区，看到老人家在北川中学的一间教室的黑板上写下的"多难兴邦"……我们悲从中来，泪水时不时夺眶而出，悲情很快转化为感动、震撼，而后是一种持久的坚强，五月，泪水，是这个季节最坚硬的东西。

不由得想起10年前，1998年的特大洪灾之中，著名学者、中央文献研究室的陈晋写下的"九八洪水所做的唯一一件好事，就是把这些年不经意的民气凝聚起来了！"德国汉学家魏夫特感叹的"真没想到，1998年，中国人能爆发出这么强大的凝聚力！"而，这个五月，我们已没有更多的工夫感叹，因为，"我们都是汶川人！"，一切中国人，一切有良知的人类都在行动，如果灾区就是战争中的前线，我们的一切后方也是前线。

第一时间，第一时间，时间第一，时间第一。

学校行动起来，在5月12日的夜晚，无数学生露宿操场，无数领导与学生同在，灾区的学生，我们与你同在……我们的心理援助队成立了，开赴前线……我们捐款，我们义演……五月，只有一个词语和它相关的句子在中国大地上流行。不敢说有幸，作为一个校园新闻宣传工作者，我第一时间进入到了特殊的工作状态，每天看新闻，写新闻，编新闻，灾难，就这样成为我们不竭的动力。前线在流血、流泪，我们流汗算什么？这也许已是我们最大的有幸。

因为这个漫长的五月，这一期《雨声》名副其实成为雨声——

泪雨打在每一个人的心上，溅起坚强的回声！直面灾难，我们只能选择坚强。在这样的回声里，我们回归正常生活的轨道，坚定地前行。因为，我们坚信，五月的鲜花，必将开遍原野。

记下这个五月，记下这个最漫长也最不想记下的五月，我们将变得如此坚强、自信、深刻、团结、激情、勇敢以及如此多情、挚爱、幸福和温馨！

震后，我们该追问什么？

——答某杂志约稿

虽然偶尔还有余震，但汶川大地震已经成为不堪回首又不能不频频回首的记忆。当有记者这样问到著名学者余秋雨，美国"911"事件之后，人家的举国上下也表现出了空前的团结，也表现出了感天动地的大爱时，聪明的余秋雨说道，美国人的空前团结里有着一种恨，一种对恐怖主义的恨，而中国人面对的是大自然，在这样的大灾面前，中国人表现出的却是一种爱，一种大爱与团结。这只是一个节目中看到的大意，不是余氏原话。我觉得余先生的对比分析是比较独到而深刻的。曾经在一个特殊的历史时期，我们提出过"人定胜天"的口号，这里的天，就是自然。实际上，很多时候，人并不能胜天。"人定胜天"违背了中国人尤其是古代中国人把握自然的基本思维，即天人合一。所谓合一，就是和谐。面对自然，我们应该采取主动适应的心态。

这次大地震造成的灾难之大已经不用我们去估算。在废墟之上，坚强的人们已经在国家的强力支持下开始有组织的灾后重建。擦干泪水，脚踏废墟，重建家园，这样的一幅幅图景，同样感人。在这期间，依然有各方面的人们在提供着源源不断的援助，而奥运会同样在中国大地如期举办，亿万人民的2008年可谓悲喜交加。

面对地震，有很多人在发出追问和反思。但我觉得，在事件之初，反思也罢，追问也好，都过早了，其时需要的更多是行动。在5·12以后的接近一个月时间里，作为一个身在学校的宣传工作者，其实也和这次地震中表现十分突出的中国传媒人一样，写着、编着一条条的新闻或专题，连思考追问的时间都没有。思考与追问需要时间和空间，需要激情，更需要保持距离。

当下，在地震渐渐"冷"下去，而奥运"如火如荼"之际，我觉得，真正的反思和追问应当开始了。首先一点，就是怕冷，不是说一天到晚都必须念叨着地震相关的一切，而是怕我们失去了这场千年不遇的灾难的记忆。

论理，在这次大地震中，我们的党和国家领导人不可谓不高度重视，总书记、总理，常委们一个个都曾亲临前线，特别是总理，印象中除了当天立即赶赴灾区外，还连续三赴灾区，如果2008感动中国人物可以评选我们的领导人，温总理肯定入选；我们的救援也不可谓不及时不得力，数以万计的子弟兵日夜兼程赶赴现场，开展生死大营救，这其间，还包括若干地方政府官员、群众以及全国各地"蜂拥而至"的志愿者；我们的宣传系统也不可谓不开放，全天候的直播持续一月以上；这种开放与30年前的唐山大地震相比，还体现在：我们开放了国际救援，真正体现了全球化时代的、面对人类共同灾难的大爱传递；我们的爱心也不可谓不伟大，大灾大爱，爱在地震中得到极大的释放，全国以及全球的捐款捐物，是98洪灾的数百倍；在灾难中的责任也不可谓不分明，灾区几个抗灾不力的干部就地"下课"……

也许有人会问，那还需要反思、追问什么？我还不得不首先引用央视的文化访谈特别节目《512文化追问》中余秋雨的观点了。

余秋雨说：这实在是一次"以人为本"、"生命第一"的空前大普及，也是一次有关文化终极意义的空前大展示。至于全国十三亿人为死难者默哀的仪式，更是感天动地；这次大家终于明白了，潜藏在中国人心灵最深处的，并不是术，而是道，天下大道。中华文明唯一长寿的秘密，也在这里；更多的文化人能做什么呢？我认为，在军人和医生之后，文化人要做的事是把这次抗震救灾中所爆发出来的至善、大爱精神加固、扩充、延伸，使它成为当代中国的文化精神，一直活在广大民众的心间。让一个偶发性事件中的精神爆发，变成中华文化的真正灵魂，广泛渗透，成为当代中国人的精神主轴和价值坐标。

一句话，秋雨先生反思追问的就是文化问题，特别是文化的精神价值主题，其中包括文化人的责任问题，即"把这次抗震救灾中所爆发出来的至善、大爱精神加固、扩充、延伸"。

然而，这样的使命谈何容易——如何加固、扩充、延伸？

文化有两大端口，高端走向精神价值，低端走向生活方式。当然，精神价值的东西可以在生活方式中呈现，生活方式里也可以体现精神价值，二者可以互转而不是截然对立。前面余秋雨所追问的实际上就只是精神价值。其实，很多时候，人们并不是很显在地追求什么精神价值，往往比较急功近利地追逐生活价值，对生活的追求本身也是人文精神之一种，不能也没有权利妄加干涉。

从这点出发，汶川大地震，真正需要解决的问题就出来了——那一大片土地的人们如何生活？经济如何复苏或振兴？遭到空前毁灭的民族文化景观如何重建？曾经作为金字招牌的川西旅游如何再次崛起？整个川西的成（都）绵（阳）德（阳）经济走廊产业结构会不会受到冲击？国家西部大开发计划布局于此的即定方略是否应该调整？国家作为战略性部署的一些秘密工程是否因此而转移？灾后重建是恢复性保护性重建还是全新的现代性建设，或者兼而有之？表面上看，这一系列都是经济问题，但怎么又不是文化问题？

古代典籍《文中子》这样解释经济："经世济民"。世，时代，社会也，民，百姓也。说穿了，正是当下的热词"民主"与"民生"。对地震灾区而言，绝大部分地区是民族地区，也是经济落后地区，这次重建是个虽然会隐隐作痛但不乏一次"机遇"：既解决民生问题，又体现民主意识。这是重建的思想标准。这是和谐社会的核心价值观。

地震后，有几个读起来特别不是滋味的新闻被热炒：一是范跑跑与郭跳跳，尤其前者，就此炒红，连范某人到重庆吃火锅，都要在重庆媒体以巨大的标题予以报道。不管争论有无意义，但我的一句话是"媒体吃饱了撑的"。一是"猪坚强"、"猪刚强"、"猪超强"的连续发现，被炒作，我当心明年再哪儿挖到一头活猪，应该叫什么，只能叫"川西神猪"或者"猪神"。客观讲，这是一种新闻策略，本无可厚非，但如此超强的关注，其实就与我们前面说的精神价值和生活方式背道而驰了。

而在当前奥运夺金热潮中，我比较激动地关注到一条新闻：中国队每得一块金牌，海尔集团就立马宣布援建一所希望小学。当然你会说，这也许是一种企业策略，但这种至于至善的策略，我们应当致以崇高的敬意。还有众多的默默为灾区重建做着实实在在事情的人们，同样值得我们尊敬。

这正是我们需要的"把抗震救灾中所爆发出来的至善、大爱精神加固、扩充、延伸"的有效方式，它将直接抵达老百姓的当前生活与未来理想，转而又上升成为一种精神力量。虽然，灾后心理重建显得无比重要，但，在这里，我有一个十分固执的看法，如果不解决老百姓的当前生活，不解决老百姓对未来的信心，心理援助是没法收到实效的。

当前，地震灾区的重建规划已经基本通过国家一级的权威敲定。我们需要做的，应该是帮助他们一一落实和实现。纯粹精神领域的活动还是少一些为好。简单说，我们需要行动。

这就是我的追问和反思。虽然依旧空洞，但价值取向当是如此。

我们期待的是地震之后，新的汶川真正崛起。废墟之上，演绎出中国人的创造精神和创造力量与创造成果。

——2008 年 8 月 14 日

瞬间碎语

——为《西南大学研究生》杂志卷首语而作

我一直以来就认为，人以及世间一切都是由时间和空间构成的。今天你在这里，明天你在那里。去年的今天与明年的今天。一定的时间或者空间定格着我们的状态或者表情。人，当然也包括一切物质，都没法逃离时间或空间。时间、空间，就这样组成了人生的纵横两坐标。

于是，四季轮回，周而复始，一天又一天，我们长大或者老去，新生或者死亡。夹杂在时间与空间中的就是瞬间。能将我们的生命连接起来的，也是那些瞬间。能激动我们的是那些瞬间，我们能记住的不能忘怀的是那些瞬间。长河一瞬，短暂而又永恒，模糊而又清晰。长河冷漠而瞬间热切。人的一生，因为拥有瞬间而变得有记忆，有价值，有念想，有深度和温度。

但，瞬间，不一定是时间上的短暂，有的瞬间可以很长很长，长到你的整整一生；瞬间，也不一定如古语所说白驹过隙，它可以很宽很宽，宽到覆盖你的整个家园甚至家国。瞬间，简直可以不是时间也不是空间，而只是一种心理，一种情感，所谓瞬息万变。瞬间，才是人生真正的考量。

于是，我们就在这样的瞬间里穿过人生。于是，这样的瞬间，就这样瞬间进入我们的人生，甚至融入我们的血液。甚至，进入我们民族的文化和精神领地。

2008 年 5 月 12 日 14 点 28 分，时空断裂，瞬间生成。成为成千上万人，汶川人青川人北川人四川人中国人，穿过血液、精神、情感与灵魂的瞬间，成为中国的瞬间，地球的瞬间，人类的瞬间，一生的瞬间。有一句话说得好，那一瞬间，你被击垮了，但，那一瞬间，你没有被击垮。那一瞬间，你没有被击垮，你就永远不会被击垮。

我们必须在记住这一瞬间的同时忘掉这一瞬间，因为，我们必须前行。

瞬间，就这样面临抉择。抉择，需要信心和勇气。我们记住了一位老人的若干个瞬间——"多难兴邦！""信心，比黄金和货币更加重要！""心暖，则经济暖，我们要用中国人的暖心，去暖中国的经济"。瞬间，让我们热泪纵横。瞬间，让我们信心百倍。

于是，我们在温暖中出发，去寻找我们的瞬间——我们带着一本书下乡去，田间地头，五月的鲜花都盛开着笑脸；我们回到九十年前的千年古都的街头，"五四"，以青春节日的名义，挥洒着一个民族最年轻的热血。我们在泥土的芳香里，发现自己；我们在历史的瞬间里，找到自己。

还有多少瞬间需要发现，需要找寻。

因为瞬间的意义，我们获取了永恒。

——2009 年 5 月 27 日深夜

从大山走来，还是向大山走去？

——序邱道宏小说集《从大山走来》兼乡土文学之思考

邱道宏，从三峡库区的大山深处走来，将自己这几年跋涉文坛的数十篇小说结集之后，也命名为《从大山里走来》。这自然暗含着一种个性化强调，即对生长于大山的身份的强调，也是对个人创作基本素材、题材源泉的强调。正如这位年轻的作者在跋里自况的一样"大山是一脉相承的血缘，大河是直插心脏的脉搏，山和水构成了生命。这生命属于一个民族，属于一种文明。"

中国古语有道"仁者爱山，智者爱水。"这其实是文人对"山水"的自我分析，他们概括的山水，实际上就是文人品性的投射；在文人笔下，还有一些词汇，如"山野"，这才是文人对山的客观概括。在文化人视觉里，山，是野的。野，就是自然状态。不过，在现代都市文明的侵染下面，能够保有自然状态的山野已不多见。有一种保持山野自然状态的方式，那就是文学，而且是偏于乡土的文学。

为什么说偏于乡土呢，是基于中国当代乡土文学的存在问题。在上个世纪 80 年代，是整个乡土文学的黄金时期，以其反思、伤痕、寻根等为特质，对三十年代以降的乡土文学完成了一次突破。然而进入 21 世纪之后，乡土文学几乎又停滞不前了。原因在于，在高度城市化大潮的冲击下，"乡土"本身确乎有些"土"了，作为题材或素材的作品很多，但将审美价值依然锁定乡土的文学作品确实比较少。"乡土"本身发生了本质性的嬗变，乡土文学本身也发生了主题性变异。乡土文学的身份认证发生了转化，乡土文学不再时尚或时髦。

所以，不管邱道宏自己有没有这种意识，我还是愿意从上述这个角度来阅读他的作品，并思考他的创作。尽管他把这十来万字分成了"社会"、"爱情"、"成长"、"教育"四部分，但我们依然发现了书中一以贯之的视角，即"从大山里走来"，作为山里长大的孩子，举目所见的社会，即是他生长于斯的"山野"，邱道宏重点刻写了这底层的老百姓的生活与生存状况，如代表作《香火》。"香火"是一个很民间很文化的意象，作者通过蒲家人的命运变迁，完成了对这种留着浓厚封建文化印记的批判。同样的作品，还有分散在其余部分里的《活口》。

书中很多篇什里的人和事不在乡野，但作者是用一个"山野孩子"的眼光在打量这一切，目光里多有批判和嘲讽，有些还是自嘲，比如《邱道宏是个神经病》等；所以，即使该书另外三部分"爱情"、"成长"、"教育"中，也是"乡野人"眼中的"爱情、成长与教育"。这里面的作品写出了作者对爱情、成长与教育问题的困惑与反思，有讽刺，有赞扬，也有无奈。

从语言角度看邱道宏作品，基本上是质朴的，里面还包含着某种冷幽默成分，这很好。从结构看，他的作品还是走的比较传统的路子。这样评说，并不是贬低了他探索的价值。结构主义的核心观念就是"结构就是人"。这里的人，包括作者和他作品中的人与事，邱道宏目前作品的对象是适合这样的结构的。不管采取什么样的结构，包括什么样的语言方式（结构实际上就是语言了），评判优劣的标准只能是这种结构和语言呈现的艺术价值，通俗一点说，就是作者这样写究竟要告诉大家一个什么东西或者能够让大家体悟到什么东西，哪怕不能明明白白地说出来，但会有一种整体感受。能够通过作品给读者形成的整体印象和感受，就是一个作者的风格。而拥有风格，就是作者走向成熟的标志。

这本书里，我们看到了邱道宏自己的风格和追求，但作为年轻的作者，远远还没有成熟。值得期待甚至告诫的是，小说文法探索永无止境，但本质，还得有所保留。作者有意无意地做着一些告别与决裂的思考，我以为，这为时尚早。中国的乡村正在发生着最为深刻的变革，这种变革必定在文学和文化史上留下痕迹，放弃这样的对象是可惜的。不管你身在何处，乡村或山野都是一个永恒的话题，虽然，它不时尚或者时髦，但，它同样现代。

这样，我们又回到前面的题目，"从大山走来"的问题，大山是深厚的、神圣的、神秘的，也是文明的、文化的，是生存的、生命的，是有血缘的，走出来的只是你的身份，但精神还得再一次走进大山，去更深层次地发掘、认识、刻写大山，从而完成一个哲学层次的升华和美学层次的概括。

是为序，更为期盼。

——2007 年 11 月

从三峡走向永远

——《永远的三峡》重庆中小学生乡土教材中学版序

我们没有理由不赞美三峡！

这里，云蒸霞蔚，层峦叠嶂，猿鸣上下，渔歌互答，天然画卷，游人沉醉；这里，望帝春心，杜鹃泣血，将军顿首，神女回眸，神话历史，交相辉映；美哉三峡，诗词吟之；壮哉三峡，歌舞和之；情动三峡，美文绘之；魂绕三峡，碑刻铭之。

我们没有理由不崇拜三峡！

万里长江，横亘中华大地，她从雪山之巅走来，在这里，急流冲撞，百折千回，峡谷震荡，群峰合奏，天地交响。这是一个古老民族五千年的激流澎湃，五千年的休养生息，五千年绵绵不绝的梦想与渴望——凝聚而成的一幅山水长卷，一部神话词典，一首一唱三叹的史诗，一曲"此曲只应天上有，人间能得几回闻"的华丽乐章！

我们没有理由不热爱三峡！

这里的山路十八弯，这里的水路九连环，这里的山歌排对排，这里的山歌串对串！如果说，长江是中华文明的母亲河，那么，我们就可以这样比喻，三峡，是缀在母亲腰间——那长长的玉带上最璀璨的明珠。这颗明珠，凝结的是数十万峡江儿女的血泪、心灵和梦幻。

我们爱母亲，我们就要去热爱三峡，三峡是中国的三峡，是世界的三峡，是爱与和平的三峡。

我们没有理由不阅读三峡！

看，长江自千里之外而来，被三峡群峰用母亲似的双手在这里深情地捧起，凝视片刻，然后跌落为峡，然后，一番激动的跳跃，像个孩子似的从此长大，虽一泻又一个千里，但从这里开始波澜不惊，直到大东海，直到以东方文明的名义，汇入世界蓝色文明的话语。所以，我们要读三峡。读她荡气回肠的历史，读她瑰丽迷人的文化，读她一波三折的哲理，读她天人合一的美景；更要读她走向明天的今天，读她昭示永恒的现实。

我们没有理由不理解三峡！

三峡是一道门，多少历史在这里进进出出。许多人来了，许多人又走了。有太多有名的名字缀满三峡的星空，又有太多的无名的名字成为峡江两岸一道一道的波痕。

更立西江石壁，截断巫山云雨。三峡，因为这道高高的大坝，因为这道高高的门槛，被今天和明天的人们唤做三峡工程。门内一个家，门外又是一个家；门内是一个小家，门外是一个大家，门内的家叫三峡，门外的家就叫中华！百万移民渐行渐远的背影，随着大坝的凝固而渐行渐近，成为一种精神。用心去读三峡，我们会就对她肃然起敬！

我们赞美三峡，热爱三峡，崇拜三峡，阅读三峡，理解三峡；

我们走进三峡，带着好奇、向往、崇拜和理解；

我们走出三峡，不带走一声猿啼，一片云彩，一页波光，只有一百七十五米的祝福和希望——三峡永远美丽，永远灿烂，永远平静，永远幸福吉祥！

来吧，我们一起走一走三峡，走吧，我们一起从三峡出发！

发现北碚

——为重庆卫视《多谢四方众乡亲　走进北碚》而作

当《多谢四方众乡亲走进北碚》编导委托我来撰写晚会总台本时，我并没有推辞就接受了，因为关于北碚，即使作为我个人也有许多话说，这是一个机会。

从1987年到西南师大读书，然后留校至今，我在北碚已呆了十七年，几乎我年龄的一半。读书时即参与国家民间文学集成资料的收集采写，到后来对北碚民歌、谚语、故事的整理以及因为从事新闻采写教学而追溯抗战北碚的逸闻轶事，北碚，实际成了我脑中的一个渐渐清晰的意象。于是，我觉得：写作"北碚"或者这次重视的"走进北碚"，绝不单单是一个文娱活动，而是一个文化过程，即"发现北碚"。

·关于主题

整个晚会以"序幕"、"人文北碚"、"生态北碚"、"大地之子"为章节，是贴切而深刻的。这也是我们北碚的亮点所在。为了写这个不到 3000 字的串词（包括场景设计），我翻阅了《中国歌谣集成》、《中国民间故事集成》（北碚卷），以及北碚政协编印的《抗日战争时期的北碚》，还有北碚文广局编的《文广人优秀作品选》以及老舍《四世同堂》和梁实秋的《雅舍小品》，还有陶行知先生的《书信集》累计数十万字。目的之一，也是寻找或者发现北碚作为"陪都的陪都"，作为"后花园"的历史痕迹。寻找这样一些主题并不难，令人激动的是，阅读的过程似乎就是走进历史，或者历史镜头走向我的一个过程。这已不再是知识的积累方式，而是一次历史教育、文化洗礼乃至灵魂的升华。北碚在抗战时期，是灿烂的，在中国乡村现代化建设史上也是耀眼的，还有平民教育，还有抗战戏剧……这些已经成了这座小城深厚的历史积淀。然而，北碚人本身，包括我们的政府以及文化界，都还没系统地思考过这点文化积淀所潜伏的巨大文化、历史乃至商业价值。北碚之美，远远不只是生态自然与园林，还在其文化；即使是生态，那也是洋溢着文化色彩的生态，反之，这点文化，也正是一种生态，只要施之以阳光雨露，北碚文化就可以名正言顺开花结果。

·寻找四句开场白

编导说，要寻找一段有北碚地方特色的话作为主持人的开篇语。翻了前面说的那些书，我有了两个方案，一是一段民谣："北碚的豆花土沱的酒"，"上峡的石砚下峡的碑，中峡的磨儿经得推！"这是在数千歌谣段子里找到的，它准确刻画了北碚城的最大原始特色"碚"字，碚石的意思。嘉陵江小三峡盛产碚石，新华字典对"碚"也只有一个解释义项：即地名，重庆北碚。碚石可作砚，可作碑，还可作磨，这三种东西，其实都是附着一种生活情趣和文化精神的东西，并且同时很有历史沧桑感，厚重而动人。北碚豆花也曾名重一时；土沱酒，真是土酒，根据这谚语，不知是否能追溯一段地方酒的历史兴衰！第二个方案，也是四句，即是对北碚现代风貌的概括，主要起一个"由头"作用。"缙云山雾，嘉陵江水，金刀峡酒静观梅，后花园风光惹人醉。"金刀峡酒已生产注册渐渐出名，静观镇也搞了腊梅文化节，暗含"花为媒"之意。另外，近两年，重庆渝北、九龙坡也在打"后花园"的牌，但以"后花园"之"后"之"花"之"园"，都应该为北碚。后花园似乎应该与"现代化"、"都市化"有一定距离，它也还应有历史的深邃乃至神秘，与车水马龙的繁华要有所"隔"。那个"园"也许应古朴天成，人工痕迹过多的，只是"中庭花园"或者是都市花街，与"后"字无关，北碚依山傍水又偏于一隅，有抗战时若干文化人避乱于此，恰好成为"后"的明证。

·老舍笔下的北碚

写过北碚的文化名人很多，明明白白地指出北碚风物的当数梁实秋的《雅舍小品》。"雅舍"现复原在西师面向北碚一边的半山腰。一次笔者与中文系毕业多年现从事政工的某博士经过，他先生居然说这是谁开发的别墅。可见，历史文化的教育十分必要。但编导要一段老舍笔下的北碚，供应邀前来参加晚会的老舍长女舒济朗诵，顺便引出抗战北碚这个主题。编导们的方向是《四世同堂》，但我没找到明明写着北碚两字的段子。好在网络帮了大忙，上网一会儿就找到《老舍自传》，其中正好有一段题目就叫《北碚》，文字质朴、简约、客观、传神，而且，我以为特别适合用来追溯历史："北碚是嘉陵江上的一个小镇子……它有整洁的旅舍，相当大的饭店、浴室和金店银行。它已不是一个小镇，而是一个小城。山上住着太虚大师……它的安静与清洁又远非重庆可比。"

作为北碚人，即使觉得文中的景物已经不再，但不由得你不立即亲切起来；如果作为读者，除欣赏老舍优美的文笔之外，你又不得不对文中的北碚充满向往。我们需要这样的文字，更需要这样的北碚。

·"大地之子"：北碚的明天

一方水土养一方人。说穿了，一个地方的希望与明天，还是落实到人身上。"北碚人"是一个时空纵横的概念。过去的、曾经的，生长于斯，成长于斯，不管现在在哪里，依我们中国人的地缘习惯，那就可以纳为乡党了。自豪的感觉人人都愿意分享。晚会"大地之子"的人物恰好构成一个因果链：土壤学家侯光炯、杂交水稻之父袁隆平、家蚕基因图谱领衔科学家向仲怀，被编导演绎成为"泥土——水稻——家蚕基因"的过程。"大地之子"正好符合这个命意。与其说是巧合，不如也是对北碚"人"的发现。说明北碚照样是生长希望和梦想的地方。

真正动笔是不久前一个深夜，从12点写到两点半。推开窗，龙凤溪就在窗下。美丽的北碚还在安详的沉睡，四野宁静。我做了一次舒心的旅行或者叫穿越。也许这辈子乃至子孙都与北碚因因相袭了，加上玩味一点文化，心底早已铸就了一种"北碚情结"。女儿熟睡了，北碚已成了女儿的故乡。但愿故乡的明天更加美好！

于是觉得这次晚会应成为一次契机，北碚真的到了该发现自己并被别人再次发现的时候了！

农民自办文化与当代农民的文化觉醒

今年是我国新时期改革进入第30个年头。学界普遍认为，中国的改革开放是从农村的家庭联产承包责任制改革也就是农民说的"土地下放"开始的。安徽凤阳县小岗村18个农民当年按下手印开始的大胆"私分田土"行为，成为改革开放三十年间人们经常回顾到的历史性瞬间。当年的这张按有手印的纸条已经进入了中国革命历史博物馆，成为新时期改革开放的文化符号而永存历史。

之所以说这一标志性事件成为具有文化符号的意义，是基于这样两种认识：一是这种"土地下放"实际上就是解放了农村的生产力，把生产力与生产关系推进了一个崭新的历史阶段，这一举措在当年看来具有很强的政治色彩，实质上就是冲破左的束缚的历史性事件，在广大农村其实也包括思想界产生了深远影响，由此而扩散到整个社会各行各业，成为一次带有实质内容的思想解放运动；二是这种农民自主的、勇敢的行为，改变几千年来中国农民逆来顺受的传统形象，是对传统文化范畴中农民性格的革命性突破。当三十年过去，回望这一事件，可以毫不犹豫地说，中国农民在改革开放中已经渐渐觉醒。

文化是什么？笔者比较赞同著名学者余秋雨的界定，那就是"文化有两个端口，高端走向精神价值，低端走向生活方式。"我们说，这一事件具有文化意义，其实质也在这里，它既表现了当代中国农民的精神价值——即对

"左"的路线的冲破而获得的自主与觉醒，又表现了中国农民对起码的温饱——吃饭——这一生活方式的追求。

三十年间，中国农村取得了翻天覆地的伟大变化，绝大多数农村和农民早就走出了当初的基本诉求——温饱，近年来，国家明确提出了要建设社会主义新农村，其总体目标是："生产发展、生活宽裕、乡风文明、村容整洁、管理民主"。笔者认为，以狭义的文化学概念观之，"生产发展、生活宽裕"应该是社会未来的图景描述，"乡风文明、村容整洁、管理民主"就应当是一种非常高度发展的自觉的文化状态。

唯物史观认为，社会存在决定社会意识，物质决定精神。古人曰："仓廪实而知礼仪，衣食足而知荣辱"。其中，首要的前提和要求就是"农村生产发展"。这里有两重含义，一是指农业生产发展，解决了农民的温饱，使之达到小康水平，富裕起来，相应的才有更高的文化需求，农民也有闲暇创造和享受文化产品或商品，才能有丰富的文化生活；二是指一定的生产方式决定人们的思想水平的精神境界。传统的农业社会向现代农业社会转变的过程，就是传统农民向现代农民转变的过程。现代农民的基本标志就是掌握并能运用现代科学技术于新的生产方式中，这种新的生产方式必然是以规模经营、产业化经营为特征的生产方式。建立在这种生产方式基础上的农民，才有可能树立起新的集体主义意识、现代科学意识、现代市场经济观念、团结协作精神等等。观念或精神就是文化的核心内容或者叫做前面所说的精神价值部分，这种集体主义意识、现代科学意识、现代市场经济观念、团结协作精神等等，正是社会主义核心价值体系的表述之一。这是新农村建设的文化远景，而目前农村和农民的文化境界与此等远景还有相当的距离。

可以这样说，历经改革开放三十年之后的农村，很多方面都取得了骄人的成就，但，文化，尤其是具有前面这种能够代表当代农民新的精神价值和新的生活方式的文化景观并不多见。城市文化高度发达之际，中国农村的文化却明显落伍了。这种巨大的文化差距并没引起人们的足够重视，社会主义新农村的文化建设还任重道远。

笔者认为，社会主义新农村的文化建设一定要以农民为对象也以农民为主体，而绝不是城市文化的简单移植，更不是一年一度的"文化三下乡"，不是简单地到我们的农村去举办一些这样节那样节的文化活动。我们应该思考的是：这些活动为什么难以达到应有的效果？为什么农民朋友只是把这些活动当赶集一样的热闹看，甚至也会认为这是作秀，并没有给他们的"精神价值"与"生活方式"带来什么冲击和触动？

我们目前常说"以科学发展观为统领"，什么是"科学发展观"？十七大报告有一段非常精辟的阐述"科学发展观，第一要义是发展，核心是以人为本，基本要求是全面协调可持续，根本方法是统筹兼顾。"什么是"以人为本"？同样，在十七大报告中有这样的解释"……要始终把实现好、维护好、发展好最广大人民的根本利益作为党和国家一切工作的出发点和落脚点，尊重人民主体地位，发挥人民首创精神，保障人民各项权益，走共同富裕道路，促进人的全面发展，做到发展为了人民、发展依靠人民、发展成果由人民共享。"结合本文的观点，笔者提请认真领会"尊重人民主体地位，发挥人民首创精神。"这句话的深刻意义，这就是发挥人民的主体作用，就农村文化而言，就是要"尊重农民主体地位，发挥农民首创精神。"可以这样说，很多农村文化活动，真正的农民参与度不够，停留在参观、浏览、看热闹阶段，因为这里存在着重要的认识缺失——没有发挥农民在民村文化建设中的主体作用。

十七大报告在描述改革开放三十年社会主义文化进步时强调"……人们思想活动的独立性、选择性、多变性、差异性明显增强，对发展社会主义先进文化提出了更高要求。"笔者认为，这是非常科学的论断，当前人们，也包括经历数千年文明洗礼和历经三十年改革浪潮冲刷的中国农民思想性格也已经越来越呈现出了"独立性、选择性、多变性、差异性"特征。我们的新农村文化建设如果没有这样的认识前提，如果不把握农民的这种文化思想特征，如果不充分发挥农民的主体性和自主性，就很难得到农民的高度认同。文化建设说穿了，是人的思想、意识、生活态度等等最为个性化的建设，文化建设成功与否的标志就是认同感的程度。比如，说我们的中华文化走向世界，实际考察的标准只能是国际社会的人们对我们的文化态度。

所以，在这个意义上讲，笔者认为，要在新农村文化建设中充分体现农民的自主意识和参与意识，其中重要的途径是引导和开展好农民自办文化活动，因为农村文化的繁荣发展最终还是靠农民，民间文艺表演团体来自民间，成长于民间，服务于民间，是基层演出市场的主力军，也是社会主义新农村文化建设的重要力量。农民自办文化活动，是近年来出现的新生现象，也是农村经济发展到一定程度之后农民自发的精神文化追求，是农村文化建设的有力补充。循着这样的视角，笔者经过调研，欣喜地看到了我区武宣县桐岭镇已经连续开办了六届农民文化艺术节。

多年来，该镇坚持农业立镇、林果强镇、畜牧业富镇的原则，以粮食生产为基础，实行宜蔗则蔗，宜果则果，宜林则林的多种经营发展战略，使全镇两个文明建设不断跃上新的台阶。曾连续三年被评为自治区"体育先进乡"，两次被授予"全国体育先进乡"光荣称号。近年来，桐岭镇党委府政府确立"农业稳镇、矿业强镇、科技兴镇、商贸活镇、文化旅游旺镇"的发展思路，以镇党校、村级党校为平台，开展党员群众科技技术大培训，全面提升全民素质，该镇沿 209 国道两边建设山边矿产资源经济发展示范带和公路沿边农业示范带，矿产业、蘑菇、哈密瓜、桑蚕、甘蔗、畜牧、水果等成为桐岭经济发展重头戏，农民自发成立蘑菇、水果、生猪、养蚕等多个协会，开展支部引路，协会引路、群众致富的发展路子，促进农民增收。

在经济建设大唱改革创新凯歌的同时，铜岭镇每年举办一次农民文化艺术节，举办各种歌舞、绘画、根雕等多项文化艺术大赛，并借此推动了当地新农村旅游业的发展，该镇还创建了大祥村游泳娱乐中心和良田村仙灵湖娱乐中心等，极大地丰富了农村文化生活。在桐岭镇，由村民自创自建、被周围县乡称为"大剧团"的大祥村文艺队用壮家人独有的剧种——壮戏来展示新农村建设的成果和广大农民良好的精神风貌。2006 年，桐岭街委表演队的舞蹈《红土情》获得"广西八桂群星"二等奖，让观众真正领略到了农村文艺精品的独特魅力。在该镇大祥村，笔者惊奇地发现了很多城市社区都没有的门球场，一些个农民老人在悠闲地打球。该镇的表演队已经走进了桂林、玉林等和附近其他县乡，桐岭农民文化已经自成一定的体系。笔者的一个观察感觉正是：与其他地区的带有很强的"官办色彩"的各种文化节相比，包括我区已经取得很大影响的"南宁国际民歌节"、"三月三"节会以及"玉贵文明走廊"农民文化艺术节等不同，桐岭农民文化活动体现了很大的自主性，这种自主性建立在经济发展之后的信心之上，同时又反过来成为推动经济社会发展的有效动力。

当前，文化资源日益向城市集中，高质量的文化精品节目很难同步和平价地与广大农民文化消费者见面。在"国办文化"机构延伸的县乡层面，因文化体制老化、设施不全、经费短缺、编制减少、人才流失、场地被挤占、活动日渐稀疏，主流文化、公益性文化的覆盖、发送、传输、接收不畅，传播落空，主导作用丧失。所以，类似桐岭的这种农民自办文化已经对农村文化建设起到了重要的弥补作用。

当然，这种农民自办文化的发展，并非不需要政府的支持，相反，是更需要获得扶持和引导。笔者认为，当前政府应该做的是：积极扶持热心文化公益事业的农户组建文化大院、文化中心户、文化室、图书馆等，允许其以市场运作的方式开展形式多样的文化活动；支持农民群众自筹资金、自己组织、自负盈亏、自我管理，兴办农民书社、集（个）体放映队，大力扶持民间剧团的发展；与此同时，还要重视培育农村文化的内生机制，让农村土生土长的、"不走"的先进文化发展壮大起来；还要加强对拓宽农村文化市场的政策调节，探索农村文化设施运行管理新机制新办法，规范农村文化市场，加强和充实县级文化市场行政执法队伍建设，坚决打击传播色情、封建迷信等违法活动，确保农村文化市场健康有序发展。

文化，是文明程度的标志。在加强经济发展的同时，强大的文化软实力也同样重要。社会主义新农村建设是和谐社会的重要组成部分。农民需要文化，但文化更需要农民。笔者认为，建设新农村文化重要内容之一，就是壮大农民自办文化，大力培育新型农村文化主体——社会主义的新型农民，诚如是，则农民文化的勃兴就有了希望。

下个世纪，谁是你的姐姐？

计划生育政策中，一对夫妇只生一个小孩。如此下去我们会吃惊地发问："下个世纪，谁是你的姐姐？"

姐姐没有了，哥哥也不存在，那么妹妹呢，弟弟呢，也都不存在了。紧接着还有：姐夫、妹夫、嫂子、弟媳、叔伯、婶婶、姨妈、姑夫、舅舅、舅母、表哥、表姐、表妹、侄儿、侄女、侄儿媳、侄女婿、兄弟、姐妹、姊妹、哥俩……总之，凡是并列二人以上的亲情词语将全部隐顿。家庭称谓词，只剩下直系的父、母、子、女。

然而，这样一来，两千年封建文明酿成的"家文化"以及建构其上的论理体系，将承受一场前所未有的冲击波。家族情结无法承续，所谓"手足情"也将无法得到感人的体现。"长兄为父，长嫂为母"的家庭关照模式也土崩瓦解了。"老大忠厚，老二奸诈，老三聪明"的传统评价也失去作用。社会关系除了单线的血缘发展，再也不可能构筑今天这样的亲和型人际网络。

由此可见"独生子女"将带来中国人际关系的大转换。儿童，尤其青少年，脱离"母体"之后，逐渐成长过程中的第二依托——"姐姐"没有了，那种恋家情结也没有了。

问题在于：下个世纪，你还需要姐姐吗？

发展心理学告诉我们，早期"断奶"，刚从"家中"分化出来的儿童、青少年肯定依然沉浸在人类最初的那种家园依恋角色中。我们还"小"，我们还有爹声奶气的季节，还有嗔怒撒娇的习性，为此我们还要重新寻找失踪的"姐姐"。

于是，一个较长的时期，亲情语词会带着恋旧的痕迹和归依的渴望时时出现。独生子女们，走进幼儿园、小学、甚至中学，老师还会说"大的是哥哥姐姐，小的是弟弟妹妹。"到了大学或者人身更独立于家庭之外的群体，初次离"巢"的"小鸟"会自然而然地结识起"兄弟姐妹"来，将"亲情"向社会大肆扩展。

我曾在西南大学做过调查：九五级新生中90%以上城镇学生和10%的农村学生已是独生子女。单是某专业的5个女生寝室（除2人外，全独生），无一例外都结成"姐妹"。男生则三三两两地"结拜"。在成人团体，凡同姓氏者，一概遵循传统的家族习惯相称。如我所在的部门，又调来一个姓郑的女性，我就叫她"姐姐"，而她教她的女儿叫我"舅舅"。不同姓氏之间，也喜欢以亲情语词称呼，而不直呼其名。宿舍隔壁的女邻居，新留校的钢琴教师小曾，就亲切地叫我们："郑哥"、"李姐"、"袁姐"……

这些并非建立在血缘关系之上的亲切呼唤，会让我们在充分社会化的未来，重新拥有温馨的家园感。亲情语词在家庭消失，却在社会上得以扩展，同样，社会也宽容地接纳了曾由血缘维系的文化礼仪、道德风尚。站在未来角度，反思今天的"独生子女问题"，也许我们就会乐观起来。其实，一个人只要溶进社会大家庭，哪怕是独生子女，也不会感到孤独。

不知人们曾否想过，并非独生子女成长过程中有种种矛盾，多子女家庭的孩子也未必能健康成长。我们读到过不少为了弟妹读书自己辍学的故事吧，因姊妹多而成长、成才受到强大限制的例证，可以反说独生子女更能而且必须充分地社会化，因为他们更能独立于"家"的纽带之外。认识到这一点，让孩子积极参与社会，而不是"牢牢"地将他缠在"家"中，家长就会轻松得多。

独生子女的社会，有着更有条理，更有原则的人际关系。亲情语词的扩大，建立在共同的社会基础上（居住区、专业、职业等），而非血缘基础。这样的社会，不健康的人情因素将大大减少，而恪守公众原则的情感结构将得以发展。从某种意义上说，它为我国从"人治"走向"法治"提供了一个隐性条件。那时，也许"裙带风"等将得到大范围的遏止。

这正是我们盼望的未来的美好前景，而今所谓的"独生子女"的种种"困惑"，将烟消云散。那时，谁是你的姐姐呢？是我，是她，是社会；和平、进步、发展的大家园。

《和平年代》：壮美的军人理想主义

军事题材在我国文学构成中占的分量一直很大，新时期以来更是发展成为一支势力较强的文学方面军。"征战"、"战争"、"历史"也一直是此类题材的表现对象。当然，以和平年代军队生活为视点的优秀作品，也不是没有，如《炮兵少校》，但主要是基于真人真事或者说以弘扬优秀人物的先进事迹为主旨，并没有在人生普遍性或历史深广度上予以展开。近期中央电视台播出的《和平年代》，可以说是第一部以这种鲜明的大众期待进入评论视野的长篇军事题材电视连续剧。

正如剧中人文露对秦子雄所说"军队生活，到底是一种被理想化了的生活！"。是的，在和平年代，尤其是新时期改革开放以来，恐怕也只有军队与现实生活仍然保持着那种固有的距离和神秘感。而其他如有"象牙塔"之称的高等学府不也迅速的社会化了吗？有学者认为，人类（包括自然）的社会化是二十至二十一世纪不可逃避的历史规律。理想主义或英雄主义将比以前任何一个时代更加体验到自身的困惑、孤独、悲哀甚至幻灭。但这个时代因为种种价值体系或道德信仰的纷纷被解构，又迫切需要英雄主义、理想主义来警醒、抚慰、拯救和重建。所以"理想"总涂着一层悲剧色彩。

《和平年代》的价值趋向主要集中在特种兵大队长秦子雄身上。他坚毅、执着的迈向自己的理想，但也并非没有一丝惶恐和不解。如他对文露吼道"我知道，现在像我这样愿做一个真正的军人，已经不多了！"这坚强的表白里隐含着无法言说的困顿与无奈。自古"铁打的营盘，流水的兵"在和平年代，赫赫战功、滔滔武略只能是一场"沙盘上的梦！"但这"梦"对他而言，又是那样的坚不可摧。

剧中有一个很有意思的现象，所有女军人，包括那个电话兵都先后离开了军队。可不可以说，该剧也延续了"战争，让女人走开"这一男性化的主体意识呢？"理想——英雄主义——男人——男子汉"这是理所当然的军人逻辑。军人，只能是铁骨铮铮的男子汉的诠释。这是军人理想主义的另一层价值表现。

剧中军事教员"书呆子"慕容青的悲剧不仅仅是家庭冲突（主要是关于金钱），而更重要的是他献身于军事研究的执着与现实生活世俗规则间的冲突。简单地讲，就是军人理想与社会生活的冲突。军人理想，不管战争时期还是和平年代，都意味着奉献和牺牲。这是本片极为表现的副主题。这层主题略显苦涩与无奈。理想与理想人格的不可能完全实现，是映在慕容青墓碑上冷冷的月光，更是秦子雄精神背景里的一道阴影。同样是牺牲，秦子雄弟弟（北方边防哨连长）之死，却闪烁着鲜亮的革命浪漫主义和英雄主义色彩。那是一个连名字都没被记住的角色，在剧中也不过十来分钟的"长度"，却让人激动不已。他，牺牲在新婚之夜的冰天雪地之中。那一段，秦子雄与慕容秋（代表被拘留的章大均）到雪地、草原，探望秦母、章父一场，导演的镜头充满了抒情诗、轻音乐和油画色彩，在长笛夜萧中静静地写意，静静地展开。亲情、友情、爱情，往深处说也是军队与人民——"根"的关系被渲染得很充分。一层层地展示了"英雄——牺牲——理想主义"的壮美、沉静与悲怆（这是在秦被停职下连队当兵锻炼、章大均涉嫌走私被拘留之后发生的。）那冰天雪地中微笑的雕像，应该是和平年代英雄伟大的惊叹号。

不谈爱情，在当今文学样式至少在电视剧中几乎少有可能，《和平年代》也不例外。战争与人、军人与女人、革命与爱情，基本上成了军旅文学的血与肉。秦子雄与文露、慕容青与杜鹃女，慕容秋与文勇、秦子雄兄弟夫妇，这是有着夫妻名分的爱情（最后都或缺或残……）；而章大均对慕容秋、慕容秋对秦子雄、女秘书对章大均，这都是有着朋友同事名义，有所倾慕而又没能大胆流露的爱情。还有女话兵与某战士刚燃起而止于初恋的爱情。（后，某战士在抗洪抢险中牺牲）这些爱情样式，就情节而言，都是很动人的，也符合爱情的生活概念，演得真实自然。然而，这些情爱模式又基本上全是不相容的，残缺的（一方死）甚至是冲突式的。尤其作为主线的秦子雄"美好而冲突日深"的爱情更是如此，强烈地表现了军人理想——英雄主义、理想主义的悲剧性特征。

章大均与慕容秋虽然脱下军装了，但剧中仍然以军人作风和军人人格来刻画他们。他们的爱慕夹在秦子雄、女秘书的责任感与使命感之中，爱是压抑的、逃避的，因而也是苦涩的。爱情生活也是军人在和平年代的本色检验，除了生命，爱情往往也会伴随着信仰牺牲。正如主题歌中唱道："我的理想，你是否觉得太累；我的选择，你是否觉得后悔。……把青春塑成一座纪念碑。"我们很容易联想起去年一部堪称精品的公安题材电视连续剧《英雄无悔》。它们都试图在当今普遍的价值失落后，重新演绎、构建一种永恒的价值主题：崇高的、壮美的、悲怆的军人青春，现代军人的理想主义。英雄无悔、青春无悔、理想无悔。最后一场，在飘扬的军旗下，副司令员洪亮的气吞山河的讲演，明明白白地端出了《和平年代》的价值归宿："在和平年代，和平就是军人最辉煌的奖章！"是的，军人，在和平年代的理想便只能是和平。这是跨世纪的深刻主题，也是跨世纪的人类希望。

《和平年代》：未能免俗的人物组合与结局

《和平年代》主要人物组合，与众多电视连续剧一样，仍存在难以克服的俗套。不可否认，"类型化"与"模式化"对大众阅读而言恰好对路，甚至更符合商业化规律。但通观全剧，该片无论如何也是一部正剧，一部弘扬主旋律，并且可以预言将作为"五个一工程"作品的正剧，它应该有着更为严肃的命意和超越特征。在一部长篇电视剧中，人物关系或者说人物组合，是整体结构的决定因素，由人物来串联故事展现主题，可以说"人即为结构"。人物组合往往在整体的走向中，被托之于一种矛盾。A角色与B角色的矛盾，甚至多角色的矛盾，完成一次次的冲突与消解，从而终结了剧作的主题。这种冲突是必要的，而且十分关键。冲突的艺术性全在于它的真实性。也就是说这种冲突与现实生活要有可比可信的关系。俗套的戏剧冲突，存在于观众的已知经验中，这种经验的多次被调动，往往形成审美的冷漠。艺术性的消减与迷失，根即在此。

《和平年代》一剧，人物组合略显俗套，最大失误在于一种巧合，人物关系的巧合：秦子雄等主要角色均在同一部队，军长是文露、文勇之父，文露、文勇为兄妹，慕容秋与慕容青又为兄妹。章大均的妹与秦子雄的弟为夫妇。（秦弟在新婚之夜牺牲）。秦、章是老乡，均为秦母学生。军长与秦子雄既为翁婿又为上下级关系。秦与文勇一直是行政搭档，又为郎舅关系。在普遍人际关系中，这实在是太巧了吧。当然如上文所说，这是为了突出导演主旨及造成人物的矛盾组合，从而产生戏剧冲突，使得剧作主题多面挺进。但正因为这种巧合，也就使主体价值被削减而失之于真实。

另外，秦子雄与文露，文勇与慕容秋，容青与杜鹃女都处在情感、性格、职业理想等不协调的冲突之中。慕容秋与章大均、秦子雄都有一个艰难的选择，章大均也悟到了女秘书对自己的情感。这一切又全都没有明确的归宿。这实际上也是一种俗套，流行的、暧昧的、准三角关系。

本剧另外一个较大的遗憾便是结局的直白。最后一集几乎每个人都成了评论家，哲学家，议论横生，直奔主题。慕容秋与秦子雄在海边散步，议论着和平年代军人的感情、使命与意义；闹着想"把孩子打了"的文露与丈夫秦子雄、兄长文勇振振有词的辩论；一向沉默少言的文勇在落日余晖中，走上大队操场主席台，挥着手评点秦子雄的军人理想主义之梦。最后，司令员庄严宏亮激烈的演说，秦子雄面对军旗的宣誓与讲演，都洋溢着一种豪迈气概。豪言壮语不断，冷静的深刻的思考没有了，细腻感人的叙述与描写也没有了，给人一种匆匆结题的感觉。据悉，剧作原拟三十六集，实拍二十六集，最后删减成二十三集。我们固然欢迎精短，但更欢迎酣畅淋漓的表达。充满精品意识的《和平年代》如此结局，同样是令人遗憾的。

《党员二愣妈》：幽默的"轻喜剧"

同为"一村之长"，赵本山与斯琴高娃的表演虽然风格不同，但都不乏农民式幽默色彩和乡村悲剧特征。前者更偏重于幽默，更富于喜剧色彩；后者侧重于"反讽"，带有悲剧性。而我认为，正是由于整个剧作结构的幽默性，削弱了作为价值主题的悲剧性，给人不轻不重，不痛不痒的感觉，"响当当的"《党员二愣妈》成了"一出幽默的轻悲剧"。

稍微细心的观众就会发现，同为"头对钩"人，"二愣妈"的语言、服饰就与其他村民如根贵叔、老栓子、海泉媳妇、二愣、心妹等就不一样。导演是不是有意把她置身于一个富于幽默色彩的镜框中，成为众人（村里、乡里、县里）幽之一默（取笑、反讽、同情）的对象呢？还是斯琴高娃对方言模仿的不地道？那乡长、县委书记、林业局局长、米秘书为啥又操着接近普通话的官腔官调呢？如果不打字幕，这部"方言剧"肯定存在语言障碍。遗憾的是最后一集恰好就没有打出一句字幕，不知何故。当然，"土不拉儿"的土话，与堂而皇之的官话，其实构成了一种反讽，并且也符合二愣妈"没文化、大老粗、心直口快"的北方农民本色身份。这自然与林局长等人的衣冠楚楚形成了鲜明的对比。

斯琴高娃粗犷而幽默的本色表演更是把这种人物特性发挥得淋漓尽致。二愣妈第一次坐县委办公室的沙发，太软，差点跌了一跤，吓得弹了起来（与十多年前"陈焕生进城"还那么相似。）二愣妈喝县委书记的花茶，（她从来没有喝过花茶）喝了一口再喝一口，说"县委书记的茶香，走了二里路还香"。走进林局长布置豪华讲究的家，她手足无措。林局长看到她的脏鞋破袜，一脸轻屑嘲笑。她喝健力宝直打"嗝"，（从来没喝过）。还有二愣妈坐在记者镜头前的失态，语无伦次（后来一吐真言到自然多了）。她闯进县委会议室，撞伤余书记的额头；跟宋乡长吵嘴，她那个滑稽的要钱动作（片头上也有），都是很有可笑性的"含泪的幽默"。

二愣妈的幽默不是"有意识"的，而是在人物关系不和、对立、冲突中展开的，从而造成了喜剧性的悲剧效果。二愣妈一直想对"林子事件"寻求个说法，并进而要求"还林子"，"追树款"（这是类似《秋菊打官司》而又有所前进的意识）。当看到宋乡长成了替罪羊被拘捕，在路上遇到林局长，二愣妈硬是把他从车上拉了下来，在大雨泥泞中扭成一团，最后还骑在林局长身上"扇耳光"。这是剧中令人拍案叫绝的精彩片段。一方面把这个女村长的粗犷发挥到淋漓尽致，另一方面也在爆发式冲突中显示悲剧色彩。因为自此，"二愣妈"不告了，再也不告了，而是走回村子，走上了最后的归途：与宽老师"熬盼多年"一朝结合的"家"。

为公众利益的反抗失败了，个人情感的抗争却得到了归依。这便是一种悲剧，一种深层次的乡村悲剧。尽管片尾宽老师的安慰、县委书记的旁白表明：林子事件肯定会严肃公正的处理。但，这话外音又那样苍白无力。它静静的响在河边树林上空，响在依旧贫顿的黄土高坡，意味着不太明亮的情调，象征着一种较长时间的期待。

这是令人遗憾的结局。不是说导演的处理艺术上存在什么遗憾，而是"二愣妈"激进思想、"斗争"行为的突然"委顿"令人遗憾。"轻悲剧"的深刻性，即在于此。

东方"变形记"：梦境与现实同步

——则新民间故事的整理附记

1. 东方"变形记"

卡夫卡的著名小说《变形记》写的是：小职员格里高尔一夜醒来，却变了一只甲壳虫，家人亲人朋友都冷淡了他。父亲厌恶并打伤他，母亲不能保护他，妹妹为他感到羞耻。他由家庭的经济支柱变成了家庭的累赘，从而感到了人生莫可名状的悲哀、忧虑和孤独。

在川南采风时，我惊奇地发现了一则意味形式都与卡夫卡小说有所近似的民间故事，即《郑五爷二变："鱼变"与"蛆变"》。想入非非的老头郑五爷，在梦境和现实中完全同步地——第一次变了一条鱼，第二次变了一条蛆。这是我多年民间故事采集活动中遇到的一个特例，也是阅读众多民间文学选本没有的发现。平淡而神奇的情节，浓郁真实的生活原味儿，人变动物的新奇意象，日常生活的轻松表达，充满了中国乡村式的乐观幽默色彩。与卡夫卡的作品相比，不妨称这为东方"变形记"。

所不同的是，东方"变形记"里变异的人仍在做梦，而梦境中的一切又在现实中真实地同步发生，其余人物既作为见证人又作为当事人参予到故事之中，故事的主体并没有感到孤独、忧虑与悲哀，只觉得荒唐、滑稽与可笑。卡夫卡《变形记》的时空并不一致，"此时此刻"的形象是单一的，即"甲壳虫"，它是完全异化的"物"；小说的整体感受是压抑、冷漠，意识模糊而流动，叙述是内心独白式的，表达着主体对人生的怀疑，小说语调带着较强的梦幻色彩。郑五爷的"鱼变"和"蛆变"，整体气氛和谐宁静，意识清晰流畅，语调是轻松的口头转述。他对生活本身没有怀疑，而是热爱，他们安于现状，沉浸在个人的休闲喜好中，故事构架始终富于喜剧色彩。

还有一个重要的差别在于：《变形记》是作家作品，有深刻的资本主义异化危机，即存在主义哲学背景；"鱼变"和"蛆变"是民间故事，是口头创作。就基本情节而言，它当然缺乏《变形记》那种荒诞和冲突而显得平淡舒缓，阅读《变形记》能很快觉察到文本中艰涩的哲学倾向，而阅读后者则很容易忽略其内在的深刻寓意。淡化的情节引起的审美注意当然要小些，但审美经验告诉我们，真正的价值往往隔着一层淡淡的雾，尤其针对寓言性作品，应如前苏联文论家维果茨基所说："成为寓意基础的相似性越明确，情节本身就越平淡"①。也就是说，寓言外在表征更接近生活，那么它提示的生活内涵反而越丰富。中国的《鱼变》和《蛆变》主要的文学价值并不在于某种深刻意义的揭示，而在于塑造了一个懒惰成性、滑稽可笑而又老实善良的人物。故事本身没有批判，而更多地折射出一种诗化的和平的田园情致。

2. 关于讲述人

这个故事，一九八七年七月采自四川富顺县青山岭杨家山之上。讲述人刘凤仙，当年七十五岁，一九八八年五月已去世，没正式读过书，但家族嫡传川戏班子，一兄一弟秀才文化，均为民间游医，通武术，能唱古戏，除家规武术不传女儿外，凤仙老人的唱说功夫远在兄弟之上。她悟性极高，记性也好，能成章成本地讲唱"水浒"、"西游"、"红楼"，而且语言本身文人色彩较浓，表明讲述人不自觉的文化意识。可以这样认为，故事承传的选择，实际上也是一种潜意识的文化选择，透过这些故事，可以反观讲述人的人生态度和生命情趣。

老人老伴健在，膝下三儿二女，其乐融融。因此，老人的心境是平淡的幸福的，岁月黄昏的些许孤寂，常常转化为生活琐事的笑谈与往事悠悠的回味。比如，她曾养了一只大猫，本来全身油黑，有次做饭没有注意它到在跟前，不小心一瓢开水倒在背上，烫卷了皮毛，老人心疼好久，后来居然烫伤的地方长出了几道白毛，从此老人给它了一个名字"花猫"。"花猫"非常凶猛，善捕老鼠。她讲，有一次想吃野兔子肉，刚这样想着，花猫就从门外慢腾腾地跑来，口里正衔着一只大野兔。老人高兴极了，对猫说"好有孝心，花猫，再给我逮只回来"。果然，第二天，它又拖了一只半死的野兔回来。这事很快在当地传为佳话。据他一个孙儿证实，真有此事，兔肉太香了。

老人晚年的重要生活内容就是讲故事，给孙儿们讲，邻近院子的孩子也来常听。当年"四清"工作组的干部，还有后来化工部晨光研究院的知青上山下乡，也喜欢听她讲的故事。他们时不时送给老人一袋省下的大米，或者几个水果，一把水果糖，从而高兴地换取一两个"龙门阵"。笔者已搜集到她讲述的传说故事一百多个，她去世后，我手里的草稿就成了一笔难得的遗产。

3. 新民间故事

在本文题目中，我把刘凤仙老人讲的"二变"称之为"新民间故事"，主要是与传统民间故事比较而言，目的是想提醒我们整理研究方向的注意；另一方面它又不等于民间文学界已认可的"创作性"强的新故事。它还存在于民间，但需要新的视角去发现整理，去研究开发。哥伦比亚著名作家马尔克斯说："现实是最伟大的作家，我们自叹弗如"[②]。是的，在某种意义上讲，生活的确包罗了一切艺术的题材和技巧，民间作品，才可颂之以"文章本天成，妙手偶得之"。

我国花十年之功、一百万人次参加的"七五"重点文化工程"民间文学集成"，固然包罗万象，留下了民间文学的活化石，但就故事一类而言，大凡入选故事，都离现实时间较远，空间也不能给予指定，我们可以称之为"过去时态"的民间故事，即故事本身的原始意义。它们确实总结着不同区域文化的民间特征，反映着一方水土一方风情一方人民固有的心声、梦幻、现实和理想。

"新民间故事"则呈现"现在时态"，即与讲述者同步的叙述特征。《鱼变》和《蛆变》发生在讲述人的同龄同村人身上。笔者采访后得知：郑五爷、郑五娘，跟刘凤仙年岁相仿，只是在一九八五年先后去世，张七公稍后，一九八七年病故。故事全是真人真事，有两家邻居出来证明，郑五爷发梦天，经常给人讲梦。故事发生地"龙神塘"已改作"新塘"。故事中的泥墙大院仍在，住着刘老人的三儿子和张七公的侄儿两家。池塘边布满了竹林、桉树、菜园和橘子、桃子、苹果园。整个故事发生的"生态环境"极为清幽、安宁、优美。人与自然融洽，是一处典型的标准的自给自足的中国农村边远山区。

综上所述，"新民间故事"的特征实际上又可概括为：纪实性、现在性和生活性，在内容、叙述时空、价值取向上与传统民间故事有显著的区别。

再回头过来看《鱼变》、《蛆变》与卡夫卡的《变形记》的比较，就更加明显了：西方的"变形"是精神的、人生态度的异化，即本体已异化为另一种"物"，是一种不可能存在的文人思维的结果。而东方的"变形"：梦境与现实同步，是民间的神与物游，与外境同构，是真实存在的生活。虽然刘凤仙不懂哲学、文化学，但长期承传所积淀下来的无意识里，仍然生发着中国文化的深层结构——儒佛道互补的天人合一观及民间庄老的自由隐逸思想。因此，新民间故事的发掘，可以看出我们的人民在怎样生活。

4. 儿童教育诗

似乎得益于刘凤仙等老人所营造的先天的文化意识，这座不足千人的山村，自一九八一年以来，已考出八个中专生，五个专科生，十个本科生（其中五人系全国重点），一名研究生，一名博士后，刘凤仙老人家就占了两个专科，三个本科，一个研究生，其中一人已成为某大学教师。这个现象在川南山区极为罕见，四川的《富顺报》和《自贡日报》先后以"山沟里飞出金凤凰"为题进行了报道。笔者曾先后与这十几个人联系过，几乎都回答一个共同点：小时候都听过刘老人的民间故事，听她说唱的"三国"、"水浒"、"红楼"，而印象最深的，却是那些满了幻想情节的神仙妖怪、山川传说以及变异灵气的生活故事。

儿童心理学告诉我们，这些"启蒙时代的教科书"最易于培养儿童的联想能力和形象思维，培养儿童对自然、宇宙的诗化理解，对社会人生的朦胧体验，对生死和道德的感性认识。正如孙绍振先生所说："童话式、民间传说式，魔幻式的情节在表层结构上不管多么超越，只要在深层结构上表现一定的情感因果性，也就能够表现出某种主体的真诚。"③这里的"超越"指的是人、事、物的异化或变异，"情感因果性"也就是善恶报应的道德关系。"主体的真诚"指的是主体的审美目的倾向，也就是教育性。所谓"深层结构"，主要针对文化心理而言，对儿童来说，也就是一种成长的心理机制，尤其在宗法观念还较强的边远山区，民间文化所形成的潜教育，更是深深地植入了儿童的心灵世界，成为形象的诗化教材。

阿斯图里亚斯在论证拉丁美洲魔幻现实主义的现实基础时说："一个印第安人或混血儿，居住在穷乡僻壤，叙述他如何窥见一朵彩云或一块石头变成巨石。所有这些都不外是村人常有的幻觉，无论谁听了都会觉得可笑，不能相信。然而一旦生活在他们中间，你就会有意识到这些幻觉的分量。在那里，人对周围事物的幻觉和印象渐渐转化为现实……"④同样，新民间故事也就真实地植根于民间生活的土壤，在这块土地上成长的儿童，天赋里自然少不了充满艺术幻想的思维，至少美妙的故事教养了自己的道德和积极向上的信念。这段话还启示我们另一个产生比较意义的问题——印第安人和远古的中国先人（殷商时期）据说有着近亲的血缘关系，即"梦幻、想象，就是现实的另一形态"。那么，《鱼变》与《蛆变》也就远比卡夫卡的"变形记"是"梦境与现实的同步"。

通过一则新民间故事的采集分析，我想提出一个新的研究方向：跨文化比较的故事观，故事的时空间隔，讲述人的文化意识，流传地生态氛围的影响研究，应是民间故事价值体系的四个构成。只有深入地考察民间故事的存在价值，我们才能更好地发掘、整理、研究纷繁复杂的民间文化。从影响研究出发，乐观地说，民间文学其实也是一部教育学，至少是一部优秀轻松的儿童教育诗。

注释：

①注：见维果茨基《艺术心理学》转引自孙绍振《论变异》，第 270 页，花城出版社 1987 年 12 月版。

②注：南开大学出版社《加西亚．马尔克斯研究资料》，第 82 页。

③注：孙绍振《论变异》，第 270 页。

④注：1986 年 2 月号《读书》，第 40 页。

存在与迷失

——少数民族诗人汉语诗歌文化心态的描述

诗，是一种文化现象。诗人因诗而存在，诗的语言组合承载着诗人的文化意识。而这意识的不明确性无序性结构，最能折射或呈现出诗人的文化心态。方块字——汉字为符号的诗，其语言的单词（字）义象功能较其他任何文字更有自由度。某种语境乃至某地域文化环境可以传达的特殊意义频率较其他语言高。运用汉字创作的民族诗人更是如此。

海德格尔说："人是这样一种存在物，这种存在物的存在是通过存在的无遮掩状态的敞开的内在性，从存在出发，在存在之中标志出来。"这一存在主义人论来解释现代诗中内外观点之争岂不辩证合理？

在结构主义那儿，结构 = 人 = 文化。人是作为文化的生物被定义下来的。美国人类学家本尼·迪克则简明地说，"文化是人格的无限扩展。"这扩展既有历史的集体无意识的纵向积淀，又有或更多有横向的个性文化整合。现存于世的文化实体都具有这两个向度的功能（结构）的。

海德格尔不无诗意地说，"人是诗意地栖居在这座地球上！有若孤星宁静地在世界的天空闪耀。"这栖居正与存在等值，诗人以其特有的文化心理，追求这种等值。

民族诗人的文化基因传承性较汉族强，只是在现代文明的无情冲击下，各种传承的文化状态（尤其是地域性文化）稳定结构被打乱，没了秩序和层次感。但正如大雨冲过黄泥路面却显出纹路沟壑来一样，这些无序的文化状态在诗人（文化生物）心态上却愈能呈现秩序感和层次感来。民族诗人正处在这种深层的心理困惑之中。存在还是迷失，是他们文化心态上的普遍焦灼，他们不同层次地探索着。唯其如此，我才有理由将他们的作品分类进行透视，并开始了一次不远也不近的追寻。

1

文化的进化，始终是不平衡的，总由于地域的经济的甚至是意识形态的因素，传承力或结构很强的文化不同程度地残存着。这是寻根者推进民族深层心理的天生风水宝地，诗人也可以是这样的角色。

彝族王红彬的《土林》用质朴的语言对自己设想的元谋人遗址——土林的诞生进行现在时态的描述。这种超验的创作体验，正是集体无意识积淀于诗人身上的一种神话原型及祖先崇拜心理。"远海沉没/恐龙摸索着爬出海面。"这是宁静的生坛境界。"大片大片的终于燃烧起来/生命的野火蔓延四野/野风送来烤肉的香味，欢歌声四起。"——热情的生命图腾盛赞起源祖先的现实生活。诗之语言在假想的描摹里，并非以诗去论证人类的起源，而且也并不给人以人类学意义的确认，只是折射出一种心态，一种返依与图腾为内在图式的崇祖心理。这种心理寄寓在行为此在性很强的动态画面之中，也难怪诗人在电影制片厂工作。

景颇族晨光的《丧葬舞》则更为明显地对残存的民俗现象进行叙述。单向度的文化氛围很浓烈，没有价值评判也没有主体的反思，只是对这一文化事象进行客观感受。"闲回时搏动的心律/感受着/从遥远处传来的/关于生命的声音/当老人的魂灵/被送到祖先居住的地方时/所有的人/都站成无声的森林。"这不啻是《土林》崇祖心理的一个现代印证。民俗里，祖灵是不死的，在另一个地方居住着。与祖宗无声的对话，静默里倾听祖神的启示。存在的人只能通过此时此刻去标志成体验的那种心态。

侗族诗人刘创的《家谱》组诗似乎更在历史的纵深感和厚重的现实质感里拓展了这种心态。家谱，是广泛存在于民间的文化事象，是民间"人"的历史意识和家族意识的体现。中国人不信上帝而崇祖先，中国古神话不断地历史化、伦理化、世俗化则是明示，两千载的封建传承，使中国人选择了自己的祖宗作为人生命运的终极依托，还时不时地将自己的人格自我导向祖灵，否则就将得到深重的原罪感。"这是一个名字很响的祖宗/为扑灭那场大火，以血当水悲壮而死/一滴血溅在幸存的土地上/随着岁月殷红殷红地长。"这该是多么神性的人杰。"家谱随意地虚掩着门/不断有人闪身而入/日月匆匆/家谱里坐满了鹤发苍苍的老者。"家谱崇拜心理溢然纸上。"石磨"也坐在家谱里的，只是"春日碾成秋天的落叶/均匀地撒向清冷的磨房/石磨尽去心平气和/绕千年一缕的圈子。"这折射出诗人对超稳定的家谱意识的反拨。石磨也是一部历史，家谱也是历史，有呐喊被咬碎的若水，也有咬破圣旨的阳光。《楚歌》则揭示一种精神的历史原型——屈子精神。他是诗人的祖宗，所以想起他的人都会感到民族文化——楚文化的悲怆。"一年一度芦苇葱郁/寻尽棕叶/仍裹不住一首《离骚》。""一个诗人淹死了/便有更多的诗人不惜跳下水去。"以一种永恒的姿态作结，浓于水的祖宗崇拜里找到自己的影子——人格的对应。

苗族蛮胤的组诗《南高原》，彝族李阳喜的《哑兄》，回族马霁鸿的《扫墓》：从纯文化的困惑里走了出来，将同样的情绪选择性地找到当代人的投影。《哑兄》是一出小小的悲剧，存在着追求而追求永远不能实现。有那样的文化氛围才有那样的悲剧。"淡了的碑文/重描/塌了的坟头/补砌。"仍是崇古不灭的心态，只是在现代文明碰撞下日益虚伪了。"后人却将清明围聚/频频举杯/啜饮各自的心事。"《南高原》对高原的歌赞与崇拜，审视着爷爷生活人格对后人的影响，描摹自己对高原童年的忆趣。自然与人共生混沌的情绪，实质上流露了对现代生活底蕴那一片古文化背景的眷恋。

2

或许是可汗的后裔吧，蒙古族哈达与白涛具有大漠色的英雄气质，这显然与诗人所在民族的历史及民间说唱文化有关。白涛说："一个真心的诗人应具备这样的素质：相当高的文化哲学、历史意识……折射他那个时代文化深处的情感世界。"他的诗《黄河之北》证明了自己的追求。站在今天回溯历史，返古复始的历史意识凝聚在略显骚动不安的语言结构中；陶罐、岩画、长矛、弓箭、土地、马群标志古文化在今天的投影。"视土地为生命是一种活法/逐水草而居也是一种活法。"这是古代英雄主义的生存理念，由此而通达永恒。诗人看到了祖先生命里永恒的价值，因而讴歌之雕塑之。生存是一种勇气。"水草留不住他们/城墙挡不住他们。"祖先俱往矣，留下来的是精神意志人格和"远国梦"。诗人战栗地呼喊"那个年代多么叫人神往。"依旧一式的崇古复始心态，并因其他民族（汉）的同化，诗人有种身处异乡的感觉。经济文明的进化，可汗式游牧精神已难于成为主导的人格力量。"说不出家乡何在？"白涛《英雄挽歌》组诗中明朗化了这种心态。哈达《失落的岁月》、《牧羊女》分别以一二人称为情感角色去体验了英雄诗史传承的蒙古文化的失落，真有挽歌的情调。"英雄不成英雄/像失落母亲的孩子。"难怪组诗副标题写到"献给我的祖先。"

现在应该提到的是壮族黄神彪散文诗组《梦回巴崃》。"作为后裔，我的梦，常与岁月与多声部民歌向她深情的靠近，靠近……"这是全诗的情感基调。诗人通过厚重灿烂而质感的理性拷问，回溯巴嵊的民俗文化特征，历史渊源和生死于斯的民族魂灵。以赤子之心同祖先对话，同超稳定的文化对话，时空意识包孕在因乡恋而起的宇宙感兴中，传说与历史，深切地荡起了陷在古文化里的现代心灵的呼唤。诗人感受到生命的复归和人格的重塑。"可是我的巴嵊魂飞离了吗？""每个民族都是遥远的，追求、信仰和奋斗能使我们自强不息！"民族诗人在寻找超越个性的普遍存在——共性的精神归宿！

3

　　进入现代回忆过去，这是恋旧，恋旧情绪的源起依然顺承于祖先崇拜——图腾或返古复始的文化心理。进入生活又从梦中醒转，恋旧并非已是现代文明下的心理迷失，是迷失前的一段过程。恋旧，是对旧生活态度的认可，即旧的人格理想的回归。瑶族盘妙彬是恋旧的诗人。《重返田园》里写道："时常挂念，朴素的田园和小白菜/幸福家庭的前景。""阳光和母亲坐在家门/许多美好的东西重返田园。"《子在川上》则写到"现在不行了/贵族和上流社会出现/生活沉重，鲜花也不轻松/许多人在一部分地零售自己。""我不如从前了，至少心情是这样。"《正临界》写流落都市的烦躁孤独失落。"别了，不了恨的长街，回乡下去，以神手的身份。"田园，是一种理想人性的乐园，是古街文化碰撞的临界，出或入，意味着普遍性的选择，出，"从心灵出发"；入，"走向心灵。"诗人只是精神旅客，回村落享受炊烟和女人享受徘徊沉思。"月光回不了出生地，直到丢去。"这与廖亦武不约而同：始终为出生地困惑。或深或浅，总是现代诗人难以逃避的恋旧。

4

　　藏族诗人才旺瑙孔说："诗是从诗人灵魂深处飘出的几代人血液凝成的奇葩，它以本土为背景并超越时代而绽放。"《本土之派》运用魔幻现实手法揭示本土文化现实后面的精神本质。进入本土而又非恋旧，他是一个角色，去体验祖先留给自己的烙印究竟有多厚，这是变形的宗教祈祷，祈祷那些消失的或正在消失的东西。"马"的崇拜和神话信仰，又让人见到祖先崇拜的心声："在河水的流动声里，悄悄逝去踪迹。"恋旧的心理机制被破坏了，在纷繁复杂的现实面前，有浓郁祖宗文化传承的民族诗人，进入了"迷失"。

5

　　作为一种文化心态，迷失，标志着诗人失去文学的根后对此在的现象世界的内心现照。情感没了归依和寄托，一则不甘心轻易为现代文明所同化，二则不愿被动地退化而重返母体。悖论的二难选择下，迷失，正是这种文化张力共振的效应。

出了本土之后，迷失，首先是打量自己及其存在环境的忧虑。《守夜之后》（哈达）、《驯鹿》（萨黛特）表现自我存在的荒谬感和担心个体异化民族同化的恐惧感。回族戴了德《砸碎梦的托盘》则直接对生存空间的危机进行反思，对流逝的记忆——旧生活模式进行逆向拷问。"无法辨认对方/也无法辨认自己。草色青青依旧/但心境远去/只留下凄凉的神态/孤独的影子"。满族匡文留的《偶然一瞥》是这种意思点上的印证。城市人一旦遗失自己，不自觉地就流露生命本然的性意思。恋母、自恋，也因其根深蒂固的文化制约而自感羞耻和不稽，从而进入荒谬——自我的误区。"妈妈餐桌上的红苹果/谁来解救你呢？"

其实，荒谬悖论的误区并非不能走出，波德莱尔那话很妙："从存在出发在存在之中标志出来。"从审美的心态把握生活，永远会时时找到走出误区的途径。土家族刘小平《美食家》提供了这样的范例。"猎人追鹿"隐喻其来自自然的精神动力。像夸父一样为之倒下，回到原地。荒谬中寻找也能找到本然的自身。"梅花鹿依然年轻/一瓣瓣梅花，忽开忽灭。"美食家执着的探索生活，在杂色的生存条件里理性的咀嚼经验。美食＝食美。然而现实与审美永远是不协调的，《名医身后事》又重新陷入先前焦灼的怪圈。（因篇幅分析从略）。

6

爱因斯坦的相对论认为"不是物体存在于空间而是物体具有空间宽延性。"他要求人们用四维方式来考察世界，时空将失去它的独立性。从这个意义上讲，文化迷失之后，即超越现象又超越自我的存在成为可能。锡伯族郭晓亮《淡意思》在寻求这样的境界。"你站在往日的路口思绪万千/此去该是何年何日。"此重境界的意思并未淡化，同样直面时空无序的荒谬和生存有限的恐惧感。精神人格的茫然失措，命运无测危机四伏，"一副灾难深重的样子！"

相反，布依族韦韦的《大地之门》则把超现实的时空化为自己的处境。用荒诞的缥缈的无意思的抽象行动来凸现人在此时此刻的境遇。他说："诗是一种生命的自觉，应强化诗的意蕴。"诗中写到："他不知道能不能找到/原来出发的地方。"这样的迷失，由于没有相应的文化背景，才是洁白的情绪——淡意识。

7

真在厚度和广度里不失文化意识而达到生命自觉的是栗原小荻组诗《背水历程》。该诗没有逃避现代文明又未完全摒弃传承文化心理。限于篇幅也不展开分析了。还是让我们看着他的自白吧。"在错觉与坦荡、麻木与挣扎、金钱与文明的生活氛围里，我诗的眼睛怎能不射出幽冷的光泽？我诗的手指怎能不抚摸抑郁的人格？……"

8

以上是以我的秩序感，对民族诗人文化心理的追寻：

"图腾皈依的祖宗崇拜——历史意识的返古复始——精神人格的恋旧——直面存在的荒谬选择的文化迷失——走向生命的自觉。"实质上，从人类文化学进化观，每一个存在的人都有这一个纵向的深层结构。

最近，由黄神彪、栗原小荻主编的"中国皇冠诗丛"第二辑在广西民族出版社出版，再一次正式了我对少数民族诗人创作新诗的考察是合理的。"中国新诗正走向合题阶段。"（详见"皇冠诗丛"第一套总序之一，吕进先生著。）二十余部青年诗人的诗给自己的精神历程画上了重重的一笔。这批诗作暗示着新诗发展轨迹上一个较闪光的弧线。由于对民族文化投入了强烈的哲学意识、生命激情，他们的诗作自然而然地有着更为广泛的文化背景：对传承与传统文化进行秩序的梳理，对无序的现代文明进行现象与本质的二元整饰，在理性与感性之间，以感觉和叙述进行功能的化合。即始终以现实世界的人和自然作为自己的终极关怀对象。是拯救也是逍遥，在后现在主义的冷漠里露出笑容来，选择自己的也是自然的生存方式。

民族诗人的路，在迷失中选择，在选择中迷失，从迷失中走向自觉，没有一个封闭的误区将他们扼制。返璞归真只有在这儿，才不是廉价的时髦的巧立名目。"法自然"是法生命本身，自觉是文化的、文体的、哲学的、生命的整体自觉。合题阶段是中国诗歌的前景，整体地突出了人类文化的去处，也建构着文化生物的人的最终归宿。

——原载《大河诗报》

第三篇

03

《扶贫手记》

带一本费孝通的书下乡去

去年 5 月①，我被抽调到市人扶贫集团，下派到三峡库区 B 县②挂职锻炼。十几年前，我从一个边远山区考进大学，再留校工作，用自己的话说，一直保持着农民儿子的本色，追求简单、朴素而美好的生活；用别人的话讲，我的黄泥巴脚杆还没有洗干净，一直显得有些土气。其实，我自己清楚，就治学方向而言，我一直默默地研究民间文学、民间文化，尤其是民俗心理。而近几年来，偶尔回老家，也感到改革开放三十年了，农民解决温饱之后，很多更为复杂的问题暴露了出来。我开始学习用经济学的眼光去研究农村和农民。这一阵子，农业产业化和农业结构调整叫的特别响，但对国家级贫困县而言，我总觉得有拔苗助长之嫌。因为这种开发的基础还相当薄弱。正是本着这些书生气的理想，我十分乐意地接受了下派任务。

也正因为一种书生气，临行前我几乎花两天时间清理了几十本书准备带下去，一幅出外访学的架势。但转念一想又不对，如果到了农村还成天著书立说，那就太不像话了。我要做的只是去扶贫，去访贫问苦，去给农民跑项目，争资金，搞开发。我必须精简我的书籍，包括精简我那充满文化学术的大脑。我的一切写作都将直接建立在田间地头乡村小路上。几十本书又回到了书架，然而有一本书，我是肯定要带到乡下去的，那就是费孝通的《乡土中国》。

《乡土中国》是四十年代后期，费孝通在西南联大和云南大学的《乡村社会学》一课讲稿，用费老自己的话讲是试图研究"作为中国基层社会的乡村究竟是个什么样的社会"。我喜欢这本《乡土中国》，它用社会学的眼光，经济学的手段，把中国最基层的社会心理结构抽象出来了。比如他所分析的中国乡村社会的"礼治秩序"、"差序格局"、"维系着私人的道德"、"长老统治"、"无为政治"、"血缘与地缘"等现象，都鞭辟入里，深入到了中国乡村社会最根本的东西，文笔也很有锐气，就我的视野所及，除开乡土文学不算，费孝通的《乡土中国》应是关于中国乡村社会最好的文本。

我们面对的乡村当然不再是上个世纪四十年代的乡村。四十年代的乡村当然也受到当时现代文明的冲击，说白一点，那是一种革命时尚的冲击；我们的革命也正是从农村包围城市，封建制生产关系在农村瓦解，民族工业与资本工业在城乡边缘引起一些轻微震荡。解放区红色政权建立，农民的政治地位骤然上升。直至解放，人民公社式的生产关系比较超前地打破了中国农村的封建遗留，包括传统的礼仪道德和文化风俗。十年文革对贫困山村而言，伤痕不表现在意识形态上，而是导致了本来亲和力极强的乡村人际关系变得隔膜起来，最主要的是生活更加贫困导致的普遍失望。

我在下乡时，遇到一个老奶奶，我特意让她煮红苕稀饭吃时，她笑了："怪呢，你们城里人下来还要吃红苕，我们这里红苕只喂猪的。可在文革时候，我得了肿瘤，饿呀，直喊'烂红苕吃饱一顿，死了都闭眼睛啊'！"我相信这是真的，现在她除了吃饱饭，还只能算在贫困线以下，但却非常满足，一个劲儿夸邓小平好。中国农民就这么容易知足。这已成了推行农业产业化、农业结构调整时极大的心理障碍！就在老奶奶所在的这个村，我调查到几个亲兄弟为了争抢水源动刀打架；插秧打谷期间，村民间不再兴什么帮忙，一律以工钱计。

农民觉醒了，传统的礼仪也被市场经济这只看不见的手砸得面目全非。我亲眼在一个特困村看到：国家无偿财政资金资助，农民投工投劳的一段村民公路上，村长艰难地做工作，农民蹲在地上讲价钱。记不起毛泽东在哪篇文章里说过"重要的问题是教育农民"。但是，我们的村干部，又有多少墨水去实现教育呢？传统农耕时代那种血缘威望的"长老政治"已经不复存在。所以，农村的思想政治工作难做，成了基层干部普遍的呼声。

费孝通的《乡土中国》提出了一些最基本的乡村社会学范畴，但要用这些范畴去阐释现在的乡村社会还远远不够。但也正是这本费孝通的书告诉我，对农民只讲政策是做不通工作的，还得深入地研究他们的文化、心理与生活，把他们最根本的症结找出来。可惜的是，要我们农村的基层干部达到这样的水平，现在还只是一个美好的愿望。费孝通先生在晚年毅然以九十高龄和更为强劲的学术劲头，深入研究农村的小集镇综合功能问题，这从一个侧面提醒我们，高层学术人物下乡，其作用是不可估量的。但，我了解到，我家旁边一所农业部所属重点大学[3]，每年分回县上的本科生都屈指可数，下到乡、镇一级的几乎为零。这不能不说，是贫困地区农村的深层悲哀！

带着一本费孝通的书到乡下去，即使有些形式主义的味道，我也要带着它。在田间地头去面对泥土，我知道，沉默的大地正滚着春天的雷声。

——原载 2001 年《企业文学》第四期

注释：

①：指 2000 年。

②：即重庆市忠县，当时还属国家级贫困县。

③：指原西南农业大学。2005 年 7 月后，与原西南师范大学合并，组建成了西南大学。

惊心一跪

如果看到古装戏里的如下场面：明镜高悬的公堂之上，或者巡抚大人的八抬大轿招摇过街之时，鼓声中或斜刺里突然闯出一个衣衫褴褛的百姓双膝跪倒，高呼冤枉之类……我肯定会见惯不惊，甚至毫无感觉。但当现在而今眼目下的某一天上午①，在我下派 B 县的某个政府机关办公室里，突然一个衣衫褴褛的老农民，走进门来面对新中国成立后二十年才出生的青年干部双膝跪倒。我不得不，也可以说防不胜防地惊心动魄了。

我在 B 县扶贫办分管机关事务、社会扶贫和对外联络工作。这是冬天的上午，天空下着细雨，其他几位领导开会的开会，下乡的下乡。我便坐在主任办公室处理一些文件，一边埋头写着什么。一连接待了两个上访者。先是一个农民，背着布包，穿着溅满泥浆的统靴。他走到门口，也许见地面被我收拾很干净，刚到门边，便开始脱鞋，天！居然没有穿袜子，鞋里垫的是谷草，他光着脚就要走进来。我赶忙起身到门边，"老人家，穿起鞋进来"。说老实话，我此刻想起了童年时代看见爷爷、爸爸从地里干活回家的情形——也是这样的靴子，溅满泥浆，但一脱光脚，就是妈妈端上来的热气腾腾的一盆水，还有一双干净的棉鞋。而这个老农民上访，来到这亮堂堂的办公室，怕污了这干净的地面，就要脱掉那溅满泥浆的鞋，而我没有热水给他。他来是有求于我的，我此刻代表的是政府，是他满眼的请求与渴望。天寒，但老人家心里燃着火一样的希望。我让他穿了鞋进来，记下了他的情况，并转秘书交主任办公室讨论解决。我想，只要我的心是热的；而对我而言，也只能心是热的。

第二个上访者，不用说，就是那惊心的一跪了！

快下班前，我正在写一篇文章，写得很投入，"咚"的一声响，我抬头一看，活生生，又一个衣衫褴褛的老农民跪在我的桌前，天啦！"老人家，你这是为什么呀!"我放下笔,起身,绕过椅子,扶他起来,把红外线烤火炉提了过去。老人已是泪流满面。而我心里一直咚咚地响个不停,不是我的心跳,而是那老人的膝盖骨和瓷砖的接触声。我自然不是什么巡抚大人,连七品芝麻官也不是,只是一个下派的普通干部呀!这一跪却活生生让我想起那些古装戏,不要以为我是什么道德作秀,这一跪真的触动了我已封存如冬天的关于良知、道义、责任和人民的神经。

我记下老人的情况:手腿残疾,妻子改嫁,女儿17岁,不知何处打工,老母年迈八十,还在做庄稼,去年山洪,房屋冲垮,只剩一墙角。他已是第三次进县城了。扶贫办有人叫他找民政局,民政局有人让他找扶贫办。职工们都走了,我只好做好接待记录,再主动给他写好一份申请,然后到楼下小酒馆要了两个菜请他吃饭。然后掏出20元钱,给他买了车票,让他回家。站台上老人双手作揖,几乎又要跪下,我扶他上车,老人含着热泪说:"你真是焦裕禄样的好干部啊!"这是原话,但用在我太不贴切了。我这一点微不足道的热情,在老人看来却弥足珍贵。是不是我们的机关干部连这点最普通的热情都表露得太少了呢?也许是误会,我经常看到大家言谈举止和蔼大方,亲切有加。当然不知他们面对满身泥浆,手脚残疾,甚至发出一丝酸臭气的"丐帮"一样的农民,会不会有同样的表情。这样一想,那一跪,的确令人心惊。

坐在被人呼做"主任"的那把椅子上,那把刚刚被一个老农民磕过头的椅子上,我的脑中迅速组接了另外几个亲身或亲眼所见的画面。

之一:我和市人大专管扶贫的老领导坐着加长型红旗轿车,前往下属 C 市联系工作。因为修路塞车,临近 C 市郊外天已暗了。一个农民推着独轮车迎面而来,车上支着一根木头。公路右边是未完工的水泥路,露出很多半尺长的钢筋。司机叫农民往旁边再靠点,那农民一动不动,我们的车只好尽力靠右而行。"碰!"前面右边轮子挂在钢筋上,进口真空胎爆了。同行的老领导发火了,推开车门指着农民说了一句:"你再让一寸,我的胎就不会爆嘛!"这一吼不打紧,哗啦啦,阴暗处忽然冒出一大群民工来。"你凶哈子凶!你以为你坐的小车不得了?你是当官的就不得了,该背时,巴不得!"[②]提着铲子,扛着扁担,那架式简直象农民起义军。老领导长期在农委口工作,是个实在人,见农民这般阵式,气得蹬脚:"老子一辈子都是跑田坎的,今天还在给农民跑项目,遭农民恁个骂?老子硬实[③]想不通!"还是司机稳得起,取下车后的备用胎和千斤顶,默默地上好胎,招呼老领导上车,在民工的笑声里发动汽车，缓缓地开走了。我回望那群农民，只觉得夜幕更深了，象什么也没有发生过一样。沉默寂辽的大地上，只有高级轿车沙沙的行驶声。

之二：B县又一批外迁湖南的移民欢送会在码头举行，某书记慷慨呈辞，对父老乡亲祝福又嘱咐，几乎是热泪盈眶。仪式完毕，轮船启航，媒体镜头撤走，某书记笑逐颜开，一班人马迅速打道回府。刚准备上车，突然河坝里跑出一位老太婆，头发蓬松，又哭又闹，扯住书记的衣袖哭诉：猪、牛全都卖了，给了儿女去他乡，自己不迁移，眼下日子怎么过呀！某书记极不耐烦地甩开衣袖："迁去的地方好，有好日子过。你在老家，也会好起来的。"这话本来不错，但，错在一种漫不经心的口气和极不耐烦的动作。拂袖风声中，老太婆几乎退倒河坝，望着扬长而去的小车发呆。老太婆没有跪下，只是发呆。我看着发呆的老太婆，只是发呆。远去的移民船只还没有完全从视野消失，但那长串县委大院的小车扬起的尘土已经消逝得干干净净。

之三：某大人物来B县考察，既定路线中要在某移民开发小区视察。地方官员早已列队恭候，大人物快到了。突然一个工人（据说是下岗的），在小区的人群中吵闹起来，说开发小区拆迁他的住房补偿不公，他要见见这个大人物评评理。负责安全的B县公安局局长走进人群，十分友好地递上一根烟，称这个问题包在他身上，叫工人跟他走到那边去谈一谈。两人一边谈一边离开人群。终于走到100米开外的工棚，某局长突然一推掌，把那工人推进门去，带门锁上，工人砸门、哭闹，谁也听不见了。大人物所到之处掌声如潮。掌声自然淹没了那个工人的哭喊声。后来，我听人讲，他跪下了，从门缝里看着热闹的人群，看着大人物指点着开发区说着什么。他当然听不见更听不清。因为这100米距离太长了，长得像二万五千里长征，长得像整整一个世纪………

够了，这三个镜头已经足够了。为什么上访的老农民还要对我下跪，为什么他只能下跪？我与他的距离是一步之遥还是遥远的一步？我陷入了沉思。像冬天的大地一样陷入沉思。当然能惊心，说明我的心还在。有首歌唱道："心若在，梦就在，天地之间自有真爱！"惊心之余，我明白了，该去为他们做点什么。

注：

①：2000年10月，本人在重庆忠县人民政府扶贫办的一天。

②："该背时，巴不得"：重庆、四川方言，就是幸灾乐祸的意思。

③：硬实：方言，确实之意。

本事：在几篇《扶贫手记》中，这是唯一的惹祸文章。文中提到的那个县书记、县长都看到了，据说很不高兴，还说我的文章中有反动思想，但，21世纪，再也不是至少现在不是"文革"时期了，所以，很多当地干部说很动人和深刻（打印手稿曾在该县大院流传）；但，文章的发表却颇费周折。后来，市人大《公民导刊》和《企业文学》以及政法委内参都发了。2001年，该文获中国青年作家北京论坛创作类一等奖，但，我把奖金和稿酬却给了那个上访老人的孩子——兰州大学的该县籍贫困生，后来，我离开时，老人来县里给我送了一匾……呜呼，中国农民呀。

移民的乡愁

思乡，是出门在外的人最基本的情感方式。乡愁的身份似乎只属于游子，而且偏重于文人墨客或者至少保留了一点古典情结的城市人一类。身在乡下的农民，愁肯定是有的，但那不是乡愁。文人墨客或城里人即使是游子，也不过是恋旧，加一点童趣、亲情或别的什么。那乡也罢，简直就是梦乡；那愁是审美式的，甚至有些做秀，有点飘，像无根的浮萍，是闲愁，怎么看都有点奢侈。有谁见过一扯到神经就浑身喊痛的乡愁吗？有的，那就是移民的乡愁——那是真正的背井离乡，活生生的故土难离。"舍小家、顾大家、为国家"，这是站在政治角度给三峡移民牺牲精神的崇高褒扬。但在骨子里，移民还是有一点最深刻的痛：那片土屋，那晒谷坝，那石梯坎，那口老井，还有那世代相闻的泥土气息，就永远沉埋在江底了。故乡在未来的重访里不可能那么具体了，它已经变了半边江水，甚至一片汪洋。

我在B县扶贫的同时，还送过四批外迁移民。我相信，出自国家政令的移民对接工作做得已经很扎实，护送干部和随行媒体已经小心翼翼，迁去的地方与落后的库区相比，自然要发达得多。但，那种情感，那种心欠欠的感觉，是非亲为移民而不得体会的。我在江边一个山村住了一夜，恰好有一轮明月照着奔流不息的长江。一个老农民也说了诗人写出的句子"月是故乡明啦！"我丝毫不觉得酸，老农民确实也在触景生情。结果走的时候，他硬是从坝子边挖起一块浸透着洗脸水、洗脚水甚至鸡屎味的泥土用布包了，带到上海的崇明县移民新居。在电视新闻里，我也看到，一个中年农民，把一颗故乡的黄桷树苗带到了几千里外种下，意思是让它落地生根。移民去的地方，只能叫第二故乡，对后人而言，那就是永远的故乡，这之间的转化，至少需要整整一代人的适应。故乡情，不像爱情，说来就来，一见钟情，它需要慢慢地，一代一代地培育。

移民，也许并不像我们这般多愁善感，但他们的乡愁却那么直接而现实。当欢送仪式完备，移民船只离开码头的一刹那，我看到船边和岸边好多人在哭，不仅仅是三亲六戚，素不相识的 B 县人，有好多眼圈都红了。人其实是惧怕陌生的，陌生容易让人寂寞和孤独，改变环境需要勇气。况且，农民，多少由于文化习俗的原因，还保留着祖先崇拜的思想，那故居那祖坟的毁弃，意味着一种背叛甚至不孝。千万不要以为农民就没有文化心理，他们有，而且其结构还比较复杂和稳固：祖先崇拜、鬼神信仰，生命禁忌以及各种习俗。

还有更重要的一点语言特征：方言，尤其是一些地方味特别重的口音、辞藻，这是一年半载难以改变的。随着移民岁月的推移，他们当然会不得不接受新故乡的语音和词汇，甚至完全可以杂糅成一种新的语言，但方言的痕迹还会在很长时间存在。一个成天在乡镇上泡茶馆的老人告诉我："到外地，最怕的是上街，那里有没有我们这样的茶馆，找得到吹吹闲牛的伙计不？别人听不懂我的话，我啷个好出去耍哟！"可见，乡愁的构成里，语言的比重很大。他乡遇故人，使用的肯定是方言。语言，说穿了，也是一根人生拐杖。"少小离家老大回，乡音无改鬓毛衰，儿童相见不相识，笑问客从何处来。"语言是乡愁的载体，是沟通故乡的一道熟悉的小桥。说着方言的农民肯定不会是语言学家，他只是语言的使用者和生产者。移民刚开始的岁月，无时无刻不在重复自己的语言和历史。老乡们会经常在一起用方言说说过去，以此来抵抗陌生与恐惧；老家的政府机关还时不时派代表嘘寒问暖，领着政治任务的媒体还会偶尔去采访一下，当地的政府和街坊邻居也会来慰问和献爱心。而几乎一致的主题都是："那边还有啥亲人没有？迁来后习惯不？有啥困难需要帮助不？"一回答，就是重复。而重复的正是一种乡愁。

移民的乡愁存在对比的成分，有一种陈年风味，像从老山区带到大城市的老腊肉。一个记者在年关时节去采访崇明岛上的库区移民，那个移民正在院坝里炕猪肉，用松柏条、柑橘叶、海椒杆炕。这让那些上海人看不懂，有人说，这样的肉吃了怕得癌症。移民说，不吃腊肉，哪叫过年？那边的人做的是酱肉，在太阳照着的阳台上一遍遍地往肉上抹酱，这也让他看不懂，那样整出来的东西肯定有股太阳臭，还是自己的老腊肉有嚼头，一边吃一边会想起故乡。老腊肉的故乡啊，一年一度总是这么回味悠长。

本来，农民是无所谓乡愁的；移民，硬生生从自己的家长里短的世俗生活里扯出一股乡愁来。这愁，不是闲愁，不是文人的审美，不是游子的补药，而是连同生活一起搬迁的生活本身。移民的乡愁栖居在新去的故乡。我们应该对这样的乡愁肃然起敬，尽管它不那么诗情画意。

唱给太阳的歌谣

我曾有数年在乡下搜集民歌民谣民间故事的历史，那是十几年前的大学时代，利用寒暑假，我几乎走遍了金沙江两岸的十几个乡镇，搜集到数百段民歌民谣。但，它们至今还杂乱无章地堆在我的书架底层的一个布包里。曾经想成为一代民间文学大师的雄心壮志被后来所从事的琐碎的机关工作消磨殆尽。参与扶贫之后，我又开始走村串户，慢慢地，那种感觉又回来了。但，我也知道，我曾在以前的好几篇文章里美化和粉饰过这种感觉，认为那是能与艾芜的《南行记》媲美的东西。直到今天，我作为身兼政治任务，实际上是还原成一个底层人物重访民间时，我才知道，我还没能真正从生命和文化角度进入过那些民歌。

贫困地区的人民是苦的，也是穷的，但他们的精神状态并不那么苦，那么穷，何以为证，就是那些民歌。民歌，保存了中国老百姓的乐天本性，保存了乐感文化的民间流传，那是太阳底下唱给太阳的歌声。

> 不愿穷来不愿有，
> 但愿长江变成酒。
> 酒醉倒在沙滩上，
> 风吹一浪喝一口。

听这支歌，疑心是某个文人所作，但确实出自一个孤独的老农民之口，是谁作的，他也不清楚。歌里的悠然自得，落拓不羁，他一点都没有。儿女们都打工去了，他一个人守着一座破烂的泥墙大院，院坝不远便是长江的一条小支流。打工的儿女寄一些钱回来，他就去买酒喝。我把这首民歌改编成了一段摇滚音乐，准备给我所在的 B 县某个酒厂做广告用。如果取名乐天酒，这段民歌再恰当不过了。

一样乐天的还有这样一支抗洪歌谣：

> 丝茅草儿尖对尖
>
> 今年子的洪水要朝天
>
> 洪水朝天我不怕
>
> 变一个麻雀飞上天。

农民照样有不凡的想象力，有童心和情趣。民歌的乐天精神里有时也会渗透一些悲怆成分，农民一般不愿直面痛苦，往往用比兴和借代手法。

比如下面这首：

> 高山顶上一条牛
>
> 口衔青草眼泪流
>
> 问你牛儿哭啥子
>
> 犁头耙子在后头
>
> 黄荆棍儿背上打
>
> 还要骂我死瘟牛

唱腔高亢、悠长、悲怆，但内容却有点让人想笑，是春节时"牛儿灯"的一种调子。

我很想搜集与我的工作性质有关的扶贫歌谣，但恰好很少。有一部分，也有很强的编造痕迹。B县确定为国家级贫困县还不到十年，两年前已通过了越温达标检验。但贫困的帽子还没摘掉。有意思的是，B县人还在努力保住这项国贫帽子，称摘掉帽子要感冒。于是在这样的时候，原扶贫办主任老陈整理、创作了几首扶贫歌谣：

1

青山绿水石旮旯

红苕洋芋苞谷粑

要想吃上大米饭

除非两脚大叉叉（指怀孕）

2

走进贫困农户的房

一踩一个凼

天上明亮亮

风吹摇晃晃

缺衣少吃心发慌

何时才能奔小康

3

昔日的师梁（地名）

村里留不住姑娘

好男儿上门当新郎

今日的师梁

贫困农户修新房

家里飞来金凤凰

电灯照得亮堂堂

热被窝里谈笑风生摆家常

这是一个高小文化的老革命创作的民歌，有点五十年代新民歌运动的味道。与前面土生土长的民歌比，艺术水准还是差了一些。但里面有种东西让人激动，那就是一种热切与希望。从事扶贫工作的人就应当有这样的热切和希望。

我曾试图利用下乡的机会重返民间文学与民间文化的研究，但我失败了。这些写扶贫的民歌与前面说的那种生长于乡土的歌谣相比，完全是另一种感觉。我们现在正需要这种感觉。歌声，总是美好的。在乡村公路工地，在鱼塘边上，在山顶，如果听到这样的，哪怕是粗糙的民歌，也该觉得是幸福了。因为，歌声里充满了希望，就像生活里充满了阳光一样。

山顶一夜

"前照一后照七，小郑，你不熟路，到我后面来。"老陈打着电筒一边说话一边咳嗽让我走到他后面去。冬天的深夜，又冷又黑，白天刚下过雨，下山的小路又窄又滑。这是我到 B 县扶贫锻炼以来最艰难的一个夜晚。不是说山间小路的难行，我也是农村出来的，走走夜路不成问题，而是离开那个山村的难堪与难受。退居二线的老陈，人称老革命，他也说："我当了十年贫办主任，没有像今天这样狼狈过！""农民工作太难做了啊！"前面引路的村长回答说。又是我一句话就让大家沉重起来，"这也说明农民进步了，农民觉醒了，有自己的主见了呀！"

是的，我们的农民觉醒了，进步了，有了主见，不盲从，这应该是好事。不过，他们的觉醒和基层政府的引导并不合拍。农业产业化和农业结构调整，是现今农村工作的流行语，但农民不熟悉这套语言，甚至也不相信这套语言。我们刚离开的村是全县的特困村之一。我们引进了良种大枣，准备把那里搞成大枣基地。苗子已经发到农民手中，也栽到了土里。但农民却既无钱支付苗子钱，又不愿意贷款。他们以为扶贫是无偿支持的。乡村干部宣传发动时肯定出了问题，矛盾就交织在这里。不少村民反映："乡里，今年叫我们种油橄榄，明年叫我们种板栗，苗子一栽，再也不管我们。这几年种过花椒、西瓜、芝麻，你看哪样成功了？"有一个打过工的农民吵到："你们政府分明就是在做苗子生意嘛，你们不是没有看过'焦点访谈'，巫山县铲了粮食种烟草，这回遭中央台曝光了。"有个近八十的老奶奶骂到："我一辈子没欠过谁一分钱，现在要我贷款，欠起款，我朗个还？老子都要死了，还个屁！"一个正在沿海打工的青年农民走过来，一叉腰，腰间挂着一个大哥大，气势汹汹地吼："我们农民自己晓得脱贫致富，自己晓得发展，不关你们的事。"

简直不知道他们为何如此大的怨气。大家都忍着，让农民尽情地骂，骂够了，从16岁起就在B县工作、经过该县七个县长八个书记的老陈站起来动情地发表演说。从新中国成立前到"文革"，从"文革"到新时期，从新时期讲到现在而今的世纪末。只有高小文化的老陈用一套农民的语言一一归纳并回答了农民提出的几个问题。"围攻"的农民散开了。有的农民还主动招呼自己的婆娘不要插话，认真听。接着技术员老赵讲大枣栽培技术，讲市场前景预测，同行的蓝主任讲贫困村的政策和待遇。天黑了，灯亮了，山村的院坝里，只听见我们几个人轮番的演说。村支书家属煮来了几碗热气腾腾的面条。我一言未发，怎么想，都觉得这样的情形好像一场过时的黑白电影。我来自农村，但对农村太缺乏了解了，对农民的认识也太肤浅了。农民渴望致富，渴望改造环境，更渴望的是一种深刻而深情的交流啊。

老陈一边走一边气喘吁吁地给我讲以前在另外一个村发展西瓜的事。刚开始，那个村支书的老婆死活不种，据说硬是想去上吊以示抗议。但第二年西瓜成功了。又大又甜的西瓜出现在B县的大街上，B县有了本土的大西瓜。那支书家的硬是摘了一背篓大西瓜送到扶贫办。几亩西瓜让她尝到了甜头。小孩子的学费，平时的花销都有了，还因此添上了电视机、收录机。B县所在大区的另一县，有一匹黄花山，现在成了本市著名的百里优质水果长廊，整整65公里大山全是梨子。可当初起步的时候，有的农民就是把树苗铲了种麦子。经验告诉我们，农民是有局限性的，只有靠事实让他们觉醒。但，我们做的事，一定要让它成功才行。

深夜十一点的时候，我们再召集几个思想未通的"钉子户"座谈，当面承诺，大枣基地建起来后，县里将投放村级公路，人畜饮水工程。这几家农民感动了。但还是心存阴影，都说，你们这般努力工作，怕是为了赚取苗子款的回扣吧！老陈他们未置可否。喝了一碗热茶，告别，走下山来。

快到公路边的时候，县上来的小车已经在那里等着了。亮灯，按喇叭。老陈用电筒向那车晃了晃，算是接上了暗号。老革命说"郑教授（下乡都称大学老师为教授，把我破格了），你说农民觉醒了，是啥意思呢？"我想了想，说："敢对你们说不了，有了自主意识，这是障碍，也是基础。""也对，你的知识分子气还是重了一些。主要的原因是我们下基层太少了。""如果以前多几个这样的夜晚，今天就不会搞这么晚了。"我又貌似深刻地说。

我们满身泥浆地上了三菱越野车，小车飞速奔向县城。我疲惫地睡着了，只梦见遍地泥泞小路，在山间摇摇晃晃。我不知道老陈他们是否也同样睡着了。

穷人的经济学

这篇文字照列写于 2000 年，是读了美国舒尔茨的《穷人的经济学》之后所作。后来，在 2005 年全国两会期间，温家宝总理谈到了穷人的经济学问题，又引用了舒尔茨的原话，而那句子跟本文开头极其相似；2007 年 9 月 9 日，教师节前夕，温总理在北师大与师生座谈，再次谈到穷人的经济学，并进而谈到了穷人的教育学，不由得感慨系之。当然，总理即使无意中也不可能在本文发表的那个小杂志看到我的这篇文章，但，转念一想，总理能和我等小百姓想到一处，这就是小百姓的幸福，当然，有这样的总理，也是中国人的幸福！

——题记

·经济一词本身含有民主、平等内涵·

美国著名经济学家舒尔茨在诺贝尔经济学奖受奖词中说："世界上大多数是穷的，如果我们懂得穷人的经济学，我们就会懂得许多真正重要的经济学。世界上大多数穷人靠农业谋生，如果我们懂得农业经济学，我们就会懂得许多穷人的经济学。"老实说，读到这句话，作为一个国家级贫困县的扶贫工作者，我深受感动。舒尔茨的话说得实在、中肯而深刻。最近看一个材料知道，即使发达国家如美国等，照样设有"扶贫办"这样的政府职能部门。贫困，是个国际性话题，绝对贫困消除之后，相对贫困依然长期存在。所以，1992年47届联合国大会把每年的10月17日确定为"国际消除贫困日"，号召全社会共同关注和参与扶贫。扶贫，体现了人类文化的良知与道义本质，是文明世界和文明时代的一个美好的象征。说得更深刻一点，人类其实是渴望和平与平等的；也正因为发展与竞争带来了贫困，贫困也才反过来成了一个国际问题。中国典籍《文中子》中，这样解释"经济"："经世济民"。那么，经济一词本身是含有民主平等内涵的。因此，可以这么说，研究穷人经济学，实质上是研究平等、自由、民主的人文学。舒尔茨是个人本主义者，他呼吁的穷人的经济学实质上是一种伟大的理想主义。

半年前（指2000年——作者注），《南方周末》上刊登过一篇惊动朝野的文章，题目是《乡党委书记含泪上书，国务院领导动情批复》，眉题是《农村真穷，农民真苦，农业真危险》。通过一个最基层领导的真实坦露，把农村、农业、农民的若干问题端了出来。我一直在期待这篇文章的下文，谁知等到的却是更令人伤感的无奈：不久之后，这个敢说真话的党委书记辞职打工去了。应该说，我们国家这三十年来，农村经济改革是成功的，对农村也是倾注了全力的，农民的利益也正在受到国家越来越强有力的保护，农业产业化和农业结构调整正在全国大部分地区启动，有明显效益和引导作用的典型已越来越多，农村的基础也开始硬化。但贫困现象依然存在，而且有的地方还很严重，这究竟是为什么？这对于我，一个长期从事学生工作和写作教学的人来讲，的确是个难道。但，我突然悟到：扶贫，首先是一项政治任务和政策措施，但更重要的应当是一项经济工作和经济手段。政治的眼光，经济的手段，是解决贫困问题的基本原则。因此，我们呼唤一种穷人的经济学。不幸的是，从事扶贫工作的人们，并不懂经济。只好用政策的条框去生搬硬套，而没能让我们的穷人掌握市场的元素，用经济的手段，调动起贫困的神经。这才是真正的深度贫困。

信用时代：穷人有没有信用？穷人拿什么资本作抵押？

不可否认，这样卡那样卡流行的时代，从经济角度讲，便是信用时代，或者契约时代。是不是因为怕人们不讲信用了，反而更需要信用。一切的经济关系，同时也构成了一种契约关系。本身属于人类礼仪、道德范畴的信用，已经成了防范不义、不道德的一种经济链条。信用的前提不再是礼仪与道德，而只能是经济或资本的抵押。那么，穷人有没有信用？穷人拿什么资本给现代社会作抵押呢？

在全世界贫困地区推广的、孟加拉经济学家犹诺斯发明的"小额信贷"基本上给我们作了回答。犹诺斯本人曾留学美国，是学习发展经济学的，并没研究穷人的经济学。他回到自己的老家，一个贫困的山村，想让老乡脱贫致富。他发现穷人并不笨，也不懒，除了地理条件和历史基础薄弱之外，他们应该会富起来的。他们缺的不仅仅是金钱，而是机遇。要是能给他们一定的金钱，给他们创造致富的机遇，那就好了，但如果无偿地给他们，暂时解决一下温饱，他们就不会珍惜，也不能很好把握这次机遇，还会继续穷下去，必须给他们建立信贷关系，信贷关系构成了一种以利息为动力的压力，是一种持续的发展的资本关系。但信贷业务是需要担保的，几乎无任何资本的穷人怎么可能找到担保，他们该用什么作抵押呢？人格，穷人照样是有人格的；信用，本义的信用就是引申到经济学范畴的信用的固定资产。犹诺斯教授由此发明了五户联保的小额信贷。五个贫困户组成一组，平均每户贷款小额度如1000到2000元不等，互相担保，共同发展小手工业，种养业等，按月、按季偿还较低的利息。大家有义务和责任互相帮助，如果哪一户还不起贷款，其余4户有责任和义务帮助偿还。就这样，建立在朴素的人格基础上的、以基本信用为前提的经济关系产生了。这种关系反过来还有利于人格和信用的建设，为此，大家共同支撑起了一种机遇。

目前，小额信贷已成了我国贫困地区农民发展种养业时与政府经济部门所发生的主要信贷关系。当然，我国的国情与孟加拉有不同的地方，相对而言，农民之间没有像孟加拉国那样共同的宗教信仰，联保只是外在形式，实施起来有一定的难度，但不可否认，这正是一种穷人的经济学。

经济学家何清莲曾撰文毫不客气地批判中国经济学家没有良知，只研究发展，研究高层次的金融，证券等，而不关注贫穷，不研究穷人，那么，我也呼吁，我们的经济学家研究应该像犹诺斯样，以一幅古道热肠来关注一下贫困，研究一下穷人。穷人的经济学，在我国应该是一块很大的热乎乎的蛋糕。

·知识经济时代：穷人应该补上一笔教育投资·

穷人的蛋糕不好做。因为穷人没有吃过蛋糕，更不会做蛋糕。对他们而言，蛋糕是舶来品，是"玩格"（方言，相当于时髦）与自己的身份不相当！这当然只是一个比喻，但穷人，或者我所面对的国贫县的农民工作确实难做，这也是事实。我所在的 B 县，每年国家下达了四千七百多万元扶贫资金、分为财政性扶贫资金、信贷扶贫资金，以工代赈资金和其他专项经费。信贷资金中对广大农户而言，基本上就是小额信贷方式。前面讲，这是一种古道热肠式扶贫活动，但我们的农民似乎并不领情。最近，我到了两个特困村去发放贷款，发动农民调整产业结构，种植大枣。农民居然这样认为："大枣苗是不要钱买的；既然是扶贫嘛，怎么还要叫我们贷款，我一辈子都没欠过账啊。即使是贷款，也不能有利息。"农民最重现实，也就是看得见摸得着的眼前利益。现在所谓穷，也不主要指缺吃少穿，而更看重的是他的生活质量"出门——有路"，"在家——有水喝"，也就整个村社的基础建设。个体的穷人而言，主要是没有硬货在手——没有钱。于是儿女无法继续念书，早早辍学务农，或外出打工。

B 县全县 98 万人口，在外打工的就有 17 万。除掉城镇居民，农村劳务输出比例之高是令人吃惊的。在农村开社员大会，到会的基本上是老弱病残，妇女占绝大多数。有人开玩笑说，现在去农村，连个漂亮的村姑都少有碰见，有模有样的都进城伺候你们城市人了。穷人肯定是有些悲观的，一是惰性，二是没有信心。尤其是恶劣自然条件下的穷人。我不由得想起五十年代的政治夜校，想起八十年代初期的扫盲班。那是对农民的一种教育，是政府的一种政策性投资。虽然偏重于政治性，但那毕竟是一种教育。农民是需要教育的。比如关于思想观念，关于政策与政治，关于种养业的技术知识，关于家庭理财，乃至关于家庭婚姻、计划生育的法律法规……，不妨这样说，近年来，由于农村家庭联产责任承包制，农村基层组织的力量有所削弱，干部们不像以前那样做工作了。我所到的两个特困村，有村民得知我是市人大下派干部时激动地说，连乡上领导都十几年没来过了，你们从县上，从市里来太难得了。我们的基层干部和农民有距离，这已是客观存在。还是毛泽东说得对，农民的问题，关键在于教育。

我们已经生活在知识经济时代，说什么"知识改变命运"。在农村，在穷人家里，知识才会真正地改变命运。穷人的知识应该包括观念、技术和办法，是以体力劳动为本，以智力劳动为质的实实在在的知识。

我们用国家扶贫资金中的小额信贷开办费在 B 县的两个片区召开了两个现场培训会，还深入到上面两个村开社员大会，每次大会至少讲了两个小时以上。讲得农民笑逐颜开，信心百倍，直到夜幕降临，农民打着火把送我们出山。他们讲，有十几年没有开过这样的大会了。开会，让穷人找到了一点当年当家作主的感觉。开会，让穷人分享了作为社会公众的一种民主、自由与平等的权力。开会对穷人来讲，也算一种待遇。那么，知识教育，正是一种深刻的扶贫方式。

——原载 2001 年第四期《企业文学》

第四篇

04

文史小品

兴尽而返

读清蘅塘退士编、陈婉俊补注的《唐诗三百首》多次，读到现在，诗歌已经变得并不重要，却愈发对其"注疏"更感兴趣：旁征博引随意点染，把唐诗三百首注个透透彻彻，真如为之作跋的陈晋蕃所叹："……始知作诗不可一字无来历，读诗不可一字不考核也。"其注之妙在于：往往因为一注的转引，读者便品出了诗的味外之滋，也就看到了传统文化人格的另一面：潇洒落拓、自由儒雅的精神境界。

丘为《寻西山隐者不遇》诗中"兴尽"一注，尤其美妙，本转自《太平御览》的裴子《语林》。后来，我在《艺文类聚》《世说新语》《晋书》都读到了同样一桩逸事，几次忍俊不禁，就抄了下来：

王子猷居山阴，大雪，夜眠觉，开室酌酒，四望皎然，咏左思《招隐》诗。忽忆戴安道。时，戴在郯溪，即便夜乘轻舟，经宿方至。既造门，不前便返。人问其故，子猷曰：吾本乘兴而行，兴尽而返，何必见戴。

深夜而起，望雪咏诗，忽忆友人，乘舟而往，到友人处又飘然而返。本注既是一篇空灵淡远的微型小说，又活脱脱表现了王子猷的任性与旷达。

——原载 1996 年 10 月 30 日《重庆晨报》

半耕半读

清光绪中叶，武进县出了个书生，名顾实，字铁僧，曾在上海爱国女子学校读书。顾实才思敏捷，学识渊博，文章曾名重一时。但他脚有瘸疾，为世人所窃笑，遂回到乡下，着粗布衣裤，戴土棉之冠，且一年四季不换，自称"识字耕田夫"。顾实食性清淡，不喜肉荤，唯以大豆佐酒。清晨起床，必用冷水洗澡，天天如此。门外一方农田，自己也常担水挑粪，扶苗除草，过着半耕半读的悠闲生活。听到田间樵夫野老的唏嘘小调或夕阳下面牧童归来的笛声，顾实就大声吟诵诗文，与之和答，怡然自得。

读书养性，耕作养身，与天地相亲合，与宇宙相沟通，实乃养生之大道，更是人生一大快事。现代人如何取得与之同构的心态呢？唯有清心静性，将物欲横流看作沧海横流，在都市丛林里开辟一丘自己的心灵"田园村庄"。

——《重庆晨报》1996 年 11 月 14 日

曹操"假打"

《世说新语·容止》记载，曹操接待一匈奴使者时，就用了替身而"假打"一回。

其时，曹操已挟天子以令诸侯，边族匈奴派一使者朝见。接见匈奴使者时，曹操让身材高大眉目清秀的近臣崔琰坐在自己的正位上，自己握刀立在崔琰旁边。接见礼仪完了以后，曹操派人去问使者："你看魏王气度如何？"匈奴使者答道："座上魏王容态仪表非同寻常，但坐榻旁的持刀侍者，才是真正的英雄啊！"曹操闻言，对使者敏锐的眼力很是吃惊，立刻派人追杀了已启程回国的匈奴使者。

可见曹操爱才惜才，但又容不下真正的知己。

——原载《重庆晨报》1996 年 12 月 28 日

妻梅子鹤

清袁宏道重灵性，有一小品文《孤山》，写宋代西湖孤山隐士林逋逋恬淡好古，不求名利，隐于西山二十余年。其隐，不仅淡去了仕途利禄，而且也弃绝了家庭伦常，独身不娶，只喜植梅养鹤为伴。客来，则放鹤致意，品茗赏梅，人称"梅妻鹤子"。袁宏道在文中慨叹："孤山处士，妻梅子鹤，是世间第一种便宜人。我辈只为有了妻子，便惹许多闲事，撇之不得，傍之可厌，如衣败絮行荆棘，步步牵挂。"

岂是袁宏道，今之众生，如此叹者多矣。听歌曰"红尘呀滚滚，痴痴呀情深！"原来，人间一切忧烦愤懑的确都生自一个"情"字。如果淡化了生活感念，但又不失所爱，并转化而为具体的日常行为，取孤山处士之道而反向思之，以妻为梅，以子为鹤，注一股自然野趣，隔一层温柔尘缘，必获得心灵的超然。

此，无情之情也。

——原载《重庆晨报》1997年3月7日

嫉妒而死

唐初名臣房玄龄，在朝堂之上能说会道，刚直不阿，一幅伟男形象。但退朝回家，却是个"粑耳朵"，特别怕老婆。因为房夫人"善嫉妒而喜食醋"。《隋唐嘉话》中卷记载，因房玄龄劳苦功高，太宗准备将一美女奖赏给她，房怕老婆而屡辞不受。太宗让皇后去见房夫人，给她解释当今纳妾乃普遍现象，不违常规，房夫人根本不听。太宗亲自召见，对她说："你到底愿意不妒而生，还是为妒而死？"唐太宗令人倒了一杯酒给她，说："既然如此，就喝了这杯毒酒吧！"哪知夫人面不改色，心不跳，接过酒杯，一饮而尽。幸亏杯中是醋，不是毒酒。太宗对房玄龄叹道："如此老婆，我都害怕，何况是你？"

太宗忘了自己的身份，他乃一代天子，三宫粉黛，美女如云，受其宠幸已是非常不易，他又何来怕字？房夫人出自女人本性而嫉，倒是捍卫了女人的尊严，也维护了房公的声誉。房玄龄自是权、色不能两全，两全即生腐败，这是真理。

——原载《重庆晨报》1997年3月28日

过山虎

凡贪官污吏所在之地，大都长养一些献媚邀宠小人。小人总是有些机巧的，聪明而善变。近来专读古代记录小人言行之书，不免又汗颜报羞起来——小人其实同时又多为一些书生。明代有一书生姓秋的，专靠一张嘴巴甜言蜜语混饭吃。一天，他去拜见宜兴县令，讨好说："大人，您为官清正勤勉，不但老百姓对您感恩戴德，就连县内的老虎也都感动得迁徙到其他地方去了，不忍在此地为害。"话音刚落，就有差人来报："昨夜老虎伤人。"县令看着书生，书生连忙答道："大人，这是过山虎，它讨些东西吃了，到底还是要走的。"县令听了很高兴，重重地赏了他，就此忘了老虎伤人之事。秋书生领了赏，急忙奔异地讨好去了。

此真过山虎也。岂止老虎伤人，庸官伤人，小人伤人也。

——原载《重庆晨报》1997 年 5 月 17 日

双倍用药

《淮南子》卷六记载：鲁人公孙绰自称医术高明，举世无双，常与人言："我能起死回生，把死人治活。"人问其法，答曰："我曾用药治好半身不遂者，死人不过是全身不遂。我用双倍的药，不就可以把死人救活了吗？"

考之以当今市面之医药、化妆、美容广告，公孙绰之流何其多矣。"双倍用药，效果更好！"言下之意是双倍付钱，赢利大大的有。某女士本极端庄秀丽，待听信"双倍用药，双倍呵护"之后，素面如天，星云密布，中年岁月，已是暮色苍茫。人问之，伊说"简直死过一次，变成另一个人了。"此也可谓"起死回生"。

可见，庸医害人，虚荣伤身。

——《重庆晨报》1997 年 7 月 21 日

山水清音

魏晋齐梁之际，是中国文化史上既风雅又平淡的时代，崇尚自然，主张清雅之美，玄学清谈之风每每留芳史册。以一部《文选》奠定历史地位的梁昭明太子萧统便是其中一位。他在自家花园中建有亭台楼榭，时常约请名士墨客前来游玩。有一日，请到番禺侯（今广州）萧轨。萧轨一边赞叹景色之美，一边又叹"倘有几个艺妓相伴，奏乐歌舞就更好了。"萧统笑而不答，脱口说出左思《招隐诗》中两句"山水有清音，何必丝与竹。"以今天的话来讲，山水秀美，就是一曲清爽的音乐，没必要招来"三陪小姐"了。

可见，三陪之风自南而来，已有古据。不久前，某文化检查官员到某镇检查娱乐场所，但见秩序井然，无不文明现象，此公反而一脸的不高兴，作陪的某干事问他是不是要小姐，此公点头称是。于是，此镇文化检查评比即为优秀。比之萧统，此公可为"山水清音不清心，丝竹乱耳也乱情。"

——《重庆晨报》1997 年 8 月 4 日

苏东坡跑了

盛夏上山避暑，居然在一旧书摊上找到一本明代人著的《避暑录话》，言避暑事少，记陈隐逸风流者多，可算作"文化的避暑"：即不关朝政兴衰，也无人生风浪。

话说苏东坡谪居黄州，担任某副职，其时仍为朝廷一罪人，因而正职知州徐君猷有监管之责。一日，东坡和几个客人在江中豪饮，至深夜才返。上岸后，侧望长江，夜色浩茫，江天相接，襟怀为之一宽，诗兴大发，随口赋出一首词来。最后两句"小舟从此逝，江海寄余生"成了流传千古的隐逸名句。洒酣诗妙，苏颇为得意，遂将官袍脱下扔在江边，扬长而去。第二天，这首词便传到徐知州耳中，并且加上了这样的细节：苏东坡唱醉了，写了这首词，扔了官袍，乘小船顺江而去了。徐再读词大惊："哎呀，苏东坡跑了，快追！"便差人乘官船沿江追去，自己再备了马直往东坡居处取证。但见柴门半开，鼾声如雷者，苏轼东坡也。

看来，文人与官人，都是有点自欺欺人的。

——《重庆晨报》1998 年 9 月 3 日

官蛤蟆

笔者业余治民间文化，常翻《水经注》，卷十六引《晋中州记》，有一

"官蛤蟆"典故，可博一笑。

一日，晋惠帝带一群侍从游华林园。但闻蛤蟆声此起彼伏，惠帝便问："这些蛤蟆究竟是为官家叫呢，还是为私人叫呀？"侍从们面面相觑，不知蛤蟆何来"官""私"之分，但又不能不答，一人乃曰："在官地为官蛤蟆，在私地为私蛤蟆。"惠帝听了觉得很满意，当场下令："即是'官蛤蟆'，就赐给它们谷物吧！""官蛤蟆"也要得官俸的，难怪蛤蟆爱叫。

郑笑曰："当今官蛤蟆多矣，在官前为官叫，在私下为私叫。不是不叫，只是时候未到。"

——《重庆晨报》1998 年 10 月 15 日

贫寒书生

明人邢参乃一布衣弟子，屡试不第，遂回乡教书为生，并以著述自娱自乐而不屑刊行。邢参家无寸田，早年丧妻，独身而居，生活十分贫困。但从不相求于朋友。但朋友却不相弃于他，经常去探望。邢参无茶无酒相待，也无柴薪生火，连喝冷水的碗都没有多的。某年大雪，参已是几天未见一粒粮食。有人闻讯前去探视，但见他端坐几前，正反复吟诵所写诗词而沾沾自喜，无丝毫忧虑之色。不久又逢连日大雨，邢参所居泥墙草屋遍地散漏，他就把书桌移到墙角去，连移了三次，最后一角方不漏雨，他便安然入座，十分自在地读起书来。

朋友见了，大为感叹，想起其祖父在世，也是一布衣书生，写过一篇名文《叱鼠赋》，那时家中尚有粮菜逗鼠，参何以贫寒至此。乃苦笑："老祖父骂鼠之文实在不该写，鼠尽而粮绝啊。"

——《重庆晨报》1998 年 10 月 1 日

醋与酒

《唐语林》卷三载：任迪简作天德判官时，军中请他赴宴。他因事迟到一步，被罚酒一大杯。一士兵给他倒酒时，把醋当成了酒。当时军中长史十分残酷，动不动就处死士兵。任迪简端起杯来，便知是醋，心中转念一想，仍一饮而尽。当夜即生病吐血不止。士兵们闻之，无不泣下，李景深也深受感动，对那士兵也免于处罚。后来李死，军中一致要求任迪简主持军务。此为以德服人又一佳例。

——《重庆晨报》1999 年 1 月 14 日

楚惠王食虫

楚惠王有仁心，施行仁政。一次吃肉酱时吞下了一只虫子，不久肚子痛了起来。宰相令伊来见惠王，问："大王何故肚子起痛啊？"惠王说："我吃肉酱时本已发现了那只虫子，但心想如果稍一声张，那厨师就该处以死刑，我实在不忍心，就把虫子吞下去了。"令伊激动长拜："大王如此仁心，老天必有报答。"当夜，那虫子就随大便排出，惠王肚子止痛。

设以今日，吃饭偶感沙砾，夹菜偶见小虫，品汤偶遇鼠屎，当是惊天动地，乃至触动"消法"之大罪过也。文明进步了，古仁人之心安在？喜耶？悲耶？

临危不助，罢官！

《世说新语》当是一部好书，给我们留下了一代清谈风尚的魏晋神韵。但有些典故明显有点过分。

东晋荆州刺史桓温，有一次宴请僚属，席上有个参军用筷子夹蒸饺时，几个饺子缠在了一起，怎么也夹不起来。同席的人又不肯帮忙，又不好意思空筷抽回，只好夹住不放，非常尴尬。在座的人见此情景大笑不止。在另一桌的桓温却一脸正色："一起吃饭尚不肯相助，真遇到危难之时，何以助之？"当即下令将那些大笑的人全部免职。

桓温先生言重了，革命不是请客吃饭，安能以饭桌上的行为来评价其革命性？我们在乡下吃"砣子肉"，在城里吃"泉水鸡"，这种尴尬还见得少吗？

眼泪即是礼物

"七品芝麻官"虽小，却讲了一句令朝野大惊的大实话："当官不为民做主，不如回家卖红薯。"然而这大实话里面却含着怎样的大智慧与大勇气啊！我就一直认为，所谓"父母官"一定该这样理解：既百姓把他当父母，他又把百姓当父母。不幸的是，古往今来真正为民做主而横遭贬谪甚至迫害者不乏其例。

《谷山笔录》载：明许逵任东平知府，政绩斐然，深受百姓爱戴，但似乎不太注意官场"场规"而为同僚所诟谇，最后被贬调他乡。离任时，上千百姓前来相送，哭声不绝。当夜在途中住店，许逵对仆人感叹道："我为官一任，本为造福一方，图个老百姓平安欢颜，而今只落得老百姓一脸眼泪啊！"仆人也不禁老泪纵横："是啊！若是其他官人离任，必收礼五车，而老爷口袋里没有一文钱，就把百姓的眼泪包去作礼物吧！"说罢以袖拭泪，听了仆人憨厚机巧之语，许逵不禁拍掌大笑："妙哉！"

笔者读此，却笑不出来。想起《南方周末》曾连载"董阳变法"一案，只感到："出师未捷心先死，长使英雄泪满襟！"

——《重庆晨报》1998 年 11 月 26 日

美女与美德

唐贞观五年，新罗国（今朝鲜境内）遣使来唐，进献两名女乐（即歌舞伎）。她们非常漂亮，并且有着浓密乌黑的头发，其风神非宫中嫔妃可比。但太宗对侍臣讲："声色犬马一时之乐，不如崇尚美德呀！"停了停又道："我听说林邑进献的那只鹦鹉还知道思乡，多次叫喊要回故国。鸟尚如此，何况人呢？她们远道而来，山高路遥，思乡之情可以想象，还是让使者带回去吧！"于是遣使者将两名乐女顺道送回。

今人则不然，有如此好事，德不德的就扔九霄云外去了。平日干渴，还去茶楼酒、歌厅、楼台泡妞呢？泡茶那个泡啊……

这样想来，那些美女也是遇到了唐太宗，唐明皇是肯定不行的。

爱民歌

《清朝野史大观》卷十载：张之洞为湖北总督时，为庆祝慈禧太后寿辰，令衙门张灯结彩，大摆寿筵，宴请各国领事、军界乃至学界人士。宴上一边奏西洋音乐，一边大唱新编爱国歌。一位陪宴文人顿起讽刺之意，便对一个姓梁的学督说："满堂皆唱爱国歌，未见有人唱爱民歌的。"梁说："先生有心，何不编一首啊？"文人说："您敢听吗？""但唱无妨"。陪宴文人高唱："天子万年，百姓花钱；万寿无疆，百姓遭殃。"到会客人听了，有的拍掌叫好，有的断喝"大逆不道"，总督衙门闹成一团。张之洞后悔，不该请文人赴宴。理由是：文人往往如此，好酒贪杯，嘴香；嬉笑怒骂，嘴巴讨嫌！

天子不愿庇护

《隋唐嘉话》一书，多载唐初德政贤明之事。高宗时，杨德干任万年县县令。一次，一个宦官自恃皇宠，在外横行霸道，到万年县放鹞鹰，不避开人群和庄稼，多次伤及百姓，践踏谷物。杨德干闻讯，派人把他抓了，重打二十大板，并把所有的鹞鹰全部砍头。宦官回到皇宫，到高宗面前痛哭，并袒露伤痕给高宗看，高宗看了，道："你晓得那家伙厉害，干吗还要去冒犯他呢？"遂不予庇护，不再过问此事。宦官不哭了，这是他横行乡里时没有想到的。

可见，所谓一方恶霸地皮者，如无一方后台硬起，迟早是要宣告完蛋的。

哑对

四川"才子之乡"富顺把对联叫"对子"，富顺人爱对"对子"而且善对。川南民间有"富顺才子内江官"的说法，意思便是富顺人很会填词做对。

一个富顺人对一个内江人说："在我们富顺县，随便哪个地方随便找个什么人出个什么对子，马上就给你对了！"内江人不信，赶了近百十里路到了富顺，一下车就想找人应对，奈何内急，先进了厕所。正好有一大爷在里面蹲着。内江人就说："喂！老大爷，出个对子给你对一下！"他望望城边的锁江塔道："远望高高宝塔平平四面八方，请对下联！"大爷正面红用劲如厕，冲他一摆手，理也不理。内江人大喜，出来后对富顺人说："你看，吹死牛，这个老汉儿嘟个对不上呢？"富顺人问了详情哈哈大笑，"你龟儿憨包，人家早就给你对上了，还是高明的哑对！你看人家一摆手又不说话，那不正是'近看宽宽手掌五指二短三长'，哪里没对上你呢？"内江人无言以答。

实心葫芦

《韩非子》载：齐国有个隐士叫田仲，不愿依靠别人而谋食，因而不肯做官。宋国人屈谷去见他："听说先生高义，不靠别人谋食，我特来向你传授种植葫芦的技术，种出来的葫芦能坚如石头，里面一点空隙也没有。"田仲笑道："人们种葫芦就是用来盛东西，你的葫芦剖开里面一点空隙也没有，还有什么用处？"屈谷答："先生隐居，对国家毫无用处，不也是个实心葫芦吗？"

屈谷先生此言差矣！历朝历代都不乏隐士，也不乏名君贤相求隐士出山之例。"隐士不乱世"，而空心葫芦，装酒卖药，容易蛊惑人心。

——原载《重庆晨报》1999 年 6 月 28 日

第五篇 05

小说部分

《天边村落》系列短篇

磷

——回忆我的二舅叔云和香子——我的表姐

一

棺材很沉，八个汉子抬着它，也脸红筋胀，渗出一背汗来。他们的头顶上已是黄昏的山里辉煌的云霞。云雾中，人们或远或近，看到了黑漆棺材焕发出的蓝绿蓝绿的光环。那黑色柱体倒放着，一前一后，还捆上了两个竹篾草扎的黄圈。汉子们的木杠绑在这些圈的两边，于是走起来，一边叽叽咔咔地响，一边又像打翻了船底在海中一沉一浮。而那些黄草圈子，那些紫木杠子，还有点缀在四角的人头，则配合着摇摆，活生生的一幅扎染艺术。

远看青山黑幽幽

上头尖来下头粗

有朝一日山调头

下头尖来上头粗

抬丧歌唱起来了。那时我们村子里还盛行抬丧歌。那情形并不悲痛，反倒显得滑稽可笑。抬丧歌是抬棺的分成一前一后对唱的。队伍里的唢呐锣鼓手，自然眯了眼睛合节拍。

路遇行人，前面说"天上有朵云。"后面应声"地上有个人"。路卧一犬，前头呼"地上一撮毛"后面应"踩着就糟糕！"来了牛羊，前喊"牛羊不说话"，后答"赶快让一下"。如果要转弯抹角了，前头的人就抬声道"慢转十字拐"，后面两人一边转腿一边道"后摆前不摆"。要过桥了，前念"两石合一缝"，后答"踩桥莫踩洞"。遇到了雨天积下的水洼，前头慢慢绕过大声说"天上明晃晃"，后面的也放慢脚步应声"地上水凶凶"。队伍便每每在这样的恶时辰里笑起来，轻轻地，像抽泣一般。所谓红白喜事。

村里人讲，棺材四人抬着，看清路的，只有前面两人，这样呼呼喊喊，就便于识路，以免发生意外。我爹说，那时棺材沉重，几支脚杆走不均匀，就有这拍子一顿一挫来协调。另外，青天白日下，也会因此减去不少死人留给他们的辛劳与寂寞。

他们就是这样一群抬丧队员。据说，他们是老搭档了。我也依稀记得此前几年时，我外婆老了，是他们抬进坟山的，此后几年时，我奶奶走了，也是他们四人去送。只是每一次，他们都更换一种表情，只是这一次是在夕光照射下的黄昏，只是这棺材特重，一边走，那人一生的重量就在往别人的肩上挤。他们出汗了，是捞起衣角擦的。他们说，唱抬丧歌时他们会看到亡人生前的形象，抬的似乎也是他的幻影，他的音容笑貌，于是那鬼就显得轻了，像歌声样的，会连同浮云飘起来。

我知道那人是我的二舅叔云，不是亲的，但也并非远房。他的父亲和我妈妈的父亲是两兄弟。在我娘家已没有别的亲戚可言了，山寨里和我妈妈同姓氏同祖宗的，也就他该令我可亲可敬。我知道，抬它的人中，有一个就是我爹。那时候爹又高又大，走在队伍的前排左端，他挺胸收腹，汗珠在鼓起的青筋之上滑来滑去，反射着太阳。太阳还很鲜亮，在西方的群山群峁里跃动，没有下沉的意思。我发觉丧歌里始终有一丝声音在颤慄，那就是我爹了。我猜想爹那样的神情是在看日落吧，日落与人死真的有关么？

那时我才十二岁，我也走在送葬的队伍中，并不见得悲怯，时不时会超过送灵的人们赶到宽处的道边，看那黑沉沉的棺材，还有棺材下阴森森的人们。我并不害怕，还拂一株小树作出笑意来。一次爹意外地踢响了一颗石子，脸色铁青，几乎和棺材一样，"滚开，到后面去！"声音混沌得很，曾和我熟悉的二舅叔云相似，我不知道那是爹的呵斥，直到缠着孝带的母亲来到小树边一把扯了我，哭丧的眼神微微一笑，我才重新上路，赶在送葬的队伍中。

人们说，十二岁以下的仔童，能看见死去人的魂灵。我在变幻的雾霭中，的确似乎看见二舅了。他没躺在棺材里，而是孤零零地站在道旁。一会儿我走近时他又站在云中了，或者嗒嗒地从远方石板路上拄着拐杖而来。他很高大髋骨突出，眼眶很深像一洞枯井。在他打石头握钢钎时，我看到过他的这种眼神。石头会被看穿的！我想，您很重吗？您不能轻一点吗？爹他们出汗了哩！我对着二舅的灵魂默默地说。妈妈催我快走。随后我听到一阵山风拂过松林，路上布满咔嚓嚓的脚步。他也会像我们一样走么？我问妈妈，妈妈没有答话。她接过前边一个妇女递来的镶花竹篮，抓起几页纸钱向道路飘去。我转身，目光顺路回溯，呵，纷纷纭纭，打着钱眼的草纸一路零星地贴回家去，好似秋风萧瑟季节，陨落的一路黄花。

二

山村深夜的狗叫起来，分外惊醒。往往西山角一闹，东沟里就群起响应。火把、灯笼油桶什么的，也就沿狗吠燃过来，特静的夜幕也在此起彼伏的狂吠里，被扯出某些破嘶声，这院子闪到那院子去了。

我醒了，掀开蚊帐，看看屋顶的玻璃亮瓦，分明还是漆黑的半夜。那年，我们村还没安上电灯。我用脚蹬了蹬那头，才知道爸爸已不在床上了。外面那间屋子已经亮起来，细微的煤油灯光却映了些人影在墙上。土墙裂缝了，浸进来缕缕寒气。我轻轻地贴着墙壁摸过去，爸爸那双大号凉鞋仍从地下叭嗒叭嗒地响。二舅！我从黑影里走进光明去喊了一声。虹娃！你二舅……老了。我看清了三个人坐在小桌前。妈妈正在哭泣，卷曲的头发在肩上抖动着，爹低头看着桌子。一个汉子侧面过来。他不是二舅，是二舅下一个院子的石匠，论辈分本该叫赵三叔的。于是我怯怯地叫了一声。老了，就是死了，我知道二舅死了。好久没见他来我们家玩了，怎么就死了呢？

哭泣的妈妈听见我颤抖的话语，抬起头来，将一肩头发扬到背后。她正套着蓝花的短袄，泪水布满眼睑。她一把拉我过去，将儿子的头扎进她的怀中。我一生最见不得的东西，就是母亲的眼泪。她哭，我也哭了。多年以后，我从大学回家赴奶奶的丧。大家强压着不哭，以便使我不悲伤。可是花圈一烧妈妈就哭了，我也便哭了。她说，你二舅一辈子太惨，你二舅一辈子不成人，你二舅一辈子好处多，坏处少，你二舅走了，这山村里，我的家，我娘家姓谢的就我一个人了，他没留下一个姓谢的儿或女来……妈妈数着哭了。我最后扬起脸来看妈妈。妈妈的脸红，眼也红了，眉毛特长特淡。我发觉我的妈妈三十出头长得很美，不像一个村妇。头发也长，有一绺散落在腮边，看去楚楚动人。这不是我当时的心理活动，而是回忆唤起我的幻觉。我那时真实的，倒也想起了叔云二舅的女儿香子。她和妈妈一样的漂亮。妈说，她们谢家的女儿们都长得漂亮。她的有个远嫁外省的姐姐，最美最美的……

我想起了香子，香子就在我的眼前微笑。虽然那时已经知道，香子已经死去了。香子生前就是一个疯女子。香子在我爹妈结婚时已出落成一个鲜花般的女孩。她七八岁时得了当地叫做"羊角疯"的病。二舅本来是个石匠、阴阳、风水先生外加郎中，屋前屋后种了许多药草。有很多杂症怪病都被这些草治好了。可是他的女儿照用却不见效。香子姐姐是我小时候看来很远的二百公里之外的宜宾的一条鱼滩死去的。

不知是跳水，还是跳崖，水草里躺着她完美如玉的尸体。她的脸庞上露出对太阳、对白云、对蓝天的微笑。身后一处是峰岩，高耸入云似的。那天，我好像是妈、爹、二舅轮番背我去的，野死的，一定得野埋，家人亲人都去了那座崖下，那道水前。后来我才听二舅说起，有个渔佬儿在他那儿来捡过疯狗药的，因此认识香子，连夜赶来把二舅和我们叫去的。我记得我蹲下去了，在二舅和妈妈的裤管间看着香子。香子似乎脸红了，似乎眼角流出了泪。香子姐姐好美丽啊！云徘徊在水里，水徘徊在天上。异地他乡的我，第一次看到死亡的纯洁和美丽。二舅说，死了也好，免得她受罪了，我们也受罪。爸爸妈妈都这样轻松地说，一个疯女孩应该死去了。"人死两丢开！"什么也都解脱了，可我听了很气愤很悲伤。为什么香子姐姐不能活下去呢？你为什么不活下来呢？美丽的香子姐姐。

　　我们母子深深哭泣时，父亲和赵三叔在商量丧事了。二舅生前是五保户，棺材是有的，只需再刷一遍漆。因为我们是他唯一的一家亲戚，也就由我父亲来料理，村民们共同捐款，还是给他热闹一回。另外，土地刚刚下放，他包产的山地还包在别人手里，所以他的坟就葬在我们家的坟山上。我爹同意了，后来他和其他两弟兄还有爷爷奶奶一商量，大家都同意了。不管坟里坟外的，我们家在饥荒年月、疾病年月，给叔云二舅的药草治住的不少，而他总也是先供应我们家的。他们的话说得很含混，后来更含混了。妈妈怕我着凉，抱我到她的床上盖被子睡了。那夜，我没有做梦。没看见二舅，也没有看见香子，只知道他们还活得好好的，把刚才的不幸暂时忘却了。

　　第二天早晨，太阳刚出，鞭炮就在二舅那座小院子响了起来。蓝的烟和刺鼻的味儿弥漫山村的空气。众人闻着这气味而来，一会儿便将小院子填满了。山村里地广人稀，各家各户多是单住，二舅一家也单住，地名叫水井湾，因为坝下有一口好井。已不知哪朝哪代留下来的。二舅常说，这井与他的药的灵验有关，而他一家的不幸却与井也有关。女儿死了，妻子死了，乡里来人叫他进幸福院，他也舍不得这地方。我死也要死在这里的。他说，院子西边有一块大石头，是上好的青水石，中间挖了一个小坑，积了一坛清亮的水。我记得，有一次看见年迈的二舅手执钢钎在这儿打磨。我问他打来做啥，他说，我打一口石棺材以后老了自己躺进去就是。我听得吓了一跳。那时我害怕棺材，因为我老是以为死人没有死，他会动，会说话，会推翻盖子坐起来的……

　　躺在厚厚的一块门板上的二舅被抬出来了，神情安详，全身挺直，还有一小节腿掉在外头。门板放在巨石上，我看不见小水坛了。人们肃穆起来。

赵三叔脸红了，似乎很沉痛又很悔恨的样子，众人听他说话。他讲，他是昨天黄昏才发现叔云死去的。他去亲戚家走人户去了三天。三天前，他帮叔云二舅挑好水，买好菜，打好了米，收好了柴。三天回来一看，门反锁着，有股难闻的气味从锁孔喷出来。他知道不好，砸了门，黄昏的光被放进去，他看见内屋的门板没了。床前，两根板凳支撑着门板，叔云二舅躺在上面，已经死去多时了，将近两天了，赵三叔说。人们果然看见门板上浸出一滴滴尸水来。他是自己爬上去的，自己死的……我在人群里敬仰地看着二舅。我不懂他怎么会自己死去，死这么容易，这么安详吗？

妈妈披了一块青纱出来，旁边走来一个妇女拿着剪刀，哗啦哗啦！他们把一节节青纱分发给人们。在妈妈给我缠青纱的时候，我"哇"地哭了，妈也哭了，使得人们黑压压的目光一下子从二舅移向我们。母子俩在乡亲们的眼里，不哭的时候，一个是调皮乖巧的儿童，一个是安静而美丽的村妇，与山里人气质是有些不合的，多年以后，我在大学图书馆看到了拉斐尔的名画《圣母子》，又回忆了此情此景，一切都是那么自然而然。

棺材已经刷好了一遍漆，乌亮乌亮的，照得见人影。

盖子揭开来，白色的一个小坑，散布出崭新亦或古老的木气。是紫杉的！四筒。有识货的人悄悄地说。

妈妈和另外几个妇女给二舅修了一下容，往棺底盖上了阴单布和白虎绸。

爸爸和赵三叔上来，把二舅抬进棺材。

阴阳先生一挥手，锣鼓、唢呐响起来，又是一院子鞭炮炸开，将声音随着山谷应到外面的村子里。

黑漆盖子合上了。

竹篾草扎的圈子套好了。

两根杠子套好了。

巨石头上的门板立了起来，几块砖头撑着。阳光照在上面，变得浊黄浊黄的。

三

唢呐声声，送葬的队伍就要漫过山脊了。前面已看不到黑漆棺材的移动，听不到那愈显沉重的吭哧声了。往后，还见洼地里、田角里不时拽出些忧郁的人头来。因为路窄，想赶到前面去的，就只得穿越刺丛、松林、竹地。路的两岸里稀里哗啦地响。我和妈妈手牵着手走在黄土路上，她的另一只手隔上一会儿就去前面一个妇女的篮子里抓几页纸钱撒在路上。我的目光随着纸们飘飞了好一阵儿。有的落在地上翻一个卷儿，被后面的人们一脚踏中，就紧贴在黄泥里；有的则随风升起来，甚至像黄蝴蝶样好看地停到树梢上，那枝头竟又多了一片黄叶；有的则两三页地粘在行人的脚底，吧嗒吧嗒往坟地走去。

水井湾到我们家的坟山需得两三公里路，况且依了风水先生转着走的说法，山麓的直道一律不走，专拣环形的之字形的盘旋而上，到了山脊又盘旋而下。缓缓的细细的一股黑泉便蛇一样地穿入松林茂密的我家的坟山了。

妈妈她们干的这份差事使得人们一次又一次超过了我们。终于，我记得过了三个山峰时，队伍来到了一个空旷地带，一个煤洞前的炭坝——停了下来。这儿离我家的坟山就差那么一片青杠了。

队伍自然地分成两排，落后的妈妈和那个妇女牵了我从容地走过他们沉郁的目光。我看见妈妈的确很从容。两绺头发已经被扎成了两股长辫子，一条披在背上，一条挂在胸前，走快时，它会和妈妈依旧鼓胀的乳房搓揉起来，偶尔打在我的小手上，那地方的肌肉会疏软好一阵子。我想起清明节妈妈牵了我去西陵寺或千佛崖赶庙会的情形，又想起了每年农历三月十九、六月十九、九月十九这些日子，妈妈拉了我去观音崖下烧香。她会把我打扮得崭新像一个玉童，自己也套上了出嫁而来的素洁的青边白底老式褂子。我十分乐意地跟着妈妈去干这些老奶奶们才干的事，因为一则可以得到妈妈在神前给我的祝福和保佑，二则可以将各家带来的供品芝麻饼干花生糖果都尝尝，衣袋里总是满载而归。待菩萨面下的香烟在脑中梦中逝尽，我还沉浸在不可言说的甜蜜幸福之中，盼望下一个祭日。

我又看见爸爸和赵三叔了，他们坐在路边草上喘着气说着话，同时都对我右边指指点点。我发觉妈妈已不在我的身边，他们到路边的不高的土坎上去，煤洞不足丈远，有一个土坟。坟上的草很茂盛，此时正值夏末秋初，色泽依旧碧绿。黑的煤坝本来空旷，这样看去，就肃然而充实了。坟像一把小伞撑着，那人在伞里长眠了。伞上是无尽的深深的苍天。她就是我死去了的二舅娘，香子的妈妈。有一次妈妈带着我砍柴回来在坟前曾伫立良久。妈妈，为什么二舅娘不埋在我们的坟山上呢？妈妈说，这地方好，你二舅娘就在埋在这里。我问妈，那么香子姐姐为什么不能回来埋在这里和她妈妈我二舅娘埋在一起呢？妈妈笑了，那地方好，香子就埋在那里，那地方好。

妈妈在坟头作了三揖，从篮子里拿出一对烛、三根香。这时我才看见那里面还有酒杯糖果之类，有一包青草叶盖着的，想必是肉块了。她把一页页纸钱绕着坟撕了一圈，剩下的一叠由另一个妇女划了火柴点燃，她再去点香烛，她将一杯酒淋在火纸上。酒咕咕遍地叫了一会儿，就不见了，坟场静了。几缕淡蓝的烟雾升了上低沉的天空。

　　二舅娘留给我的形象总是一个坐在木门槛上伴着太阳光的老人。她喜欢穿那身素洁的青衣裙子。补的，却用白布，像浮云一样匀称。人们说她的针线好，会裁衣会纳鞋。我妈妈上有公婆下有奶孩时，一家人的布鞋都是二舅娘剪了鞋样去做的。因为房檐高，坐在门槛上缝补时不用点灯也看得真切。不过咱们山村做鞋的妇女都养成了这样的习惯，谁家的孩子来到跟前，定会叫来穿针。小孩子也笑着答应，把针孔举到亮处，眼睛睁得杏圆，将线放入嘴里打湿，拇指食指一抢，变得针尖细小，轻轻过了孔去。这时的儿童定会对着太阳和天空雀跃。妇女用起针来一边掉头赞道，还是娃儿们眼睛亮，我可老花了，人到四十五，眼睛灰普普！就是这么一次，我过她家去玩，她正在做鞋，故意叫我穿针。可是我老穿不过。她也凑起脸来。我看见她的脸布满了皱纹，眼很深，鼻也塌了，嘴角蠕动一些白沫。慢慢穿，不要忙，她说，不断说，说着说着我就穿过去了。我在门槛上一翻，一个跟头翻到坝里欢呼着。停下来一回头，才见二舅娘坐在门槛上，双手摊在怀中的鞋布上，长长的白线掉了半截在鞋边。她呆呆地望着我，像陷入了沉思。她在想香子姐姐，后来我想，她的女儿有我这么大已经疯了。那时，阳光正好越过山脊淌来，从门框斜进半间屋去。二舅娘枯黄枯黄的，像一尊雕像，只觉得往事如烟，日长如小年。

　　那年秋天她就死去了。

　　她死的前两年，香子姐姐死在了两百公里外的异乡异地。

　　她的女儿死后两年，我的二舅她的丈夫又躺在棺材里来到她的墓前肃然地同她告别，二舅将加入丛林那边几百年来我们家族重重叠叠的坟茔的行列了……

四

　　妈妈说，年轻时候，你二舅娘很美，是你二舅挖药从山外带回来的。可是你二舅那时太"晃"了，手艺又杂，泥木石三帮样样来，阴宅、阳宅都会看。那时在屋里是待不住的，老想往外地去跑跑"野斋"（打工——注）。你二舅太狠心了。香子一落地，他就走了。妈妈每给我说起这些，就要教育我不要晃，并且说后来香子的疯就与二舅外出有关，这是报应。然后她总会揽起我柔软的童发告诉我长大了老老实实做人，图个将来的好运。妈妈说到这里往往摇头，你二舅也好，好就好在他各地方扯来的这一坝子边边角角的药草，这些草灵验得很，村里人一看到二舅就会想到那些草药，一看药草也就会想起我的二舅——叔云。

　　他离家出走那年是药草正茂的仲夏。一件单衫一条青布裤，一个包袱出发了。他一去就是七八年。村里人都以为他死在异乡了，可二舅娘从来没有这样想过。她常常抱了香子唱，爹也许明天就会回来的。她不知从何而来的想法：药草没死，他就没死。药草种了屋子一圈。春天一来，就绿了坝边，香了檐下——呆呆的母女。初夏，摘药时节，村里总有人生杂病。老人小孩都来祷念着二舅的好处，哭数着二舅娘和表姐的苦楚，絮絮叨叨之后，就在坝边剩下些带泥土的药根走了。二舅娘默默地下了门槛，一只手捧着褴褛中的香子，一手拿着药锄培土、掩土。一两场细雨，嫩芽儿又露了出来，并且时常有山那边蜂农的黄蜂飞到，轻轻地停在上面。二舅娘和香子就以为那是二舅的灵魂附体了，痴心地对着它笑笑。香子姐姐面若一朵桃花，藏在一块方巾下面，两只眼睛像露水珠儿在嫩草嫩叶间滚来滚去。

　　这些年里，无论白天黑夜，妻子总是把房门打开着，整日地把炊烟烧得好长好长，袅袅地飘向远方。坐在门口，村路蜿蜒曲折，不知所终。有几天夜里，她亲自看见对面山坡里，像有人打了火把油筒走动。她抱了香子到坝边喊——

　　叔云！你回来哇——

　　山那边也答了回来——

　　叔云！你回来了哇——

　　第二天，她去问山里人，可谁也没有走夜路。乡亲们说，那恐怕是鬼火了！鬼火？她若有所悟。夜里等够了，她也会粗俗地骂山：

　　叔云！你回来了哇！滚你妈哟！哪个狗日的整老子！叔云，你狗日的回不来哟！

　　那时，香子已两三岁了。好乖哟，有一次二舅娘回忆表姐时给我说。她不哭不叫紧紧抓住我的裤管。我仰着身子喊人时，她就呆呆地看我的脸，又看天上的月亮，听了山的回声还笑笑。我在床上哄她，爹就是天上的月亮，那也是你爹的魂。多年以后我上了大学还没有忘记这位山村妇女诗意的叙述。她是外地来的，她的祖宗是崇拜月神有月的图腾民族吧！我想。

　　香子小时候多好，没想到她一点也不害怕我把门大开着。我在被下哭泣时，她已经睡了。那时，我却突然想到你二舅可能死了，他死了吧！有女儿也就一样。二舅娘结束回忆凄楚地说。

有人讲，二舅是在一个秋收的黄昏回到村庄的。他长得又高又黑了，浓须密发，包袱却依然是那块青布褙子，竹编的工具箱，只是衣服换了，新的天蓝色短袄，紫黑的棉纱长裤，大大方方的一块汗巾。他从麦地走过，没有跟任何人打个招呼。

有人问，赚了大钱啦？叔云，没有！赚个毬！他怒冲冲答道，声音同八年前一样。这一点谁也听得出。于是，他在外的八年岁月，人们总是不得而知了。

到了坝里，哐当几响，他把那套石匠工具砸在了巨石上。

叔云！

爹！

妻子女儿从门槛上跳下来，一家人就这样团聚了。此时药草如他走时一样茂盛。二舅又成了药农，种药卖药，治病救人。

可是，二舅回来不久，香子姐姐一病而疯，是"羊角疯"。香子一疯，他们就变老了。难怪，我见着的二舅娘总是那样的苍老，妈妈还说她年轻时长得好漂亮呢？

五

不知是谁吆喝了一声"起"，黑压压的旷野里的一团人头就分散开来，缓缓地拉成了一条线，穿进我家坟山那片苍青色的青杠林了。跟着进去的，还有悠扬婉转的唢呐，闷顿顿的锣鼓，一路蜡黄的纸钱。

独独有我，穿着天蓝色的童装立在这边的坟前。不久，我家坟山将出现一座崭新的坟茔，它仍旧将长出如许茂盛的好看的野草。第二年大年初一，我们在家里拜过爷爷奶奶父辈婶辈之后，又要点着鞭炮来给重重叠叠的祖宗们拜。最有乐趣的是，孩子们爬上坟头去找草间没有炸响的鞭炮。找到了，就将泥头挤掉，纸筒撕开，一竹节一竹节地盛着火药。再从大人手里要一根香，嘘——嘘——好听的响声伴着蓝色的火束在坟间诞生。孩子们拍手笑了，吼了，阴郁着脸的人们在布满祭祀的山林中闻到了很多来自火药的温馨。但这种游戏从来没有女孩的份。山里人规定，女人是不能随便去坟上走动的，砍柴割草放牛上香都不行。坟头自然有一块倒放的石板，上面放了香烛酒杯米花糖腊肉盘子之类。这倒是女人家的摆设。他们只能在这石板前的草丛用围群布垫了依辈分叩头。

我们村破例的，就只有疯女香子，我的美丽的表姐。人们回忆，春节里香子姐姐艳若桃花，不知哪儿弄来了山里少见的白色连衣裙挂上些父亲药圃摘来的鲜花。在人们放完鞭炮叩头作揖时，她突然天仙般出现在坟头。其实她并不作什么怪，也和男孩子一样在硝烟中拾些没炸的鞭炮。剥开来，到香头去"嘘"一朵火光。她也会爽朗地笑，甜甜地笑，这时的人们表情真正的冷漠，都以为是不祥之兆，连哄带骗地递过去一些鞭炮、糖果、肉片叫她快走。那道白影子走后，老的几个主户男人一齐跪下默讼祖先，请他们原谅，都是谢叔云那可怜的疯女儿伤风败俗……香子在冷眼中从一个坟头飘到另一个坟头，快活得像个小天使，似乎不曾有疯过的迹象。

那一次，似乎我才两、三岁吧，反正刚会走路了，爷爷、爸爸和奶奶都怕我被鞭炮震聋了耳朵，叫妈妈伴我坐在离坟较远的一棵小青松下。妈妈怕我冷，给我系上了一块红绸方巾，头发也包了，只留一张红红的脸看那稀奇古怪的坟场。爷爷奶奶父亲，还有我的叔辈们，还有叫我弟弟的男孩女孩们一长串，正在那边把头一次次埋在草丛里。坟头的香烛火苗像夜里母亲照我尿床后的小灯。纸钱燃了，就是一堆灰白的沙。沙扬起，坠落在腊肉盘子里。这时，一个白影子，也就是我十六七岁的疯表姐香子来到了坟头。旁若无人地翻捡草丛中失落的火炮，找到了就往裙下的衣里塞。我的家人难堪极了。爷爷和奶奶也不知怎么办。最急的汉子是我爹，这是他房族侄女，这层亲情愈加使他不知把涨红的脸面往哪儿丢。

香子！你下来！女儿家家的站了坟头，死人要怪你肚子疼。香子！

没用。爹粗糙的声音没用。这时妈妈抱我的手颤抖起来，同时抖来几丝冷风。我看见她的眼角湿润了，流出两道泪来。她似乎在说话，可是我又听不懂。坟场的人们知道，和香子还有一层血缘关系的就只有我妈妈了，我妈妈的后家姓氏也只有这个疯妹子了。她有着无限的感伤，无限的惋惜。你二舅真惨！得了这么个报应。后来她曾经对我这样说。

一个大伯家的姐姐缓缓地走过来，叫我妈妈过去。妈妈知道只有自己才可能收拾这个鬼丫头了。她喊了一声"香子，你下来！"就把我递给那个姐姐。与香子比，她长得丑多了，两岁的我就看得见她脸上有好些颗雀斑。她哦哦地拍我两掌抱在怀里，另一手把几片腊肉放到我的手心。吃，虹娃。她说，我拿着腊肉转眼去看坟头了，有风吹过来，耳边响起方巾飘扬的美妙的呼啦呼啦，幽远而迷茫。

妈到了坟前上了香，就开始叩头，她在一旁照顾我，还没叩哩。家族人很多，一团人收聚拢去议论纷纷，我就什么也看不清了。不一会儿只觉得鼻边一阵幽香，白连衣裙香子姐姐笑着舞着来到我的面前。她是认识我的。她有时也会清醒一会儿，二舅说，就是看见我的时候，我的妈妈和她的爸爸是同祖兄妹，一个血缘散发出来的，她似乎还认得，虽然疯前我还没有出世。她那时的眼睛水灵灵的，像哪棵清晨草头的露珠。现在我才想，是否在与我相遇的瞬间也发觉了混沌的人间、幻想的人间竟还有一双真实无邪的眼睛在善良地观察她呢？我沉醉在美丽的香子姐姐桃花般的脸上，那就是一朵花在开放。连衣裙颈口敞开着，看得见鼓起的与妈妈一样的乳房。那地方天造地设，那样强烈地吸引着我，我感觉到了喉头的干渴。我要吃奶，我在心里呼唤着，虽然我已经断奶好几个月了。

我看见她摊开一只手，向我眨着眼，那意思是要一块肉吃。我的手不由自主地送上去，把黏黏的几片腊肉倒在她涂着黄泥的手心。她美滋滋地嚼起肉来，我好像也吃着了一般，荡漾了两个小酒窝微笑。可是冷不防她的另一手突然往我脸上伸来：一片带沙的肉塞在我的口中。"妈！"我吐了肉片惊叫了一声，香子姐一缩，像一张白飘带，窜进青杠林去了。我真的不知道是喊我妈还是喊香子。因为我很小我不知道疯子是什么。香子姐姐是疯子吗？她是一个美丽的女孩。那么，疯子总是一个美丽的女孩，我后来甚至现在都这么想。

香子的坟茔在宜宾渔见滩边悬崖下的流水前。几年没去了，青草已长得很深了吧，那肯定是座好看的坟茔。艳阳天里，心定会倒影水中，旁边是缓缓飘过的天上的白云。香子，你还记得我，虹娃，你的表弟么？我的思绪越过旷野一下子到了那遥远的河流上。二舅一家就这三口人，我妈妈的后家就这三个人了。三个方向，三座坟茔，静静地就这样躺在了天底下。十二岁的我可能没这么想，却是这么伤心的。为什么他们不能埋在一起呢？

我家的青杠林长势特好，碧绿一片。不知最早种于什么年月，反正老了就砍，砍了又发枝。奶奶说过，乱坟岗上最适合青杠树的生长。这里面有什么奥秘，我就不知道了。

六

二舅死前一年的一个下午，我们小学放假，又轮到我家喂牛，我就牵了牛去放。我把识字课本装在肩上一个胶网子里。那牛出世不过两三年，山里的牛都给牧童骑驯了，我也就轻轻骑上了牛背。那家伙毛很深，我没牛高，是扯着颈毛上去的。那一天我家好像有点事，或者就是妈妈的生日，二舅娘死后不久，妈妈把二舅接来叫他住两天。夕阳在山沟里落下去后，我就赶着牛经过那片煤炭坝往回走。家里的炊烟已升得老高，旷野里没有一个人影。我有些怕，赶了牛两鞭，牛儿却不慌不忙与我逗乐似的走到二舅娘的坟前。那地方草很好，牛儿喜滋滋开口大嚼……

虹娃！你还不回家，你妈饭做好了，喊你哩！

一个沉甸甸的声音传自平地那边，我看见年迈的二舅挂了拐杖一边说话一边蹶来。

二舅！我翻身下牛，过去扶住他。他看见了吃草的牛和牛头下面妻子的坟茔。他似乎若有所思地待了一会儿。我拽过牛一扬鞭，牛儿乖乖地上路了。我和二舅并肩走在旷野里。就在这时，二舅顿足神秘地对我说，今天晚上，虹娃，我带你来这儿看样东西！啥东西？我问，保证你没见过，怪得很，我昨天晚上看到了。在哪儿？就在这煤坝里！

晚饭后，爹妈伴着我和二舅来到旷野。地上干燥，我们都盘腿坐在土地的边缘。我挤在妈妈的怀中。那时，正值七月，妈妈穿得很薄，短衣衫，腰上系了块补巴厨布，花纹在夜里看不清了。爹和二舅都吸起烟来，火星一闪一闪，就像无月之夜天边的星辰。我知道与四人遥遥相对的是二舅娘的坟茔。

二舅，你要给我看什么？

会来了，二舅说，莫说话，看就是了。

不一会儿，好像我无意地眨了眼。前方，煤洞口，一个扇形煤坝上，几朵火花透明起来。我疑心那火花是天上掉下来的，它们幽幽地燃着。

二舅，那边也有人吸烟吗？

不！没有煤烟，这地方没有其他人，虹娃，好看不？

好看！

你看怪不怪！

怪！

那是什么呢？二舅

二舅压低了声音说，老人们说，这是灵火。

灵火？

我记得奶奶是给我讲过这么回事，可我从来也没有亲眼见过。二舅激动地凝视那光亮，那光亮一动不动地红着，从不知有人瞧着它似的。爹妈好像无动于衷。他们说，这种现象在七月半夜，山中随处可遇。爹耕田打谷晚归，在咱家的青杠林就看到过好几回。山里人信神信鬼，却不怕鬼。亲人的坟地，游放的都该是亲人的魂灵。人们说，不仅鬼有魂灵，生人也有。那火就是人的灵魂之光了。身边的妈妈起初以为我会怕，曾责备二舅不该和孩子闹这种游戏，于是坐下不久，她就把我的第三颗扣子解开了。说：即使出现精变，吓落了三魂二魄，也会找到归依的。魂是从三颗扣子下的心出走的，也就住在那里。

第二天下午，我仍旧赶了牛儿去旷野那边放草。在煤洞前，在舅娘坟边，我努力地寻找着，希望白天也会见着那种火光。我想起村里人讲过的那次古老的瓦斯爆炸，这些碎木是煤洞深处溅出来的。不知几十年日晒雨淋了，此时看去，黄中带白，像干豆腐渣。

我顺便揣了几块回家去，捧到二舅面前说，二舅，昨天晚上是不是这些东西发的光？我那姿势和心里都把干豆渣当成了大人说的什么灵和魂，因而问得恭敬虔诚。二舅一下子从软椅上弹了起来。哎呀！虹娃！快丢了，会燃掉你的手的！我丢在地上，木块砸碎了，恰缝一群晚归的鸡进来，啄米粒似地清扫一空。鸡是魂的克星，自然灵大了。我在那儿呆呆地想。

虹娃！你真精灵，香子在，也会这么顽皮的。二舅突然莫名其妙地热泪盈眶，一把将我搂在了怀里。据他讲，他也怀疑鬼火就是这些朽木，可又以为总是神灵附体。他那屋周的药草下面，就埋了很多木块。他说，那年我从云贵高原挖了野斋回来，你二舅娘抱着香子对我说，他们经常看到对面山中有这种火，像火把，像油筒，喊了半天没人应。第二天问呢，又没人走路。我说，是那些陈年木头作怪吧！她们不信。有一回我去山中找回些古木来。那阵儿，你香子姐姐就拿去玩。妈妈说，那上面有鬼气沾不得，就砸了。木头碎了，金亮，也给母鸡们吃了。我知道，香子没多久就病了。病了一阵又疯了，羊角疯，吧吧地做羊叫。二舅娘就怪二舅的报应，也怪他不该把那些鬼木头搬回来给孩子玩。外头的人讲，这里头有些科学道理，什么道道？虹娃，你多念点书，就会讲了。

多年以后，我上了大学，利用一次考察民间的机会重新回到了渔见滩香子姐姐的坟前。一个渔翁告诉我，他认识我，也认得坟里的香子。他说这地方月朗星稀时就会出现鬼火。他总感到奇怪，说你们大学生不信迷信，这你怎么解释？据他讲，香子姐姐的尸体也是靠了这火才发现的。那天打鱼晚归，看见这悬崖下亮了几朵火花。他开初以为是几个渔夫在烧烟，停了船凑过去，才发现是几块朽木。再提马灯一照，才在水草里发现了刚死去的叔云郎中家的香子姑娘。

香子的坟茔确实垒得美，像我在电影画刊里见到的辽阔的草原上黄昏的蒙古包。"所谓伊人，在水一方。"这凄美的存在竟孕育了如此古典的诗意。我在坟前想起她，想起她给我留下的可供回忆的一切。

七

疯后的香子没说过一句话，只是傻笑起来，一串串羊叫。坟山相遇的那年中秋，妈妈带我去她们家做客，我是自己走去的。吃晚饭前，我爱爬到二舅的桌上去看墙上贴的一些关于苏俄革命的图画。这是以后我才懂得的，那上面写的是列宁在一九一八，怪不得那人手挥得那么长。手下面还有那么多蚂蚁样的人头。有一幅画上是女特务依着车轮举着手枪。我盯眼瞧那女特务，不知为什么她越来越像香子姐姐。在二舅的桌上爬了半天，只有这点意思我似乎懂了。忽然，一阵花香，穿着素洁的香子姐姐把我抱走了。很奇怪我那会儿没像坟场那样叫唤。她的怀里，乳房挤着我，说不出的温暖和舒服。她抱我去看坝边的菊花，淡蓝的、红的、黄的都有。幽香扑鼻，我笑她也笑了，笑得很甜，并非那恶心的羊叫。她摘了几朵在我头上打扮起来。就这时，妈妈跑出来了。

香子，放下他！虹娃！你下来！

二舅也出来了，到坝边威严地说：

"鬼姑娘，把虹娃放下来，疯啥？"

她把我放下来，我战战兢兢地走到妈妈手中。她正望着香子，香子望着我和大家，目光呆滞迷茫。她笑了，一串羊叫。

哎！叹息的，是二舅娘，她正坐在门槛上，皱纹斑驳，太阳光还有那么一线，从屋檐下，射进半间屋子。

在悬崖下，在水前，在坟茔边，那老渔翁也二舅那么老了。他看到了我找到的朽木，问，你说说这究竟是什么东西？是不是磷？磷肥的磷啦，我家读初中的二娃说的，书上就这么讲，根本不是啥鬼火灵火！我没有回答他，让他乘舟撤楫走了鱼见滩，我默默地坐着。这里就叫"鱼见滩"，举世闻名的"焚人悬棺"离这儿不远了，这地方很古，很神秘，可对这木头，那学生肯定解释对了。

翻开《辞海》，确实有这么一段：

磷——化学非金属元素之一——，含于岩石，土壤中甚多，陆生植物由土壤中吸取磷素，动物复由植物而含磷分……

送丧的队伍终于全部收拢在那口崭新的土坑前。鞭炮响了，硝烟弥漫。道士们开始做法事。四个大汉把棺材放了进去。此刻，唢呐特别高，像要洞穿那片厚云似的。远远近近夕光中的山峦都在这凄厉而悠扬的召唤里缩紧身子，太阳没了，土也填了起来。

哭声。灰土。簸箕。花圈。纸钱。浓烟。人眼。茅草坪。酒瓶。糖果……一座新坟就在天底下出现了。

接着是锣鼓敲得更响，人们一例作揖。妈妈哭了。坟场中只有她一个人哭泣。她跪倒在二舅的纸钱边上。浓烟中的哭声很苍老，像一群人在深巷里喁喁，传达出数代谢氏女儿家的心魂。我那时十二岁，却异想着以为浓烟也长着一个人的喉头，正哭向天空，所谓的天国。一家人就这样消逝了。有人说，只有一个人在世上更加难受。疯女儿死了，免得受罪。老两口都去了，也就不必再为女儿悲伤，也免得受罪。山里人就这么想的，"人死两丢开，转世又再来。"

花圈烧了。

几根杠子和草圈也烧了。

村里人散去，我们几个死者的亲戚随道士们踩着舒缓的渐渐低沉的唢呐往回走。这音乐太动人了。后来我在舞场里慢步，也在回想这阵音乐，那是说不清楚的迷恋与逍遥，淡泊与凝重。走出坟场，进了青杠林。走出青杠林，到了那边旷野。旷野过去几道山脊。山脊过去，就可以望见二舅的房屋了。主人全部走了，我听人们讲，所有的财产全部归公，那些药草由村医疗站管理。

此时，夕光还没收尽，天边正是血色黄昏。四个汉子走来，最前面的是我爹，他面色苍青，脚步沉重，仍然抬着一口棺材似的。

妈妈拉着我的手朝坝子走去。坝子边立着二舅躺过的门板。

啊！妈也！叔云！

前头沉默半天的一个道士突然惊叫，手中的锣早已不成套数。

人们恐惧地看见了门板上赫然屹立着二舅的人像，虽有些模糊，轮廓却分明，高大而枯瘦。所有的人都怕了，挤在土坎下面。那人像一动不动，夕光消逝，它就消失了。大家以为二舅显灵了，默诵起他的名字，向西南日落的天空祈祷。那情形像江边发了大水一样，各人都向若有若无的形象奉献着恐惧而十分虔诚的心。

二舅！

只有我一个人亲切地叫了一声，因为，我不怕，我但愿那就是我的二舅，活生生的二舅！

我就这样长大了。

跋

多年以后，我在鱼见滩香子姐姐的坟前，产生了创作一篇小说的欲望时，我又想到了这个恐怖的黄昏。

磷，那只是磷！我取这样的题目并非为了古怪神奇，也并非隐含了什么主题，实在是结尾这惊人一幕最先也最深地刻入了我的脑际，即使若干读者会认为这是编造是画蛇添足……我知道了，死人的尸水里含有不少磷元素，他在上面躺了两天，人体的影子就印在上面了，太阳光的温度半下午的烘烤，足以使人像浮现出来，并不见得怎么奇怪的。

1990 年 10 月 15 至 17 日

火

《天边村落》系列短篇之二

一

红鼠知道故事一进入秋天就该完了。

这片枫叶林落叶萧萧。夕阳西下，有如一帘火挂在天边又坠落水上。这条小河的渔夫今天收工特别早，乌篷船泊在枫林下面一个浅滩上。

它看见渔夫背着渔网走了，乌篷伸长了盖住整个船只，远望去像一只乌龟正欲上岸哩。渔夫都从那条林间小路回村去了，那只红公鼠再也没同自己打过照面。

林子边缘一块小石子上，有一个小白小白的东西正扑哧扑哧地翻跳。"那是鱼篓里掉下的小鱼。"红鼠想着，一股不可逃避的腥味袭来，它轻轻地走上前去，"卟"地用前爪抓住鱼鳃，然后送到嘴里，味道美极了。

吃完鱼，红鼠下了山冈，从沙坝里斜斜地跑过去，来到一只乌篷船边。船用一根粗绳拴在一块石条上，另一头成弧形牵到河里，再折回船旁另一石头上，这意思就是拦河网了。"圈内的鱼跑不了啦？我要咬断它！"红鼠到河边吸了口水，静静地想。

太阳快落完了，像一把红梳子别在远处黑幽幽的女人发髻似的峰峦上。河水浑浊起来，红鼠顺着渔人的足迹走遍了整个沙坝。到处都是鱼腥味，但再也找不到一条鱼。它记得这些船往日里都放了一只小狗，今天全都不见了。红鼠索性顺着篙杆爬上一只船的顶部。初秋，河两边的稻子都黄了，晚风虽然有丝儿凉湿，却含着浓郁的谷香，空气就和煦而暖热。枫林没多宽，进村的路就在林里。这时看去，地也猩红的，像天边一样。

红鼠知道天快黑了，有牛叫声，鸡鸭们成群结队归屋去。"啪！啪！啪！"村子那头就有一个大院，院子里住着几户人家。今天有家人娶女婿，鞭炮已响了三通。红鼠看见了火花在村子上空闪烁。"我是从那家人里出来的。"它想着又顺了篙杆下了船，走在河坝里。

这真像一块大沙漠，夜色于红鼠没有障碍，它看得清河坝里有些蚯蚓滚沙，"要下雨了。"它想。走了没多久，快离开最后一条船了。河里突然"嚓"地响了一下。"鱼上网了。我一会回来就咬断绳子，那时，你就自由了。"它对着河水说。

走完河坝，该翻两个土坎上正路，进村子去。这时，它听到一个熟悉的人声从林外通往镇里的石板路上传了过来。那人很高大，穿的青布衬衣，腰间缠了一条新的汗巾，脚上套的什么鞋子看不清楚，反正把石板弄得嗒嗒地响。石头呻吟，红鼠狠狠地朝那人咬了两口，进嘴的却是一团鱼腥味的空气。它坐在沙滩中，似乎又闻到了那大汉身上飘下来的酒香。"高粱酒！"在墙角，它曾和自己一窝儿子一齐闻过。"这人把我的窝子给捅了！"它认识这酒味，也认识这人。"我要咬死你！"红鼠痛快地咒了一顿。

那人走得很慢，摇头摆手地哼着一首小曲：

今吾虽醉彩云哪起

日出东升是雀鸟啼

轿子回府打红妮也

渔翁回棹归哩家里也

牧牛童倒骑牛背啊吹短笛……

"你唱吧，我要你哭的时候。"红鼠爬过一丛草又诅咒道。天，完全黑了。

"啪!"那大汉转身打燃电筒朝着他家的那只渔船照了照。一道光芒在乌龟们的背上来回移动,红鼠不知道他在找谁。"不会是找我吧!"它突然闻到了大汉身上的死耗子味,恐惧地想。

"这家伙专卖耗子药的!他叫李金斗。"红鼠待着不动,眼睛红红的,从电光里逆向看去,认出了一张阴险的面孔。李金斗终于照到一块河坝上,那儿似乎站了一个小巧玲珑的红衣红裤的男孩。"喂,红孩儿,哪家的?还不回去,到李家湾来宵夜,今晚闹房呢!"

李金斗转身走了。红鼠爬进了枫林。

在枫林那边,它看见很多手电光向李家湾晃动,闪闪烁烁,像星空落到这里,人声鼎沸,也夹杂一些鸡鸣狗叫。"要起火,我不能回去。"它看倦了,就拨开一堆红叶躺下睡了。梦中又看见自己那一窝红耗儿聚在一丛高高的泥墙脚下,泪流满面地啃着一只玉米棒子。

二

李家湾的泥墙全在一片狸红的灯光里。每家檐下都张灯结彩。自制的灯笼,横四竖八一个框,放上一支蜡烛就亮了起来。那光芒染了一坝子,有几张木桌,人们吃着糖,喝着茶,院子中央放了一台录音机,线是从屋顶横空拉出来的。屋内也点的油灯和大红烛,新郎新娘披红挂绿站在一张红地毯上,很多小孩挤在他们背后,但也留出一条人宽的小路。正壁下一张红布书案。神采奕奕的李金斗,手拿一小匣,封了红纸。上面隶书一个"喜"后面一个"福"。墙上挂满对联,此刻偏偏有风,那墙上就哗啦哗啦响。人们好像也听见了房上瓦面有老鼠或者猫仔沙沙地走过。

"请欣赏京剧《南阳关》选段……"坝子里的录音机吼了起来,震得山响,李金斗走到门边,敲敲门框,那声音就突然小了许多。"南阳关,我武云昭……白发苍苍……苍……苍……苍苍苍苍……昂啊啊哈昂……"老头们便跟着摇头摆手地哼了起来。

李金斗又马着脸走到门边,用脚踢了一下门槛,那是一双乌亮的皮鞋。老生唱腔戛然而止。坝子突然静了下来,人们知道闹婚的仪式就要开始了,年长的在心里回忆着以前美妙的境界,浑身的皮肉有些痒,年少的还没见过这倒插门的女婿怎么个闹法。"其实都一样,女的就当男的用!"有个老头用长旱烟筒敲着板凳脚说。

一对大红蜡烛由新娘亲手点燃了,火苗呼呼地呻吟。李金斗看着两只烛燃得很等速,"吉兆!吉兆!"他轻轻地念道。火光也映在他的脸上,他在烛光里观察着新郎新娘。两人都好像愁眉苦脸的。是眼花了？他想，这瞬间看去，跪在毯上的竟是两张纸，一个"喜"字一个"福"字。

此刻，一个红衣红裤的男孩正从田埂上默默地走来，他看得清屋内烛光中李金斗的脸。"在悔过"他想。

新郎偶尔也斜眼看新娘，她却把脸侧了一个角度，男人便看见了一片白里透红的土壤，水草丛生。女人在男性目光下，觉得有些热，对着蜡烛吹了一口气，胸脯鼓了一鼓，自己好像就闻到了乳香。红孩子在院落墙外也闻到了，望了望天边的一颗星子说："远山在落雪哩！"蜡烛水滴了两滴在地毯上，迅速凝成两颗白白的珠子。

一叩首

再叩首

叩首

再叩首

夫妻开始拜堂，李金斗扯长嗓子喊着，孩子们都退到木门边，嘻嘻哈哈地笑着。几个老头没兴趣，依旧拧开机子，小声放着。正是一段川戏《柳荫记》祝英台的清唱：

我在……南山……也……读书……时

南山树叶……落……成……堆……

爹娘盼得……心……肠……断……

只想读书不想回呀啊……啊……啊……

老头子开始喝茶。恍惚中，有个老人觉得看见了一片岩石和一座坟墓。上面是风，风中蝴蝶纷纷，五颜六色。另一个老头也说，他突然想起少年时走过的地方，那地方干净空寂，槐树花一开一落，月亮是青色的。他常在月下看见那圆镜里跑出一只红鼠来。红孩子听着，知道拜堂已经完了，现在应该看新姑娘了。今晚的新姑娘就是那个跪着的男人。

"三舅公，看新姑娘喽！"李金斗从门里伸出头来，摇摇手中的匣子，长白胡子的老人起身了。"看过了嘛。""今天又不同点咯！"李金斗在屋内答。三舅公就跨过门槛去。女人侧身起而又跪，脆脆地叫了一声"三舅公！"男人闷了闷也应了。白胡子从长衣里摸出五元钱来，扔在红地毯上。

"二阿公，看新姑娘喽！"

"还新呀，看过了。"

"今天更新些哟！"

"来，托福！"

二阿公正听祝英台唱得凄切，从怀里掏出五元钱来。李金斗下台阶来接，转身又叫："孙姑爷看新姑娘喽！"

"梁兄啊……啊……"

川剧完了。

一直闹到凌晨一点，人们打着火把、电筒从院门出来。每人都看见门边站着一个本村从没见过的孩子，他表情冷漠，手里拨弄着两片红叶。人们以为这是新郎带来的小客人，也就不问。人们都走完了，新郎新娘收拾好赏钱，用一床席子卷了抬进屋去。那屋就在堂屋的左侧，门帘一推，他们进去了。李金斗轻轻地坐在椅子上，望着地上的红毯子发呆。好歹完了，他长长地松了一口气。

不知何时，那对蜡烛早已熄了，一节长一节短，红孩子迅速看见一团阴云浮上李金斗的脸。光是从檐下的灯笼里射进来的，红孩子看去，有一张皱巴巴的黄纸贴在空气之中。李金斗全天忙得不亦乐乎，现在十分困顿，躺在桌上就睡。这时，他看见一个红衣红裤的孩子站在屋中红地毯上，傍晚在河沿上看见过。那时，枫叶林哗啦作响，红孩子在沙滩上爬行。

"你是谁？从哪儿来的？"

"我从那边来的，你叫我来的！"

"我不认识你！"

"我认识你！"

"你爹娘呢？你家呢？"

"那边。"

红孩子指指身后，李金斗分明看见他身后是一团火，吓得一跳，眼前什么也没有，那对喜字蜡烛正在等速地燃烧，不过，快完了，我得等它燃完了才睡。吉兆！他想。"我要烧了你家。"他隐隐约约地听到一个孩子在风中说话。他知道自己耳朵"打张"（方言：听错），太晕了，推开自己的门，看见了放在床边的一袋袋耗子药。明天还得上街去，他想。

红孩子已经走进枫林里去了。这片林子异常宁静，虽然没有月亮，也看得见枫叶堆了厚厚的一层。他转过身来，看见天地间一片金黄，一小片密集的灌木丛里，无数只年幼的红鼠排成整齐的队伍，嗨哟嗨哟地撞进一座空房子的门。

三

几只狗从院内一个墙角醒来。先前人们热闹的时候，它们感到无比寂寞和孤独，但又不愿回船上去。那儿的河风很凉，已经夹杂着冬天的滋味。席散了，院子里空荡荡的。听得见墙缝里传来女人的喘息和吱吱的床响。那是女人在哭泣，有只老狗找到一块骨头时想。"啪——！"它的一个同伴从门槛下钻了出来，台阶上就倒着一个酒坛子，酒香顺着烛光流了出来。狗儿们爬到坛前，卷了前腿，开始饮酒，咕噜咕噜一通，那酒到了肚子，一个个都觉得自己浮在河水中。那坛子像一条乌篷船沉下去了，房子在往后退，"啪！"坛子空了，被一只狗挤下台阶，很响的一声就碎去了。只有灯笼闪了两下。烛快完燃了。狗儿们想。

它们把瓦砾堆到一块儿，醉醺醺地排成一队爬出了院门。灯光熄了。它们突然想起自己的职责——主人的船呢？带头的大黄狗有一种很可怕的预感。颠着跌着，几只狗走过田埂上了坡进了枫林。红叶很厚，远天开始发白，最后一只小狗踩在一个小小的肉团上，那肉团"叽"地发出一阵微红色的叫声。有风儿轻轻吹拂，那是一只正在做梦的红鼠，梦见一朵火花从遥远的雪野升起，正飘过崇山峻岭，向自己飞来。

在下土坎时，所有的狗们都跌倒了，从沙坝上滚了下去。接近江水，酒意全消，认准自家的船便纵了上去，撞开乌篷一角，躺下，却将眼珠望那东边天上的星星和浮云，天快亮了。它们屏住呼吸，听流水听鸟鸣，也听鱼儿们撞在网眼里叽叽的挣扎。

枫林里，红孩子来回踱着步，一边数着树干。"三百棵！"他说，这些全该烧掉！他这样骂了一声，转进一株大树不见了。红鼠从叶子下面醒来，觉得身上很重，愤怒地踢了一脚，叶子便高高扬起，再从半空飘下，林子嗖嗖作响。

三个守船的渔夫打着电筒从那边田埂回来了。红鼠觉得他们都捏着一根长长的白棒。仍然酒气未消，三个人一进林子，红鼠就闻到了。"那是梦酒！"它想，"名牌的。"

"我猜那男人不肯上床哩！"

"咋个不！真憋得住？你又看不见。"

"他生死不愿倒插门的！"

"算个球！那妹子嫩的！"

"人家可不愿！"

"他另有人家闺女？"

"对的！在外头哩，念着书！"

"那咋的……"

红鼠再也听不见了，三人已经走进了沙坝。它似乎隐约地看到每个渔夫后面都跟着一个哭哭啼啼的女子，数着一些树要开花呀！书要着火哪！鱼死网破的故事。照样的，沙坝上一行行脚印里都有一团酒香。"那是乳香！"走进沙里，红鼠暗暗想。

"哎哟！妈也！"

"船呢？网呢？狗日的！"

一到河边，三个人就大叫起来，套船的石头还在，却没了一列乌篷。"见鬼！"三人零乱地骂道，以为自己酒还没醒！"汪！汪！汪！"对岸传来了自家狗儿的叫声。三人一惊，射过电光去，一系列乌篷好端端地爬在对岸沙坝上。"卟通通！"狗儿听见自己主人来了，高兴得一纵身，还以为下面是沙坝，一跃就到了水里。天还没亮，水却清凉得很，狗儿汪汪大叫着浮了过来，见了主人抖抖身子，主人一挥手，它们便沿着河边向远方跑去。浑身的雨点叮叮咚咚地溅到河中。渔夫上了坎，绕过那边一道小桥过了河，又将船撑了过来。

"咋搞的？我们没走错嘛！"

"见鬼，我的网咋个这样断了！"

"二黑，是耗子咬的吧！"

"是的！"

网掉在河里，一个鱼也没有。叫二黑的人急得狠狠给河水一浆。"啪！"远处跃起一条鱼来。"白鲢！"他认识这种鱼的。

真是见鬼了！三人停船在河心，吸起烟来，又都联想起昨夜的婚宴。说不定这该怪李家女婿倒插门的胚子！骂了一阵他们便把船内马灯点燃了，一边结自己的渔网。他们的婚姻要断了！一个人把自己的预感告诉伙伴，二人点头称是。

船又重新回到了岸边。李金斗那只也跟着移来，靠了岸。网还散落河中，大黄狗站在船头。它好像看到无数只红鼠在沙坝列队欢迎自己，就朝天大叫一声，天就亮。那三个渔夫见李金斗的船也排在一块儿，就认为它本来就在那儿，也不多疑了。

"你瞧！"顺着一个渔夫的手指，伙伴们看见了枫林间闪出微红色的光芒。一个男孩子，红衣红裤，站在一株树下扑哧扑哧地发笑，偶尔抓起一把枫叶扔进天空，有些晨风正好从林子上空翻了下来，便把枫叶刮到了河里。水面红猩点点，稍远处的一些，像一朵朵燃着的火苗。"要出火灾！"有人在远处看着河水想。

四

李金斗依旧在太阳升起前醒来。今天缝场不打鱼，上街买鼠药去，好几场生意都不错。这地方的风俗里，死老鼠可以换鼠药，以证明买药的灵性。李金斗每场都从镇上提一串死鼠回来，放在瓦上晒干，然后捣碎了又配成新药。每一次总是要少几只，他想，大概是狗或猫拖走了。但有孩子说，他亲眼看见红色的老鼠从屋檐上跑了。红色的？他惊恐地问那小孩。是红的。哎！有火灾要来，这阵子得防着点。他将这个想法告诉了院子里的所有人家。直到婚宴结束，什么也没发生，他就放心地上街去了。走过枫林时，他突然听见哪儿叽地叫了一声。他到处观望，才发现那叫声来自手上。他狠狠地将那只未死的老鼠抽了出来，扔在地上。那只扁平的老鼠又叽了一声，翻下石板路，在沙地上一摆，死去了。"哧！啊——七——！"李金斗长长地打了一个喷嚏！

耗子药！耗子药！

耗子吃了跑不脱！

一角钱买三包！

毒的耗子用扁担挑！

这个小镇建在一条公路旁，狭长狭长的，农贸市场的一角，李金斗在高声叫卖，还用了快板腔。手在大腿上拍着，那粗布裰子响了起来，却很有节奏。

灵哩！金斗老爹！你瞧！我家死了这么多！

好好放这儿，要药不？

不要了。昨晚，你家娶了女婿，恭喜了！

好歹办了。也安了两家爹娘的心！

原来，新郎新娘的婚姻是父母早就订下了的。眼下，男女双方父母都已病死。有人说，是修新房犯了"五黄煞"。男到女方的事就由李金斗来主办了。新娘是自己的侄女。

又卖掉了几包老鼠药，人们还是三三两两地围了过来，李金斗觉得秋天的太阳很热，在擦汗的时候，眼睛有些花，觉得空气里浮着一式的灰绿色光圈，几只老鼠在里面游戏。再擦擦眼，有人背着一杆猎枪走出场去，长长的枪筒上挂着一只还在呻吟的秧鸡，喉舌流出的血，一点一点地掉在公路上，汽车一过，便被灰尘淹没了。他掩住鼻子，觉得地上冲上来一股火药味，他使劲地捏紧手掌，却似乎听见了林中小鸟的叫声。

耗儿药——耗儿药！

他又开始叫卖起来，人圈时紧时松，在这一角还是特别显眼。对面一个白发老婆婆正在卖一担凉糕。

凉糕！凉糕！糯米的，两角钱一碗！小兄弟来一碗吧！

一个红衣红裤的孩子在摊前坐了下来，向李金斗那方看了一眼。透过灰蒙蒙的空气，他看到李金斗的药一粒粒地在空中浮着，死鼠们活动了筋骨，尖尖的牙齿纷纷往黑压压的人头截去。开！红孩子接过老婆婆递过来的竹刀划烂了碗中的凉糕。他又将一勺子红糖倾进来，紫黑色的糖水侵过碎糕，一种香甜的气体溢上了嘴唇。他慢慢地吃着，老奶奶看见他小小的红唇舔着碗。这多像我孙子吃他娘的奶呀，她想。孩子吃完了，却不放碗，一双水灵灵的眼睛望着那堆在李金斗脚下的老鼠。没有红色的，四周的人都闻到了一股死耗子气，赶紧走开了，李金斗也待在那段围墙下。

小孩子，你打哪儿来的？大人呢？

从那边！

小孩子指着远处的小河。他没放碗，他看见天边一朵五色的云，正变成一个洁白的少女，从蓝天里下来，赶着一群山羊，经过枫叶林，红的树叶，白的手臂，蓝的天空。红鼠跟在羊群后面，轻轻哼着人们无法听懂的歌谣。快下午了！他掉头看着碗里说。老婆婆见他长得乖俏，又盛了一碗给他。这孩子在想妈妈哩！她在心里说。李金斗走过来，也买了凉糕吃。孩子把碗往盆里一放，赌气似地圆睁双目走了。这凉糕里有耗子药！人们听见他经过农贸市场铁门时说。

金斗哥，来换药！

哦！就来！

金斗哥，这药真灵，前天我家毒翻了十二只，都给你提来了。

就来，化龙。

叫化龙的人已站在耗子堆边，手里还提着一串老鼠。有一只是红色的。李金斗并没在意。数了两包药。周围的人收摊的不少，场散了。他卷起药，用小网装了死耗子，点燃一支烟，就和这个化龙的一起出了场，往林荫下的一条公路走去。公路上落满梧桐的影子，风一来，都往公路中心来回伸缩着。

行人踩着它，很惬意地回家去了。李金斗在这里停下来，数数钱，再点一下收到的老鼠。化龙在旁边等得烦了，就背着一株老梧桐树假寐。

啊！红鼠！

李金斗跳了起来，像手里突然捏到一块红铁。红鼠！他打开网子，抽出一只硕大的红鼠使劲往路上砸去。那老鼠溜冰似地滑进草丛，一下子站了起来，呼呼地穿进了临街的一块水田中。几周以后，赶集的人们看见那块稻子黄死了一片，叶子也烧煳了。

从石板路回村，中途也经过一块沙丘。沙丘下面正是小河的洄水沱。许多乌篷船都集中在这里打鱼，狗们就走在沙里嘻斗，一群孩子沿着河边的石缝搬螃蟹，偶尔被剪了一下就惊叫一声，浑浊的河水会飞起几朵亮晶晶的水花。李金斗看出这洄水沱里鱼很多。我回家去也来撒几网，他这样想着，好像就在打网了。提着耗子的手一紧，往外一撒。叽叽！那网老鼠脱手而出，撞在前边一棵树上，便散开，里面发出一阵叽叽声。妈呀！李金斗骂了一声，走到树下，一个红孩子"咔"地溜下树来，表情十分冷漠。

你骂谁？

你——你从哪儿来的，大人呢？

李金斗完全忘了昨天晚上还见过他的，觉得这孩子长得真逗人爱，我的侄孙子出落得也会这样，他想。红孩子踢了网一脚，转身慢慢地朝前走去。李金斗见他走进了枫林，道上正飘着雪片似的红叶。他拾起网来，这棵树已被烧焦了一节。后面的石板路传来一阵雨响，太阳还挂在林子上空。又看见两只红鼠从脚下跑进沙丘去了。李金斗想，这是我人老眼花了。

五

红鼠在夕阳下坡时，又做了一个怪梦，梦见自己正和那只红公鼠躺在一块，在黄草窝里咀嚼麦粒，咔嚓！擦！泥墙边传来了熟悉的脚步声。那声响带来了浓烈的药味。那会儿，我们一家全住在大墙角下，红鼠想。随后又梦见一个高大的男人出现了。红公鼠被药味醺得发昏，一下子跳出草窝去，啪！红公鼠翻院墙的时候，那个男人执了一把铲子过去，泥墙上闪出一朵火花，而后便是一绺血迹挂在墙头。红鼠望着在自己身上的红叶想。那地方正撒下一些光斑，更红更艳了。马上就要燃出火来似的！那只红鼠永远不再回来了，它想。"远山正在落雪哩！"这时，林子里刮了一场风，快收工的人们听见李家大院的青瓦上沙沙地响，像沙，也像老鼠在跑动。

李金斗已经换了一身溅满泥浆的衣服跨出门来。我该去看看船哩！那儿鱼多，我也该去打两网！他自言自语地走过田埂，进入林子时靠了一棵树划火柴点烟。这是一只带嘴的香烟，他横竖端详了一会儿，猛吸两口，就向河坝走去。空气里两个白色的烟圈久久未散，慢慢地升上了天空，像一面镜子垒着些白云红云，云的西边太阳又红又圆，骑在起伏的群山之上。

红鼠从这个光斑走到那个光斑，踩得那一小块红的地方叽叽地叫。故事快结束了，它望着李家大院张开的大门说。身后是苍青色的石板路，笃笃的脚步声，一个老婆婆走进林子来，拿着竹笆和箩筐，她要把叶子收拾干净的。红鼠一跃上树，对这块五颜六色的土壤充满了留恋之情。老婆婆瘦瘦的手臂上伸出一支竹笆来，哗啦哗啦地把叶子扫成一个红色的堆子。点燃吧！树上的红鼠悄悄对老人说。她拣起一些干的装进背筐，吸了两口空气，走向日落的那边去了。地上一片湿漉漉的，正腾起一层层地气，略带咸味。等干了再来背！她背起竹筐对着林子说。红鼠听了这话就产生幻觉了。我曾经到她们家去过，坐在她的灶下。每到秋天，林子里叶脉全落了。风停在破落的泥墙上，催促着要开一些紫罗兰花。

她走了，下林子时，田埂上走来一个红孩儿。昨晚上我见过，老婆婆想。那孩子目光冷冷的，只有一小节红嫩的嘴唇吐着一个大大的气泡。

小孩子，你从那儿来的？大人呢？

那边——那边……

红孩子让开道，指了指落日。这时，天变得火红起来，归家的渔船正从闪闪金波的滩口回来。妻子孩子等待的身影涉水而至，一个个小家庭围着船舱微笑，有如夕光下的河水一圈圈荡开。红孩子似乎看见老婆婆开始在灶前煮饭了，烘干了的枫叶在漆黑的锅底下，哗啦啦地欢跳，锅里几条鱼儿在油中橙黄色地响起来。香气弥漫了整个村落。红孩子仰面躺在石板上，脊背有丝儿凉湿。那会燃起来的！他指着天空一座白色小岛说。一会儿，红色就侵染过来了。

一群狗从沙坝里惊恐地跑了上来。林子里真空，正好在这儿打上一架。五条狗，三条黑一条白一条黄。红孩子侧过身来数了数。大黄狗是李金斗的，他想。一条对一条，两条对一条，最后四条狗都对黄狗发起了进攻。黄狗沉着应战，毫无畏惧，一次又一次将敌人打到，黑白的狗毛在风里到处寻找小草，见了一株便缠了上去。地上长出一条条杂色的狗尾巴。汪！汪！黄狗越战越勇，终于把四只狗逐出林外，它流着汗，来一株大树下舔毛。呼！呼！它突然感觉得有一筒子一筒子的力气从四方压了过来。汪！汪！四条狗突然杀回来，尖尖的牙齿上烙着闪烁的光斑，更加狰狞可怕。大黄狗措手不及，又正抵在树干上动不了身子，四双锋利的牙齿咬住自己的深毛。它已经感到肌肉在与毛挣扎着，不忍离开。扑通！嗯！睡在树上的红鼠掉了下来，狗儿们眼里，那是一朵从天而降的圣火。狗儿们"汪！汪"地跑开了，列成一队，在田埂上叫着。后来人们发现狗儿们头上的毛烧焦了好多。

树林宁静了。那个红孩子偎依着红枫，看见殷红的血滴正在树皮上流，手指一抓，那血丝就被抓了出来，化成一串美丽的红丝带，随风而去了。

六

没起风，仍然听见瓦沟里沙沙地响。新郎新娘也许太累了，还躺在床上。一人睡一头。这时醒来都望着瓦沟。新郎说，你家咋的，这么多耗子？那时死耗子。新娘说，那都是金斗叔造的罪。她满脸泪珠。男人掀开被子一角心跳得很厉害。浑浊的阳光从窗帘上射进来，带着鱼腥味，屋子里的人生活在梦中。或许，男人想，这多么像有一次我去她那学校，住在一所旅馆里的下午。哦！我始终睡在水里的。他觉得被子很潮了。女人正在回忆这几天来的一切。我每天都要去的枫林，又两天没去了，那儿的叶子落完了吧。她偶尔听见墙缝里传来老婆婆灶里的柴响，我们这辈子，恐怕是不成啦！女人又抽泣起来。男人看见那边枕头上翻出一朵鲜花，脚尖一抬，花没了。女人哭得更凶了。都怪他老人家！祖上留下来的缘分，你能怪我，我哪点不好！哭着哭着，女人听见遥远的河里，一群年轻水手正盯着自己，说你长得乖俏喂！哭得更俏，哭了就好了，好了就哭了。就当爹娘没生我们吧！新郎咬了一下牙，狠狠地抱住枕头又睡了。恍惚中，二人同时看见李金斗在灯下翻阅一本经书，念的不外乎男三女四呀阳错阴差之类……他们在泪水里睡了。

那只红鼠悄悄走到院门边。我回来了，它对地上的鞭炮皮说，然后贴着墙角往里走。台阶下还堆着烂瓦罐，几只狗脚印显在灰尘里。酒香发自罐内，它钻了进去，又睡了一会儿，便觉得头昏。此时，泥墙脚自动地向它张开了一个洞。自己那个浩浩荡荡的家族似乎正在油灯下排列队伍。

李金斗走到自己套船的地方没看见船，那只大黄狗也不在。只有一只死耗子栽倒在湿湿的沙中，将一个脚窝儿填满。我的船呢？他大叫了一声。附近也没了一只船，他想起刚从镇里回来很多人在涧水沱打鱼。哪个龟儿借去了？不来说一声。他一边骂着，一边跑向下游。太阳也一点点地往下落。在沙里跑时，觉得河面是不平的，两头跷了起来，水在倒流。他心想，老子的船在哪儿？哪个敢动老子的船！涧水沱的人们收拾了渔网，桨片插好了，正一只接一只，出了几丛芦苇，向村子摇去。头船上的二黑远远地看见了他。

金斗叔！你的船呢？咋个空手跑来了，今下午鱼多哩！

他扯长了嗓子，脚下的波纹便一层层往李金斗涌来。

老子正想问你呢？我的船不见了！

不见了？真的？

真的，明明套在哪儿嘛！

李金斗，船真不见了？

见鬼！

邪门！

人们加紧摇橹，乌篷船飞快地往滩口射去。李金斗在沙里小跑着。还是没有。他气得咚地跳进水里，摸到套船的两股棕绳。绳头也在沙里翻了几圈，叽地叫了一声。

二黑！早上来还在吧？

在的！早上来时，我们也遇着一点邪门。

啥邪门？

李金斗一边和二黑说话，一边脱衣服。准备下河去摸，是不是沉下去了。看啦！看啦！天红了！船上一个孩子突然大叫起来。疲惫的人们一齐望天。正在李家湾方向，天空红成了一团火。有几缕火苗在空气中舞蹈。糟糕！李金斗预感到了什么，大叫一声上了岸。这时，一个老太婆和一个男人出现在林边土坎上，背面是红红的天空。

喂——李家湾烧房子喽——快打火哟！——李家湾烧房子喽——

男人双手捂成筒子，浑圆的声音一下子传来了。

李金斗飞快地上了坎，二黑快点！他回头叫了一声。就在这时他看见自己心爱的船泊在对岸，一丝垂柳下。那柳树每年都要砍一次。

金斗叔，你的船在这儿呢！

滚你妈的！

金斗和二黑风一样穿出了枫林。李家大院已在火中摇晃起来。瓦片自动地飞起。棉絮、账单、窗帘自动地飘出门来。一个传一个，这个山头传到那个山头，村子拉长了声音回荡着。

快来打火哟！李家湾烧房子喽——

人们从四面八方奔来，提着水，端着水，挑着水，向火墙泼去。水在火里曲曲地惊叫，人们还闻得着酒肉的香味！老人小孩都上阵了，一个个熏黑了脸，认不出谁是谁！大家看出那火在选择性地烧着，就让二黑等几个青壮年上房去，把瓦片扒开，砍断檐子，没烧着的地方，就再也烧不着了。有人闻到钱化了的灰味。糟了！洞房挨烧了！

渔船不断靠岸，没来得及装稳的鱼纷纷跃出舱去。有的落在沙滩上，就犁出好深好长的一条沟，血，紫红紫红的。在一个脚印里，鱼和一只老鼠相遇了。老鼠一下子站了起来，拖着它的尾巴就走，它昏过去了，不一会儿，就感到脚下侵进来一丝儿凉意。睁开眼，自己正浮在水面。那只老鼠是红色的，分开一条水波，爬上了停在对岸的一只船，再翻上去，坐在一条蓬上，靠着小小的桅杆睡了。天空的红光淡了下去。

火最终被打熄了。除新房化为灰烬外，其他损失并不大。摔碎了不少瓦片。李金斗汗流满面，赤着上身坐在坝内一块石头上，乡亲们在一个水缸里洗脸洗手。一百多号人望着他，他接过老婆婆递来的汗巾。她说，我看见有只红耗子进来过。报应！报应！他说。人们陆续地走了，又陆续地拿了些东西回来，表示慰安和救灾。李金斗让二黑帮他收下了。他一下子把头伸进人群去。糟了！那两口子呢？大家看到没有？新两口子哩？

没有啊！烧死了？

不可能！

找！找！

没有踪影！

说不定是他们放火烧的。

没有！老婆婆在地上拾起一片红叶，对进了屋出来的小伙子说，又转头对李金斗，不可能，我亲眼看见他们在起火时，还在窗子边望天哩！

然后呢？

我不晓得！我去喊人咯！

他们没出来？

出来的！

我听见他们在坝子里叫，快跑啊！快跑啊！有鬼！

报应！报应！李金斗捶胸顿足。又闻到了死耗子和耗子药的气味，再不干了，他想。走他妈的，滚滚！他朝新房的遗址骂到。猩红的火炭还没熄，不时飘起一团青烟。他也抽起烟来。

"汪！汪！汪！"不知一下午到何处去了的狗儿们，从西山巅上狂呼着冲了下来。一阵风吹过，堆着的枫叶重新一层层铺开。有的还借风力回到了树枝上挂着。红鼠疲倦地回过头来，拱开一层枫叶，睡了。梦里，有一丛矮矮的灌木，一队幼鼠抬着玉米棒子嗨哟嗨哟地撞破了一道木门。

七

李金斗见天色渐晚，让人们散去了。他从火堆里抽出一根木棍，点燃烟后，转了两圈，走进自己那间黄泥小屋。这鬼书还在，他从一个砸坏了的箱子里找到了一本黄色的线装书。他举起右手来，大拇指依次数着另外四个指头的节筋：

子丑寅卯辰巳午未申酉戌亥甲乙丙丁戊己庚辛

他瞑目念到，同时听到两个人走在石板路上。他们走了。远山在落雪，一睁眼，雪就不见了。他翻开书。"命中只有八盒米，行走天下不满升。"他又翻了一页，瞑目沉思。他看见一只船在空气里航行，后面是鼠群，鼠群上是枫叶。小两口跟着一个红孩子走在红红的风中。他们走了。他想，又跳过几页。"阴阳相克相生！"女人时候大了，克了男人。难怪！他爹娘在阴间也多使点劲呢。命该如此，这火是哪儿来的呢？李金斗仿佛看见了一只只红鼠在纸上爬着。啪！一巴掌下去，这页纸打得四分五裂，看不清了。

尸子遂人上观星辰下察五木以为火拾遗记遂明国有大树名遂屈盘万顷后有圣人游至其国有鸟树灿烂火出遂感森林自焚知木实藏火春取榆柳之火夏取枣杏之火秋取柞榗之火……

在书的后面，李金斗读到了这段文字。这是一本民间医经，不知什么时候传到了这个村落，最后传到了自己手中。他也学过一些命书，这本书却从来没有读懂过，这书咋没给烧掉。他关上书，若有所思的样子。转头望天，惊奇地在屋中看见那河边的船只正静静地趴在沙滩上，一个红衣红裤的孩子在河沿上走来走去。

八

他们也不知道火是怎样燃烧起来的。乡亲们大呼救火的时候，他们发疯似的逃出村子去了。女人先穿进枫林，拐去拐来，总走不出去，不知出口在哪儿，四处都是树。最后她挨着一棵树一棵树地走出了林子。下面是一条石板路。她穿的还是新婚衣服，天蓝色短袄，下套丁香绒裤，头上插着一支凤样的金花。脸儿红红的，泪痕仍在。她凄凄惶惶地走着，偶尔会在石板上看到李金斗和乡亲们提水打火的情景！她解开两颗扣子。我还是回去吧，她想，一切都毁了，这是命中注定的。她觉得自己化成了一小片这世界上的风，漫无目的却有方向地瞎闯着，后面的人声听不见了，仍然感觉天空荡下来的热

气。我应该出去，这个家有啥子！我应该出去！她说，像惠姑娘她们一样，瞧人家寄回来的相片，恐是住在仙府里呢。她偶尔也往河边的沙坝里瞧一会儿。这是她熟悉的土地啊。泊船时，她也常到沙里跳着，蹦着，当然，那是小时候。一个红衣红裤的男孩，郁郁地走着，头也不抬，盯着沙土，不快不慢，恰好与自己等速。天快黑了，前边也没了晚霞。这孩子我从来没见过，不是本村的。她想。

喂！小孩儿，你那儿来的？大人呢？

红孩子抬头看了她一眼，瞧得见她那白嫩的脸蛋和娇艳的嘴唇、剑眉和杏眼。

那边！

他随手指了指远山。远山在落雪呢！她听见孩子淡淡地说。这梦一般的，她也静静地想。

在小河洄水沱上面，石板路从一个沙丘穿过，有一棵兀立的大树已辨不清枝叶。女人走到树下，一个男人突然从树里站出来，转身。

是你！

是你！

那人正是新郎。他是从屋后的山脊上过来的。大黄狗领着狗们正在做游戏，他就去追狗，后来狗儿们回家去了，他从岔路来到石板路上。他仍然很倦，在石板路上坐了一会儿，抽了一支烟。听见石板里传来了远处的脚步声，是她来了！他肯定地说，于是在树边停了下来，天越来越暗了。

我们应该道一回别才走的，他对女人说。

我也是这样想的！一日夫妻百日恩嘛！

咱们这散了，男人说，不能再聚了，我要去那个学校，找她。

找她？

找她？

万一？

万一，没啥！

这不怪我们哪个的！我也不怨你！

啥都烧了，我们也就啥都没了！

没了，你呢，还回村去不？

不，我想……我想跑跑江苏。

咋不！我们村跑到江苏的好几个伢子悄悄给我来了信，我就准备走的！

哦！男人突然发现一朵火在前方闪过。那火！

那火好哩！都怪我金斗叔！

好吧！去镇里再歇一夜。明天我们进城搭车分手喽！

分手？

他们就这样对着话走过了沙丘。

等着！

前边路旁的草地里爬起来一个红孩子，男人惊诧。女人给他说着孩子不知从何而来，也不知道从何而去。孩子手上拿着三根竹棒。男人看清了，那是船上人早出晚归时用的油筒。

拿着！

红孩子走过来。"扑！扑！"似乎是红孩子把油筒吐燃的。路窄了，男人走到最后面。黑褂男裤，扎一条汗巾，脚套一双泡木底布鞋。我们在做梦吧！男人想。女人回头来瞧了他一眼，灯火里，没有怨恨，没有讥讽，是那样的纯真。他有些受不了，觉得她的眼角淌来一条醉人的气流。他望望远山，远山在下雪哩！红孩子自言自语。二人都猜测他是从雪野飘来的，不是的！红孩子掉头说，慢点！跟着我来！大家一起走吧！嫩娇娇的声音说出大人腔，女人笑了，男人也笑了。我们是一家三口吧！女人突发异想，乳房也有了鼓胀的感觉，永远别分开！她暗暗祈祷。

三只萤火虫，往深深的夜里游去。

红鼠知道秋天结束了。自己有了怀孕的感觉。那只大公鼠说不定明天就回来的。它拱开枫叶，夕阳西下，落叶萧萧。枫林正对着新建的李家大院，在风里诉说一些明年还要开花的事儿。

泉

《天边村落》系列短篇小说之三

一

洞边有一块苍青色的巨石，一丈半高的地方挂了一个泉眼。整整三十年没泉水了。见过泉水的老人们讲，石眼里长着一株绿草，水是从草下流出来的。

正对着洞口是一条不规则的石子路，两边是棕榈、芭蕉和松柏。穿过丛林，绕过一道山梁，石子路就断了。横着一条鸡肠小道，顺着这一冲绿色的稻田延伸，便是一个小型商店，土木机构，檐下伸出一截竹编篷子。丁卯、甲午两个老头手摇纸扇，坐在石凳上聊天，或者一阵长时沉默。脚下一个大茶桶，专给过路人解渴。赶集的、挑粪的、除草的、放牧的，都可以在这儿喝上一盅。不给钱，两老头说，这是给子孙后代积点阴德。

"丁卯爷，那个无底洞的泉水咋个没了的？你知道不？"一个穿短裤围汗巾的小伙子放下盅，用草帽扇着风问。丁卯爷一震，看见了后生脖子上一跃一跃的是一株黄了的绿草，正顺着汗水往背心滑动。"你，哪儿来的？"丁卯爷怪声怪气盯着那草。"那边土里呢，锄草呢！"小伙子将草帽在手中旋了一圈。"那你得把草拿下脖子来！"丁卯望着后生，眼光绿绿的，黄草就滚落胯下了。他退了两步，黄草在地上翻了一圈，正好浸在茶水里，更加枯黄了。丁卯爷似乎听见泉水流动的声音，扇子停在空中。有一阵微风吹过路边的稻田，禾苗正盛，滚过一层层绿波。

甲午还在观察那稻子，想着黄熟时天底下的情景。两个人的对话，他没听清楚，风吹来时，他正听见一股泉水的声音。回头来，一个割完牛草归来的妇女正仰头喝茶，颈上也有一些杂草。"真爽口！"妇女道一声谢，放下盅子，颈上的草就顺手翻了下来，也浸在地上的茶渍里。她转身走过去，背上的草筐很大，一团阴影照在脚下，一边走身子东边的一团阴影就跟着移动。前边另一条小黑影，是锄草的小伙子，草帽不戴，挂在臂上，圆圆的影子宛如让他踏着两个轮子走。快过一道桥时，妇女看见了一团高粱地，长势很好。四周的庄稼都要逊色很多。她苦笑了两下，汗水流下脖子，草也掉了两根。小伙子坐在桥墩上，也望着高粱地。一回头，突然发现妇女也躬背站在眼前，一筐牛草在背上摇摆。"小二，来帮你娘背一会儿？"妇女这才发现儿子等在桥边。"我不是叫你早些回屋吗？太阳很毒的！"小二要去背牛草，妇女抓过草帽来扇着，脊背和衣服连在一起了。"小二，歇一会在走吧，煮饭还早！今天下午不出工了，天气太毒！"他们坐在桥墩上，影子倒下河去。河水很浅了，看见河沙和石头，拦鱼的河网，上游浮过来化工厂的泡沫……两岸都有农夫担水去打田打土，久旱未雨，沙地踩得哗啦哗啦地响。

"娘，昨晚我梦见那股泉水流出来了，还有一个葫芦罐。"妇女知道儿子昨晚又背着自己去镇上看了电视《八仙过海》，她也看过一次，铁拐李那小子，就有那样一个葫芦罐。鬼气得很，好像自己也做了那梦。她看见自己过了一条从没看见过的河流，一个好像见过面的男人在沙坝上狂奔。一群赤身裸体的儿童嘻嘻哈哈倒退着跑步，青草一遍一遍地长出来。难怪今天早上牛草这么多，又嫩又好。"我梦见过那股泉水！"她望着河水说。她是见过那泉水的，儿子出生时，泉水已经停了半年了。"娘，今天下午还是去吧，土里草太多了，扯不完。""娘怕太阳毒了你！"娘把草帽给了儿子，才看见河中没了他的影子，挑水的农夫没了，只有自己的影子在水里铺陈开去，阴森森的。她仍去背草，小二一把夺回筐子背了过来。他听见绳子"噌"了一下，草又掉了一根，妇女拾起草来，扔进河里，一个漩涡下去，另一个漩涡上来，青草攀着水波往下游走去。水声很响，农夫挑走一担水，她的影子就浅一层。她站起来，仿佛真的听见了泉水流动的声音。"是那水！"她自言自语又摇摇头走了。两个影子一前一后往河西的村子移去。

二

外面是酷暑，洞里却很冷，三人都打了一个寒战。洞里反扑过来的风把三个人的油筒吹灭了。"丙庚不要忙往外走！等我把火打燃！"甲午走在中间，取出火石在粗布上使劲一擦，一朵小火亮了起来，淡淡地染上了每个人的面孔，其余各处还是黑森森的。风没了，三张红扑扑的脸浮在夜空中。洞里明亮起来。往上瞧不见洞顶。左脚一侧是斜长的滑坡，有水声潺潺从坡底流过。右侧是坚固的岩石。人们把这个没名的洞叫做无底洞。寨子里阅历老的风水先生讲，下面这道水是通往阴河的。油筒弯弯曲曲地把火光引向洞子深处，像三只萤火虫在幽黑的天底下摸索。这条路上显然很少人来，很多青苔，还有些白嫩的草。偶尔也有些蛇骨，三人便揣了一些到包里。洞生在这偏僻的山区，外面的人很少知道，附近的学校每年一次春游，也只能让学生在上面的几个大洞子玩。那里面有很多石锅、石倚、石桌。

甲午将油筒倒立了一下，火光更亮，丁卯和丙庚都看见他有些颤栗。"你们看这洞硬是没底！""怕了？甲午！"丁卯说："是有些害怕，这样走下去，会走到阴间去的！""说人家个毯！你硬听那牛鼻子道士的话，他在街上打什么赌，赌什么输赢？"丙庚有些怒气，掉头继续往洞下走去。"老子就是要给那道士看看，走到阴间，也要看看阴间是啥样儿？"三只火一高一低往洞底走去，时快时慢。

这三人都是寨里头名头很响的药农。甲午、丁卯、丙庚，都是他们的名字，是根据天干地支乱编的。三人同龄，正三十出头。丙庚结婚不久，其余两人孩子都会叫爹了。他们胆大心细，找药为生，去过云南、贵州、广西甚至是西北的一些奇山异水，不像村里人那样迷信，不信鬼神。老三丙庚脾气很犟，因为寨里一个道士跟老婆算命时说命不好男克女，婚后要改嫁二夫，他七孔生烟，将道士狠狠地打了一顿。今日上街见道士拉开圈子散布无底洞传说，说里面有七仙女啦，有阴河啦！他扒开人群说了一声："那个洞有底！"众人大惊，他已返回到了街心，打了五斤煤油，回村子去了。人群又一次看见他经过道士面前，身上掉下来一株草，黄了。

　　"丙庚！你硬要和那道士打赌！"走到最后的丁卯说："打！""赌什么？"甲午问。"老婆！"哈！哈！二人笑起来。丙庚听见笑声里面有股泉流的声音，也暗笑了一回。这时，"呜！"又一股阴森的风吹过来。三盏油筒灭了两盏，就丙庚的还在黑暗中闪光，宁静而温暖，听得见各自的心跳。"真的有鬼？""二巫子！""说人家个毬！本来这打赌是我的事，你俩和我好，帮我出气，这也值得谢一回。看来这洞，真的无底了，你们看看还有多少油？"丙庚靠在一面湿肌肌的岩壁下，面孔绿阴阴的。"还有一斤多。"两人答道，"喂！丙庚，你硬要是想走下去？""想。"甲午面色也难堪了些："我说丙庚，你还是别这样做！""我晓得，你们有老有小，就害怕死在这洞里，是不？这半生什么地方没闯过？对拉！你们应该回了！别陪老子瞎闹！"说着话，他把油筒伸过来，说话声撞在壁上湿肌肌的碰了回去，有些空旷但又是糍糍的。"丙庚，你也不照样有了家！""家，日他妈也，你们没听说我们出去了，那骚娘们跟道士扯不清！"两人想笑笑不出来。这火有些鬼气，似乎突然袭来高粱糍粑的味道。悬崖很高，左右都是石头。洞里渐渐凉了。丙庚不声不响地解下丁卯身上的油葫芦。摇了摇，倾了些在自己的里面，再将甲午的也倒了一点。把火石子递给甲午，"你们转去了。如果我晚上没回来，你们也帮我瞒着！老婆嘛，由她死活！我还是想打这个赌！"

　　丁卯和甲午劝了好一阵，油筒又灭了三回，再拗不过他，于是珍重地捏了一把手，再倾点煤油，就慢慢地，步履沉重地往洞口爬去。一路上就听见流水潺潺的声音。偶尔一只蝙蝠打着壁头，洞里就轰轰地响，那尾音就像一支歌子吹向背后或更远处。时不时会产生幻觉，他们看见丙庚留恋地望了他们一眼就扭头举着火往前探去了。火光将壁头照的很近，水珠在青苔上流动，闪闪发亮。大的水珠里映着人的面孔，像一颗颗眼泪。一直爬到洞口，他们还没忘掉这个令人恐怖的诀别幻觉。

还是下午，林子里很静，均匀地洒着些阳光。二人瘫倒在地，才知道自己全身都湿透了，染满了红、黄、青、黑各色泥巴。有的根本不是泥，散发着高粱的味道。他们感到口渴，仰起头往洞边看去。"妈呀！"他们大吃一惊，泉水没了，洞口干枯着，那草不知踪影。一朵云溜过天空，村子里移动着一团大大的阴影。"啪！啪！"两只油筒砸在石头上，破了，满山遍野迅速弥散满了煤油味。他们一下子有了全村子要着火的预感，但若干年后，这火也没有如期发生。

　　　　三

一天过去了，那人还没回来，一个月过去了，那人还没回来。拖一身泥水回到家，洗完澡，丁卯就听见村子外面人声鼎沸。"那是甲午家里的！"丁卯透过泥墙大门看见了机耕道上跑来了一条狗，后面是一个小孩。

"丁卯表叔，我爹叫你过去！"那男孩快一米高了，狗儿在他脚边追着一棵小草，然后翻起舌头，瞧他。"甲午！""我爹！"孩子好奇地答应着，用眼神忍受丁卯眼中的迷惘和惆怅。狗儿一转身，他也转身跑了。丁卯认识这个男孩，是甲午的小儿子三三。

一阵逆风吹起，正值换毛季节，一丛黄白黄白的狗毛被微风卷到了他的脚下。"是你，丙庚！"他忽然觉得有个人举着油筒火把站在自己的面前。四周漆黑，空气是冷冷的。"抽一支烟吧！找得你好苦！你那老婆天天来骂我俩，硬要说什么你找到了灵芝草，我们把你害死在洞里了！你回来就好了！"丙庚一声不吭地听着，转过身去，丁卯只好把烟筒插在自己嘴里，火石子使劲在粗布衣上一抢，一朵火花在手中升起。他用另一只手捂住火，侧下头去点烟，眼睛一亮，刚才的一切全不见了。他记得这或许是昨晚上躺在床上的一个梦，又似乎是今天早上在洞里产生的幻觉。连日来，他和甲午假说进山采药，秘密地进洞找人，除了满洞的煤油味，什么也没有。泉水也死了，一出洞就口干得要命。

没几天事情捅穿了，那女人就气死般从东往西骂。道士也纷纷在茶馆里散布谣言：丁卯，甲午为了灵芝草害死丙庚，那仙泉也不流了，从此要旱上好几年。两人灰溜溜地倒在家里，不敢出门。这样想着，丁卯发现自己已经来到了桥上。没几步便觉得很累，坐在桥墩上看水，顺便吐了一口痰在河中，一个漩涡吞了下去。河水要干！他想："丁卯，你也坐在这儿？"他听出是甲午的声音，他在桥那头，失魂落魄的样子，旁边站着他的儿子和小狗。"啪！"三三给小狗一拳，小狗从桥上呼地跃起，腾到很高的空中射向河心，沉下去，水花溅得老高，阳光里，绿茵茵的狗便在水花下出现了，自由自在地浮过岸去，把尾巴正对主人咬了两声。村里便静静地展开了一片碧绿的稻田。

"那妇人呢？"

"嘿，真是！老子一句话揭穿她老底，说跟臭道士……"

"她却又怎么样了？"

"丙庚惨！那妇人硬有点那个！我这样说了，反倒不骂我们了，鼻子眼睛一揩，笑着走了！"

甲午讲着，似乎又看见了那女人回头一个哈哈，也就笑了，过来和丁卯在一起。河水很平稳，像一块透明的皮带整块在桥下移动。这桥要倒！他们想。狗儿回来了，小孩子和他站在一块，大人的口里不时飘来一股青烟。孩子重新驯狗。"三三，不要给老子整死了！"甲午狠狠地给了孩子一掌。站起来，孩子痛得流下眼泪，泪光中的阳光很刺人，两个黑影贴着机耕道，移进村子去了。

两个月后，估计丙庚再不会回来了，寡妇和道士结了婚。女家由东村搬到西村，土墙也推倒了，平成一块黄泥地，种上高粱，几天后就长得嫩嫩的。妇人从地里回来，也笑盈盈的了。拖家具的马车经过桥上时，常常看见两个人坐着不语，望那河水一寸寸浅下去。车轮碾过，扬起阵阵尘土，女人也没看清他们的脸，搬完家，她已经觉得二人很陌生了。那是城里人回乡观风望水的吧！她想。

半年后，孩子呱呱落地。道士觉得头痛异常，进山找了两幅药吃了毫不见效。为了照顾产妇，他强忍着不进城去医，一天夜里在床上死了。女人怀抱婴儿，呆呆地看亲戚朋友们收拾一切，其中也有两个人，就是甲午和丁卯。我见过他们，她想。哦！他们是一起的，那么他也要回来了。几个月前的事，她一夜之间全忘了，曾经陌生的人又熟悉起来。她仍然默不作声，自己的爹也从娘家赶了过来，说是农忙时节都来这儿住着，帮自己料理田地。她在鞭炮声里逗着孩子，孩子笑得很甜。这孩子后来取名叫做小二。这是她的第一个孩子，为啥取这名字，谁也不清楚。

从此后，甲午和丁卯再也不进山找药了，本分地务农。二十年过去了，五十挂零，儿子长大，桥那头也有了小商店。二人在暑天里搭起一截棚子，给过路人施茶。第一次就遇上了那女人和小二。她骂了"你们还晓得积点阴德！"端起茶就喝了一肚。小二也喝过了，背上草，和他娘走过桥去。丁卯和甲午望着那背影，突然觉得胸口很闷，每人喝了一碗茶，又听见山后好像有泉水流动的声音。眼睛盯着茶叶，茶叶却变成了绿草在水中荡漾。

　　十年又过去了，喝茶的人依然很多。小二长得和丙庚一样高了，不像他爹，但命运相似，也没配婚，除草归来，他只和母亲喝碗茶，客气地道声谢。后生肤色很好，在全村数一的嫩气，虽然日晒雨淋，三十岁看上去仅有二十二、三，有好几家托人提亲了，就是娘不同意。有人说，她留来守着断气的！

　　那块屋基土里，高粱茂密得能够藏人，一派丰收在望的景象。

四

　　他再次转过身来，前面是一片黑暗。只有自己的这支油筒亮着，两边的石崖紫碧紫碧的，豆大的露水零零星星地打在石板上，叮叮作响。他还从来没听见过这样美好的声音。口渴了，岩石上的露水，甜甜的，别有一番滋味。真的没有底吗？他想。没有两个生死同舟的伙伴，他开始觉得空虚和孤独，随后便是一阵恐惧。"丙庚，实在走不通了，就回来，我们还来接你！别把老婆丢在世上不管不问！"胸前是一团空旷的黑色，他隐约听见了两个人告别时说的话，"你们有家有室，回去吧！就是走到了阴间，我也要把洞底找到！你们回去，那女人想咋办就咋办，那道士早死！"

　　火苗燃得更大了，他听见了自己的心跳，正与滴水声合拍。下意识地擦擦手，眼前仍是一条宽不足三尺的通道。地面干燥，铺着细沙。说不定这是通向天堂的，也说不定拐过弯去就会遇见七仙女。他努力地回忆着关于无底洞的种种传说，在沙上走着，像走在梦里。真的是梦？他想，那么我醒来又该躺在自己的黄泥小屋里，推开窗子，看看天气，然后吃两个葛粑，又进山找药。这匹山，九坑十八洞，没一个洞有底。但这个洞他从来没来过。沙路一完，抬头望天，望不到一丈处，吊着各种各样的石头，有的像玉米，有的像小孩，有的像谷穗，他不敢再望了，怕那些石头掉下来。他右手举着油筒，左手往外打了一掌，没有壁头，每挪一步，四周都响一阵！这是一个空旷地带。他好像听见了女人在哭，有人在放鞭炮！他觉得没油了，找一块石头坐下，取下腰上的葫芦，把里面的油全部倒入油筒中。他把葫芦扔在石头上，一阵空响，好像有人在里面瓮声瓮气的说话。丙庚听得出，这很像臭道士在念经，不由得猛踢了一脚，响声不绝于耳。它滚进了小通道，倒在沙中。煤油味浸过泥沙，沿着他的脚印，拐弯抹角，上坡下坎，飘出洞去了。

　　油筒还有三尺多长，竹竿已经变得古黄起来，他觉得自己的手也变得粗糙了，仍不觉得饥饿。他坐在石上闭上眼睛，想休息一会儿。四面的寒气围过来，一个寒战，他站了起来，继续往前走，进了一条小石子路，又有些寂

252

寞了，他开始想一些流浪云、贵、川、藏各处险山挖药的情景。在川藏边界，他用葛藤做过索道，荡秋千似的过了一条数丈宽的河流。在贵州的一个茅洞里，他遇到过当地人称"野鸡航"的毒蛇，鸡尾、鸡冠、蛇身，能飞能钻，闻风而至。他用一把二尺长的刀倒插在地上，野鸡航向他飞来时，从头到尾划破了。那皮卖了个好价钱。胆是自己吃的。村里人都怕他，说他像鬼，敢吃毒蛇胆。

又走了大约一两里路，他心里一片澄碧，什么也不想，什么也不念，脚步轻快起来。前面又有冷冷的风声，他紧握油筒，贴壁爬行。"噗——忽"，一筒冷风吹来，这风太冷了，比西藏的冰山还冷，他准备往后退，可是迟了，脚下沙一滑，身子往下仰。这就是阴间了，他暗暗叫道，同时紧闭眼睛。过了一会，身子重重地掉在地上，他昏了过去。

他醒来，听得见头上的呼呼风声，却不敢睁眼，怕看见一个青面獠牙的世界。风声很大，像一群人黄昏时在草丛里呼唤："丙庚丙庚丙庚——"他终于大胆睁开眼来，日光明媚，自己正躺在一条小河旁。河不宽，却难以看见对岸长着什么，大概是些茅草，他想。他怀疑自己正在梦中，可脚下是草坪，也有鹅蛋石在水里，水很清，浮着自己那根黄色的油桶。这是什么地方？他往河上游看去。这条河就是我家乡的那条吧。又不像，那两岸是稻田，也是竹林，水上有桥，也有渔船。这是阴河吧！不会这样明亮的，他掬了一捧水洗脸，清甜清甜的。他喝了几口，抖抖灰尘向上游走去。沙地很柔软，没有太阳，却有日光，空气暖暖的。他感到自己一下子失去了记忆。不知道为什么来到这个地方。影子倒在水里，油桶像逆水的舟，跟着他的影子飘来。

"汪！汪！"一丛桃树下响起两声狗叫。他看见了一个河边村落。对岸仍给烟雾罩着。他走进村去，那桃花开的正茂，却有许多的人影在上面吊来吊去。走近了，才见许多漂亮的女子正在采摘果实。光影变换，这修长的女子硬像是结满桃枝似的。他感到饥饿了。走到树下："可以吃一个嘛？"没有人回应他。一个女孩从树下下来，白白嫩嫩的腿往他脸上一踩，他连忙躲开，谁也没有多看他一眼，好像根本不认识他这个人似的。自己是一团空气？他想。女孩咬起桃子来，芳香四溢。他实在忍不住了，跳上树，摘几个啃了起来，还是没人理他，见鬼了！他骂了一声。

穿过桃林，是一条古朴的小街，这也似曾相识，但想不起来了。自己走过的街道太多了，每次卖药回家躺在床上，就看见满屋子的大街小巷重重叠叠。摸摸口袋，还有几块钱在，他走向屋檐下的一张肉案。"师傅，这肉咋卖？"屠夫用布擦擦刀没吭声。"听见没有，这肉咋卖？"还是没有吭声。那屠夫却一边揩刀油，一边叫道："卖肉哦！卖肉哦！新鲜的猪肉，四块二，便宜！""他妈的，你没把老子放在眼里！"丙庚大怒，一把提起肉来，"割两斤！""唰！"刀宰了下来，他连忙缩手，肉成了两半，却没有给他，那张油嘴正张开叫卖。丙庚提起一块就走，迎面两个人走来，让不及了，撞个正着，轻轻地像一团风，回头，两人已经在身后了。"妈的，这真是阴间！"他走进临街的一家小食店。"老板！来半碗红烧肉！"没人理他。有几个客人吃饭，厨师没事了，坐在灶前，唱起戏来："想当初，在两狼山一战之中，杨大郎替了宋王死，二郎替了赵德芳……"这是《杨家将》里的，他想，"听见没有，老板，加工肉！"老板没动，客人吃完了，就去收拾桌面。丙庚急了，也许自己真的成了一团空气，好，老子自己来。他走进厨房。厨师收拾好碗筷，听见锅里噼噼啪啪的油响，跑进去一看，但见锅铲在自动翻飞，香料、盐料、辣椒自动飞入锅中，肉一条条的切开了，从菜板上腾过空气落进锅中。"妈也，有鬼呀！"那边大街小巷都喊了起来，一阵阵人声鼎沸。他毫不理会，弄好菜，自己倒了酒，坐在桌子上慢吞慢嚼。

老板回来了，后面跟了一大群人，围在门口惊恐万分，只见桌上碗筷自己游动，肉片一块块的在空中消逝，酒杯自己倒立在空中，香味弥散整个屋子。"真的，见鬼了！"人们大叫着拉拉扯扯地回退。"啪！"一阵鞭响破空而来，一个黄袍道士出现了。他右手拿一方箭牌，左手执一个铜瓶。面目看不清晰，有人在身后抬着担架，装着屠夫和老板。像那个臭道士！丙庚觉得记起了什么，拾起酒杯砸了过去，人们看见酒杯从桌上飞来，"啪！"黄袍道士挥手将它击碎，五颜六色的玻璃屑散落一地。

"上有玉皇大帝，下有波罗玉地群，端公独行千里路，提起宝剑斩娇精。姜太公在此，太上老君句句如令……"

这种收鬼的把戏，丙庚不知见了多少，他一点也不信鬼的，不相信那木剑真能把自己杀了。"臭道士！"他骂了两句。担架上的人像埋在沙里似的叫着"有鬼！"。他看见臭道士把瓶子打开了，口里念念有词，突然往空中撒了一把米，一顿足，屋子在动。你那瓶子怕要装我！丙庚继续喝酒，人们看见杯子在空中游动。"轰——"瓶口突然长大了，一个幽深的黑洞，冷风骤起，丙庚有一种重回洞中的感觉，然后响声没了。四处是硬的壁头。他相信自己是被装进去了。我是一个鬼？死了？这是阴间吗？原来鬼是把人当做鬼的。我死了，阴间也无非是这样！那道士，他娘的可恶。

小街的人们看到黄袍道士进了门，用鸡血封了瓶口，木剑在上面划了一个"X"。人们连声称谢，醒来的厨师和屠夫跟到村外桃林里，桃枝上的女子扔了几个红水桃，道士塞进了口袋。

他闭了眼，整个身子在地上浮动，不知要到什么地方去？昏迷前他使劲地想。

好奇的儿童看见老道士沿河边向下游走去，最后把铜瓶埋进沙里，那地方迅速长出了一株绿草来。

五

已经是正午出工时候，凉棚的影子"荫"了好大一块地。石凳坐满了人，喝完茶道一声谢，又都陆续走了。茶要倒完了，丁卯去屋后水井里担了一担水来，甲午把墙边的火炉拔燃。两人打开蒲扇在石凳前踱步。这全是从洞里搬来的，天然的很，光滑明亮。店员偶尔从柜台里转出来，没事就往石凳上一坐。清凉圆润，一定是洞中七仙女坐过的！神仙坐的，凡夫俗子当然坐着舒服。他说。

阳光依然很毒，这荫凉里也浸满了热气。店员踱回屋内，卖了几包烟，扑在柜台上，他也快四十出头了，戴着一副账房先生特有的眼镜。这地方没多少人戴，人们戏称他为"四眼狗"

"丁卯，甲午，你们两老真是，咋不收点茶水钱？卖他半年，就够一台风扇了，免得这儿受罪，你们也不是和尚，成得了佛？""四眼狗"从眼镜下方把话传了出来。丁卯听得厌了，用蒲扇斜指道："四眼狗，你龟儿守着这庙子才跟和尚差不多，一天到晚在佛珠上捣手指头！"甲午也背对着他说："你有种，咋不买台放店里，让大家伙儿接接过河风呀？""你们——"又有人来买盐，"四眼狗"就不再吵了，去称盐，然后伏在案上拨着佛珠。"三下二去五进一，六上三去五进一，五上五……"那声音很低，像浸过茶水似的。丁卯看见水壶"噗"喷出一口白气。"开了！"

走进阴影来的，是那妇女和小二。她背着一个筐，手里拿着一把镰刀。小二蹲在石凳上，汗巾变污了，正系在腰间，头发凌乱。母子俩都不出声，仰头喝茶。他们看着二人喝茶，喉结都外凸，一上一下的鼓动，"泉！"就在这时，两个老药民听见了一股泉水流动的声音。

母子二人阴沉着脸走出去，两个影子变长了，拂过那一片稻田。稻谷抽穗了，一阵风里，全都仰头向天。天空的云是白白的，静静地看着人间，这些面朝黄土背朝天的人，日出而作，日落而息，听得见黄土地这支古谣还在沉沉地吟唱。"报应！"店员在柜台上骂了一声就睡着了，丁卯和甲午往茶桶里倒开水，再加些茶叶。没人来，他们倦了，也在一条长凳上瞌睡。

嗒！嗒！嗒！他们听见一种脚步声，走在空旷的黑洞里。二人突然这样想。"这茶，卖的？"一个汉子的声音，甲午已经睡去了，丁卯揉揉眼仍觉得很倦，好像站在桶前的是一株草，嫩嫩的草。他闭了眼知道这似乎是在做梦，"喝吧，伙计！"那株草自动探进桶来，端一碗茶，接着是一株草下经久不息的泉流声。丁卯看见了水花四溅，弥散着一种红桃子的香味。奇怪，桃子早收过了嘛！他想，"这店子什么时候修的？"丁卯仍不睁眼，就听见脚步声进店去了。"你买啥？"是"四眼狗"醒来的声音。"不买啥！我问你，这店啥时修的，我怎么没见过。""二十年啦！"店员重新戴上眼镜，没精打采地说。"那臭道士呢？""那个臭道士？哦，是的，你说的小二他爹，入土三十年啦！""小二？""刚才过去哩！""刚才！""我怎么不认识？""你从哪儿来的？""那边！""本村的？""是的！""我不认识你！""我也不！"一种咔嚓咔嚓的脚步声传出店外，在太阳下响得更加干瘦。

"四眼狗"伸伸懒腰，清醒过来，甲午丁卯也一下子醒了。"他是谁？""声音咋个这样熟？"店员顺手往桥边指去。一个汉子缓步走在太阳底下，身上的衣服古朴得很，溅满泥浆。这是人是鬼？大热天的，咋个有泥浆？他们不解地想。背影很熟，瘦长瘦长的。"是哪儿见过的！丁卯""甲午，你想起来了？""没有。"三人开始喝茶，摇蒲扇，说这家伙是个疯子、痴子，或者就真的是鬼。每人都互相取笑了一阵。桶里的茶叶开始发胀了，一片片浮上来又沉下去，紫碧紫碧的，浅淡而苦涩的茶叶在蓬下的空气里流传。这是洞中露水的味道，丁卯突然感到三十年前的一切走回了面前，茶在他凝视的目光下，全沉了桶底，照得见自己的脸，发白，眉也白了。

六

一群吃着红水桃的孩子从下游水天相接处跑来。

阴河涨水了，那株绿草被冲得不知去向，水一退，一切都恢复了正常。河那边依然看不清楚，像长满了茅草，没有阳光，天却很亮。孩子们嬉闹着，偶尔"噗通噗通"地掉一个在河里又爬上来，碧绿的水波也从下游被牵了一层上来，还推着一支古黄色的油筒。"瞧呀！"一个孩子发现沙里倒立着一个漂亮的铜瓶，上面滴满了红色，还画着一个"X"。伙伴们围了过来，几只手在上面敲了敲，隐隐约约地，他们听见村里的鸡啼叫了。河对岸，茅草上正卷过一场风，有一团美丽的红色羽毛飘过来，消失在碧光水影里。

"打开看看，小二!"有个孩子建议。

"你来开，阿毛!"小二说。

"听大人们说，这河边沙坝里的瓶子玩不得，里面装着鬼的。"

"我没看过，开开看。"

"你来，小二!"

"不干，三三，你来!"

"好吧!"三三从小伙伴手里要过一把刀，哗啦啦! 一阵水响，那油筒顺着流水继续往前移去，像一只渡船，分开水花，水花缠在几根水草里，闪着绿色的光芒。"啊——七!"几个小孩同时打了一个喷嚏!"有人念我了，我们得走了!""看看再说，让开点!"小刀子开始划破铜瓶盖。盖很硬，一下只能破开一粒米那么长。

丙庚还在里面睡觉，"臭道士! 鬼，老子是鬼，还是你们是鬼?"他喃喃地骂道，自己觉得只不过躺了一天的时间。这瓶子突然开始摇动起来，有一棵大树被连根拔起的声音在黝黑的天空鸣叫不已，又有如涨潮退潮的声音，接着是瓶底有些变暖，照着阳光了吧，他默默地想。好像又失去了记忆，他呆在体温里。大地翻转了，剧烈地摇动起来，他吐了两口，却感到吐的是泥沙。突然瓶子外面有孩子嬉闹的声音，刚才孩子们的对话他都听清楚了! 唉! 天无绝人之路! 他暗自高兴起来。

一股黄风从上游吹过来，很多羽毛落在水上。三三啪地撬开盖子。因为过猛，他跌在河沙上，铜瓶滚在水草里。一道无比强大的光一下子照亮了整个空间，丙庚觉得瓶口是一个大门洞。他走出瓶来，一群孩子正绿茵茵的在地上趴着，看见如树桩一样的光，"哇!"地一阵惊叫，连滚带爬地沿着河边跑进村子。"妈也——有——有鬼! 有鬼——!"

"有鬼?!"丙庚抖抖衣服，"日你娘也!"他狠狠地踢了铜瓶一脚。——咻——咻! 那东西滚进水里，迅速卷进一个漩涡，又浮上来，向天边浮去了。

哦! 我是从那儿来的。他走着，看见那天掉下来的地方。我还是摸回去，找那臭道士算账! 那女人没说的，不要了! 怕啥! 他想。煤油味袭来，一缕又一缕。哦，这是我的油筒。那东西还停在水边，一丈远的地方是一道石梯子，两丈高处有一个阴森森的洞。我是从这儿滚下来的。他拣起油筒，很沉，摸摸口袋，万幸，这火石子还在。火石划燃了，一朵火花倒影在水里，远处美丽的羽毛也向火花奔来。"嗯!"油筒引燃了。奇怪，这水还能燃，这阴间还好，他笑了一回，便开始登梯进洞，风没了，洞很干燥，依旧狭窄，向上望，不见洞顶。石崖紫碧紫碧的。踩在柔沙上很舒服。油筒光认识这一条路，自动地向前吐着火苗。一块空旷的地方，他想起来了，下来时曾在这里坐过。每移一步，四周"咚！咚！"应着，不知多宽。过了空坝，又是一条小沙路，刚进了两三步，就看见一个葫芦躺在沙里，这是我扔的，脚一碰，便化了一团灰尘散落沙中。怪了，老子下去能有多久？他不敢久留，带着油筒往前大步走去，四周岔洞很多。水声零星地响着。这很好听，他想起了在外省抓药时，偶尔去城区看一回电视，那里头有这响声，洞里天然地翻放着音乐。开始上坡了，石子路，左边一侧是斜坡，下面有流水潺潺，想必快到洞口了。

老子回来了！他叫了一声。有泉水在洞外流着。爬几步又没有了，油筒火一下子灭了，他钻出洞来。口渴得很，他转到左边的巨石下，泉水早就干了，绿草不知去向，泉洞如同一只干枯的眼睛，没有半丝神采。他妈的，算我倒霉！洞口积了好些泥，很久没人来过了。怎么，最多不过三天嘛！他想着，抖抖灰尘，走进林间小道。正值中午，阳光透过叶子落在自己身上，光斑也这样灼人。他觉得这路有人修过了，那天出来树没有这样高。那天，林子里还有许多鸟儿在叫呢。

七

走上机耕道，向西，他记得这样走可以过桥去，西村就是道士的家。"无底洞有底！老子赢了！"他暗暗骂道。这时候，他遇见一个老妇人和不过二十二三的一个年轻汉子。女人背着竹筐拿着镰刀，汉子缠着帕子。女人也瞧了他一眼，一点也不认识。三个人的影子在这儿碰了一下又分开了。丙庚想追去问点什么，又止了脚步。回头，看见一个商店在太阳底下闪光。这店，老子咋没见过，几天工夫就修好了？这么旧了，难道真像臭道士吹牛说的"洞中方数日，世上已千年"吗？他走到篷里，先喝了茶，两个要死不活的老头伏在木凳上睡了。店员也惺忪恍惚地。问了话出来，他吐了一口痰，往桥上走去。

丁卯和甲午怎么也想不起这来人是谁，索性喝了茶，又吹起了三十年前的无底洞之行。二人心中有愧，暗想：那丙庚恐怕骨头都化成一堆沙了，咱三个浪迹天涯，生死相交，我们活在世上，他却先去了阴间，妻子嫁了，房子毁了，一个种子也没留在世上。

"甲午，你看这人是不是丙庚？"

"哦，有点像！"

"不可能！你们二老发疯了，把梦里头的事扯到凉篷下来谈，大白天的活见鬼，亏你们虚长了几十岁！""四眼狗"正抓一把糖放在盘上称，二人说的话让他心中一麻，插话道。丁卯，甲午觉得有道理，都三十年了，还管他做啥！

"啪！啪！啪！"丁卯的小儿子阿毛和他的小狗从屋后跑了出来，手里摇着一根牧鞭。"爹，我今天要跟三三哥进山放牛！"

"去吧，可别到洞子里去玩，那儿有鬼！"

三三！丙庚已经走得很远了，可阿毛这句话却听到了。这些孩子的名字我在洞里听到过。这是咋回事？唯一不同的，是自己来到这个世上，不再是一团空气，人们能看清自己的形状，听得我说话了。他悻悻地走着，到桥墩上坐下，望着河水从一片庄稼底下静静地流走。

"去吧！阿毛！顺便告诉你三三哥，别到洞子里去玩，那儿真的有鬼，出了！"甲午惊慌地对阿毛说，孩子应了一声。鞭儿一响跳出了阴影，转进一条小路。于是，他看见了山脊里高粱地上摇动的牛尾巴。

"阿毛！"丙庚又是一惊。河很像洞下那条，我回到了洞底？不可能！他想。久旱未雨，有很多农夫下河担水，上面一层层地往下浅，泥土味从河沿上飘来，有些黄色的水草也卷在波浪中，有些小鱼正攀援波浪。要涨水了！他突然说了一声。

天顶的云朵浓了起来，太阳闪了一会儿阴。丁卯和甲午走出篷来："对，要下雨了！"

八

这块屋基土高粱茂密得能够藏人，一片丰收在望的景象。他站在高粱地里，衣服被风卷起来。太阳隐去了，天上满是云团，高粱地深处传来些蝉鸣和蛙鸣。也有灰色的蜻蜓和燕子从高粱穗上掠过。我没走错吧？这该是老子的黄泥小屋呀！他看着脚下破烂的旧鞋子，地上也有些碎瓦片和墙筋。他记得自己从西村臭道士家绕过来的，（那房还是老样子，像一堆蜡黄的纸钱），横穿机耕道，折过一条山沟。这条路再熟悉不过了，怎么会变成这个样子。

"老子的老房子啦！天！"他发疯似地摇着近旁的高粱秆。一个扛着犁头的老人走来了，七十开外，很硬朗，白发白眉。他正是小二的外公，女人的父亲，丙庚从前的丈人。这阵农忙，要翻一些土来种萝卜。二十年来，女人的田里土里都干着，种了几块菜土。总算把小二拉扯成了人。自从老道士一死，她也就认命了，活下去吧！她常对父亲说，我再也不嫁了，守着这庄稼和儿子也活一辈子！

　　"你叫啥？疯子！"老人站在丙庚身后，他没听见，仍旧猛摇高粱杆："我的房子呢？老子的房子！"

　　"你的房子？你是谁？"老人听得害怕起来，犁头从肩头滑落，栽在机耕道上。

　　"我！"丙庚突然转过身来，泪流满面，风卷着他的乱发。他仿佛看见了自己的黄泥小屋立在眼前。"我是丙庚，快开门！"他一下子跪在地上，手被高粱杆划破了，血顺着脚印流到地面上来。

　　"啊！鬼！有鬼！——丙庚？——鬼！"老汉大叫一声，跟跄着奔向商店。犁头在身后哗啦地动了两下，向前推出了三尺长的小土沟。它倒下了，在草丛里，血流顺着小梨沟向远方默默走去。

　　他感到这已经不是初秋了，红艳艳的一片，像有一条河流拥簇着自己在波浪上爬行，时而被深埋在水中，时而水花在空中开放，五颜六色，晶莹透明……

　　已是夕阳西下黄昏来临，农夫中有些收工回家做饭，店前又聚了一团黑乎乎的人头，肩上都躺着汗。他们喝着茶，也听见两个老头冷声冷气地讲着今天的故事，那语调很神秘，不时有人取笑两声。

　　"鬼——鬼——丙庚——回来了！"

　　人们一齐掉头，看见了小二外公跌跌撞撞地跑过来，晕在篷下。丁卯上前一把捏了老汉左手命脉，喂了两口茶。老人醒了，叹道："鬼！鬼！丙庚——"人们"轰"的一下散开，惊恐万分。"在哪儿？""高……高粱地！"背牛草的女人和小二也回来了，听后大吃一惊。我出工时，就看见了他，我没认出来，真的是他！"在哪儿？"女人将草一摔，散了，一株株草在地上立了起来，飘荡着。

　　整个村子的人迅速赶来，有人说高粱地里早没人了，那犁头自己插在土里，翻倒了一大片高粱。"啊！我的高粱！"女人和小二疯狂地向西村跑去。"我的高粱！我的高粱！"

　　人们不知所措，除了道士，本村再没人收鬼了。丁卯喝了一口茶："我看真的是他回来了，恐怕不是鬼，洞中数日世上几十年嘛！"

　　"对，是他！丙庚兄弟！"甲午一招手，"走，去洞里看看！"

　　"爹爹！爹！"一群人往林荫道上走时，迎面飞上来两个孩子，后面走来一头慢腾腾的牛。

　　"阿毛！""三三！"丁卯和甲午十分担心地抱着自己的儿子。

"爹，那泉水又流出来啦！"

"什么泉水？""神水！"村民们一片唏嘘声。

"真的吗？阿毛！三三！'

"龟儿子哄你！"

村民们欢呼起来，牛也转过身子，领着人们走向山洞。林荫里浸来一股红水桃的香气。"是这香气！"丁卯、甲午高兴地叫道。人们发现珍珠宝藏般向前挤。

果真是那泉水！在洞口巨石上一丈半高的地方，石眼里倒长着一株绿草，水是从草里流出来的。

洞口的泥土湿润了，看得见有两路脚印，一条出来，一条进去。只不过进去的那条路略带些猩红的血。

古稀年之梦

《天边村落》系列短篇之四

古语道："人生七十古来稀。"我爹解释就是从古到今活上七十岁的人很少。我以为不然，咱村的燕塘院子里，就有三个七十岁以上的老人：郑五爷老两口、老单身汉张七公。童年到老年，三人都相处的极好，互相唤作"郑五、五娘和张七"。小时候，我就爱往他们的院子里面钻，他们直呼我的小名"虹娃"

说钻，就因为院子的三面依旧是围着土墙，土墙上长着藤蔓。清明、谷雨之后墙上自然有了他们种的丝瓜、葫芦、娥眉豆，碧绿的一圈。正对着檐口两三级石阶，残残缺缺，青里透白。上了石阶，就有一道圆洞似的门，门时常半掩，我不动声色就可以进进出出。

没有养狗，房子很静。只见到郑五娘满头白发，正埋头在西屋前一张竹椅上裁衣。

"虹娃，来坐！"她抬头喊我，另一只手从麻篮后拉一截凳子送过来，山村农家特有的长凳。我应声："婆婆好！"就坐下来看她裁衣。又是那一架灰白的老花眼镜。

有一次我去玩，她正在做饭。我偷偷去麻篮取了眼镜挂在脸上。哟！地上立刻坑坑洼洼，房椽瓦棱歪歪斜斜，空气也像水波似的荡漾。

"你怎么能戴这个？你娃儿不怕眼晕头昏了？"

说话的是软椅里突然坐起来的郑五爷。

"我都不敢戴，你还戴得吗？"他说，随后取下我的眼镜，咔嘭！合上茶色的弹簧盒子，往篮子里一扔。五娘并不知道，在厨房里把油菜炒得哗哗剥剥响。

"你来，走到太阳坝里去，我要个戏法给你看！"说着话，郑五爷又捡起眼镜盒，拉着我走出门来。

天气上好，七月末尾，有一大团太阳正照在光滑的磨刀石上。他从衣袋里掏出几根火柴，堆成一个五角星。"虹娃，好生点看着。"他打开盒子取出眼镜，让盒子托在我手上。"后退一点！"他说，我就后退了一步。他把眼镜反着向天对准那星子，那儿立刻有一个白晃晃的光圈。不一会"噗——唔"！那五角星射出几道蛇信子样的火束，燃起来，像长在磨刀石上的一朵红色小花。郑五爷哈哈大笑，我也就笑起来。他轻轻伸手，掏出一根火柴，燃起了一管叶烟。火花熄了。"虹娃，你来搞一回？"于是我接过眼镜，摆好五角星，镜片向上，一粒白光下来，唔！红花就在我的笑靥下重新绽放了。"什么道理呢？"我问五爷。"我也不知道。"他说。

"虹娃！你又在想上次的那个把戏？老东西活得厌烦，浪费火柴，哄娃儿！"五娘认真地裁衣，这时停了针线斜看了我一眼笑着说。

"来，过来，给婆把针穿上，线断了。"

我真怀疑她是故意的。每次遇见五娘裁衣，她总是让我睁大眼睛穿针，把线放在嘴里打湿，再用食指和拇指抢一回。线如针尖，一下子就穿过去了。

"外头是虹娃来了吗？"西屋侧角是郑五爷的房间，明知是我，他还是悠悠地问道。

我说："是我，爷爷。"他说："你进来，我刚才做了一个好梦，好有意思哦！你进来。"

"你梦见叔叔、婶婶他们回来了嘛？"

"没有，那有啥意思。"幽黑的房子传来他的笑声，听得见穿衣服时皮带扣子直响。我想，我爹爹参观外省林区一星期，就说：每天夜里都梦见儿子了。他怎么不呢？

"你爷爷越来越懒了，懒人梦多，还尽做些稀奇古怪的，没有一个好兆头。"五娘一边缝衣一边对那些黑洞似的小门给我说。

一盏幽微的煤油灯在床头柜上亮起来。五爷拉我到那被子上坐着，土墙上立刻映出了我俩无比硕大的头颅。"虹娃，你说怪不？起先你来时，我正赶着一大群羊子在草原上走。走着走着，就看见我的羊中躺着一架飞机翅膀似的东西。后来，羊不见了。我哪里是放羊的，是在爬一个沙坝，下面是浑浊的一条河。没人的一只船向我划来，我跳上去就醒来。"

诧异地听着，那梦境就像自己到过的一般，入了迷回味。"啥道理，虹娃？"他问我，我摇摇头。他说他也不知道。五娘进来了，去柜下拉出一个陶罐，哗啦哗啦往我们的席上倒花生。她出去了。"吃吧，虹娃。"她说，五爷也说。我抓了几颗在手，咔嘭咔嘭像抢线似的弹出红衣米子来放在嘴中，他下了床，到柜台拉了抽屉，取一杯一瓶放在柜上。他倒了一小杯酒。"虹娃，来尝尝！"我伸出嘴去呷了一口。"妈——"我差点尖叫起来，辣得脸通红，他连忙往我的小嘴中塞进几颗花生，难言的香甜扑鼻而来。

我知道，五娘的陶罐里有许多花生糖果，五爷的柜里面有许多好酒和杯子。他的儿子在北方工作，几年不回，但汇款却两百、三百按月寄来。我两口在这院子里过的富足悠闲，安安静静。老头儿说，他没工夫想儿子回不回来了。东厢房那个张七公虽然孤身一人却照常怡然自得。抗战胜利，他加入了国民党军队，四九年在南京服役。一次战斗中，解放军一发炮弹落来，把战壕里左右炸得干干净净，他毫毛不伤被俘了。不久就当上了解放军，不几年，又跨过了鸭绿江，当上了志愿军，去过平壤，三等功立过两次。这年头土地下放，他的田土让村上请人包了。凭证明，每月去乡民政部门领来那么几张大团结。如果郑五爷贪睡，那么张七公却爱死了钓鱼。他曾经笑着对我说，老子扛鱼竿，像扛枪一样舒服。

"郑五爷睡醒了么？""醒了。"

听声音，我知道张七公踱步从东厢房过来了。进了门，见我在床上。"虹娃，你在这里玩？"我说："七公，你坐。"他坐了，接过五爷的酒杯猛吸一口。我见他一抖袖，一本线缝的皇历书掉在另一只宽大的手掌上。两个老头头发一样的白了，牙还上好，嚼起花生米来和我一样的脆，那酒也喝得一式的响。

"今天是个成日，吃口，好钓鱼！"他翻开历书，指着那天的日期。我只能认出纸上的初一、星期六，别的符号一个也不懂。

"好睡觉！"郑五爷像醉了，脚一缩，伸进被子里面去了，我站下床来。他已经恍惚有声了，拉了蚊帐角一扇风，灯灭了。张七公拉了我的手揣了把花生米走出屋来。哎！我听见他跨门槛时叹了口气。"走，虹娃，跟我钓鱼去！"

成日，吃口，好钓鱼。我也听我爹讲过，钓鱼要看运气，看运气就得翻皇历书。我们山村家家都有皇历书。老年人特别喜欢翻，珍藏在墙缝里，四时八节，生朝满月，都得用用。

我们去院子里围墙下，用小锄挖着蚯蚓。蚯蚓被装在矮矮的玻璃罐中，撒上些泥沙，它们也就自由自在地活着了。

"五娘，抓些米来做窝子！"七公往檐下喊。她放下活，进了西屋，一会儿捧着手出来，颤颤巍巍的，仍有一颗颗白米掉在地上，几只母鸡走来，排成一线，一颗颗捡了去。

出了围墙那扇门，过着土坎，就进了燕塘。说是燕塘，其实没有一只燕子。白鹅几只，小舟似的，往青草处划。

"这年头，鱼少了，开那个煤场，硝水浸些过来，鱼毒死了许多。鱼少了。"张七公一边在塘坝上走，一边回头给我说："我有你这么大的时，燕塘了鱼多得成堆，洗衣娘子用一帕子可套上几条。我们担柴来往，也顺便用扁担去插些鱼走。"

"真的？七公？""真的。虹娃，我会哄你？"

我们在他的钓鱼台上席地而坐。那地方的草全枯了，卷卧在泥土上正是黄席一张。刷刷！张七公扬手撒几把米下去，建起一个窝子，等待鱼儿们进餐。

"姜太公钓鱼，愿者上钩！"他甩钓线时总喜欢对着荡漾开的水圈这样呼唤。而后，就给我讲姜太公遇文王的典故。我问姜太公是谁，他说是周朝的丞相。我又问文王是谁，他说就是周文王。偶尔我的声响了点，他就掉头对我说："小声些，吓着鱼了，不肯拢来。"于是，我呆呆地望着钓下去的地方。那儿浮着几小节鹅毛筒壳，一动不动。有时还会有一两只花蝴蝶停到上面去，翅膀一张一合。

这时，老头儿最喜欢一边看水纹，一边抚摸脚上手上的弹伤，偶尔也拉了我的小手去，感受感受当年的战争风云。一处伤痕就有一个动人的故事。"现在想去，如同梦境了，我老了。"他说。

成日，吃口。可水上的浮头没有一个眨眨眼。我瞧着瞧着竟闭眼想睡。

"莫瞌睡了，外头着凉，你去走走，虹娃！"我就顺着塘边走，惊动了白鹅，拨开草丛，尾随我的倒影而来。转了一圈，七公还没动声色。"你玩吧，钓到了，我喊你！"于是我悻悻地看着脚下一步步进院墙去。

门，仍虚掩着，但里面以没有了先前的宁静。一群鸡杂乱地散在墙角，有的抬头高唱"过冬——过冬！"有的沿草丛寻虫子，只有一只对我特别的亲切，撒开翅膀跑到我的脚下。

"虹娃，钓到了！"

"没开张！"

我看见五娘仍坐在檐下，手里纳着一只布鞋底。大针、麻线。她往外抽一下，就"呔"地响一声。

"虹娃，你早回来一步，就赶上好戏了！"她见我坐在长凳上，笑哈哈地说。

"啥事呢，婆婆？"

"哎呀！笑人得很，你听我讲。我在纳鞋底，刚开头，就见地上爬来了一条大屎蛆，吐！一耸一耸往前爬。我想把它踩死，那只水公鸡过来了。"讲到这儿，她反手指指坝中红色的那只，它刚才迎接我。"它一立冠子，又要去啄，吐！啄了又恐怕更脏，我一鞋底给它打去，它飞走了，屎蛆也扇得不见了。"五娘讲到这里，又做了一个扔鞋的动作，逗得我拍手哈哈大笑。

"更怪的就是，这时房里'哎哟妈也'一声，你爷他跑出来，汗水洗发的。我问她干啥子，他说刚才做了一个噩梦。""老不死的东西！"我骂他，他就把梦讲给我听了"

"他做了啥子梦？好吓人吗？"

"哎呀！笑死人！"

"他梦见自己从一个大池子里爬出来。爬过了好大一块沙坝，忽地一个红脸将军出现在他面前，像戏里的一样，颈上插着三星旗，张口要来吞他。他一耸肩，那红脸将军也退了一步。他往前走，那将军却抖抖令旗走了过来，他吓得要命，我这辈子完了，认栽！他说。正在这时，不知从哪儿冒出来一个顶天立地的王母娘娘，一月牙铲给他砸了过去，就飞了。'哎哟妈也'一叫，才发现自己做了一场梦，被子踢到了一边。"

哈！哈！我听着五娘的话，却一边想着五爷的景象，忍不住大笑起来，捂着肚子从凳上翻倒地上，差一点碰上五娘的针尖。

"爷爷呢？在哪儿？"

"又去床上咯！"我满脸含笑，跑出院子，要去塘边告诉张七公，还没到过那根塘坎，就见对面张七公也笑容相似地提了鱼竿、鱼篓走来。

"虹娃，快来提！"

"钓到了？"

"钓到了！李（鲤）拐子！起码两斤。"

我提了笆篓，进了五爷的屋。他听了一愣，继而哈哈大笑。"郑五，这个啦……

我见篓底那鱼跳了几下，翻一双透亮的眼珠望我，不知它会说什么。

进了院子，五娘笑着重述了一遍那个梦，也来看鱼。

"郑五，没醒？"

"没醒，不知他去变啥子回来！"

张七公收拾好鱼具，不早了。五娘说，不早了。"虹娃，就在这儿吃鱼！响午了。"她说。

于是，我到院西菜园子去摘辣椒、花椒、葱头。张七公去东厢房抱出碗、菜板、刀，准备杀鱼。五娘取了眼镜，收拾好麻篮，到檐下磨刀石边拖出了把柴进屋煮饭。

鲤鱼被放在案板上，七公剃去了它的鳞甲，那鱼猛为了几下，眼睛一睁又闭上了。红尾巴被割了下来，我把它粘在门上，乡下人都说可以辟邪。鱼并不显痛，只张开眼，瞧着瞧它的我。噫，怕你还有说话！我笑了。"拿碗过来！"我听了七公喊，就捧了只碗在他身边。那是一条肥滚滚的鲤鱼。我已经想象着碗里那一块块鲜嫩的鱼肉。葱味，辣椒味，一起汇集到了舌尖，涎水在口里积了一函，怪舒服的。张七公眯眯眼，瞄枪似的量量刀，就要向鱼头砍去。

"哎呀！妈也！张七……"那幽黑的房间里传来一声惊叫。七公的刀锋放在鱼皮上。鱼却也一动不动，认真听那老人惨呼。

"郑五，又发梦冲了！"七公扭头大声说。

我跑过去推门往里面看。

"哎呀，好险！杂种！"五爷披了衬衫出来。我又见他满头是汗。

"又做梦了，爷爷？"我问他，挽住他的手。

"做了，张七杂种！这个梦好险！"

他一边擦汗，一边开始讲梦。五娘持了火钳来，老两口对视一笑，五爷居然没发现檐下有块菜板，菜板上摆了一条鱼。

我梦见我变成了一条鱼，就游在燕塘里。嘿！我看见你张七在台上钓鱼嘞！哎呀！梦里不晓得你那钩上的蚯蚓怎个嘟香！硬是香如桂花，甜如蜂蜜。我口水直吞，又怕你钓上我的下巴。我在水里对你说："张七嘞！同院子低头不见抬头见，老打堆的，尝尝！不要钓老子咯！"哪晓得我刚尝一口，你龟儿一扯杆。哎哟，我就被钓了。你把我塞进笆篓。做到这里，我翻了一身，梦又走了。我看到你和虹娃把我按在菜板上。哎哟，你剔我皮子，痛的老子发昏。还是没吓醒。一会儿睁眼，却看到你笑嘻嘻把刀明晃晃地砍下来。哎哟！妈也，我吓醒了。

大家没听完，前仰后合大笑起来。"老懒鬼，你看看！"老头顺着五娘的火钳看去，一条光生生的鲤鱼正躺在菜板上。

"郑五，今天中午多喝了二两！"七公说。

大家又笑，只有他呆立在鱼前。

一会儿，张七公将刀一按，唰！那鱼一动不动地，就将脑袋掉在了一旁。鲜红的几条血丝从刀锋上飘了下来。

乡土文学：一种隐居方式

——《天边村落》的写作自述

正如费孝通先生所言，中国社会在本质上是乡土的。

虽然乡土文明已经日落西山，但还有不少人依旧宁静、顽强地栖居在朦胧初开的天边村落。居民多是给土地命名的农民，田夫野老，村姑少妇。晨钟暮鼓悠悠飘荡，星换斗移，阴阳轮回，只是启示人们在封闭的生态中季节更替的天象。他们的一切性灵也极合自然天地之心，可谓真正的知天命。不可理喻而引人入胜的古怪信仰，难以接受的时间节奏和生存状况，却构筑了一道都市人再难同构却永远向往的灿烂的文化风景线。

我们都从乡下来到城市，而城市最后扔给我们的馅饼，却是沉甸甸的迷惘。在人海游走，在一隅独居，都不得以咀嚼着因此而来的忧伤和孤独。不管城市有多么金碧辉煌的外衣，却总是不时看到一个这样的词组"灰色的城池"标明它的内核。汉语又一次浓缩了中国人困在城市中的浓浓乡愁。现代人的百节愁肠正向时间的过去逆向展开。寻找自己失落的根，就像飘临的黄叶，在风风雨雨里零落为泥，碾作尘沙。如水的记忆，浸透亲切而陌生的大地，寻觅我们的灵魂出发之地。

在现当代作家中，我认为，有三个人真正从生命意义上追寻过自己的根。他们代表着大时代人类心灵的某一层面，笔触早已超越个体的独白，透过他们的作品，我倾听到一种根的声音——那样的美丽、凄凉而深沉。

鲁迅，冷峻得有些异常，在深入几千年的历史之后，一条条地抓出了我们祖辈种下、今辈身上依旧发芽裂变的那些劣根。

沈从文，美丽而忧伤。他苦苦寻觅的，可是某一个角落幸存的正在消失的现在已经成为记忆的某种"优根"。

韩少功有些鬼气，他也在构筑一个天边村落，整体地打量这个民族的来龙去脉，一种集体的意识或无意识，可谓之"族根"。优劣合一，虚无缥缈，似乎回到了鸿蒙之初，释迷而迷雾蒙蒙。

他们都是孤独的人，也是自由的人。我喜欢给他们说说《百年孤独》作者马尔克斯的经典语句："孤独是自由的阴影，自由是孤独的奖章！"

我不寻根，只是向大师们学习如何沉入生活，去发现和描述一种状况，相对于城市，我觉得这才是灵魂的放假，身心的隐逸。

我于是走进了这样的"天边村落"，去医治自己精神与人性之伤。多年来，一有机会，就走村串户。泥土布满胸膛，时常做梦，也是"鸡声茅店月，人迹板桥霜！"回来之后，写作时仍处在心中的村落里，时而有小桥架在眼前，流水漫过心手，人家活在梦中。

我已深深地感觉到生命底蕴与天边的那些炊烟村落再难分开。于是，情感的认同，理性的归依，都在那儿找到了支点，找到了无穷无尽的启示。

这样一来，我陆续写下了《火》《泉》《磷》《梦》等系列乡土小说，算是给我的留在记忆中的乡村"立此存照"。

死蝉（小小说）

黄昏，蝉儿叫得更响了，贯穿了小城的每条小巷。"死蝉！"他感到十分烦躁，便在心里骂。他们搬到哪儿去了呢？他只好凭回忆唤起来的直觉去叩门，"你找谁？""哦！对不起，我搞错了！"每次，他都尴尬地退回街中。

小城最后一条小巷，直通乡下，蝉儿特多。儿童时代，他和她都来这里捉过小蝉。那时的蝉鸣是诗情，是画意，是天真的音乐。记得最后一次把孩子从幼儿园接回来，他们就木偶般呆着。孩子却很高兴地捧着爸爸买的镶金盒子，到处去捉蝉儿。捉到了，就捧到爸妈面前，唿唿一吹，蝉朗叫一声，飞到了空中……她说："离吧！越早越好！"他说："好吧！"原因很简单，丈夫竟然有了外遇，结局也很简单，法院把孩子判给了妻子。他很快调离小城，和那个"外遇"结了婚。那也是一个幸福的小家庭。那个妻子也长得很漂亮。他却时常望望全新的家具，望望全新的妻子，突然感到不适应。妻这时会从冰箱里端来饮料，指指肚子说："我知道你想儿子，我会给你生的。"后来妻子临产了，在医院走廊里，妇产科一个医生对他说："是个死胎！因为手术，你妻子可能不再生育了……"。

他再也想不起听了这话的情绪，只记得自己立在阳台上，久久地望着不远的嘉陵江，直望出湿莹莹的泪来。三年了，我的小城！恼人的蝉还在拼命的啼叫，小巷深深，没有尽头。

那个傍晚，儿子从墙角奔过来，一只花蝉在手里闪动翅膀，凉风微拂他的鼻息。"放下它，那是人死后才变的！"妻子一把抱起儿子，抓过蝉来，扔在地上。蝉一翻身，不再动了。孩子捧着空空的盒子，不知所措地望着爸爸，哭了。从自己童年算起，他第一次看到蝉儿活生生地死去。深夜，儿子抱着盒子睡着了。夫妻俩还看着那一桌丰盛的最后的晚餐一言不发。

天上的月，亮了。街上的灯，亮了。蝉声中，好像到处闪烁着潮湿的眼睛。他看到了一个菊花园子，碧绿的叶子正充满花意。台阶上面，伫立着一幢小楼房，爬满了长春藤。门口坐着一个男孩，他惊呆了，这不是自己朝思暮想的儿子么？儿子手中还捧着那只小盒子。

"儿子，还认得我吗？叫爸爸呀！"

孩子惊慌地退向楼道，"不！不！你不是，你不是我爸爸，我不认得你！"

"你妈呢？在家吗？今天，你满七岁了。""妈！——"孩子大叫一声。"嗒！"一盏灯在缠着青藤的墙壁上亮了。一位妇女急急地奔下楼来，抱起孩子。

"是你！"她看见了呆若木鸡的他。他点点头，泪流满面，欲言又止。

"别来吓唬我的儿子！滚！"她冷漠地说道。

晃！当！很重的门响，像一记无情的耳光。夜便被无情地锁在了门外，蝉声被锁在了门外。他默默地转身，拾起那只小盒子。打开盒盖，空空的，只在一个阴暗角落，发现一只刚刚死去的蝉。

密码是 0（小小说）

"对不起，丁老师，请把密码填出来。"

银行小姐很礼貌地地对她说。

"我没设密码呀？怎么会有密码呢？"她惊呆了。

"好好想一下，怪啦！哪有密码都搞忘的?!"

旁边一个老女人举着取款单递进柜台冷冷地说。这样，本来不知发生啥事儿的人们都用了惊奇甚至怀疑的目光看着她。她的脸刷地红了，好在那儿挂着一块蓝色的帘子，莫名的心跳在冷色调的柔光中平静下来。

没用这张 6 位数的存折已经三年了。三年前，她调到这所大学，独处一隅，一切花销都不成问题。如果不是买房，她是绝不会去动它的。这存折存着一个伤心的往事。

那时，丈夫是一家大公司的小车司机，她是一个幼儿园的教师。丈夫出车时间多，她独守空房成了家常便饭，她觉得自己必须寻找一种充实。于是她参加了成人高考，考上了市郊的 S 大学幼教专业，脱产学习。这期间，写作教师、年轻诗人田走进了她的生活。在 S 大学，田并非以诗文著称，而是以"恋爱专家、情场老手"出名。教务处有人讲，安排他上幼教专业简直是个错误（幼教专业大半是女生）。丁像晶莹剔透的冰雪，田却是一团"热情洋溢"的炉火。丁对田一往情深而不能自拔，于是花前月下，诗情勃发。直到有一次从家中返校，看到田和另一个女人挽在一起散步……

两年学业结束了，不幸接踵而至，丁的丈夫在一次车祸中丧生。

黑色七月，她同时领到学校颁发的毕业证和丈夫单位转来的一本存折。一个鲜红，一个淡绿。

后来，田下海经商，到了另一座海滨城市。前不久刚来过电话说他准备结婚了……

丁突然悟到了什么，"小姐，可以用你的电话打个长途吗？""可以，丁老师。"

她接过里边递来的电话，手指点了一串数码。"……你填一个 0 试试。"那边的男人最后说。

"0?"她问。

电脑屏幕显出一行可爱的数字。"OK，丁老师，完全正确。"

"密码是0？"她"呜"地哭出声来。

——原载《重庆晚报》

一只烤红薯拯救的爱情（小小说）

一对夫妻准备离婚了，已办好了离婚协议和财产分割公证书，带上相关证明和材料去领离婚证，怕遇到熟人难堪，他们早早地冒着寒风赶到了民政局楼下。

来得太早，民政局还没上班，街道上走着三三两两上学的小学生，跟他们的儿子年龄相仿。女人今天打扮得很漂亮，一套雪白的职业套装，端庄大方而冷艳，表情比天气更冷，但她有点发抖，对初春的早晨而言，这套衣服的确太薄了。男人一身庄重的黑西服，神情有些无奈甚至悲壮，像有什么把柄抓在女人手里。

"叮叮叮！"街那边的拐角处传来一阵脚踏三轮车铃声，小喇叭响了："烤红薯、烤红薯，下岗牌，味道好，五角钱一个！"推三轮车的是个四十多岁的下岗工人，男人经常在自己的花园小区看到过他，也听熟了他的吆喝。他整理了一下火炉，正准备骑车，一个妇女出现了，也大约四十多岁，很憔悴的样子，走上来，把一件黄背心给他披上，什么话没说转身就走了。

准备离婚的男人眼睛湿润了，迅速把文件夹塞给女人，还没等她说话，已把上衣脱下披在女人肩上，然后向街那边跑过去。"买一个烤红薯"他对那工人说，那人显然对第一桩生意很兴奋，认真在炉膛里选了最好的一只，"快点"，"好好！"男人递过去一元钱，那人说："哎呀，没开张，你买两只嘛！"男人已转身跑开，"不用补了！"下岗工人善良地望着那个穿得很整洁的男人发了一会儿呆。好像红薯很烫，又像怕吹冷了，男人卷起洁白的衬衣角兜着那只红薯走过街来。冷艳女人问："你干啥子？""再给你买一只烤红薯嘛，白皮红心的，你看，好久没吃过了，最后给你买一次吧！"男人红着脸说。女人哇地扑在男人怀里哭了。这时，民政局的大门打开了。一个干部模样的人问："来办手续的吗？进来嘛！"

女人哭得抽泣起来，黑色西装落在地上。

两分钟后，一辆红色出租车，载着一只烤红薯和一黑一白两男女掉头往花园小区开去。

"烤红薯，烤红薯，下岗牌，味道好，五角钱一个！"

下岗工人的吆喝声从这条街蔓延开来。

午夜的收音机轻轻公开夜晚的秘密（小小说）

我不知道这算不算缺德，告别收音机多年的几个夜晚，我重新打开并收听午夜音乐节目，碰巧或不巧听到了一个家庭丈夫、情人、妻子的对话。为什么可以判断，因为一听什么都懂了。同样的时刻，也许同样的地点（同样的频率）我收到了三次，并由此揭开了一起家庭变故的关键过程。我这卑鄙的行径说白了也就是人类的窥视欲，这年头人们的共同爱好。隐私自卖，已有了好价钱，何妨我这般不自觉的盗听了。

一个男人走在大街上，拿着手机。先后有两个女人给他接二连三打来电话，用的都是子母机。女人的生活肯定是富足的，但并不幸福，这从她们声音的质感里听得出来，打电话的同时要么在沙发上或床上滚来滚去，要么一边用遥控板选择着无聊的电视节目。这自然是闲呆了的一族。

女甲问："你在哪里？干啥子呢？"

男答："成都，喝茶。"

女甲问："好久回来嘛？"

男答："还有几天。娃儿呢？"

女甲答："睡了。"

男："好嘛。就这样。拜拜。"

男人肯定在撒谎，女甲肯定是他的老婆，因为问到了娃儿。某个搞通讯的朋友告诉我，收音机收到的手机、子母机对话，发话人距此不出 2 公里左右，男人分明就在重庆，而且是我所在的 B 区。不一会儿，手机又响了。

估计男人看了来电显示不耐烦了："啥子嘛！恁个晚了，还查勤！"

女甲："我发觉近来，你的电话没超过一分钟。"

男答："业务忙，经济不景气，节约电话费，老夫老妻了，有啥好说的。早请示，晚汇报，落个俗套，有啥子意思，早点睡觉！"

女甲："你龟儿肯定在外面有了！"

男答："有病!"

男人挂了电话随手关机。又听到了好几次重拨的嘟嘟声,女人再不拨了。几乎同时,男人又打开了手机。另一个女人打进了电话,也是子母机。这男人真是一只会偷腥的猫。

女乙生气地:"老子千辛万苦从成都赶过来,又占线又关机,你啥子意思嘛!"

男苦涩地:"老婆查勤!"

女乙:"老婆,晓得你龟儿的哪号老婆,说好了11点打电话给你,你当耳边风了呀!"

看得出,这个情人不好惹,男人好像立马矮了半截。

男问:"生啥子气嘛!订的哪个宾馆!"

女乙:"××宾馆7—3,限你龟儿20分钟赶到!"

男答:"好好,马上有个奥托就过来了!"

天! ××宾馆,不正在我们B区吗?一场情人的幽会在午夜的收音机里被我捉了个现场。第二、三天同样的时刻,是男人主动跟老婆打电话,说他在成都哪儿吃饭,业务怎么样了。每次都超过了三分钟。女甲再没给他打电话,也没有女乙的电话,因为女乙肯定就在男人身边。然而第三夜女甲给朋友的电话,一切都穿帮了。女甲给成都朋友打电话。

女甲:"喂,××跟你们在一起吗?"

朋友:"没有,回去三天了。"

女甲:"谢谢!"马上响起女甲激动的一串拨号声,"对不起,你所呼叫的用户已关机!"连续拨了十几次,她停止了。

我也关上了收音机。以后的结局大家都可以想象。因为我卑鄙的窃听,一桩婚外恋导致的离婚事件发生了,我是与他们毫无关系的知情人。

这正是我们这个时代夜晚的全部秘密。但任何秘密都无法逃脱哪怕唯一的哪怕陌生的眼睛和耳朵。

一封被拆开的信（小小说）

书生Z,曾做某要害部门处长办公室秘书,负责收发信件,凡来往公函,都先由他处理。处长的信件,只要是写的X处长而不写全名的大多是公事,也由 Z 首先拆阅，再向处长汇报或直接交相关科室办理。处长一直觉得 Z 思维敏捷，"笔杆子"摇得快，处理日常杂务有条有理，协调能力也极强，早有心提他当办公室主任。

一日，又收到某边远山区写给 X 处长的信，Z 照旧拆了，不看则罢，看了大喊"糟糕！""X 处长，小孩读书之事，太劳您老帮忙了"。这分明是封私信，但拆都拆了，也就索性看了下去。"上次托小孩带领给您的那点意思收到没得？小孩来信讲，您晓得我们山上的野天麻好，我等元旦放假，就去弄几斤给您送来。除了天麻，我们还有虫草、土参，下次一定孝敬您老人家。小孩分配还要请您帮忙，我一直记在心头的………"

书生急忙将信纸按原样折好，但信已经剪开了。偏在这时，另一个办公室来电话，叫书生过去。书生将信压在卷宗下就去了。几分钟后书生回来，看见副处长正在阅读那封信，心中又叫"糟糕！"副处长笑笑："你把它收好！"又过几分钟，X 处长回来了，看了看信，也笑笑："你把它收好！"

半个月后，处里人事变动，S 室的张某接替了 Z 的工作。再过半月，张被提为办公室主任。Z 到了资料室。只是处长仍是处长，副处长仍是副处长。

——《重庆晚报》1999 年 3 月 30 日

情钓（小小说）

她画着这片幽蓝的池水，根本没觉察到一个人已经来到她身边钓鱼。小城的春天，阳光来得欢畅，高大的樟木间漏下的光斑足以迷乱人的眼睛，但从她脚下抛出的渔线却恰好落在两团光影之间，红色的孔雀毛浮标看得很清楚。接着，他闻到了一种墨香，一种似乎来自她身上的带着太阳气的香味。

鱼简直不好钓，他觉得钓鱼纯粹成了一种形式。他是在对面的小楼里看到一个画画的姑娘时才突然决定出来钓鱼的。她，虽然远在百米之外，也能看出可人的模样，更何况，一幅画板平添了几分才气与灵气。她收起画夹转过身来，阳光便洒在眉睫之间，整个脸儿反而有一丝忧虑。画板倒提着，这池春水还没有画完。你是美术系的？他问。她好像此刻才注意到他的存在，先是一惊，然后是不置可否地笑笑，走了。

第二天下午，池边居然出现了同样的风景，一个少女画画，一个俊男垂钓，充满"金色池塘"的韵味。他偷偷地取下了蚯蚓，一门心思只与阳光中的佳人相伴。她侧了侧身，他就刚好看到她的半幅画和半张妩媚的脸。画得真好！好什么呀！她终于答了话。声音有点沙，和她的形象不大协调。然而这却使他觉得梦幻落回了现实，她是真实的存在。你怎么老钓不起鱼来？你学姜太公吧？我又不是周文王？几句俏皮对话，两人从陌生走向了熟悉。不久，他们就成了一对情侣。

其实，男的，是我租住的学校旁边一个军队大院小楼里的邻居，一个师级干部的儿子；女的，则是我所在的大学一个美术系专科生。他们上演的这曲"金色池塘"都曾分别给我讲过。这当然是去年春天的风景了。

池塘边，一个萎靡不振的青年，神情恍惚地坐在那里。人钓鱼，手里却撕着什么，碎纸屑在空中飞了飞就沉下水去了。她骗了我，他说，她怎么知道我爸是……她怎么知道我那几天放假回家了，她怎么会恰好坐在正对我窗口的地方，她怎么知道我刚刚失恋需要一种弥补了。她很狡猾很阴险……

我知道，女孩毕业前拿着他爸的信件轻而易举地走进了深圳某保险公司总部，很快又被派往国外某办事处。接下来的很快，是我的这个邻居手中被泪水打湿被手撕碎最后被鱼群追逐的绝情书。

我无话可说，拉他回到那个种着金边吊兰和瓜叶菊的窗口。阳光中的那方池塘，水波灿烂。你真的在那儿钓过鱼吗？没有。他若有所思地说。

——原载《重庆晨报》1997 年 4 月 10 日

携款三法（小小说）

●同乡表叔陈安，目不识丁，形象猥琐，第一次到广州做水果生意，居然净赚五千。钱在身上，心已跳了出来，如何回家，则成了难题。便穿了旧袄，把钱逢在背心，零钱夹在鞋底。凡买车票、吃饭等需要花钱处，则必先去厕所取出钱来。半路，零钱用光，便使法污了脸皮，破了鞋帮，手上搓出伤来，伪装成乞丐，挤上火车，帮忙打扫卫生，换取盒饭充饥。一路忍辱负重，万里迢迢，回到川南乡下，而五千人民币安然无恙。

●方三爷同样是个文盲，却精瘦干练，狡猾多了。到昆明做烟草生意，也赚了近万元。他备了一只浸满油渍的旱烟袋，用几皮大烟叶把钱裹了，装在其中，同时放上些包好的烟卷。买了票，身上只剩数十元生活费，上车后，将袋子吊在座位上空，偶尔站起来，从中掏出烟来点着。倦了，尽管放心地仰面朝天或者伏头如地，一路昏睡，睁开眼，已是故乡山水了。而其钱尚存，心身居安。

●赵二哥胆子大，初到武汉进服装，随身携带几万元，还敢挤公共汽车。不幸被一伙人盯上了，一哄而上把他堵在车门口。眼看那只装钱的小包就要被歹徒们夺去。赵二哥猛见对面三岔路口两个交警正在换岗，于是急中生智，大呼"不要挤，不要挤，包包里头有雷管，挤爆了，我不负责！"那边交警听了"爆"字，便想起不久前长江大桥震惊全国的那个案子，几个"箭步"冲过来，断喝"统统给我下来！"众歹徒作鸟兽散。赵二哥忙上前递烟道明原委，而后一路深居简出，"打的"办事。

——原载《重庆晨报》1998 年 4 月 19 日

写作成真

弗洛伊德把写作唤做"白日梦"。的确，在某种特殊情况下，写作真的可以进入似梦似醒的混沌状态，甚至滋生一种周公梦蝶似的自我追问。这种状态君临一个写作者时，其惊喜程度毫不亚于跋涉千山万水的信徒遇见了真主的灵光。在我并不漫长也并不辉煌的写作生涯中，这样的状态居然活生生光临了三次，使我倍感幸福。

1988 年，我用整个暑假穿越了川南的金沙江、沱江流域。采风归来，我写出了第一部短篇《红鼠》，讲述一只红鼠变成一个穿红衣红裤的小男孩走进一座渔村，找卖耗子药的老头复仇的故事。那天晚上写完小说，熄了蜡烛，我酣然入睡。梦中竟看见同学蔡某生吃了一只红耗子，吃得舔嘴咂舌，津津有味，我万分恶心，想吐，就醒了，却发现一只大大的白耗子，嬉笑着立在床前。"哎呀！妈也！"我一掌打过去了，打开灯，原来，昨晚熄灯前放在床前的一尺多高的蜡台被打倒在地。

1989 年的整个六月，我都在埋头写作直到今天因种种原因仍没写完的长篇《俄罗斯草原》：一个俄罗斯血统的中国私生子一生的故事。那个炎热的午后，我正凝神写到五岁的"我"成了孤儿，爬到一座山庙中偷吃人们敬神的花生、麻花等贡品。恰好同宿舍的李某就从学校小食部买来了花生和麻花。颜色、大小、颗数都与小说中不差毫厘。

再后来的中秋节，我写了一篇长长的散文《两个人的中秋节》——我和爷爷的故事：少年的阴郁，老人的孤独。我写到洪水过后，井边的竹丛里爬出好多螃蟹来，鲜嫩肥美。我放假回家，把文章念给爸听，听到这里，爸一拍大腿，惊道："那不是么！"我和他走出门去，家乡正经历一次轻度地震和山洪，井边、竹丛果然横七竖八地爬满了螃蟹。我随即将这一怪异现象向《自贡日报》作了报道。

写作成真的结局，是动笔之初万万没有想到的，而这种幻觉化成眼前的真景时，我竟有点怕有点慌，感到冥冥之中有种神秘力量难以承受。但那神来之笔的感动却久久地充溢胸间。那天，在父亲面前，捧着写了数万字的我的长篇小说，面对那些精灵似的螃蟹我哭了。我蹲下去，试图用泪水滴打它们，它们受了一惊，横着爬走了，这证明着存在的真实性。而我始终觉得，那是从我的梦中，从我的稿纸上爬出来的。

——原载于《重庆晚报》1998 年 7 月 12 日

告别或开始

　　编完这本夹杂着散文、随笔及部分小说的集子并交给出版社，已经又两个多月了——从秋天到了冬天。一直忙于各种事务，想为这本书写的后记却迟迟不能动笔。每每提笔，却难以成文。我想，忙或许是借口，可能是真相，但却也是表象，实质是一种不想去打理的心境。我的工作，或许离纯文学已经很远了。

　　单是整理这本书的愿望，起码始于十年前。翻看自己的文稿，除了少数几篇，也大多写作并发表在十年前。十年间，我干什么去了？我从没停过自己的笔，不过，笔下流出的——进入21世纪后，大多是：新闻稿、报告、总结、计划、演讲稿、简报、策划书、串词、讲话稿……有老师批评我是"御用文人"，另一个老师批评得更惨："贱用文人"。不管"御用"还是"贱用"，说明我还有用。我从来也没有想过，要靠文学为自己安身立命，更不可能凭此扬名立万。

　　文学，就是语言，我在使用语言生活，这就够了。对大多数非职业作家来说，生存远远比文学更重要。何况，文学并非职业。生活本身，是文学的唯一因子。所以，十年看似荒芜的机关生存，其实暗藏着多少生活的玄机。毕业二十年来，我去支过教，下过乡，扶过贫，干过暗访记者，做过移民调查，从事过职业规划，做过企业文化，也被借用去市级部门完成过这样那样的"高难度"写作——最大限度地参与过社会，接触过形形色色的人。这不是文学需要的储备吗？远离文学而接近文学——我总是这样想。

　　这就是我此时的心境：告别或开始。文集中的散文、小说，是过去生活的告别，但哪里能够真正告别，只是另一种寻觅的开始罢了。我一直渴盼着属于自己的另一种开始，明白的说，积累了近二十年的生活，加上出生以来，应该是四十年的人生，很多时侯有着强烈的表达欲望，但似乎没把曾经表达成文字的东西作个了结，就没法开始一样。但愿这本书是告别之作，也是一部真正的开始之作。

　　两月前，请曹廷华先生——我大学时的老师作序，先生洋洋洒洒的序言一经发布网上，引来众多朋友和学生的赞誉，而序后的正文却久久没能面世，我有些愧对先生了。是先生的多年教导和鼓励，让我在繁杂的机关工作之余，始终不忘曾有一方文学水土存在于我的人生家园，再次叩谢师恩。日益繁重并繁杂的琐碎工作，白天坐班、晚上上课、周末不是会务就是一些培训，妻子、女儿"爱上一个深夜归家的人"，同样愧对之余，也心存感激。我一直认为："一切写作都是写作你自己"，写作本身或许就是对生活的感恩或者"愧疚"：细心的读者自然会发现，我的散文和小说乃至读书随笔，从时空角度，简直就是我十年前至出生这三十年的"回忆录"，线索就是对三十年间人和事的感念与愧疚。人都生活在特定的而又不断变化的时空之中，但自有其不变的某种东西存在。文学就是这种不变中求变，变而未变的东西。

　　于是，带着这样的感恩与愧疚，告别或开始吧。莫言在领取诺贝尔文学奖时说"对一个作家来说，最好的说话方式是写作。用嘴说出的话随风而散，用笔写出的话永不磨灭。"

　　那么，不管是告别还是开始，我都希望自己再次提笔，为了永不磨灭的那些东西。

郑劲松

2012 年 12 月 17 日于畔溪剩闲居